칼끝의 심장

THE KNIFE'S EDGE

칼끝의 심장

현대 심장 수술의 개척자가 돌아본
위태롭고 매혹적인 모든 순간들

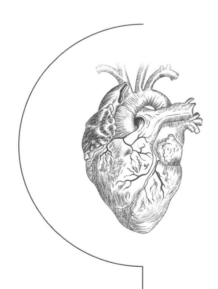

스티븐 웨스터비 지음
서정아 옮김

나를 나 자신에게서 구해준 사라에게,
그리고 내게 과분한 기쁨을 주는 딸 제마와 아들 마크,
손녀 앨리스와 클로이에게 이 책을 바친다.

서문

모든 심장 수술에는 누군가의 목숨이 걸려 있다. 죽임과 고침 사이를 넘나드는 긴장감에 관한 한, 나의 전문 분야는 가히 독보적이다. 비견할 만한 직업도 없을뿐더러, 하루하루를 그러한 긴장감과 더불어 살 수 있는 사람도 극소수에 불과하다.

의사로서 내공을 쌓아가던 시절의 나에게 심장을 수술하는 일이란 마치 외과 영역의 마지막 개척지처럼 여겨졌다. 심장을 눈으로보며 치료한다는 것은 달에 착륙하거나 원자를 분리해 내는 일만큼이나 어려운 일로 비쳤다. 그러던 중 인공심폐기와 60년대 영국의 활기는 흐름을 송두리째 바꿔놓았다. 심장이식과 인공심장은 모두 내가 의학도로서 한창 민감하던 시기에 등장했다. 물론 내가 수련을 받기 시작한 1970년대에도 심장외과는 가입이 극도로 까다로운, 배타적이고 고립된 클럽으로 남아 있었다. 하지만 결국 나는 수천 사람의 삶을 개선할 수 있는 뜻 깊은 특권을 부여받았다.

각자의 심장은 각자의 방식으로 특별하다. 비록 대부분의 수술이 간단하고 순조롭게 진행되지만, 개중 일부는 생존을 위한 치열한 싸움으로, 극히 일부는 그야말로 피투성이 참사로 전개되기도 한다. 경험과 지식이 쌓이면서 나는 어느덧 의지가지없는 심장병 환자들의 마지막 기항지, 그러니까 국내외적으로 나 말고는 모든 의사가 기피하는 케이스의 집합소가 되어 있었다. 결론적으로 나는 국민보건서비스National Health Service(이하 NHS)[영국의 국립 의료제도 및 건강보험공단을 이르는 말로, 우리나라의 국민건강보험에 비해 더 보편적이고 포괄적인 서비스를 제공한다. 국가에서 병원을 운영하고 주치의를 지정하며 치료의 상당 부분이 무료이지만, 치료의 범위가 제한되거나 시기가 지연되는 등, 그에 따른 부작용도 만만치 않다고 평가된다.-옮긴이] 측에서 공급을 거부한 장비만 있었더라면 살리고도 남았을 환자들을 잃었다. 죽음은 이내 비난과 맞대응으로 이어졌다. 유족과의 고통스러운 면담과 '이환율 및 사망률 회의'라는 이름의 우울한 논의 뒤에는, 검시관 법원 방문이라는 괴로운 절차가 나를 기다렸다. 나는 시스템의 결함에 대해 성토했지만, 결과는 언제나 참담했다. NHS는 고분고분하지 않은 이들의 목소리에 귀 기울이지 않았다.

이 책에서 나는 한 사람의 심장외과의로서 내 전문 분야가 각광을 받을 때 느낀 감정과, 현재의 호락호락하지 않은 환경 속에서 그것이 처한 현실에 대해 묘사하려 한다. 내가 몸과 마음으로 어떤 노력을 기울였고, 감정의 부침은 얼마나 심했으며, 어떤 성취와 실망을 경험했고, 외과의라는 정체성이 나와 내 가족에게 어떤 영향을 미쳤는지에 대해 나는 한 줄 한 줄 써 내려갔다. 곧 알게 되겠지만, 젊은 시절에 나는 기이한 운명의 장난 덕분에 심리적 억압을 떨치고 두려움을 이겨낼 수 있었다. 선뜻 추천할 만한 경로는 못 되지만, 그 사건을 발판으로 나는 심장외과라는 위태로운 세계에서 도약하고, 남들이 기피하는 난제들에 폭넓게 도전할 수 있었다.

전문 작가가 아닌 사람이 대중에게 읽힐 책을 쓰기란 엄청난 시간과 노력을 요하는 일이다. 장담컨대 독자들은 내가 문학 천재보다는 외과의사에 적합한 인물임을 확인하게 될 것이다. 비록 감사하게도 첫 저서 『연약한 생명들Fragile Lives』이 수상작에 베스트셀러가 되긴 했지만 말이다. 제목이 암시하듯 그 책은 전반적으로 주목할 만한 케이스에 집중했다. 『칼끝의 심장The Knife's Edge』은 더 어둡다. 책은 내 초라한 시작과 성공을 향한 분투, 내가 이 분야의 개척자 및 위대한 지도자들과 맺은 소중한 인연에 대해 이야기한다. 크나큰 위험과 환자의 잇따른 죽음을 감수해야 하는 탓일까? 이른바 이 개척자들은 하나같이 특정한 성격유형에 속해 있었다. 그들은 대담했고, 단호했으며, 종종 무모한 데다, 큰 슬픔에 대한 회복력과 면역력이 남달랐다. 안타깝게도 심장외과 의사의 삶은 지나치게 고단해서, 내가 은퇴할 무렵에는 영국의 대학 졸업생 가운데 그일을 자신의 사명 혹은 직업으로 삼으려는 이가 없다시피 했다. '한 시대의 끝', 혹은 누구 말마따나 '시작의 끝'이었다.

현대의 심장 수술을 둘러싼 그 모든 매혹적 이야기는 나의 일생과 더불어 전개되었고, 나는 스스로가 그 이야기의 일부라는 사실이 자랑스러웠다. 정말이지 다시없을 괴짜들이었다.

들어가며

외과의사 노릇을 그만두고 겨우 몇 주가 지났을 무렵, 나는 어느 지역 학교 졸업식에 시상자로 초대되었다. 교장은 내게 그곳의 십대들을 어른처럼 대할 것을 당부하는 한편, 나의 품성 가운데 어떤 부분이 내가 심장외과의로 성장하는 데 기여했는지를 그 자리에 모인 학생들에게 얘기해 달라고 부탁했다. 나는 상투적인 답변을 내놓았다. "의학을 공부하기 위해서는 높은 수준의 노동윤리와 확고한 결단력이 필요합니다. 그리고 외과를 전공하려면 상당한 손재주와 굉장한 자신감까지 겸비해야죠. 그런데 심장외과의가 되려면 거기서 한 걸음 더 나아가야 합니다. 수술할 때마다 환자의 목숨을 걸어야 하고, 그러기 위해서는 실패할 용기가 필요하니까요."

아이들은 몰랐겠지만, 마지막 문장은 다소 상투적인 표현이었다. 살아남는 환자보다 죽어나가는 환자가 더 많던 시절에는 심장 수술의 개척자들을 흔히 그런 문장으로 묘사하고는 했다. 나는 성별과 사회적 계급, 피부색, 종교적 신념은 중요치 않다는 주장은 하지 않기로 했다. 솔직히 나 스스로도 그렇게 믿지 않았으니까. 또한 나는 스스로가 그 모든 품성을 갖췄다고도 여기지 않았다. 나는 차라리 예술가에 더 가까웠다. 내 손끝은 뇌와 연결돼 있었다.

공부벌레들을 시상한 뒤에는, 내가 옥스퍼드에서 이룬 여러 업적에 관한 질의응답 시간이 덤덤하게 이어졌다. 생물학적 식견이 상당한 질문자는 분당 5리터의 피를 내뿜는 기관 내부를 도대체 어떻게 수술하는 것인지, 그리고 심장이 멈추면 뇌도 죽는지에 대해 물었다. 다른 질문자는 늑골과 흉골, 척추로 둘러싸인 심장에 접근하는 경로를 궁금해했다. 그런가 하면 미술 교사는 청색아의 발생 원인을 물었다. 누군가 아기를 파란색으로 칠하기라도 하느냐는 것이었다.

질의응답 시간이 끝나갈 무렵, 안경을 쓰고 머리를 땋은 여학생이 손을 들었다. 오뚝하니 서 있는 모습이 옥수수밭에 핀 양귀비를 연상시켰다. 소녀는 또랑또랑한 목소리로 이렇게 물었다. "선생님 환자는 몇 명이나 죽었나요?"

소녀의 목소리가 너무 크고 진지해서, 도저히 못 들은 척하고 넘어갈 수 없었다. 몇몇 학부모는 난감한 기색이 역력했고, 당황한 교장은 귀한 손님을 보내드릴 시간이라며 상황을 수습하려 했다. 하지만 나는 이 호기심 많은 소녀를 친구들 앞에서 무시할 수 없었다. 별수 없이 나는 잠시 숙고를 거쳐 이렇게 고백했다. "솔직히 뭐라고 답해야 할지 모르겠군요. 글쎄, 웬만한 병사가 죽이는 사람 수보다는 많지만, 폭격기 조종사가 죽이는 사람 수보다는 적다고 할까요?" 그러고는 히로시마 원자폭탄의 희생자 수보다는 적을 거라고, 머릿속으로 빈정거리듯 덧붙였다.

이에 호기심 소녀는 기다렸다는 듯 질문을 이어갔다. "그 환자들을 전부 기억하시나요? 그들이 죽을 때 슬프셨나요?"

나는 또 잠시 숙고의 시간을 가졌다. 과연 나는 강당을 가득 메운 학부모와 교사와 학생 앞에서, 내가 떠나보낸 환자의 이름을 기억하기는커녕 정확한 명수조차 모른다는 사실을 시인할 수 있을까? 나는 어렵사리 한 가지 대답을 짜낼 수 있었다. "그럼요, 모든 죽음이 슬펐지요." 나는 또 한 번 비수가 날아오길 기다렸다. 하지만 다행히 우리의 짧은 대화는 그것으로 끝이었다.

나는 비고의적 연쇄살인범 노릇을 스스로 그만둔 뒤에야 비로소 환자를 사람으로 기억할 수 있었다. 그저 사망률 통계를 되짚으며 수시로 부검을 하고 검시관 법원을 드나들던 시절에는 오히려 그러지 못했다. 개중에는 내 머릿속을 망령처럼 떠도는 죽음도 있었다. 특히 심부전에 굴복한 젊은이들의 허망한 죽음이 그러했다. 심장이식이 여의치 않은 상황에서 NHS가 구입을 거부한 신형 순환보조장치만 있었더라도 충분히 살렸을 법한 사람들이었다.

1970년대의 로열브롬프턴 병원에서는 내 상사의 환자 가운데 20퍼센트 가량이 수술 후에 목숨을 잃었다. 패기 넘치는 수련의였던 나는 환자를 하나하나 만나 병력을 기록하고는, 수술을 앞둔 그들의 두려움과 기대에 귀를 기울였다. 대부분은 증세가 심각했고 런던의 유명 병원에 오기 위해 몇 개월을 기다린 이들이었다. 그들 가운데 수술 뒤에도 살아남을 법한 사람을 내가 알아보게 되기까지는 그리 오랜 시간이 걸리지 않았다. 그런 이의 대부분은 류머티즘성 판막 질환을 앓고 있었다. 그들은 휠체어에 실려 병원에 도착했고, 호흡곤란으로 말하기조차 힘들어했다. 호흡곤란이 있는 환자들은 심지어 익사나 질식사에 비견할 만큼 끔찍한 고통에 시달렸다. 그들이 죽은 이유는 형편없는 바느질 따위가 아니었다. 그 시절의 부실한 심근 보호 조치나 인공심폐기로는 환자가 수술 시간을 견뎌내는 데 한계가 있었다. 외과의사의 손이 느릴수록 환자의 사망 가능성은 높아졌다. 이는 공공연한 사실이었다. 판막치환술을 앞둔 환자의 집도의가 X냐 Y냐에 따라 결과는 판이하게 달라졌다. 심지어 그것으로 내기를 할 수도 있었다.

NHS에서는 만사가 대체로 그런 식이었다. 치료비가 무료이다 보니, 고객들은 제공되는 서비스에 의문을 제기하지 않았다. 삶과 죽음은 그날그날의 운에 따라 결정되었다. 그럼에도 죽음이라는 결말의 파괴력은 여전히 압도적이었다. 과장급 의사들은 온갖 비극으로부터 스스로를 방어하느라, 유가족과의 면담을 수련의에게 떠맡기기 일쑤였다.

대개의 경우 말은 필요하지 않았다. 내가 고개를 숙이고 어깨를 늘어뜨린 채 느린 걸음으로 다가가는 모습만으로도 유가족들은 결과를 알아차리곤 했다. 그들은 내 표정에서 '나쁜 소식'을 직감했다. 그들은 반사적으로 숨을 들이켰고, 그런 뒤에는 진짜 충격이 찾아왔다. '죄송합니다'와 '살리지 못했습니다'라는 문장은 감정의 붕괴를 촉발시켰다. 의문의 갑작스러운 해소와 뒤이어 밀려드는 슬픔은 종종 엄숙한 체념으로, 가끔은 처절한 부정이나 명백한 무너짐으로 귀결되었다. 흥분한 이들은 내게 수술실로 돌아가라고, 다시 심장을 마사지하든 인공심폐기를 연결하든 해서 고인을 되살리라고 다그쳤다. 특히 애달픈 경우는 환자가 어린아이일 때였다. 자신만의 순수한 인격을 막 형성하기 시작한 어린 생명들 말이다. 갓난아기들은 그저 목청껏 울고 똥을 누는 존재에 불과하지만, 걸음마를 시작한 아이들은 인격체로 성장하는 과정에 놓여 있다고 나는 생각했다. 그들은 엄마 손을 잡고 곰 인형을 안은 채 걸어 들어왔고, 인형은 대개 아이들과 함께 영안실 냉장고에 안치되었다. 하지만 유가족에게서 발길을 돌려 멀어지는 순간 나의 슬픔은 이미 정리된, 남의 일이 되어 있었다. 결국 나는, 내가 수술한 환자들을 잃기 시작하면서 그런 상실에 제법 익숙해졌다.

딱 한 번 나는 누군가를 살해했다는 생각에 사로잡힌 적이 있었다. 그 섬뜩한 상황은 나도 언제든 무너질 수 있다는 사실을 내게 지독하고도 잔인하게 상기시켰다. 환자는 승모판막을 세 번째로 수술하게 된 중년 남성이었다. 흉부 방사선사진 속 그의 심장은 비대했고 흉골 바로 뒤 우심실의 압력은 지나치게 높았다. 재수술 환자의 가슴을 열 때면 나는 항상 주의를 기울였고, 뼈와 심장 사이의 거리를 확인하기 위해 전부터 전산화단층촬영(이하 CT) 검사를 의뢰해 온 터였다. 하지만 결과는 불승인이었다. 내가 재수술을 할 때면 유독 과다한 비용이 추가된다는 이유에서였다. 수술의 추가 비용을 승인할 권한은 오직 위원회에게 있었다. 환자의 아내는 불안한 마음에 마취실까지 따라 들어왔다. 나는 걱정 말라며 서둘러 그녀를 안심시켰다. 나는 대단히 숙련된 의사였고, 그녀의 남편을 성심성의껏 수술할 것이었다.

"저희도 그래서 선생님을 찾아왔습니다." 그녀의 목소리가 두려움으로 떨리고 있었다. 그녀는 남편의 이마에 입을 맞추고는 조심스레 마취실을 빠져나갔다.

나는 오래된 흉터를 따라 피부를 절개한 다음, 전기소작기로 흉골 외면을 그슬렸다. 와이어 커터가 강선을 잘랐다. 두 번째 수술의 흔적인 그 강철선을 나는 묵직한 겸자로 뽑아냈다. 이 단계는 치아를 뽑는 과정과도 흡사했는데, 강선이든 치아든 부러지는 순간 그 길로 고난의 시작이었다. 수술용 전기톱이 강선에 닿으며 날카로운 비명을 질렀다. 마치 '강철 자르기는 내 일이 아니'라고 항변하는 듯했다. 그 과정 뒤에는 까다로운 작업이 나를 기다렸다. 뼈를 절단할 정도로 강력하면서도 아래의 연조직은 손상시키지 않도록 특수하게 고안된 톱으로 흉골을 가르는 일이었다. 이미 나는 수백 번의 재수술을 집도하며 흉골을 무사히 갈라본 경험이 있었다. 하지만 이번에는 달랐다. '쏙' 하고 심상찮은 소리가 나더니, 검푸른 피가 흉골 틈에서 뿜어져 나왔다. 피는 내 가운을 타고 쏟아져, 클로그 위로 후두둑 떨어지더니, 바닥 여기저기로 줄무늬를 그리며 퍼져나갔다.

온갖 욕설이 입 밖으로 터져 나왔다. 나는 지혈을 위해 절개부를 힘껏 압박하는 한편, 겁에 질린 보조자에게는 서혜부 혈관에 캐눌러를 삽입해 환자를 인공심폐기에 연결하도록 지시했다. 마취과 의사가 환자의 목정맥에 연결된 도관을 통해 공여 혈액을 정신없이 짜 넣는 동안, 상황은 걷잡을 수 없이 악화돼갔다. 캐눌러가 다리의 주요 동맥을 잘라먹는 바람에, 혈류를 확보할 길도 막혀버렸다. 다량의 출혈이 계속되는 가운데 내게 남은 선택지라고는 단단한 흉골을 강제로 벌려 뼈 아래 출혈 지점을 들여다보는 것뿐이었다. 그러려면 흉골 절개부에 작은 견인기를 끼운 뒤 손잡이를 돌려 사이를 벌려야 했다. 하지만 흉골 뒷면과 심근은 완전히 밀착돼 있었다. 벽이 얇고 움푹한 우심실이 흉골에 들러붙은 상태였는데, 과거의 창상 감염으로 인한 염증성 유착이 원인이었다. 나는 홀린 듯 심장을 헤치고 삼첨판막 밑면을 살펴보았다. 내가 더 나은 시야를 확보하려 애쓰는 사이, 흡인기와 심장에는 공기가 들어찼다. 그리고 마침내 출혈의 원인이 밝혀졌다. 문제의 조직 친화적 톱이 오른쪽 관상동맥(심장동맥)까지 절단해버린 것이었다. 전임의가 멍하니 나를 바라보았다. '이 빌어먹을 상황에서 어떻게 빠져나갈' 거냐고 눈으로 묻는 듯했다.

그때 그를 살리기 위해 내가 할 수 있는 일이란 없었다. 산소가 부족해지면서 곧바로 심장의 잔떨림이 시작됐고, 나의 집요함은 기껏해야 환자의 치명적 뇌손상으로 귀결될 것이었다. 결국 나는 눈앞의 참상을 매듭짓기로 했다. 이 모든 혼란이 시작되고 끝나는 데는 10분도 채 걸리지 않았다. 환자의 몸을 정돈하고 바닥을 청소하는 일은 간호사들의 몫이었다. 그들에게 양해를 구한 뒤, 나는 지긋지긋하다는 듯 장갑과 마스크를 벗어 던졌다. 그 피비린 참극은 순전히 Saw II, 그러니까 수술용 톱을 가장한 살인 기계에서 비롯되었다. 하지만 나는 자책감을 느꼈다. 마치 그의 심장을 총검으로 찌른 뒤 칼날을 비틀어버린 기분이었다. 나는 내가 수련의일 때 상사가 내게 그랬던 것처럼, 환자의 아내에게 설명할 책임은 전임의에게 떠넘긴 채 펍으로 걸음을 옮겼다.

나는 그 가엾은 부인을 사인 조사 자리에서 다시 만났다. 그녀는 홀로 앉아 설명을 경청하고 있었다. 악의는 감지되지 않았다. 검시관도 제법 호의적이었다. 하지만 실상은 참혹했다. 비록 고의는 아니었지만, 나는 환자의 심장을 톱으로 갈랐고 그의 피를 내 신발 위로 쏟아냈다. CT를 촬영했더라면, 내가 몸소 환자의 다리 혈관에 캐뉼러를 삽입했더라면, 이런 비극은 막을 수도 있지 않았을까? 하지만 언제나 비극은 후회를 앞질렀다. 그럼에도 나는 굴하지 않왔다. 불과 몇 주 뒤에 다시, 그것도 생애 다섯 번째로 텔레비전 카메라 앞에서, 다른 환자의 흉골을 갈랐으니까.

수술 환자의 죽음은 대개 인간미가 전적으로 결여돼 있다. 고인은 커다란 천에 덮인 채 수술대에 누워 있거나 집중치료실의 음울한 장비에 가려진다. 고로 나의 뇌리에 가장 깊이 각인된 죽음은 외상 환자들의 그것이었다. 부상이라는 갑작스럽고 예기치 않은 경험은 무고한 개인을 순식간에 단테의 지옥으로 몰아넣었다. 칼날과 총알에 의한 부상은 그나마 치료가 쉽고 예측이 가능했다. 가슴을 절개하고, 출혈 부위를 찾아 봉합한 뒤, 혈류를 재개하면 그만이었다. 문제라면 아드레날린의 급격한 분비인데, 대개는 조직이 젊고 건강해서 회복이 원활한 편이었다.

내가 지켜본 가장 끔찍한 죽음은 총이나 칼에 의한 것이 아니었다. 초임 고문의consultant 시절 나는 응급실에서 긴급 호출을 받았다. 도로에서 사고를 당한 환자가 들어오는 중이니, 손을 보태라는 내용이었다. 당시는 이른바 '즉시 들고 뛰라'는 지침이 여전히 유효하던 시절이었다. 그래서 환자는 혈류를 유지하기 위한 수액 투여는 생략한 채 곧바로 실려 오는 중이었다. 사려 깊고 세심한 경찰은 사고를 접수할 때 상황의 심각성을 미리 경고해 둔 상태였다. 하지만 안타깝게도 나는 그 내용을 전달받지 못했다. 문제의 이송 수단이 파란 불빛을 번쩍이며 사이렌 소리도 요란하게 진입로에 들어서던 그 시간에 나는 건물 밖 구급차 구역에서 햇살을 만끽하고 있었다. 이내 구급차 뒷문이 활짝 열렸고, 대원들은 환자를 다시 옮기는 위험을 감수하기에 앞서 의사가 한번 살펴봐주기를 바랐다.

훌쩍이는 소리가 들려왔다. 아직 환자의 얼굴은 보이지 않았지만, 구급대원들의 침울한 표정에서 나는 상황이 나쁘다는, 아니 대단히 끔찍하다는 사실을 직감할 수 있었다. 오토바이를 몰던 그 여학생은 몸의 왼쪽이 바닥을 향하게 모로 누워 있었다. 몸을 덮은 흰 시트가 피로 흥건했다. 얼굴도 시트와 같은 색이었다. 이 가엾은 소녀는 피를 너무 많이 흘린 상태였다. 일반적인 경우라면 재빨리 소생실로 옮겨져야 했지만, 서두르지 않는 데는 그럴 만한 이유가 있었다.

구급대원들이 조용히, 또 조심스레 시트를 걷었다. 소녀의 몸에 꽂힌 울타리 기둥이 눈에 들어왔다. 목격자의 진술에 따르면, 그녀가 몰던 오토바이는 사슴을 피하려다 도로를 벗어나 어느 밭의 울타리로 돌진했고, 그녀는 케밥 꼬챙이에 꽂힌 고깃덩이처럼 울타리에 꿰이고 말았다. 결국 소방대가 울타리를 톱으로 자른 뒤 그녀의 몸을 들어 빼내기는 했지만, 피에 젖은 블라우스를 꿰뚫은 말뚝만은 제거하지 못했다. 모여든 사람들의 반응은 그 섬뜩한 관통상을 속절없이 바라보며 산소마스크 너머 겁에 질린 얼굴을 외면하는 것이었다.

나는 그녀의 차갑고 축축한 손을 잡았다. 인간애의 발로는 아니었다. 임상적 평가가 필요하기 때문이었다. 그녀는 순환성 쇼크 상태였고, 당연하게도 엄청난 정신적 혼란에 빠져 있었다. 맥박수는 분당 120회 정도였다. 하지만 맥박이 감지된다는 건, 혈압이 아직 50수은주밀리미터(mmHg) 아래로는 내려가지 않았다는 뜻이었다. 소녀를 옮기기에 앞서 나는 부상의 해부학적 특징을 면밀히 살펴야 했다. 그래야만 우리가 대적할 상처의 성격을 예측할 수 있었다. 이전에도 나는 관통상 환자를 더러 본 적이 있었다. 그러한 외상을 입고도 살아남은 환자의 공통적 특징은, 몸을 꿰뚫은 물체가 모든 중요 기관을 아슬아슬하게 지나치거나 비껴갔다는 점이었다. 그녀의 쇼크는 차원이 달랐다. 이럴 때는 차분하고 신중하게 캐뉼러를 연결하고 수혈을 위해 RH-O형 혈액을 준비해야 했다. 또한 환자의 극심한 공포를 덜어줄 모르핀 주사 한 방이 절실했다.

나는 몇 가지 본능적 판단을 내렸다. 만약 말뚝이 심장이나 대동맥을 건드렸다면, 환자는 과다 출혈로 현장에서 즉사했을 터였다. 또한 작은 동맥들이 손상됐다면, 급격한 수축과 혈병 형성을 거쳐 저절로 출혈이 멎게 마련이었다. 경솔하게 수액을 주입하여 혈압을 높이고 혈병을 씻어내지만 않는다면 말이다. 고로 나는 출혈이 대부분 수축하지 않는 혈관, 즉 정맥에서 비롯됐으리라 확신했다. 나는 간호사에게 가위를 건네받아 환자의 옷을 제거하기 시작했다. 마치 마분지를 자르는 느낌이었다. 이윽고 나는 장막을 걷고 그녀가 처한 암울한 현실을 마주했다.

소녀의 애절한 갈색 눈동자는 여전히 말뚝에 붙박여 있었다. 짓무른 지방과 멍들고 창백한 피부 여기저기로 갈비뼈 끝이 삐져나와 있었다. 기둥은 정중선을 살짝 벗어나 오른쪽 가슴을 꿰뚫고는 등의 위쪽으로 솟아나온 상태였다. 이는 그녀가 오토바이에서 굴러떨어진 뒤, 발부터 내리꽂혔다는 뜻이었다. 내 삼차원적 해부학 지식으로 판단하건대, 이런 경우 훼손될 만한 신체 기관은 정해져 있었다. 기둥은 횡격막과 간, 오른쪽 폐 하엽은 물론이고 가장 큰 정맥인 하대정맥까지 망가뜨렸을 공산이 컸다. 폐는 문제가 되지 않았다. 하지만 간이 으깨지고 대정맥이 찢겼다면, 치료는 어떤 식으로든 불가능했다. 등에서 나온 기둥을 자세히 살필수록 내 두려움은 확신으로 변해갔다. 까슬까슬한 목재 표면에 간과 폐 조각이 더덕더덕 붙어 있었다. 혹시 푸줏간에 가본 사람은 알겠지만, 젊은 간은 연붉고 스펀지처럼 폭신하다. 그녀의 간이 바로 그런 상태였고, 그 사실은 나를 슬프게 했다.

여느 토요일 아침, 불과 몇 초 사이에 소녀는 밝고 해맑은 학생에서 흡혈귀처럼 말뚝에 박힌 채 죽어가는 존재가 되었다. 고통스레 호흡할 때마다, 핏물이 상처를 비집고 흘러나왔다. 앞으로 결과가 어찌 되든, 그녀에게 말을 걸어야 했다. 나는 이동식 병상을 에둘러 그녀의 머리맡에 무릎을 꿇고는, 응급의학과 의사들이 주삿바늘로 텅 빈 정맥을 탐색하는 동안, 환자의 정신을 분산시키려 애를 썼다. 입에서 핏물이며 거품이 흘러내리는 탓에, 그녀는 말하기는커녕 숨 쉬기조차 버거워했다. 별수 없이 우리는 그녀를 구급차에서 재운 뒤 숨통에 튜브를 삽입해야 했지만, 자세가 어정쩡해 그마저도 불가능해 보였다. 이쯤 되니 그 어떤 조치로도 그녀를 살릴 수 없으리라는 확신이 섰다. 당장은 아니더라도 며칠 혹은 몇 주 안에 그녀는 감염과 장기 부전으로 집중치료실에서 사망할 수밖에 없었다. 그러므로 우리는 그녀에게 무엇을 시도하든 친절해야 했다. 그녀의 고통을 가중시킬 만한 일은 되도록 삼가야 했다.

나는 그녀의 눈을 바라보며 이름을 물었다. 별다른 이유는 없었다. 단지 절차에 인간성을 더하고 잔인성을 덜어내고 싶었다. 힘겨운 숨결 사이로 그녀는 더듬더듬 자신의 이야기를 들려주었다. 그녀는 법대생이었다. 내 딸 제마도 법대생이었고, 그로 인해 내 마음은 더욱 무거워졌다. 나는 오른손으로 그녀의 차디찬 손가락을 잡고는 왼손으로 머리칼을 어루만졌다. 그렇게라도 말뚝을 시야에서 가려주고 싶었다.

눈물이 그녀의 뺨을 타고 흘러내렸다. "저 이제 죽는 거, 맞죠?" 그녀가 낮은 목소리로 물었다.

그때부터 나는 외과의사 노릇을 잠시 멈추기로 했다. 그녀의 말이 옳다는 것을 나는 부정할 수 없었다. 생의 마지막 시간을 고통스레 견디는 그녀를 위해 내가 할 수 있는 일이라고는 고작 위로를 건네는 것뿐이었다. 나는 그 시간만큼은 그녀의 아빠가 돼주기로 마음먹었다. 그녀의 머리를 감싼 채 그녀가 듣고 싶었을 말을 들려주었다. 이제 곧 잠들 거라고, 깨고 나면 모든 게 제자리로 돌아와 있을 거라고. 말뚝도, 고통과 두려움도 사라져 있을 거라고. 그녀가 어깨를 늘어뜨렸다. 조금은 편안해진 듯 보였다.

산소포화도가 심각하게 떨어졌다. 마취과의사가 기관내 삽관을 시도할 수 있도록 그녀를 옮겨야 했다. 그래야 형식적으로나마 소생술을 시작할 수 있었다. 손으로 만져본 그녀의 배는 불룩하고 팽팽했다. 의료진이 이동의 필요성을 설명하는 동안 그녀의 의식이 희미해지는 것을 나는 느낄 수 있었다.

"엄마랑 아빠한테 사랑한다고 전해주실래요? 그리고 미안하다고도. 두 분은 끝까지 말렸거든요, 저 바이크 사는 거." 그녀가 낮은 목소리로 말했다.

그러고는 기침과 함께 핏덩어리를 토해냈다. 그녀가 몸을 젖히자 말뚝도 따라 움직이며, 으스러진 갈비뼈에 닿아 긁히는 소리가 났다. 그녀의 눈동자가 하늘을 향했다. 그리고 그녀는 숨을 거두었다. 망자의 혈관에 남은 모든 피가 내게 뿜어져 나왔다. 하지만 나는 개의치 않았다. 그녀와 그곳에 있다는 것은 오히려 특권이었다. 수련의들이 소생실에서 나와 정신없이 심장마사지를 시도했다. 나는 즉시 그들에게 물러서라고 말했다. 그 어떤 소생법도 이제는 의미 없는 몸부림일 뿐이었다.

구급차 뒤 칸은 일순 침묵과 공포에 휩싸였다. 나는 그 흉측한 울타리 기둥을 그녀의 가슴에서 뽑아내고 싶었지만, 그것은 병리학자의 일이었다. 나는 차마 그녀의 부검에 참관하지 못했다. 하지만 확인된 바에 의하면, 횡격막은 찢겨나갔고 간은 뭉개져 하대정맥과 분리된 상태였다.

그 향긋한 여름날 저녁 나는 몬티, 그러니까 우리 집 검정 플랫코티드 레트리버를 데리고 블루벨이 만발한 블래던히스의 숲속으로 산책을 나섰다. 몬티가 토끼를 뒤쫓는 동안 나는 이끼를 덮고 누운 나무에 앉아 생각에 잠겼다. 과연 신은 존재하는가? 내가 신의 개입을 간절히 바라던 순간에 그는 어디 있었는가? 그날, 한 가여운 소녀가 사슴을 해치지 않으려는 바로 그 선의로 인해 목숨을 잃어야 했던 시간에 그는 어디에 있었단 말인가? 나는 그녀의 부모를, 구급차에서 내가 그랬듯 영안실에서 차가운 시신 곁에 앉아 딸을 끌어안고는 애통한 심정으로 신에게 시간을 되돌려달라고 애원하는 두 사람을 머릿속에 그려보았다.

종교 앞에서 논리적 사고는 부질없었다. 고매하신 옥스퍼드나 케임브리지의 학자들에게 신이라는 개념은 조소의 대상이라는 사실을 나는 알고 있었다. 리처드 도킨스와 스티븐 호킹은 스스로의 능력에 대한 무신론적 확신으로 무장한 채 외부의 도움을 물리쳤다. 나도 다르지 않았다. 하지만 적어도 나는 대학 강당 뒷자리에 슬쩍 자리를 잡고는 신에 관한 토론에 기꺼이 귀 기울이는 쪽이었다. 어떤 이는 세상의 온갖 죄악과 비극을 이유로 신의 존재를 의심했다. 나는 그 관점에 동감하면서도 한편으로는, 천국의 문턱까지 갔다가 우리에게 붙잡혀 돌아왔다고 말하던 별난 환자들 덕분에 그와 반대되는 관점에도 눈뜨게 되었다.

이들의 생생한 유체 이탈 경험담은 희한한 동시에 일면 설득력이 있었다. 어느 독실한 여성은 천장으로 고요히 떠올라, 내가 그녀의 열린 가슴을 통해 심장을 주무르는 광경을 지켜봤다고 했다. 이른바 이 개흉식 심장마사지를 시작하고 40분쯤 지났을 때 내 엄지손가락이 그녀의 우심실을 뚫었는데, 그때 내가 뱉은 문장을 그녀는 똑똑히 기억하고 있었다. "젠장, 이제 틀렸어." 불행 중 다행으로 때마침 체외순환사들이 순환보조장치를 가져와준 덕분에 나는 그녀의 목숨을 지키고, 구멍난 심장을 복구할 수 있었다.

몇 주 뒤 그녀는 외래 진료를 보러 왔다가 그때를 떠올리며 참으로 기묘한 이야기를 들려주었다. 자신의 소생 과정을 내려다보던 그녀는 구름 사이로 떠올라 베드로 성인을 찾아다녔다고 했다. 그 평온하고 고요한 여정은 지상에서 우리가 벌이던 고투와 극명한 대비를 이루었다. 하지만 기껏 도착한 천국에서는 땅에서 차례를 기다리라며 그녀를 돌려보냈다. 죽음의 신과 나 사이의 대접전이 허무하게 끝을 맺는 순간이었다. 신도 나이가 들면 변하는 것일까? 세월이 흐르면 처음의 선의는 옅어지고 냉소와 비정이 짙어지는 것일까? 이를테면 NHS처럼?

수술에서 완전히 손을 뗀 뒤에야 나는, 수많은 사람을 저 드높은 하늘 병원으로 떠나보내는 과정에서 내게 주어진 역할에 대해 돌아보기 시작했다. 블래던히스에는 내가 여전히 각별히 여기는 고 즈넉한 장소가 있다. 그곳은 영혼들의 땅이다. 우거진 숲속에 덩그 러니 자리한 그 빈터에서는, 내 영웅 윈스턴 처칠이 태어난 블래넘 궁전과 그가 묻힌 블래던의 성 마틴 교회가 함께 내려다보인다. 이 빈터와 불과 몇 미터 떨어진 곳에서는, 옥스퍼드 공항을 갓 이륙한 제트기 한 대가 추락하여 폭발하는 사고가 있었다.

내 아들 마크는 방에서 시험공부를 하다가 그 광경을 모두 지켜 보았다. 아이는 의협심을 발휘해 그 비극적 들판에 첫 번째로 도착 했지만, 화마 속에서 소년이 할 수 있는 일이란 없었다. 조종실이 불 타고 안에 탄 사람들이 화장되는 장면을 아이는 무력하게 바라보 았다. 그때 마크는 열일곱 살이었고, 제 아버지와 달리 감정이 풍부 했다. 고로 이 음울한 광경은 소년을 괴롭혔다. 평범한 사람이라면 누구나 같은 고통을 느꼈으리라. 결국 마크는 외상 후 스트레스 장 애로 약물 치료를 받았고, 한창 중요한 시기에 기억력과 인지력이 불안정해졌다. 또한 생물학에서 낙제점을 받는 바람에, 기껏 선발 된 대학에서 퇴짜를 맞았다. 지금도 그때를 생각하면 마음이 뻐근 하게 아파온다.

하루는 몬티와 함께 그 신성한 땅에 갔다가, 숲길을 따라 90미터 쯤 올라간 곳에서 저녁 하늘을 배경으로 서 있는 수사슴의 실루엣 을 발견했다. 나무 사이로 저녁 햇살 한 줄기가 내려와, 철 지나 시 들고 굽어진 블루벨 무리를 비추었다. 그 위엄한 수사슴은 혹시 신 이 아니었을까? 내가 현역 시절에 해방시킨 옛 수술의 망령들에 둘 러싸인 채, 신이 나를 내려다보았던 것은 아닐까?

사실 나는 늘 고독했다. 또한 여전히 쉴 줄 모르는 불면증 환자였다. 나는 기꺼이 이른 시간에 일어나 글을 썼다. 스스로 절대 사용할 리 없는 소재에 관해 졸문을 끼적이는가 하면, 누구도 절대 실행할 수 없을 괴이한 수술법을 끊임없이 고안하곤 했다. 나는 수술실을 그리워했을까? 천만에. 놀랍게도 전혀. 자그마치 40년이었다. 그 정도 경력이면 충분했다. 하지만 여전히 의문은 남았다. 어떻게 북부 철강 도시 뒷골목의 보잘것없는 소년이었던 내가 그 40년 동안 이토록 많은 것을 이뤄낼 수 있었을까? 미천한 신분을 탈피하려는 몸부림이 추진력으로 작용한 것일까? 나는 변화를 원했다. 체제에 맞서고 비천한 과거를 극복하려는 무모한 야망을 품었다.

나는 현역 시절 내내 전공 분야의 교과서와 과학 논문을 두루 집필했다. 하지만 내 개인적 몸부림을 공개적으로 논하는 문제에 관련해서는 그 적절성에 대한 오랜 고민이 있었다. 나를 긍정적 결론으로 이끈 주역은 아이러니하게도 내 환자들과 유족들이었다. 수많은 사람이 자신의 이야기가 알려지기를 염원하고 있었다. 내 관점에서만 보자면, 나는 현대 심장 수술의 역사야말로 세상에서 가장 흥미로운 이야기로 꼽기에 손색이 없다고 늘 생각해 왔다. 더욱이, 나는 런던과 미국에서 수련의로 지내며 이 분야의 수많은 개척자와 사적 친분을 쌓아둔 터였다. 그들은 몸소 겪어낸 도전과 시련의 역사를 들려주며, 변화를 주도하라고, 갈등을 피해 그림자로 살아가지 말라고 나를 북돋웠다. 그리고 확실히 나는, 시작부터 가시밭길을 자초했다.

일반 대중을 위한 벽돌 책을 집필하도록 나를 부추긴 또 다른 요인은 유명 외과의사별 환자 사망률을 언론에 공표하는 정부의 시책이었다. 울타리 너머의 삶은 실제로 어떤 모습인지, 통계학자나 정치가, 언론인의 삶과는 어떻게 다른지, 사람들은 궁금해했다. 법정 변호사이자 의료윤리학자인 대니얼 소콜Daniel Sokol이 《브리티시 메디컬 저널British Medical Journal》에 기고한 글에 따르면, '대중은 의사들의 사적인 삶과 생각을 엿보기를 원한다. 그로써 한때 불가사의한 힘의 수혜자로 신성시되던 직업군의 신비성을 깨뜨리기를 원한다.' 어쩌면 우리 중 일부는 여전히 초자연적 힘을 지녔는지 모른다. 프랑켄슈타인 박사의 괴물처럼 두개골에 전극이 박힌 환자의 뇌에 전류를 흘려보내거나, 맥박 없이도 혈액 순환을 지속시킬 새로운 방법을 고안하기보다 짜릿한 일이란 그리 흔치 않다. 이러한 혁신적 기법들은 일견 마술처럼 비칠 수 있다. 하지만 실제로 나는 심부전이라는 지독한 난제에 이러한 해법들로 맞서왔다. 이어지는 소콜의 글에 따르면, 의사들은 '아폴론이 가진 이상적 골격이 아니라 〈심슨 가족〉 속 번스 씨가 가진 사마귀투성이 몸뚱이의 비밀을' 파헤치려는 습성이 있다. 하지만 번스 씨는 부유한 공장주였다. 나는 오히려 바트 심슨의 아버지 호머처럼 예민한 두뇌 노동자에 가깝다.

시쳇말로 '발가벗는다'는 표현이 있다. 요컨대 나는 그렇게 하기로 마음먹었다. 젊은 시절에 그랬더라면 훨씬 더 많은 시선을 끌었을 테지만 말이다. 내 관점에서 대중은 외과의가, 심지어 심장외과의나 뇌외과의마저도, 여느 사람처럼 내면적 감정을 지닌 인간이라는 사실을 알게 됐을 때 더욱 즐거워한다. 하지만 나는 한때의 기이하고도 아찔한 사고로 인해, 대부분의 사람이 소유한 몇 가지 품성을 한동안 잃고 살았다. 또한 바로 그 사고로 인해, 내 전문 분야에서 극한의 어려움을 딛고, 마치 '칼끝'이 나를 겨눈 듯 위태하고 지난한 삶 속에서, 끝내 비약적 성취를 이뤄낼 수 있었다.

1장

가족

인터넷에서 외과의사의 성격을 검색하자, 아래와 같은 글이 나타났다.

테스토스테론의 결정체. 멋과 확신이 넘치고, 자신감과 카리스마, 위엄이 흐른다. 오만하고 변덕스러우며, 비열한 데다 폭력적이기까지 하다. 일단 베고, 질문은 나중으로 미룬다. 벰이 곧 치료요, 최고의 치료 도구는 도검이기 때문이다. 가끔 실수하지만, 결코 의심하지 않는다. 손재주가 좋지만, 설명할 시간은 없다. 연민이나 소통은 유약한 남자들의 것이다.

심리학자인 글쓴이의 주장에 따르면, 극심한 스트레스와 아드레날린 분비를 촉진하는 외과의사 특유의 근무 환경은 특정한 성격 유형을 그쪽으로 끌어당긴다. 나는 그 주장에 전적으로 동의한다.

사람의 몸을 가르고 혈액이나 담즙, 배설물, 고름, 뼛가루에 파묻혀 지내는 일이 보통 사람 눈에는 마치 외계인의 취미처럼 비칠 테니까. 수술을 집도한다는 사실 자체가 우리를 남다른 존재로 보이게 하는 것이다. 내향적이고 자기 확신이 부족한 이들은 내 전공 분야에서 스스로 떨어져 나간다.

1970년대, 그러니까 인공심폐기를 사용한 심장 수술이 시작된 지 겨우 20년이 지난 시기에는 심장외과 수련 기회를 잡기가 이루 말할 수 없이 힘들고 고생스러웠다. 그 시절 외과의사는 병든 심장을 드러내 고치겠다고 덤빌 정도로 지극히 무모하고 대담하며 숙련된, 엘리트 의식으로 똘똘 뭉친 집단이었다. 하지만 피에 굶주린 심장근육을 보호하는 방법은 부적절하기 일쑤였고, 인공심폐기의 이질적 표면과 혈액 간 상호작용은 '관류후증후군'이라는 해로운 염증 반응을 유발했다. 그러므로 심장외과의는 무엇보다 시간에 맞서야 했다. 죽음을 일상으로 여길 정도로 환자 대부분은 병세가 위중했다. 환자가 생존하고 증상이 나아지면 더할 나위 없이 좋겠지만, 죽음은 그 나름대로 고통에 종지부를 찍었다. 고로 유족들은 고인이 수술적 개입으로 상태를 호전시킬 기회라도 부여받았다는 사실에 대체로 감사하는 분위기였다.

심장외과에 필요한 자질을 증명하기 위해서는 우선 일반외과 수련을 거쳐야 했다. 모름지기 심장외과의는 훌륭한 손재주, 그것도 타고난 손재주를 갖춰야 했다. 대부분의 신체 기관은 외과의가 칼로 베고 톱으로 써는 동안 얌전히 자리를 지키지만, 심장은 움직이는 표적이요, 압력을 받는 혈액 주머니였다. 잘못 건드리면 격렬하게 피를 내뿜었고, 서툴게 다뤘다가는 리듬이 깨져 돌연 심정지를 일으킬 수 있었다. 둘째, 심장외과의는 심성이 단단해야 했다. 슬퍼하는 유족에게 죽음을 설명할 수 있고 수술실에서 질책을 당해도 씩씩하게 이겨내야 했다. 셋째, 심장외과의는 용기를 갖춰야 했다. 바쁜 상사의 일을 척척 넘겨받을 정도의 대담성과, 갓난아기들의 수술 후 관리를 책임지거나 외상 환자를 치료할 고문의가 빨라도 한 시간 뒤에나 도착한다는 비보를 응급실에 통보할 정도의 배짱은 필요했다. 넷째, 인내심과 회복력을 갖춰야 했다. 때로는 숙취에도 여섯 시간 동안 집중력을 유지하며 제1 수술 보조자 역할을 완수해야 했고, 온콜 당직(응급 환자가 발생할 경우를 대비하여 의료진이 언제든 호출에 응할 수 있도록 병원과 멀지 않은 거리에서 대기하는 형태의 당직—옮긴이)으로 5일 밤낮을 연달아 병원에 불려 다니는 와중에도 평정심을 지켜야 했다. 그 시절의 외과 수련은 거의가 그런 식이었다.

왕립외과대학의 회원이 되려면 임상 업무 외에도 일련의 지옥 같은 시험을 통과해야 했다. 이 시험들은 외과의 온갖 면면을 다루었고, 각 시험의 합격자 수는 응시 인원의 겨우 3분의 1에 불과했다. 내가 수술하고픈 부위가 흉부라는 사실은 중요하지 않았다. '일반' 회원이 되기 위해서는 인간의 해부학을 뇌에서 똥구멍까지, 치아에서 젖꼭지까지 세세히 이해해야 했다. 온몸의 신경과 동맥과 정맥을, 그것들이 어디로 가고 무엇을 하며 손상되면 어떤 일이 벌어지는지를 빠짐없이 파악해야 했다. 또한 우리는 모든 기관의 생리학과 모든 세포의 생화학을 배워야 했다. 기초적 수술 경험이 제법 쌓이면, 책 속 온갖 외과적 질환의 병리와 각 분야의 진단 및 수술 기법을 얼마나 숙지했는지 평가하는 '특별' 회원 자격시험이 우리를 기다렸다. 이렇듯 포괄적 지식과 기량을 확실히 입증한 뒤에야 우리는 비로소 다음 단계로 넘어가 전공 과정을 밟을 수 있었다. 나는 일반 회원과 특별 회원 자격시험 모두 단번에 통과하지 못했다. 비싼 수업료를 치른 셈이다. 다른 동료들도 대부분 사정이 다르지 않았다. 그 모든 고난은 쭉정이 틈에서 알곡을 가리는 절차였고, 나는 실패에 흔들리지 않았다. 말하자면 그것은 내가 사랑해 마지 않는 럭비나 마찬가지였다. 이기는 경기가 있으면, 지는 경기도 있는 법이었다.

외과계는 군대와 유사하다. 고문의는 장교에 해당한다. 아랫사람인 수련의는 계급 순으로 정연하게 줄을 선다. 레지던트senior house officer은 상등병과 동급이다. 전임의registrar는 병장처럼 처신한다. 수석 전임의senior registrar는 온갖 일을 도맡다 결국 장교급으로 승진한다는 점에서 하사관과 흡사하다. 특히 이 마지막 단계는 모든 과정 가운데 경쟁이 가장 치열했는데, 지독한 야심가들에게는 최고의 교육 병원이 필요했기 때문이다. 심장외과 전문의들은 이를테면 로열브롬프턴이나 해머스미스, 가이즈, 세인트토머스 같은 런던 소재 종합병원에 입성하려 안간힘을 썼다. 이런 곳에 부임한다는 것은 곧 일류가 되었다는 뜻이었다. 그 시절 케임브리지는 도심이 아닌 팝워스 마을에서 심장흉부 전문병원을 활발히 운영 중이었고, 옥스퍼드는 심장외과에서 그리 두각을 나타내지 못했다.

이 모든 과정은 우리가 한창 의사로 성장하던 시기, 즉 20대 후반과 30대 초반 무렵에 이뤄졌다. 보통 사람이라면 인맥을 다지고 정착해 가정을 꾸릴 나이에 말이다. 외과 수련의는 마치 접시처럼 이 도시에서 저 도시로 옮겨 다녔다. 마음에 드는 자리가 나타나면 어디든 가리지 않았다. 외과의라는 정체성은 어쩐지 우리를 다른 차원으로 끌어올렸다. 우리는 의사계의 싸움닭이었다. 서로를 능가하려 부단히 노력하고 최고의 직책을 지독히 갈망하던 과시적 인간이었다. 예나 지금이나 그런 부류는 절대다수가 남성으로, 그들은 밤마다 병원을 어슬렁거리며 호시탐탐 수술 기회를 노리다, 잠잠해지면 다른 재미를 찾아 간호사 구역으로 슬그머니 흘러들곤 했다.

나는 철강 도시 스컨소프의 뒷골목에서 유년시절을 보냈고, 어릴 때 동네 문법학교(과거에 고등교육 과정에 대비하여 주로 그리스어와 라틴어의 문법이나 문학을 가르치던 영국의 교육 기관으로, 현대로 넘어오며 고전어 학습의 비중이 줄고 일반적 중등학교의 역할을 담당하게 되었다.–옮긴이)에서 만난 여자 친구와 결혼했다. 하지만 지독한 야망의 소용돌이에서 허우적대는 사이 상황은 바뀌었고 결혼은 의도치 않게 불행으로 치달았다. 나는 이를 부끄럽게 여겼다. 그러나 내가 알기로 외과에는 팀 구성원 모두가, 인턴이건 고문의건 가릴 것 없이 병원에서 바람을 피우는 경우가 더러 있었다. 현실에서는 지탄받아 마땅했지만, 불륜을 미화하는 텔레비전 드라마에서처럼 종종 벌어지는 일들이었다. 워낙 만연한 문제이다 보니, 볼티모어의 존스홉킨스 병원은 이를 의료계의 위협 요인으로 간주하고 이혼을 주제로 공식 연구를 시행할 정도였다. 젊어서 결혼한 레지던트일수록 이혼율이 높았다. 또한 당연하게도, 배우자가 의료직에 종사하지 않을 경우 이혼 가능성은 치솟았다. 사유는 의사소통의 단절이었다. 의사들, 특히 외과의사의 마음은 온통 병원 생활에 쏠려 있었고, 그러니 부부가 함께 대화할 소재가 부족할 수밖에 없었다.

존스홉킨스 병원의 연구에 따르면 정신과의사의 반 이상, 그리고 외과의사의 3분의 1이 이혼을 경험했다. 특히 심장외과의사의 이혼율이 높았는데, 주변 동료들의 사례를 볼 때 그리 놀라운 결과는 아니었다. 이유로는 테스토스테론 분비가 왕성하고, 병원에서 주로 밤에 오랜 시간을 보내며, 다수의 매력적이고 젊은 여성과 가까운 동료로 지내는 데다, 스트레스와 감정이 증폭되는 상황에 자주 처한다는 등의 내용이 언급되었다. 먼저 직업적 유대감이 형성됐다가 로맨스로 발전하는 식이랄까. 한때 딘오브듀크 의과대학은 그 학교 출신의 이혼율이 100퍼센트가 넘는다는 사실을 지원자들에게 사전에 고지하기로 결정하기도 했다. 100퍼센트가 넘는 일이 정말 가능하냐고? 물론이다. 학생 중에는 결혼한 상태로 입학했다가 이혼하고 재혼한 뒤에 또다시 이혼하는 사례가 존재했으니까. 그들의 인생에서 가장 중요한 것은 언제나 일이었고, 그 밖의 것들은 모조리 그다음 순위로 밀려났다.

언젠가 캘리포니아 학회에 갔다가 무심코 집어 든《퍼시픽 스탠더드 매거진Pacific Standard Magazine》에는 「어째서 외과의사는 하나같이 쓰레기일까?」라는 제목의 기사가 실려 있었다. 보아하니 외과의사의 일반적 성격유형을 논하는 글이었다. 기자의 친구인 소독 간호사는 수술 중에 겪은 일화를 소개했다. 그녀가 건넨 날카로운 메스에 엄지손가락을 베인 어느 외과의사에 관한 이야기였다. 그는 분노를 이기지 못하고 이렇게 소리쳤다. "그 따위로 기구를 넘기면 어쩌자는 거야? 이게 무슨 애들 장난감이야? 멍청하기는." 이러고도 분이 안 풀렸는지 그는 문제의 메스를 도로 그녀에게 던졌다. 간호사는 기겁했지만, 어떻게 반응해야 할지 몰라 그저 잠자코 있었다. 누구도 그녀를 위해 나서주지 않았다. 또한 그 누구도, 화를 주체 못하고 날카로운 기구를 던진 외과의사를 문책하지 않았다. 결론적으로, 외과의사의 대부분이 그런 식으로 행동하면서도 처벌은 항상 피해간다는 얘기였다.

나는 수술방에서 기구를 던진 외과의사를 여럿 알고 있었다. 게다가 나도, 일부러 특정 보조자를 겨눈 적은 없지만, 상태가 불량한 기구들을 바닥에 던진 경험이 더러 있었다. 그 행동의 의미는 앞으로 그런 기구는 절대 건네받지 않겠다는 의지의 표현이었다. 말이 나온 김에 덧붙이자면, 잘나가는 외과의사의 대부분은 몇 가지 고약한 기질을 공유한다. 의학 문헌에서는 이를 '어둠의 3징후dark triad'라 이른다. 정신이상, 나르시시즘, 마키아벨리주의—원하는 결과를 위해서는 어떤 수단을 써도 상관없다는 식의 냉담한 태도—를 일컫는 그 3징후는, 이기주의를 동반한 우월감과 지나친 자기 몰두 및 타인의 관심에 대한 갈구의 형태로 나타난다. 개인적 목표와 사리사욕을 타인들의 욕구보다 우선시하는 성향이 결국 어둠의 3징후로 드러나는 것이다.

지난 몇 달간 코펜하겐 대학 심리학자들은, 만약 누군가에게 이 어둠의 성격유형 중 한 가지라도 나타날 경우 그 사람의 내면에는, 일말의 거리낌 없이 수술 도구를 던지게 하는 이른바 도덕적 일탈과 특권의식을 비롯해, 어둠의 3징후가 자리할 가능성이 높다는 사실을 입증했다. 어둠의 3징후에 대한 이 분석은, 특정 유형의 지능검사에서 고득점을 기록한 사람은 다른 유형의 지능검사에서도 고득점을 받기 쉽다고 한 찰스 스피어맨Charles Spearman의 100년 전 설명과 맥을 같이한다. 어쩌면 그 모든 압박을 견디고 외과의로서 입지를 다지기 위해서는 이 부정적 기질들이 필수 요건일지 모른다. 확실히 그렇게 보이기는 한다. 하지만 나는 가족 문제에 관한 한, 성격적으로 매우 다른 측면을 갖고 있었다. 결혼 생활에 관련해서는 나도 선배들처럼 덫에 걸리고 말았지만, 아이들의 행복이나 부모님의 자부심을 위해서라면 어떤 고생도 마다하지 않을 의지가 내게는 있었다.

그날 나는 근무자 명단에서 빠져 있었다. 딸 제마의 생일이라 그날만큼은 일에서 자유롭고 싶었다. 그간 숱하게 딸을 실망시킨 전적도 만회할 겸 나는 오후에 차를 몰고 케임브리지로 가서 아이를 놀래줄 계획을 세웠다. 그런데 공교롭게도 하필 그날 외과의사 5명 가운데 3명이 시내를 벗어나 있었다. 그중 두 명은 NHS의 표현을 빌리자면 '고객들', 그러니까 건강보험이 적용되지 않는 본인 부담 환자들을 모셔오기 위해 이런저런 지역 병원 진료소를 순회 중이었다. 나머지 한 명은 멀리서 학회에 참석 중이었다. 학문적 면모는 부실한 상업적 미팅으로, 스폰서의 지원 아래 비즈니스 클래스를 타고 날아가 고급 리조트에서 각종 향응을 누리다 오면 되는 일정이었다. 어리숙한 초임 고문의 시절에는 나도 그런 외유를 즐겼지만, 결국 질리고 말았다. 다 거기서 거기인 공항과 술에 절어 보내는 시간, 행사가 끝나는 순간 내 등에 기꺼이 칼을 꽂을 가능성이 농후한 경쟁자들과 맺는 억지 우정에 진저리가 났다.

아무튼 이런 이유로 수술 집도의 명단은 비어 있었고, 병동 책임자는 기어이 내 이름을 적어 넣었다. 모든 스태프가 대기 중인 상황에 수술실을 하루 종일 놀린다는 것은 어이없는 자원 낭비인지라,

나는 마지못해 요청을 받아들였다. 누가 뭐래도 나는 보잘것없던 이곳을 명실상부 영국 최대 규모의 병동으로 키운 일등공신이었다. 하지만 경영진은 수시로 바뀌었고, 역사는 오래지 않아 잊혔으며, 재정적 편의주의라는 망령은 망각을 부추겼다. 고로 내 딸은, 또다시, 기다릴 수밖에 없었다.

나는 급한 대로 비서 수에게 대기 환자 명단에서 위급한 두 명을 골라달라고 부탁했다. 딸아이의 생일 얘기는 꺼내지 않았다. 딱 두 명만 보고 오후 서너 시쯤 병원을 나설 생각이었다. 한 명은 다운증후군 여아여야 한다고 못 박았다. 이미 두 번이나 수술이 취소된 어린아이로, 계속 방치하면 과도한 혈류와 폐동맥 혈압 상승으로 자칫 수술마저 불가능해질 수 있었다. 이런 아이들에게 나는 각별한 애정을 느꼈다. 내가 심장외과계에 입문한 1970년대에는 그들의 심장 결함을 바로잡으려는 시도를 마뜩잖게 여기는 분위기가 팽배했다. 나는 특정 질환을 이유로 아이들을 차별하는 방침에 공감할 수 없었고, 결국 그들이 병약한 청소년으로 성장했을 때 치료를 책임지는 식으로 마음의 빚을 힘껏 갚아나갔다. 나는 시계를 거꾸로 돌리려 노력했고, 가끔은 성공하지 못했다.

두 번째 케이스는 더 간단해야 했다. 수는 인근 보건당국에서 대단한 직책을 맡고 있다는 자칭 VIP 환자에게 여러 차례 시달려온 상태였다. 그 고매하신 부인을 나는 외래 진료소에서 진찰한 적이 있었다. 당시 그녀는 몸무게를 줄이면 숨쉬기가 한결 편해질 뿐 아니라, 승모판막 수술을 받다 위험에 빠질 가능성이 경감된다는 내 조언에 과민 반응을 보인 바 있었다. 그녀는 자신이 최근 서작 명단에 들었다는 사실을 내게 엄숙히 일깨웠다. 모르긴 해도 그 명단에 오르기까지 이런저런 공공서비스에 헌신적으로 임해왔을 터였고, 보건의료계에서는 흔히 있는 일이었다. 나는 조금도 동요하지 않았다. 그녀도 눈치챈 듯했다. 하지만 그 부인은 수술을 앞당겨달라며 고집을 부렸고, 그녀부터 처리하려 드는 수를 나는 탓할 수 없었다. 그래도 역시 그 고귀한 부인을 명단의 첫 줄에는 올릴 수 없었다. 첫 줄은 그 아기를 위한 자리였다. 세 번째 취소는 선택지에 없었다.

오전 6시. 옥스퍼드셔 주 우드스톡. 나는 출근을 위해 집을 나섰다. 햇살이 장밋빛 하루를 암시하듯 블레넘 궁전의 포탑들 사이로 쏟아져 내렸다. 그날 생일을 맞은 딸아이를 만날 생각에 마음이 부풀어 올랐다. 제마가 태어날 때 곁을 지키지 못한 나는 20년 동안 그 잘못을 만회하려 애써온 터였다. 오전 7시가 되기 전, 수가 연구실에 들어섰다. 그녀 역시 교통체증이라면 넌더리를 냈다. 곧바로 우리는 7시 30분에 있을 성인 집중치료실 회진에 앞서 필요한 서류 작업을 마무리했다. 그날의 수술자 명단은 벌써 간호사실 화이트보드에 적혀 있었다. 집중치료실을 전담하는 남자 간호사는 내 유일한 성인 환자가 오후 서너 시는 지나야 그곳에 도착하리라는 사실을 빤히 알면서도 의무감 탓인지, 병상이 빠듯하다는 경고만은 잊지 않았다. 나는 플러그가 뽑힌 산소호흡기며 심장감시장치에 둘러싸인 채 나란히 비어 있는 병상들을 훑어보았다. 굳이 그에게 묻지 않아도 나는 돌아가는 상황을 충분히 짐작할 수 있었다. '병상이 빠듯하다'는 말은 간호사가 부족하다는 뜻이다. NHS에서는 집중치료실의 모든 병상에 전담 간호사를 한 명씩 배치하도록 규정해 두었다. 다른 나라의 경우 상황에 따라 한 간호사가 두 침대까지 전담할 수 있지만, 영국의 경우 수술을 아예 취소해버린다. 마치 미용실 예약처럼 말이다.

이날 아침은 유독 낯모르는 간호사가 많아 보였고, 그들도 나를 알아보지 못했다. 이는 곧 그날 밤 근무가 주로 대체 인력의 손에 맡겨지리라는 뜻이었다. 전날 내가 수술한 세 환자 가운데 둘은 집중치료실을 떠나도 무방했지만, 그건 어디까지나 입원실 병상이 남았을 때의 이야기였다. 그때까지는 그 두 사람도 이 급박하고 위협적인 환경 속에서 매일 천 파운드가 넘는 비용을 감당해 가며 머물러야 했다. 심지어 가끔은 입원실이 노인과 극빈자로 들어차, 환자를 집중치료실에서 곧장 집으로 퇴원시킬 때도 있었다.

전에는 풍경이 사뭇 달랐다. 힘겨웠던 초창기에는 겨우 3명의 심장외과의가 해마다 1,500건에 달하는 심장 수술에 더해 흉부외과 영역까지 감당해야 했다. 이제는 그때와 다름없이 수수한 시설에서 심장외과의 5명이 당시 수술 건수의 반 정도를 책임진다. 또한 폐수술은 흉부외과의 3명이 담당한다. 이는 진보의 대가였다. 고급 수련을 마친 전문의는 2배로 늘었지만, 하는 일은 줄었고, 기반 시설은 부실하기 그지없었다. 하지만 뭐. 바로 그 주에 병원 대표단은 필리핀에서 간호사를 끌어오려 애쓰고 있었다. 언젠 모든 일이 잘 풀리기를 기대하면서.

오전 8시. 이른 아침의 장밋빛 전망에 어둠이 드리우기 시작했다. 생명 유지 장치의 불협화음과 풍선 펌프의 맥동음, 인공호흡기의 쉭쉭 소리, 날카로운 경보음을 뒤로 한 채, 나는 집중치료실을 나섰다. 어느 환자 가족의 흐느낌이 들려왔다. 이는 머지않아 병상 하나가 비워진다는 뜻이었다. 첫 수술의 예정 시각은 8시 30분이었다. 고로 아기는 이미 부모 곁을 떠나 마취실로 옮겨졌을 터였다. 나는 수술실 문 앞에서 부모가 아이를 떼어놓는 장면을 목격하지 않으려고 철저히 노력해 왔다. 아들아이가 편도 절제 수술을 받던 때를 돌이켜보면, 이는 극도로 가슴 아픈 광경이었다. 더욱이 심장 수술은 그야말로 대수술이었다. 내가 아이의 생존 확률이 95퍼센트라고 설명할 때, 부모의 머릿속에 각인되는 내용은 오로지 5퍼센트의 사망률이었다. 통계는 위안이 되지 않았다. 내 자녀가 그 5퍼센트에 속하는 순간 통계는 의미를 상실했다. 고로 나는 부모에게 그들이 듣고파 하는 이야기를 들려주고는 그 이야기가 현실로 이뤄지기를 소망했다.

한데 어찌 된 영문인지 마취실은 비어 있었다. 그리고 마취과의사는 휴게실에 앉아 아침을 먹고 있었다.

"아직 안 데려왔어요?" 나는 허탈한 기분으로 이렇게 물었다.

그는 고개를 가로저었다. 이유인즉, 소아과 집중치료실 회진이 끝나고 병상이 배정될 때까지 기다려야 한다는 것이었다. 병상을 마련하지 못하면, 그런 경우는 생각하기도 싫지만, 수술은 세 번째로 취소될 수밖에 없었다. 하지만 회진은 아직 시작되지도 않았다. 8시 30분에 복도의 먼 끝부터 차례로 진행될 예정이었다. 나는 곧장 그곳으로 찾아갔다. 혈압이 오르는 상황이었지만, 최대한 정중하려고 노력했다. 소아 집중치료실은 돌봐야 할 중증 환아로 넘쳐났고, 그들에게 내가 수술할 아기는 수첩 속 '방실중격결손'이란 글자 앞에 적힌 또 하나의 이름일 뿐이었다. 아이의 심장은 중심부가 휑하니 뚫렸고, 폐에는 물이 차 있었다. 아이의 생존 가능성은 하루가 다르게 낮아져 갔다.

문제는 내가 소아 집중치료실을 사랑한다는 점이었다. 그 작고 고립된 공간은 병원 속 나의 도피처였다. 그곳에 가면 삶과 내 고민들을 언제나 균형 잡힌 시각에서 바라볼 수 있었다. 오직 특별한 사람만이 그곳에서 심장 혹은 마음의 고통을 견뎌낼 수 있었다. 간호사들은 내가 집도한 심장수술 환자들을 맡고 싶어 했다. 그 아이들은 대부분 상태가 호전되어, 심각한 소아암이나 패혈증, 교통사고 환자까지 보살펴야 하는 간호사들에게 따뜻한 위안이 되었기 때문이다. 세상 그 어느 곳보다 참혹한 현장이었지만, 다음 날이면 모두 돌아와 새로운 마음으로 또다시 하루를 시작했다.

유아용 병상은 만원이었다. 그 작은 생명들 주위로는 초조한 가족들이 옹기종기 모여 있었다. 내 시선은 괴저에 걸린 두 팔에 고정되었다. 수막 구균성 수막염에 걸린 그 아이는 벌써 몇 주째 삶의 끈을 붙들고 있었다. 그사이 아이의 어머니는 나와 제법 가까워졌고, 내가 수술한 아기들이 행복한 부모와 함께 들고 나는 과정을 지켜봐왔다. 나는 늘 그녀에게 안부를 물었고, 그녀는 늘 미소로 대답을 대신했다. 오늘 아이의 검고 바싹 마른 두 팔은 잘려 나갈 것이었다. 작은 손도 가녀린 손가락도 함께 제거될 것이었다. 살짝만 매만져도 힘없이 떨어져 나갈 것이었다.

하지만 내가 찾아온 목적은 그 아이를 보기 위함이 아니었다. 우선은 내가 수술할 아기의 병상부터 마련해야 했다. 그래야 마취든 뭐든 시작할 수 있었다. 점심때쯤 자리가 하나 날 것 같으냐는 내 물음에 수간호사는 가능성이 아주 없는 건 아니라고 답했다. 아침 일찍 어느 간호사가 등굣길에 속도위반 차량에 치여 머리를 다친 아이를 영상의학과에 데려갔는데, 검사 결과 부상이 우려대로 심각하다면 그 아이의 인공호흡기를 제거할 예정이었고, 그렇게 되면 내 환자를 수술실에 들일 수 있을 터였다. 혹시 장기기증 얘기는 없었느냐는 내 물음에 그녀는 이렇게 대답했다.

"진짜 그 병상이 필요하신 거 맞아요? 그럼 내일까지 기다려야 할 수도 있는데요?"

어느새 9시였다. 나는 마음을 가라앉힐 겸 베이컨 샌드위치를 집어 든 다음, 삼삼오오 들어서는 직원들 사이를 수술복 차림으로 배회했다. 이들은 평범한 사람들이었다. 흉골을 가르거나 심장을 멈출 필요도, 가뜩이나 슬퍼하는 부모에게 '아이의 수술이 또다시 취소됐다'는 유의 비보를 전할 필요도 없는 보통 사람들. 나는 다시 고민에 빠졌다. 이쯤에서 그 아기는 포기하고 VIP를 데려다 승모판막 재건술을 해야 하는 건 아닐까? 아직 그 부인은 금식을 충분히 하지도 전투약을 투여받지도 않았을 텐데? 하지만 그러고 나면 일단은 온콜 당직도 아닌 날에 갓 수술한 아기를 방치했다는 죄책감 없이 케임브리지로 가서 딸아이를 만날 수 있잖아? 아니야, 그래도 아기의 부모를 생각해서 병상이 생길 때까지 끈질기게 기다려볼까?

나는 무표정한 얼굴들을 뒤로 한 채 영상의학과로 발길을 돌렸다. 이 답답한 상황을 더는 두고 볼 수 없었다. 낯익은 얼굴의 등장에 그들은 일순 흠칫했지만, 내가 CT 촬영을 재촉하러 온 것이 아니라는 사실에 이내 안도하는 듯했다. 아이의 뭉개진 뇌가 층층이 단면을 드러냈다. 두개골은 마치 삶은 달걀 껍질마냥 쩍쩍 갈라져 있었다. 맑은 뇌척수액이 채워야 할 공간들은 모조리 비어 있었다. 뇌외과 전문의도 집중치료실 전담의들도 고개를 절레절레 내저었다. 수술해 봐야 말짱 헛수고였다. 대뇌피질은 으깨졌고 뇌간은 두개저를 빠져나온 상태였다. 그 처참히 부서진 몸이 CT 스캐너에 가려 보이지 않는다는 사실에 나는 안도했다. 마을 학교에 가려고 해맑게 걷던 소녀는 이제 뇌사 상태로 땅과 하늘 사이를 떠돌고 있었다. 그렇게 나는 집중치료실 병상을 확보했다. 한쪽 부모는 안도했고, 한쪽 부모는 비탄에 잠겼다.

수술실로 결연히 돌아가는 길에 나는 첫 환자를 얼른 데려오라고 지시했다. 내가 누군지 알 리 없는 마취과 파견 간호사는 안일한 답변, 그러니까 병상이 확보됐다는 소식을 아직 듣지 못했다는 말로 내 심기를 건드렸다.

나 역시 그녀가 누군지 몰랐던 터라 평상심을 잃고 무작정 언성을 높였다. "내 말 안 들려요? 젠장, 병상을 잡았으니까, 당장 아이를 데려오라고."

마취과의사가 문간에 서서 한동안 나를 빤히 쳐다보았다. 문제의 간호사는 수화기를 들고 소아 집중치료실 수간호사에게 전화를 걸었다. 순간 걱정 하나가 머리를 스쳤다. 혹시 아까 그 여자아이에게 인공호흡기가 불필요하다는 소식이 저쪽에는 아직 전달되지 않은 게 아닐까? 하지만 다행히 기우였다. 저쪽의 대답은 내 채근의 근거를 확인시켰고, 마침내 우리는 그날의 첫 심장 수술 환자를 데려올 수 있었다.

아기를 재우고 작디작은 혈관에 캐뉼러를 삽입하려면 족히 1시간은 필요했다. 게다가 나는 어린 딸을 떼어놓는 부모의 눈물과 그로 인한 불안에 전염되고 싶지 않았다. 고로 나는 형편없는 커피가 담긴 플라스틱 컵을 들고 흉부외과 수술방 마취실로 흘러들었다. 이번에는 오랜 친구가 반갑게 나를 맞았다. 그에게 내 혈압 측정을 부탁했다. 180에 100. 너무 높은 수치였다. 10년 동안 날마다 혈압약을 복용해 왔다는 점을 감안하면 더욱 그랬다.

문밖에서 애타는 부모의 소심한 발자국 소리가 들려왔다. 그리고 목소리가 들렸다. "웨스터비 교수님께 전해주세요. 이런 기회를 주셔서 감사하다고." 여전히 두 사람은 아이가 수술을 견뎌내지 못하리라고 생각하는 듯했다. 우리가 다운증후군을 핑계로 최선을 다하지 않을까 봐 걱정하는 듯도 싶었다.

마치 중요한 연주회를 앞두고 세 시간 동안 지독한 좌절감을 견뎌야 하는 피아니스트처럼, 롤렉스의 정밀한 기계장치 조립을 앞두고 격렬한 언쟁을 벌여야 하는 시계공처럼, 나는 호두만 한 심장의 기형을 바로잡는 수술을 앞두고 혹독한 근무 환경에서 오는 정서적 스트레스를 기꺼이 감내하고 있었다. 만약 내가 탈 버스의 기사가 나만큼의 심리적 압박에 시달린다면, 나는 그 버스에 선뜻 오르지 못할 것 같았다. 집도의로서 처음 '방실중격결손' 환자의 구멍난 심장 중심부를 마주하던 순간이 떠올랐다. 그땐 너무 막막한 나머지 머릿속으로 이런저런 험한 말을 쏟아냈었다. 하지만 여태껏 나는 심장의 좌우를 패치로 분리하고 흔적뿐인 판막 조직에서 승모판막과 삼첨판막을 만들어내는 작업에 늘 성공해 왔다. 복잡한 수술법이지만, 수술대에서 환자를 잃은 적은 한 번도 없었다.

오전 11시. 이윽고 나의 스테인리스 스틸 칼날이 아기의 피부를 갈랐다. 첫 핏방울이 플라스틱 수술포 위로 미끄러질 때, 불현듯 딸아이에게 아직 연락하지 않았다는 사실이 떠올랐다. 하지만 이제 와서 생각해봐야 소용없었다. 당장은 눈앞에 누운 아기의 흉골을 전기톱으로 절개하는 일에 집중해야 했다. 그 작은 심장의 기형을 바로잡아 숨 가쁨과 통증에서 해방된 삶을 아기에게 선사하는 일에 오롯이 초점을 맞춰야 했다. 고로 나는 다시 정신을 가다듬었다. 새 승모판막은 조금도 새지 않아야 했다. 다만 삼첨판막은 순환압이 낮은 쪽에 위치하므로, 살짝 역류해도 크게 문제되지 않았다. 한편 심장의 전기전도 시스템에도 주의를 기울여야 했는데, 그 보이지 않는 전기회로가 손상되면 자칫 심장박동의 리듬이 흐트러져 영구형 심박조율기를 써야 할 수도 있었다. 상념이 여기에 이르자, 문득 시계공이나 피아니스트의 삶이 훨씬 더 수월하겠다는 생각이 들었다.

사실 그 자그마한 심장은 그날 내가 직면한 문제 가운데 가장 사소한 축에 속했다. 아직 그 사실을 모르는 채로, 나는 데이크론 패치를 꼼꼼히 꿰매 붙여 심장의 방들을 분리한 다음, 아기의 미래가 달린 판막들을 조심스레 만들어나갔다. 마치 달걀 껍질 속을 수술하는 기분이었다. 가느다란 관상동맥들로 혈액이 다시 유입되자, 아이의 작은 심장은 기다렸다는 듯 뛰기 시작했다. 이제 아기를 인공심폐기에서 분리할 시간이었다. 그때였다. 창백하고 수심에 찬 얼굴이 수술실 문 앞에 나타났다.

"죄송합니다만, 교수님, 지금 당장 2번 수술실로 와주셔야겠어요. 메이너드 교수님 환자에게 문제가 생겼습니다." 그녀는 이렇게 말했다.

"심각한가?" 나는 아기의 심장에 시선을 고정한 채 이렇게 물었다.

"대동맥이 뚫려서 피가 나는데, 저희 힘으론 지혈이 안 돼요." 그녀의 목소리에서 절박감이 묻어났다.

내 아기는 괜찮아 보였다. 하지만 평소 나는 심폐바이패스용 캐뉼러를 제거하고 가슴을 닫는 일을 전임의에게 맡기지 않았다. 하지만 망설일 시간은 없었다. 나는 모든 가능성을 고려해, 저쪽을 도와야 한다는 결정을 내렸다. 서둘러 수술대에서 물러서는데, 뭔가가 툭 떨어졌다. 고출력 헤드램프에 연결해 둔 전선이 당겨지면서 그 망할 물건이 머리에서 벗겨진 것이었다. 몇 백 파운드짜리 장비가 망가지는 데는 불과 2초도 걸리지 않았다.

닉 메이너드는 상부 위장관에 정통한 일류 외과의사로, 전문 분야는 위암과 식도암이었다. 그는 음식과 공기가 들어찬 위장관을 다루는 일에 익숙했지만, 높은 압력의 혈액을 다루는 일에는 익숙하지 않았다. 그나저나 그 불운한 환자는 암 환자가 아니었다. 불과 며칠 전만 해도 그녀는 건강에 아무 문제가 없었다. 그저 고급 레스토랑에서 행복하게 농어를 먹다가 생선 가시를 삼켰을 뿐이었다. 처음에는 별로 불편하지 않았고, 음식을 삼키는 데도 문제가 없었다. 그러다 가슴 깊은 곳에서 둔통이 느껴지더니, 고열이 심해지고 식은땀이 났다. 얼마 뒤에는 액체류조차 삼키기 힘들어졌고 통증은 갈수록 악화되었다. 일반의는 문제의 심각성을 직감했다. 외과에서 시행한 혈액검사 결과 백혈구 수치가 매우 높았다. 농양의 징후였다. 일반적 경우와 달리, 삼킨 가시가 소화관으로 빠져나가지 않고 식도 벽을 뚫었음에 틀림없었다.

메이너드 교수 팀은 한 무리의 의대생과 영상의학과의사에게 둘러싸인 채 CT 검사 결과를 분석했다. 오렌지만 한 농양이 환자의 가슴 뒤쪽, 식도와 대동맥 사이에 자리해 있었다. 우려스러운 부분은 고름 안에 거품이 가득하다는 사실이었다. 가스를 생성하는 미생물은 대체로 가장 위험한 종류였다. 따라서 환자가 그토록 고통스러워하는 것도 무리는 아니었다. 얼른 고름을 빼내야 했다. 지체하면 혈류로 흘러든 세균이 패혈증을 일으켜 환자가 며칠 내로 위독해질 수 있었다.

식도와 대동맥은 흉강에서 심장과 척추를 각각 앞뒤에 둔 채 나란히—식도는 오른쪽, 대동맥은 왼쪽에서—하강한다. 달리 말하면, 극도로 복잡한 구역에 자리한다는 얘기다. 메이너드는 고농도 항생제를 투여하고 오른쪽 가슴과 갈비뼈를 절개한 다음 폐 뒤쪽에서 농양을 찾아내기로 했다. 그런 뒤에 농양강을 열어 농을 씻어내고 배농관을 연결해 두면 며칠 안에 항생제가 감염을 제압할 테고, 식도의 근육성 벽에 난 작은 구멍은 저절로 아물 거라고 생각했으니까. 이론은 지독히 단순했지만, 결과는 단순하기는커녕 지독했다.

2번 수술실 유리문 너머로 메이너드 교수가 보였다. 그는 두 팔을 팔꿈치까지 환자의 흉강에 넣은 채 피투성이 얼굴로 땀을 쏟아내고 있었다. 흉강에 고인 피가 넘쳐 그의 푸른 가운을 타고 흘러내렸다. 마취과의사들은 수혈팩을 짜느라 분주했다. 자초지종을 들어보니, 처음에는 계획이 착착 들어맞는 듯했다. 적어도 메이너드가 감염된 조직 잔사를 제거하려 농양강을 검지로 쓸어볼 때까지는. 비극의 전조는 혐기성 세균과 썩어가는 살의 역겨운 냄새였다. 그러다 쉭! 피가 솟구치더니 수술실 조명을 덮쳤다. 농양은 대동맥 벽을 파고들어간 상태였다. 심장 뒤쪽으로는 일종의 감염성 습지가 조성돼 있었다. 메이너드가 할 수 있는 일이라고는 분수처럼 뿜어져 나오는 핏줄기를 주먹으로 틀어막고 힘껏 압박하는 것뿐이었다. 난감한 문제였다. 환자는 이미 1리터도 넘는 피를 흘린 상태였다.

그 상황에 메이너드가 주먹을 움직이기라도 하면, 몇 초 안에 그녀는 과다 출혈로 사망할 것이었다.

그날따라 나를 짓누르는 책임의 무게에 탄식이 절로 나왔다. 나는 힘없이 메이너드를 바라보며 잠시 생각에 잠겼다. 출혈은 여전히 심각했고, 심장이 계속 박동하는 상황에서는 구멍을 막을 가능성도 요원했다. 그대로 뒀다가는 환자가 출혈로 사망할 판이었다. 이 빌어먹을 곤경에서 벗어날 유일하고도 실현 가능한 방책은 심폐바이패스를 통해 체온을 섭씨 16도로 낮춘 다음, 혈액순환을 차단하는 것뿐이었다. 뇌의 온도를 낮추면 환자는 혈류 없이도 삼사십 분을 버틸 터였고, 그사이 우리는 손상을 제대로 살펴 적절한 조치를 취하면 될 듯싶었다.

나는 아침에 비하면 매우 정중히, 그 정신없는 소생술과 무관해 보이는 누군가에게, 우리 팀 체외순환사를 불러다 인공심폐기를 준비시키고 소독간호사 두 명과 심장 마취 전문의도 불러달라고 부탁했다. 메이너드는 출혈 부위를 계속 압박해야 했고, 이곳의 마취과의사들은 수혈팩 짜는 일을 멈출 수 없었다.

나는 손을 소독하고, 환자를 에워싼 팀원들 사이로 합류했다. 심장은 보이지도 않았다. 출혈부를 막은 메이너드의 손가락을 에두르려면 가슴을 더 활짝 열어야 했다. 완벽을 기할 시간 따윈 없었다. 나는 메스와 소작기를 들고 환자를, 오른쪽이 위를 향하게 모로 눕힌 상태에서, 사실상 반으로 갈랐다. 금속 견인기로 흉곽을 벌리는 데 뭔가가 우지끈했다. 갈비뼈 하나가 부러지는 소리였다. 드문 일은 아니었다. 개흉수술이란 본디 살벌한 일이었다.

비로소 허옇고 허한 심장이 모습을 드러냈다. 나는, 섬유성 주머니에 싸인 채 빠르게 뛰는 그 장기를 갈라 캐뉼러 두 줄을 삽입한 뒤 인공심폐기에 연결해야 했다. 첫 번째 캐뉼러가 대동맥 안으로 들어갔다. 산소화된 선홍빛 피가 좌심실을 벗어날 때 가장 먼저 거치는 통로였다. 두 번째 캐뉼러는 빈 우심방에 밀어 넣었다. 푸르스름한 정맥혈이 폐순환을 위해 심장으로 돌아가면 가장 먼저 거치는 공간이었다. 이제 산소가 부족한 정맥혈은 열교환기와 산화기를 거쳐 대동맥으로 돌아갈 것이었다. 이 상태에서 체온을 낮추면 뇌를 비롯한 중요 장기의 손상을 최소화할 수 있었다. 심장은 오른쪽 가슴으로 접근하는 경우가 드물었다. 하지만 나는 복잡한 승모판막 재수술을 하느라 그쪽으로 접근해 본 경험이 제법 있었다. 이번처럼 난해하고 도전적인 수술에서는 모든 경험이 하나같이 소중했다.

만약에 대비하는 차원에서 나는, 참관 중이던 심장외과 전임의 한 명을 조직 은행으로 보내, 항생제 처리된 대동맥 동종이식편을 신청해 두라고 지시했다. 우리 병원은 유족의 동의를 얻어 부검 중에 시신에서 떼어낸 조직이나 장기를 예비로 조직 은행에 보관 중이었다. 인간의 조직은 데이크론 섬유 재질의 합성 혈관보다 감염 저항력이 우수하다. 나는 종종 시체에서 공여된 심장판막이나 대동맥, 혈관 조직편을 이용해 생체를 재건하곤 했다. 일종의 재활용이랄까? 아무래도 인간이 만든 제품보다는 신이 빚은 작품이 더 훌륭할 테니까.

오후 2시. 5번 수술실에 있던 전임의가 들어왔다. 그는 심박조율기 와이어와 흉관을 삽입한 뒤 아기의 가슴을 닫았으며, 모든 일이 순조로웠다고 말했다.

수술의 다음 단계를 진행할 만큼 체온이 내려가려면 약 30분은 기다려야 했다. 메이너드의 두 손은 갈수록 차가워졌다. 그사이 나는 환자를 살렸다며 그를 추켜세우는 한편, 위험하니 움직이지 말고 한기는 환자의 뇌도 식어간다는 뜻이니 좋게 생각하라며 그를 독려했다. 그런 다음에는 들떠 있는 전임의에게 손을 소독하고 나 대신 인공심폐기를 살펴봐달라고 부탁했다. 말로는 잠시 나가 커피를 마시고 화장실에 들르겠다고 했지만, 사실 나는 제마에게 전화하고 싶었다. 하지만 제마는 전화를 받지 않았다. 아이는 아직 세미나에 참석 중이었다. 시간은 야속하게 흘러갔지만, 나는 저녁 무렵 케임브리지에 도착하리라는 희망을 여전히 버리지 않았다.

체온이 섭씨 18도에 이르렀을 때 나는 급히 다음 단계로 넘어갔다. 그날의 세 번째 수술복과 글러브를 착용한 나는 체외순환사에게 펌프를 정지하고 순환 중인 혈액을 저혈조에 비워내라고 말했다. 마침내 메이너드는 차갑게 굳은 두 팔을 환자의 가슴에서 무려 1시간여 만에 꺼낼 수 있었다. 나는 곧바로 집도의 자리를 넘겨받았고, 메이너드는 전임의 자리를 차지했다. 손상부를 직접 확인하고픈 마음이 그만큼 간절했던 것이다.

환자의 몸속 혈액순환을 차단한 상태에서 우리는 시간의 흐름에 맞서고 있었다. 감염 조직은 물 먹은 압지마냥 물렀고 썩은 양배추마냥 냄새가 고약했다. 식도는 심하게 훼손돼 재건이 불가능했고, 메이너드도 마지못해 제거에 동의했다. 나는 농양의 위아래를 경계로 이 소중한 근육성 소화관을 절단한 뒤, 대동맥에서 말끔히 분리해 냈다. 메이너드는 구경이 큰 흡인기를 위 속에 밀어 넣었다. 내가 대동맥을 재건하는 동안 위산이나 담즙이 분출되는 것을 막기 위해서였다.

이윽고 우리는 손상부의 깨끗한 시야를 확보했다. 그 너덜너덜한 구멍은 과연 환자의 목숨을 위협하고 있었다. 어쩔 수 없이 나는 대동맥 감염 부위 전체를 동종이식편으로 대체하기로 결정했다. 패치로 기워 위험을 감수하느니, 그 편이 나을 성싶었다. 이런 상황에 논쟁은 사치였다. 나는 대동맥 동종이식편을 알맞은 길이로 다듬은 뒤, 타이타늄 재질의 기다란 지침기와 스테인리스 스틸 재질의 가는 봉합침, 폴리에스테르 재질의 청색 봉합사를 사용해 최대한 빨리 꿰매 붙였고, 이때 이식편이 건강한 조직에 깊이 맞물려 접합부에서 짓무른 부위를 최대한 예쁘게 감싸도록 주의를 기울였다. 마지막 매듭을 왼손으로 묶으며 나는 체외순환사 리처드에게 혈액순환 재개와 재가온을 지시했다. 차가운 피가 인공심폐기에서 흘러들어와 대동맥 이식편을 팽팽히 채웠고, 봉합침이 뚫고 간 자리로 공기가 지나며 바람 빠지는 소리를 냈다. 기껏 돌아온 혈액이 다시 새지 않도록 두어 바늘을 더 꿰매야 하긴 했지만, 32분 뒤 우리는 뇌로 가는 혈류를 비로소 회복할 수 있었다. 아름다운 결말이었다. 비록 내 환자의 수술 결과는 그리 아름답지 않았지만 말이다.

어느새 시간과의 싸움도 막바지로 치닫고 있었다. 내 바느질 솜씨에 감탄하며 여유를 부릴 시간 따위는 존재하지 않았다. 이제 메이너드가 나설 차례였다. 그는 이 가엾은 여인의 위쪽 식도 끝을 목 왼쪽 밖으로 틀어 침을 빼내고 액체라도 맘 편히 삼키도록 돕는 한편, 아래쪽 식도 끝은 폐쇄한 뒤 복벽에 위장 입구를 만들어 그곳으로 음식을 섭취하게 해줄 예정이었다. 전문용어로는 위루형성술이라 불리는 수술법이었다. 물론 이게 끝은 아니었다. 몇 달 뒤에는 그녀가 다시 음식을 삼킬 수 있도록 대장의 일부를 목과 위 사이에 이식해 새로운 식도를 만들어야 했다. 하지만 당장은 환자가 목숨을 건졌다는 사실이 중요했다. 삶에서, 그리고 죽음에서도 중요한 건 타이밍이었다. 마침 심장외과의가 근처에 있었고, 인공심폐기와 체외순환사는 적시에 공급됐으며, 사용 가능한 이식편이 남아 있었기에 망정이지, 그렇지 않았더라면 그녀는 이미 목숨을 잃었을 터였다. 그것도 한낱 물고기 때문에 말이다.

메이너드 교수의 위장관 팀은 홀가분하게 가슴을 닫고 배액관을 연결한 뒤 수술을 마무리했다. 나는 수술대에서 물러나며 미끄덩한 핏덩어리를 밟는 바람에 볼품없게 나자빠져, 금이 간 타일 바닥에 제대로 엉덩방아를 찧었다. 동료의 손을 차디찬 흉강에 너무 오래 담가둔 벌을 이렇게 받는구나 싶었다. 생사를 다툴 때의 긴박감이 사라진 시점에 내 바지에 생긴 빨갛고 질척한 얼룩은 간호사들의 웃음보를 자극했다. 개중에 내 꼬리뼈의 안위를 걱정하는 이들도 있기는 했다. 하지만 나는 통증과 별개로, 우울한 분위기를 날려버렸다는 사실에 은근한 기쁨을 느꼈다.

홀가분함은 오래가지 못했다. 문에는 내 이름이 적힌 쪽지가 4장 넘게 붙어 있었다. 첫 번째 쪽지는 승모판막 재건술을 위해 병실에서 대기하던 그 고매한 부인이 애타게 나를 찾는다는 내용이었다. 역시나. 두 번째 쪽지는 아까 수술한 아기의 흉관으로 꽤 많은 피가 흘러나오니 소아 집중치료실로 와달라는 내용이었다. 젠장. 세 번째 쪽지는 노퍽 앤드 노리치 병원 응급실에서 어느 여의사가 나를 찾는다는 내용이었다. 도대체 왜? 그 먼 곳에서 굳이? 그리고 마지막 쪽지는 의료부장이 그의 사무실에서 오후 4시에 간호부장과 나를 만나고 싶어 한다는 내용이었다.

일단 마지막 쪽지는 무시하기로 했다. 시계는 벌써 4시 10분을 가리켰고, 나는 대화의 주제를 짐작하고도 남음이 있었다. 십중팔구 그 쓸모없는 파견 간호사에게 험한 소리를 내지르고 외과 고문의로서 품위에 어긋나는 행동을 저지른 데 대한 문책성 면담일 터였다. 그렇다고 승모판막 수술이 취소된 그 부인과 언짢은 대화를 주고받을 기분도 아니었다. 오후 5시 이후에는 간호 인력이 심각하게 부족했다. 기껏해야 응급수술실 한 곳을 감당할 인원밖에 남지 않은 상황에서 긴급하지도 않은 수술을 하려 해봐야 간호사들이 동의할 리 만무했다. 고로 내 유일한 걱정은 그 아기였다. 수술 부위의 출혈이 심각한 걸까? 아니면 인공심폐기 사용 후 응고되지 않은 피가 스며 나오는 것일까? 시내를 벗어나고픈 마음이 여전히 굴뚝같았지만, 사태를 파악하기 위해 나는 곧장 소아 집중치료실로 향했다.

아기의 병상 주위로 오후 회진이 소집되었다. 침대 양옆에는 수심에 찬 부모가 웅크린 채, 차갑지만 땀에 젖은 조그만 손을 잡고 있었다. 수액 거치대에 매달린 수혈팩에서는 공여 혈액이 캐뉼러를 거쳐 아기의 목정맥으로 흘러들었다. 굳이 수치를 읽지 않아도 배액수집병 속 혈액이 출혈의 심각성을 말해주고 있었다. 소중한 핏물은 흉관의 한쪽 끝으로 흘러들었다가 다른 쪽 끝으로 곧장 빠져나갔다. 게다가 앞서 실시한 혈액응고검사 수치는 정상에 가까웠다.

이로써 나의 저녁 계획은 무산되었다. 케임브리지가 다른 행성에 있었더라면 차라리 덜 아쉬울 듯했다. 나는 아기를 다시 수술실로 데려가 지독한 출혈을 멈춰야 했다. 비탄은 이내 화로 바뀌었다. 나는 아기의 가슴을 직접 닫았어야 했다. 하지만 만약 그랬더라면, 생선 가시 여인이 목숨을 잃었을 터였다. 씁쓸한 심정으로 나는 담당 '헬퍼'에게 전화해 소아과 병상을 하나 밀고 갈 테니 응급수술실을 확보해 달라고 말했다. 5분 뒤 걸려온 전화에서는 흉부외과의 폐암 수술이 늦어져 응급수술실에 들어갈 인원이 부족하다는 답변이 돌아왔다. 이 말인즉, 그 수술이 끝날 때까지는 응급수술이 불가능하다는 뜻이었다. 별수 없이 우리는 계속 혈액을 짜 넣었다. 또한 그로써, 생일 맞은 딸아이를 보러 갈 일말의 기회조차 완전히 사라졌다. 언제나 이런 식이었다. 나는 늘 못난 아빠였다. 필요할 때마다 부재중이었고, 아직 연락조차 하지 않았다는 사실은 상황을 더욱 악화시켰다. 몰골마저 처참했다. 바지는 핏물로 질척였고, 다친 엉덩이는 욱신거렸다.

흉부외과의들은 재촉이 통하지 않았다. 확대경으로 작은 구멍들을 살피며 느릿느릿 수술하는 데다, 언제나 무리하게 수술 일정을 잡았다. 그렇지만 응급수술실을 쓸 수 없다는 것은 문제였다. 이제 나는 아기의 병상을 떠나지 않았다. 그리고 내가 출혈을 멈춰주길 바라며 불안에 떠는 부모에게 낡은 위로를 건넸다. "제가 떠날 때까지만 해도 괜찮았습니다. 심장 출혈은 아닐 거예요."

아니나 다를까, 30분쯤 지나자 출혈은 눈에 띄게 잦아들었다. 나는 기분 좋은 상상에 휩싸였다. 혈병이 마침내 바늘구멍들을 밀폐한 것일까? 그렇다면 아기의 가슴을 다시 열지 않고 이대로 병원 문을 나서도 되지 않을까? 하지만 걸리는 부분이 있었다. 출혈이 잦아들수록 아기의 목정맥은 팽창하고 있었다. 수혈을 너무 많이 한 것일까? 아니면 흉관이 막혀 심낭 안에 고인 혈액이 심장을 압박하면서 이른바 심장눌림증이 발생해 우심방이 제대로 채워지지 않는 것일까? 후자가 더 그럴듯하긴 했다. 아직 혈압은 괜찮았다. 하지만 떨어지기 시작하면, 진짜 문제는 그때부터였다.

혈압이 내려가기 시작했다. 이는 곧 수술실이 준비되기를 마냥 기다릴 순 없다는 뜻이었다. 이제는 여기, 이 병상에서 아기의 가슴을 열고 혈병을 퍼내야 했다. 수간호사가 멸균된 개흉술 장비 한 벌을 들고 와 카트에 털썩 내려놓았다. 나는 아직 수술복 차림이었다. 나는 급히 싱크대에서 손을 씻으며 이 모든 소동의 근원인 전임의를 불러오라고 지시했다. 그는 이미 집에 가고 없었다. 별수 없이 우리는 온콜 당직 전임의를 찾아다녔다. 하지만 그는 대진의인 데다, 이미 손 소독을 끝내고 흉부외과 수술실에 투입된 상태였다.

결국 나는 보조자 없이 수술을 단행했다. 아기의 작디작은 가슴을 소독하고 수술포로 덮은 뒤 흉골을 가르는 데는 채 2분도 걸리지 않았다. 흡인기는 아직 연결되기 전이었다. 고육지책으로 나는 검지로 혈병을 퍼낸 뒤 희고 깨끗한 탈지면을 심낭의 빈 공간에 쑤셔 넣었다. 선홍색 얼룩이 번지는 양상을 보며 이내 출혈점을 확인할 수 있었다. 우심실 근육에 임시로 연결해 둔 심박조율기 와이어 자리에서 피가 조금씩 새어 나오고 있었다. 얼핏 사소해 보여도, 기실 치명적인 문제였다. 심장 수술이란 게 원래 그런 식이었다. 매번 완벽하지 않으면, 환자를 허무하게 잃을 수밖에 없었다.

심장의 리듬은 정상이었다. 고로 나는 문제의 와이어를 빼낸 다음, 매트리스 봉합법으로 미세한 출혈을 제압했다. 예상대로 흉관은 막혀 있었다. 나는 그것들을 깨끗한 새것으로 교체한 뒤 다시 가슴을 닫았다. 이 모든 과정에 걸린 시간은 10분에 불과했다. 하지만 이는 충분히 피할 수 있었던 소동이었다. 문제의 소심한 수련의는 아기의 실룩거리는 심실에 봉합침을 찔러 넣지 못했다. 스며 나오는 피가 저절로 멈춰주기를 막연히 기대하면서 말이다. 그런 정신 상태로는 결코 이 전공 분야에서 살아남을 수 없었다.

오후 7시. 문득 노퍽 앤드 노리치 병원 응급실에서 나를 찾은 이유가 궁금해졌다. 아직 그 병원에서는 내 전화를 기다리고 있을까? 처음에는 그저 황당했지만, 이제는 불안하고 두렵기까지 했다. 노리치는 케임브리지와 가까웠다. 만약 제마가 친구와 나갔다가 사고를 당했다면? 왜 진작 그 생각을 하지 못했을까? 나는 떨리는 마음으로 다시 제마의 휴대전화 번호를 눌렀다. 이번에는 딸아이가 밝게 전화를 받더니 내게 잘 오고 있느냐고 물었다. 이내 무거운 침묵이 이어졌다. 그날 밤 나는 내 아이들을, 둘 중 누구도 만날 수 없었다. 두 환자는 모두 살아남았지만, 나의 일부는 또다시 죽었다.

2장

슬픔

오후 7시 30분. 나는 한 아이에게 새 생명을 선사했고, 외과의로서 어려운 도전에 성공했다. 그날 저녁 나는 하늘을 나는 기분이어야 했다. 하지만 아니었다. 오히려 그런 감정과는 거리가 멀었다. 나는 죄책감과 슬픔에 휩싸였고, 마음은 여전히 케임브리지에 가 있었다. 이성은 지금 그곳에 가봐야 소용없다고 나를 다그쳤다. 지금가야 할 곳은 우드스톡의 내 집이었다. 그곳에서 술의 힘을 빌려 모든 것을 잊는 수밖에 없었다. 노퍽 앤드 노리치 병원의 수상한 전화에는 여태 답하지 못했다. 하지만 나는 원래 온콜 당직이 아니었으니, 굳이 그 전화에 신경 쓸 필요가 없었다. 하지만 신경이 쓰였다. 언제나 그래 왔던 것처럼. 내 인생은 내 것이 아니었으므로.

"안녕하세요. 노퍽 앤드 노리치 대학병원입니다. 어느 과로 연결해 드릴까요?"

"응급실 부탁합니다."

"죄송합니다. 지금 통화 중이네요. 계속 기다리시겠습니까?"

무심한 대기 음악이 지루하게 이어졌다. 그렇듯 몇 분을 몇 시간처럼 느끼게 하는 곡조를 듣느니, 차라리 의료부장의 질책을 기다리는 시간이 더 즐거울 듯했다.

그때 젊은 의사의 목소리가 들려왔다.

"감사합니다, 교수님. 하루 종일 수술로 바쁘셨지요? 저는 당직 레지던트 루시라고 합니다. 다름이 아니라 교수님께서 저희 응급 환자를 수술해주셨으면 해서 아까부터 기다렸습니다. 대동맥박리 증입니다(의료계에서는 사람을 이름이 아닌 병명으로 지칭하는 경우가 흔하다). 일반의 선생님인데, 몇 년 전 심장 수술을 받았어요. 대동맥 판막 치환술이었죠. 팝워스 병원에서요."

"그럼 대동맥박리증 수술도 팝워스에서 하면 되잖습니까?"

어색한 침묵이 이어졌다.

"그쪽 외과 선생님은 다른 응급수술 때문에 어렵다고 하셨어요."

내 입장에서는 꽤 당혹스러운 요청이었다. 런던에는 노리치를 기준으로 우리 병원보다 가까운 심장 전문병원이 여럿 있었다. 대동맥박리증은 매우 심각한 응급질환이었다. 온몸에 혈액을 공급하는 주요 동맥의 세 층 중에서 가장 안쪽 층, 즉 내막이 갑자기 터졌다는 뜻이었으니까. 노출된 가운데 층, 즉 중막은 혈압이 높아질 경우 판막 바로 위에서 다리 동맥에 이르기까지 모든 구간이 갈라질 수 있었고, 더불어 중요 기관으로 가는 혈관 가지들이 잘리면서 혈액 공급이 차단되고 뇌졸중이나 장괴사, 다리의 맥박소실, 신부전이 유발될 수 있었다. 더 큰 문제는, 갈라진 대동맥이 언제든 파열되어 급사를 유발할 수 있다는 점이었다. 또한 그 가엾은 환자는 의사였다. 그는 더 나은 대우를 받아야 했다. 누구든 더 나은 대우를 받을 자격이 있었다.

나는 환자의 나이와 현재 상태를 물었다. 남자는 62세로, 갑작스레 극심한 흉통을 호소하는가 싶더니, 순식간에 오른쪽 몸이 마비됐다고 했다. 이는 왼쪽 대뇌반구로 피를 보내는 목동맥이 끊기면서 뇌가 광범위하게 손상됐다는 뜻이었다. 수술이 늦어질수록 회복의 가능성은 낮아졌다. 환자는 말을 하지 못했다. 하지만 루시는 희망의 끈을 놓지 않았다. 그녀는 여전히 낙관적이었다. 환자는 아직 의식이 있었고 적어도 왼쪽 몸은 움직일 수 있었으니까.

나는 아직 환자의 이름을 알지 못했다. 필수 정보인 혈압도 아직 모르는 상태였다. 대동맥박리증 환자를 구급차나 헬리콥터에 태우기 전에는 반드시 항고혈압제 정맥주사로 혈압을 주의 깊게 조절해야 했다. 혈압이 치솟을 경우 자칫 손상된 혈관이 파열될 수 있었다. 대동맥박리증 환자의 상당수가 이송 도중이나 직후에 사망하는 이유도 바로 그것이었다.

"180에 100인데, 어떻게 떨어뜨려야 할지 모르겠어요." 그녀의 목소리에서는 이제 당혹감이 묻어났다.

이는 곧 모든 상급 의사가 그녀에게 일을 떠맡긴 채 퇴근해버렸고, 그녀는 여태껏 한 번도 그런 케이스를 다뤄본 적이 없다는 뜻이었다. 하루 종일 언쟁과 질책에 시달린 터라 나는 신중하게 단어를 골라 이렇게 말했다.

"젠장! 어떻게든 떨어뜨려봐요. 니트로프루시드를 놓든지."

대동맥박리증이 혈관 가지를 타고 뻗어나가면서 종잇장처럼 얇은 조직이 부풀어 터지는 장면이 머릿속에 그려졌다. 응급수술로도 이런 환자의 4명 중 1명은 살릴 수 없었다.

하지만 루시는 혈압을 함부로 떨어뜨려선 안 될 것 같다고 했다. 소변량이 적은 데다, CT 검사 결과 왼쪽 신장에 피가 돌지 않더라는 것이었다. 남은 치료법은 수술뿐이었다. 환자를 더 빨리 수술대에 눕힐수록 더 좋은 결과를 기대할 수 있었다. 다만 소화관으로 가는 혈류가 끊겼다면, 손쓸 방법이 거의 없었다. 나는 환자가 복통이나 압통을 느끼느냐고 물었고, 아니라는 대답이 돌아왔다. 그나마 다행이었다.

겁에 질린 환자는 가족에게 둘러싸인 채 마비된 몸으로 딱딱한 이동식 병상에 몇 시간째 누워 있었다. 그는 자신의 진단명을 알았고, 응급수술만이 유일한 희망임을 충분히 이해하고 있었다. 설상가상으로 그는 전에 대동맥판막 기형으로 심장 수술을 받은 적이 있었고, 그로 인해 대동맥 벽이 약화됐을 공산이 컸다. 재수술은 첫 수술보다 훨씬 더 고생스럽기 마련이라, 나는 상황을 미리 머릿속으로 그려보았다. 자, 이 의사는 고위험 응급질환으로 재수술을 받아야 한다. 하지만 뇌졸중이 있는 데다, 한쪽 신장은 망가졌다. 혈압은 조절되지 않는 상태고, 차로 이곳에 오려면 적어도 2시간은 이동해야 한다. 헬리콥터로 이송할 수는 없을까? 이미 알아봤지만 불가능하단다. 팝워스에서 퇴짜를 맞을 만하다!

루시는 내 망설임을 감지했다. 나는 여차하면 발을 뺄 생각으로, 우리 쪽 집중치료실 병상이 남을지 모르겠다고 말했다.

이번에는 루시 쪽에서 카드를 내밀었다. "환자 가족이 직접 교수님께 보내달라고 요청했습니다. 함께 의대를 다녔다던데, 교수님과는 동기이신 것 같더라고요."

그러고 보니 여태 확인하지 않은 것이 있었다. 우리가 무심히 지나치곤 하는 무엇, 바로 환자의 이름이었다. 외과의들은 사람 자체에는 비교적 무관심했다. 우리의 관심사는 문제를 고치는 것이었다. 이미 나는 너무 많은 문제에 온종일 시달렸지만 말이다.

어쨌건 모든 실마리가 단번에 풀렸다. 노퍽의 일반의. 나와 같은 나이. 심장 수술 이력. 그는 쾌활한 성격의 럭비 프롭 포워드이자 채링크로스 병원 2군 팀 주장이자 내 오랜 친구인 스티브 노턴이었다. 우리는 1966년 의대 입학일에 처음 만났다. 나는 뒷골목 출신의 수줍고 얌전한 소년이었다. 스스로의 그림자를 두려워했고, 가족 중 처음으로 대학에 들어갔다. 스티브는 패기만만하고 외향적이었으며 자신감이 충만했다. 내가 두려움을 모르는 수술 기계로 변해가는 동안 그는 노퍽의 동네 주치의가 되어 사랑을 듬뿍 받았다. 같은 직업, 동떨어진 세계. 어쩌다 이렇게 됐을까?

결국 나는 요청을 받아들였다. "병상이고 뭐고, 최대한 빨리 그 친구를 보내줘요. 그리고 근무시간이 끝나간다는 건 알지만, 루시도 함께 와줬으면 해요. 혈압을 어떻게든 끌어내려야 하니까. 아, CT 사진도 부탁해요."

저녁의 이 시간대에 일을 맡길 사람이 있을 리 만무했기에, 나는 혼자서 모든 절차를 조율해야 했다. 당직 간호 팀은 하루 온종일 업무에 시달리다 이제 막 정례적 폐암 수술을 끝내려는 참이었다. 그들은 밤새 길게 이어질 응급 재수술 소식에 난색을 표했다. 구급차는 엄청난 속도로 청색 경광등을 번쩍이며 밤 11시쯤 도착할 예정이었다. 천운으로 스티브가 살아서 옥스퍼드에 도착하면, 나는 손수 그의 병상을 마취실까지 밀고 갈 작정이었다.

진짜 싸움은 이제부터였다. 우선 집중치료실에 병상이 남는지부터 확인해야 했다. 병상이 없다면, 타 지역 환자를 멋대로 수락한 값으로 혹독한 설전을 치러야 할 터였다. 다행히 당직 마취의는 데이브 피곳이었다. 남아프리카 출신의 이 무뚝뚝한 남자는 몇 번 나를 도와 인공심장 수술에 참여했고 도전을 즐기는 타입이었다. 또한 고맙게도 소독간호사는 아이린이었다. 필리핀 출신의 이 자그맣고 예의 바른 아가씨는 NHS 소속이라는 자부심에 어떤 일에도 불평하는 법이 없었다. 내가 고마움을 표하면 그녀는 한결같이 "천만에요"라고 답하곤 했다. 마치 그게 그녀가 아는 유일한 영어 표현인 것처럼. 체외순환사들은 전부 믿을 만했다. 비록 야간에 불러내면 항상 투덜대고 툴툴거리긴 했지만 말이다. 나는 교환원에게 당직인 체외순환사 중 아무나 호출해 달라고 부탁하고는, 누구와 함께하게 될지는 운명에 맡기기로 했다.

해가 지고 있었다. 나는 집으로 전화해 오래 속을 끓였을 아내에게 자초지종을 설명했다. 케임브리지에 가지 못했다는 얘기에 사라는 나와 함께 슬퍼해주었다. 그날 밤 의대 동기 스티브 노턴을 수술할 예정이라 귀가하지 못한다는 얘기에는 걱정을 숨기지 않았다. 나는 당직 외과의가 아니었다. 또한 심장마비가 온 아버지를 내가 수술하는 문제를 놓고 오갔던 열띤 논쟁을 그녀는 기억하고 있었다. 그 윤리적 쟁점에서 나를 구해준 이는 동료 올리버였다. 심장내과 전문의인 그는 관상동맥 스텐트 삽입술로 아버지를 치료해주었다.

당직 외과의에게 수술을 부탁하면 어떻겠느냐고 사라는 조심스럽게 물었다. 가까운 친구를 대상으로 그토록 큰 수술을 집도하는 것이 마음에 걸린다고 했다. 하지만 나는 심장외과의였다. 내향적이지도 겸손하지도 않았다. 나는 그녀의 질문에 질문으로 응수했다. "만약 당신이 대동맥박리증이면, 누구한테 수술받고 싶을 것 같아?" 그녀의 대답은 "당신"이었다. 그럼 스티브의 가족도 당연히 같은 심정 아니겠느냐고, 나는 그녀에게 되물었다.

들기로 스티브의 아내 힐러리는 병상을 지키다 인터넷으로 뭔가를, 정확히는 대동맥박리증의 기대 사망률을 검색해 봤다고 했다. 어느 국제 등록 시스템에 따르면, 유럽과 미국의 일류 심장 전문병원을 기준으로 사망률은 25퍼센트였다. 그리고 모든 케이스를 통틀어 가장 낮게 기록된 사망률은 6퍼센트였다. 그 환자들을 수술한 사람은? 옥스퍼드 대학병원의 외과의였다. 그러니 스티브를 살릴 가능성이 가장 높은 사람은 나일 수밖에 없었다. 더욱이 친구를 구하기 위한 싸움이라면 나는 거리낄 것이 없었다. 흔히들 말하듯 '친구 좋다는 게 뭔가?'

사라의 다음 질문은 하루 종일 뭐라도 먹었느냐는 것이었다. 나는 얼마간 생각에 잠겼다. 그러고는 새벽녘에 베이컨 샌드위치를 하나 먹었다는 사실을 기억해 냈다. 문제의 야간 수술에 들어가기 전에 자판기에서 감자칩이나 한 봉지 사 먹을 생각이라고, 나는 그녀에게 말했다. 하지만 그 시점에서 음식은 내게 별다른 걱정거리가 아니었다. 나는 숙련된 제1 보조자가 필요했다. 야간 인력 충원을 위해 데려온 초짜 대진의가 아니라, 나를 도와 대동맥박리증을 수술해 본 알짜 전임의가 필요했다. 위기일수록 유기적 팀이 극적인 차이를 만들어내는 법이다. 성취의 차원이 다르다고 할까. 아미르는 당직이 아니었다. 고로 나는 그에게 전화해, 혹시 지금 하는 일이 있느냐고 물었다. 일단 술을 마시고 있을 가능성은 전무했다. 그는 도우려는 의지가 유별나서, 상사를 도와 복잡한 케이스를 해결하기 위해 밤중에 끌려 나오는 일을 영예롭게 여겼다. 또한 내가 출혈을 다스리고 가슴을 닫을 동안 함께 몇 시간이고 수술대 앞을 지킬 만큼 뚝심이 대단했다. 웬만한 패기로는 불가능한 일이었다.

스티브와 힐러리는 내 첫 혼례, 그러니까 제인과의 결혼식에 참석했었다. 우리는 대학을 갓 졸업한, 채링크로스 병원의 젊은 인턴이었다. 함께 럭비를 보러 다녔고, 인생을 너무 무겁게 받아들이지 않았다. 소문에 따르면 스티브는 해부용 시체의 음경을 청바지 앞에 꿰매 달고는 흰 가운 사이로 '슬쩍 내보이며' 해부학 교실을 활보한 적이 있었다. 물론 여기에는 과장이 섞였을 것이다. 하지만 내가 러시아워에 펨브리지가든스 역에서 노팅힐게이트 역까지 발가벗고 달리는 걸 봤다고 떠든 사람은 정말 스티브였다. 또한 우리 둘 다 플리트가의 럭비단 파티에 다녀오는 길에 트라팰가 광장 분수대에서 낚시하다 그만 보우가 경찰서 철창에 갇혀 추운 밤을 보낸 적이 있었다. 그 학기에 나는 해부학 시험을 통과하지 못했다. 오랜 시간 잊고 지낸 짓궂은 장난들이 그날 밤, 스티브가 돌연 생사의 기로에서 마비되고 의식이 온전치 않은 몸으로 이송되는 동안 하나하나 내 머릿속에 되살아났다. 한때 친한 친구였던 우리는 이제 외과의 대 환자로서 재회를 앞두고 있었다. 이런 그림은 결코 기대하지도 원하지도 않았는데 말이다.

나는 고요한 병원 복도를 하릴없이 배회하면서, 심장 집중치료실을 일부러 피해 다녔다. 응급환자 얘기는 최대한 미뤘다가 일단 수술실에 들어간 다음 피곳이나 아미르의 입을 빌려 전달할 생각이었다. 아미르와 나는 일반 집중치료실에서 만나 생선 가시 여인을 보러 갔다. 그 기적 같은 생존의 주인공—그녀의 이름을 나는 끝내 알지 못했다—은 이제 막 깨어나는 와중이었다. 딸들이 담요 밑으로 어머니의 차가운 손을 잡은 채 걱정스레 병상을 에워싸고 있었다. 저체온 순환정지에 따른 '술후냉각'으로 체온이 섭씨 34도까지 떨어진 탓에 환자의 몸이 심하게 떨리고 있었다. 오한과 찬기로 인한 혈관수축은 혈압을 극한까지 밀어 올렸고, 아미르는 이로 인해 수술 부위가 터질 수 있음을 알아차렸다.

태연히 병동을 거닐던 야간 당직 전임의가 긴가민가하는 표정으로 내게 말을 걸었다.

"도와드릴까요?" 쌀쌀한 태도로 보아, 그녀는 수술복 차림의 이 꾀죄죄한 방문자를 환자 이송원쯤으로 여기는 듯했다. 내 대답은 그녀를 놀래기에 충분했다.

"아니, 그보다 이 여자분을 도와줘요. 빌어먹을 이식편이 터지기 전에 혈압을 떨어뜨려야 하니까. 근육 이완제를 주고 아침까지 쭉 재우세요."

딸들의 눈이 휘둥그레졌다. 내 말의 뜻을 완전히 이해할 순 없어도, 우리 사이의 팽팽한 긴장감은 느꼈을 테니까.

"당장 프로프라놀롤을 투여해요." 아미르가 급하게 끼어들었다.

문제의 전임의는 얼떨떨해진 나머지 허둥거리며 방어적 태도를 취했다. 보아하니 딸아이보다 기껏해야 몇 살쯤 많을 듯했다. 나는 좀 전의 퉁명스러운 처신을 곧바로 후회했다. 우리는 이 문제를 다르게 처리할 수도 있었다. 영문 모르는 전임의를 다그칠 시간에 몸소 생선 가시 여인의 목숨을 구한 뒤 환자 가족이 나라는 별난 영웅을 찬양하고 우러르게 만들 수도 있었다. 하지만 그녀는 메이너드의 환자였고, 그는 이미 환자 가족에게 설명을 마친 상태였다. 나는 선을 넘고 싶지 않았다. 하지만 당연히, 내가 기껏 재건한 대동맥이 터지는 꼴을 보고 싶지도 않았다. 우리는 요점을 전달한 뒤 밤 인사를 건네고는 서둘러 발길을 돌렸다. 집중치료실 전담의의 섬세한 영혼을 다치게 하고 싶지는 않았으므로.

오후 10시. 아미르와 나는 조용히 소아 집중치료실로 들어갔다. 오전 환자의 상태를 확인하기 위해서였지만, 뇌수막염 환아의 어머니에게 먼저 눈길이 갔다. 괴저에 걸린 두 팔은 이제 잘려나갔고, 팔이 있던 자리에는 깨끗한 크레이프 붕대가 감겨 극명한 대비를 이뤘다. 아이의 미라화된 작은 손이 제거됐을 때 어머니는 기뻤을까, 아니면 슬펐을까? 문득 궁금해졌다. 만약 그 손이 내 아이의 것이었다면, 나는 그것을 지켜달라고 애원했을까? 음울한 생각은 제쳐두고 나는 그저 수술이 잘됐느냐고 물었다. 그 어머니는 괜찮을까? 내가 도울 만한 일은 없을까? 커피라도 갖다 줘야 하나? 그녀의 고통을 덜어줄 방법은 없는 것일까? 그녀는 나를 올려다볼 뿐, 아무 말이 없었다. 눈물이 그녀의 뺨을 타고 흘러내렸다. 나를 잘 아는 간호사가 고개를 저었다. 이제 내 작은 환자를 보러 갈 시간이었다.

흉관은 어느새 말라 있었다. 맥박과 혈압도 안정되었다. 간호사는 아처 선생이 초음파 검사 중에 굉장히 흡족해했다고 말했다. 판막도 패치도 새는 곳이 없었다. 죽을 때까지 끄떡없을 정도였다. 아이의 부모는 갑작스러운 재수술의 충격이 가신 뒤 보호자 대기실에서 눈을 붙이고 있었다. 두 사람은 우리의 힘든 도전을 이해했고, 이는 정말 중요한 부분이었다. 환자를 수술실로 데려가기 위한 매일의 사투도, 집중치료실 병상을 둘러싸고 반복되는 갈등도, 그에 비하면 중요하지 않았다. 밤이 되면 우리는 환자가 안정되기를, 부모가 밝아지기를, 남편 혹은 아내가 행복하기를, 그들 모두의 미래가 환해지기를 소망했다. 그들이 서서히 잠드는 동안, 나는 길고 어두운 복도를 걸어 응급실로 향했다.

열여섯 시간 만에 처음으로 신선한 바깥공기를 마시며 밤하늘을 바라보았다. 그리고 구급차가 도착하기를 기다렸다. 수술실은 준비되었다. 인공심폐기도 확보되었다. 수술 팀은 휴게실에서 〈뉴스나이트Newsnight〉를 시청하며 지루함을 견디고 있었다. 병원에서 밤을 샐 가능성이 높다는 사실을 그들은 마지못해 받아들인 상태였다. 나는 다시 제마를, 내가 다시 그 애를 실망시켰다는 사실을 떠올렸다. 물론 내 생각이 틀렸을 수도 있었다. 어쩌면 딸아이는 나 없이 훨씬 더 좋은 시간을 보냈을 수도 있었다.

밤 11시 50분. 이윽고 이스트앵글리아 보건당국이라는 글자가 옆면에 적힌 구급차가 청색 경광등을 번쩍이며 병원에 들어섰다. 구급대원들이 뒷문을 열어젖히자, 진작부터 비번이었을 루시가 진입로에 내려섰다. 나는 단박에 그녀를 알아보았다. 영화 〈카사블랑카〉의 한 장면처럼 그녀는 의무기록지 한 뭉치를 들고는 응급실 입구로 걸음을 옮겼다. 그때 내 눈에 비친 그녀는 정말이지 너무나 아름다웠다.

"안녕하세요, 교수님?" 그녀가 말을 건넸다. "노턴 부인께 말씀 많이 들었습니다. 케임브리지 대학병원에서도 들었고요. 거기서 수련을 받았거든요." 짐작건대 좋은 얘기는 아닐 듯했다.

스티브의 고장 난 뇌와 몸을 실은 병상이 우리 쪽으로 밀려오고 있었다. 우리의 마지막 만남은 6개월 전 의과대학 동창회에서였다. 그날 스티브는 개흉수술까지 받은 자신을 비롯해 모든 참석자가 여전히 살아 있음을 유쾌한 말솜씨로 축하했고, 나는 그 수술을 내가 집도했더라면 상황은 달라졌을 거라며 장난스레 그의 말을 받아쳤다. 이제 그는 모두의 예측과 달리 다음 동창회가 아니라 옥스퍼드 대학병원에서 위독한 상태로 나와 재회했다. 그의 가족은 아직 M25 순환도로를 달리는 차 안에 있었다. 내가 왼손을 잡자, 그는 내 손을 꼭 쥐었다. 좋은 신호였다. 아직 움직일 수 있다는 뜻이었으니까. 우리는 응급실 복도를 지나 곧장 수술실로 들어갔다. 루시도 함께였다. 흘긋 본 CT 사진은 치명적 진단의 정당성을 확인시켰다.

수술을 하려면 동의가 필요했다. 하지만 그는 혼자였고 나는 상황을 곧이곧대로 말하고 싶지 않았다. 나는 그저 이렇게 말했다. 내가 그의 대동맥박리증을 고치겠다고, 운이 따라주면 뇌졸중도 호전될 거라고. 그는 가까스로 이렇게 말했다. 잠들기 전에 다시 힐러리와 아이들을 보고 싶다고. 마침 루시가 힐러리의 전화번호를 갖고 있었다. 나는 전화를 걸었다. 그들은 빨라야 45분 뒤에나 도착한다고 했다. 수술이 단 몇 분이라도 늦어질수록 신경이 회복될 가능성은 줄어들었다. 게다가 이미 너무 많은 시간을 허비한 상태였다. 내가 그를 죽게 내버려두지 않겠다고 약속했을 때 비로소 스티브는 동의서에 왼손으로 X표를 그렸다. 나도 그 아래쪽에 서명했다. 이어서 데이브 피곳이 뇌보호제 바비튜레이트를 투여해 그를 망각의 세계로 떠나보냈다.

우리는 인간적 관계를 최대한 배제했다. 수술은 냉철하게, 심지어 익명으로 진행돼야 했다. 하지만 이번에는 사정이 있었다. 스티브는 말을 할 수 없었고, 나는 당장 수술하지 않으면 죽을 운명에 처한 친구에게 실질적 위험을 말로 설명할 수 없었을 뿐이었다. 그는 의사였고 상황을 이해하고 있었다. 그런 그를 굳이 깨어 있는 마지막 순간에 불안에 떨게 할 필요는 없었다.

나는 휴게실에 앉아, 그 백옥 같은 몸이 갈색 요오드 용액으로 닦이고 수술포로 덮이기를 기다렸다. 나는 친구의 축 늘어진 몸통을 보고 싶지 않았다. 그를 예전 모습으로, 아드레날린을 주체하지 못하고 겨울 오후 경기장을 활보하던, 시합에 최적화된 몸 좋은 녀석으로 기억하고 싶었다. 그때 우리는 가까웠지만, 이제 서로 다른 길을 걷고 있었다. 스티브는 진료실에 앉아 환자들과 정답게 담소를 나누고 알약을 내어주며 모범적 의사의 삶을 살고 있었다. 그런가 하면 나는 실망과 갈등, 비극으로 점철된 긴 하루를 마치고 자정에, 칼과 수술톱으로 친구의 가슴을 가를 준비를 하고 있었다. 하지만 수술이 시작되면, 아드레날린이 솟구치며 피로는 사라지고 시간은 소멸될 터였다. 마치 시합을 뛸 때처럼 말이다.

스티브의 흉골과 심장 사이에는 과거의 수술로 인해 심낭이나 흉선이 없었다. 이는 곧 종잇장처럼 얇고 팽창된 대동맥이 흉골 뒷면에 거의 붙어 있다는 뜻이었고, 따라서 진동형 전기톱을 사용해 흉강에 다시 진입하는 일은 극도로 위험한 작업이었다. 나는 다리의 주요 동맥과 정맥을 드러낸 뒤 인공심폐기에 연결하여 혹시 모를 최악의 출혈 사태에 대비했다. 만일 심장이나 대동맥이 톱에 닿아 찢길 경우, 재빨리 인공심폐기를 가동시켜 심혈관계의 압력을 제거한 뒤 출혈부에서 피를 빨아내기 위해서였다. 유용한 대책이었지만, 항상 유용하진 않았다. 하지만 그런 게 바로 심장 수술의 묘미였다. 누구에게나 쉽다면, 전문의가 왜 필요하겠는가!

스티브의 수술은 빅토리아식 주택의 배관 수리 공사와 비슷했다. 주요 파이프는 죄다 망가졌고 개중 보일러에 연결된 관들은 금방이라도 부서질 듯 녹이 슬어 교체를 요하는 상태라 작업을 진행하려면 온수의 흐름을 멈추는 수밖에 없었다. 다시 말해 생선 가시 여인에게 한 것처럼 스티브의 뇌를 냉각하고 혈액을 모조리 심폐기로 들여보내야 했다. 데이브가 그의 두피에 뇌전도 전극을 부착하고 뇌파를 감시하기 시작했다. 체온이 떨어지면서 뇌파는 점점 약해져 갔다. 하지만 그 전부터 이미 스티브의 뇌파는 뇌졸중의 여파로 정상과는 거리가 멀었다. 아미르가 이전의 수술 자국을 따라 피부를 절개한 뒤 뼈에 붙은 지방을 전기소작기로 그슬렸다. 오래된 골 봉합 와이어가 모습을 드러냈다. 아미르는 그 스테인리스 스틸 와이어를 커터로 잘라 말끔히 뜯어냈다. 흉골을 가르는 작업은 언제나처럼 내가 맡았다. 수술톱을 정확한 깊이로 넣으려면 예리한 판단력이 필요했다. 톱을 조심조심 안으로 밀어 넣다가 흉골 뒤쪽을 지난다 싶으면 곧바로 당겨, 혹시라도 흉골 뒷면에 우심실 근육이 붙어 있을 경우를 대비해야 했다.

이윽고 박리된 대동맥이 시야에 들어왔다. 암자색과 보라색과 붉은색이 어색히 어우러져 자못 위협적이었다. 여리고 얇은 막 안에서 핏물이 소용돌이쳤다. 데이브가 초음파 탐촉자를 심장 바로 뒤 식도에 위치시켰다. 확인 결과 동맥벽 파열의 시작점은 관상동맥, 즉 심근에 혈액을 공급하는 주요 혈관 가지들의 기시부에서 약 1센티미터 뒤쪽에 자리했다. 내 임무는 파열된 조직을 교체하고 혈액의 흐름을 바로잡는 일이었다. 이로써 스티브의 뇌와 신장으로

가는 동맥의 혈류가 회복되기를 기대하면서 말이다. 기능이 저하된 신장은 이변이 없는 한 회복될 것이었다. 하지만 손상된 뇌는 회복될 가능성이 없어 보였다. 혈액과 산소에 굶주린 시간이 너무 길었다. 바비튜레이트를 투여하고 뇌를 냉각시킨다는 점을 감안하더라도 전망은 나아지지 않았다.

나는 체외순환사 브라이언에게 심폐바이패스를 시작하고 체온을 섭씨 18도까지 낮추라고 지시했다. 산 사람의 몸에서 혈액을 비워내는 일은 아무래도 수상한 작업이다. 그런 일을 벌이는 존재는 뱀파이어 또는 선천성 심장병 및 대동맥류를 수술하는 소수의 심장외과의뿐이다. 두 수술 모두 내 전문 분야였다. 나는 일상적으로 사람의 혈관을 비워냈다. 언젠가 나는 루마니아의 드라큘라 성에서 할랄 인간을 주제로 풍자적 강연을 한 적이 있었다. 내게 그곳은 집처럼 편안했다. 백작과 나는 여러모로 닮은 데가 있었다.

평소 나는 분초를 다투는 상황에서도, 심지어 뇌의 혈류가 완전히 끊겼을 때도 여유를 잃지 않았다. 나는 죽어가는 신경세포를 애도하며 우두커니 서 있지 않았다. 그렇다고 일을 서두르지도 않았다. 새벽 1시 30분. 나는 브라이언에게 심폐바이패스의 중단과 배액을 지시했다. 만 하루도 지나지 않아 또다시 같은 상황에 놓인 셈이었다. 스티브의 차갑고 항응고 처리된 혈액이 저혈조에 비워졌다. 그 검붉은 핏물은 다시 펌프를 가동시켜 몸속에 주입될 때까지 그곳에 담겨 있을 예정이었다. 나는 속이 비고 갈라진 대동맥을 잘라낸 다음, 머리와 팔로 가는 주요 가지들의 내부를 살펴보았다.

그런 뒤에는 먼저, 발라낸 대동맥의 갈라진 층들을 조직 접착제로 다시 잇대야 했다. 조직 접착제를 등장 초기부터 사용해 온 외과의로서 나는 그것이 내 환자의 생존율을 높이는 데 일조했다고 믿었다. 나는 강박적으로 꼼꼼히 혈관 이식편을 꿰매 붙였다. 이식편은 테플론 펠트로 보강했는데, 바늘을 놀리다 연약한 조직을 잘라먹는 사고를 미연에 방지하기 위해서였다. 모든 환자의 생존은 내 대뇌피질과 손가락의 교감에 달려 있었다. 그중에서도 대동맥박리증의 경우 그 의존도가 유달리 높았다. 아미르의 시선은 내 모든 움직임에 집중돼 있었다. 그는 모든 수술 기법을 세세하게 배우려 했고, 이 수술에 기꺼이 손을 보탠 이유도 거기 있었다. 아미르라면 언젠가 반드시 이런 수술을 해낼 터였다.

혈류를 차단한 상태로 대동맥을 재건하고 이식편을 봉합하기까지 걸린 시간은 34분이었다. 정상적 뇌라면 무사히 버틸 만한 시간이었다. 하지만 스티브의 뇌는 정상이 아니었다. 우리는 조심스레 혈관계를 다시 혈액으로 채우고 머리 쪽 혈관에서 공기를 제거했다. 체외순환을 재개하자, 혈액이 바늘구멍을 통해 스며 나왔다. 이 같은 출혈은, 혈액이 인공심폐기 회로의 이질적 표면에 닿아 굳어버리는 사태를 막기 위해 투여한 항응고제의 효과가 사라질 때까지 계속될 터였다. 단계마다 세세히 신경 쓸 부분이 한가득이었지만, 모든 과정이 내 신경 회로에 정연히 새겨져 있어, 이른 새벽에도 나는 온갖 임무를 자동기계처럼 착착 완수할 수 있었다.

이제 다시 정상 체온을 회복할 시간이었다. 관상동맥을 타고 따뜻한 피가 흐르면서 스티브의 심장근육이 되살아나기 시작했다. 처음에는 심실세동이라 불리는 잔떨림이 나타나는가 싶더니, 이내 그 떨림은 자연적으로 제거되었다. 이어서 느릿느릿 시작된 수축 운동은 체온이 상승하면서 점점 빨라졌다. 곧이어 뇌전도에 뇌파가 다시 나타났다. 이때 벌써 데이브는 뇌파가 조금 나아진 것 같다고 생각했다.

우리가 이와 비슷한 소생 과정을 지켜본 것은, 연못의 얼음이 깨지며 차디찬 물속에 빠진 아이들을 살리려 애쓰던 때가 유일했다. 그 밖에는 캐나다에서 드물지만 생존 케이스가 보고된 바 있었다. 그때 옥스퍼드 대학병원 외상 전담의들은 아이들의 생기 없는 몸을 재가온하라며 우리를 압박했고, 우리는 심장과 폐, 간, 신장을 되살리는 데는 성공했지만, 치명적으로 손상된 뇌만은 영원히 되살리지 못했다. 아이들의 부모에게 희망을 주었다가, 이내 다시 앗아간 꼴이었다.

새벽 3시. 나는 뒷일을 아미르에게 맡기고 수술실을 나왔다. 체온을 다시 높이려면 30분은 필요했고, 듣자 하니 힐러리와 몇몇 방문객들이 집중치료 병동 보호자 대기실에서 기다리는 중이라 했다. 다행스러운 부분은, 그들이 도착한 덕분에 간호사들과의 서먹한 분위기가 깨졌고, 스티브의 병상이 마련됐다는 사실을 내가 비로소 알게 됐다는 점이었다. 입구에 들어서는 나를 보고 그들 모두가 벌떡 일어섰다. 존경의 표시라기보다는 반사적 행동이었다. 스티브의 인기를 증명하듯 의대 동창회를 방불케 할 정도로 많은 동기가 와 있었다. 스탠은 종양학 교수였다. 존은 마취과 고문 의사였다. 피트는 일반의였다. 이들 모두가 힐러리와 아이들을 위로하려고 이곳에 모여 있었다.

인사를 나누기에 앞서 나는 그들이 궁금해하는 소식부터 들려주었다. 스티브는 괜찮다고, 내가 그 친구의 대동맥을 재건하고 뇌혈류를 바로잡았다고. 수술은 잘되었다고. 이 단순한 문장에 그들은 긴장을 풀고 가슴을 쓸어내렸다. 소식은 항상, 좋은 소식이든 나쁜 소식이든, 알지 못함으로 인한 번민과 두려움을 해소시킨다. 그들이 한밤중에 집을 떠나 머나먼 이곳까지 와 있는 만큼, 나는 그들의 오랜 친구이자 스컨소프 출신의 우스운 술꾼이 아닌, 다른 역할에 충실해야 했다.

그들은 포옹하고 입을 맞추며 안도의 표정을 지었다. 그러고는 여느 사람들처럼, 스티브를 당장 보러 가도 되느냐고 물었다. 나는 그 친구가 아직 수술대에서 흉강이 개방된 상태로 인공심폐기에 연결되어 체온을 다시 높이는 중이고, 아직 마무리 과정이 남아 있긴 하지만, 수술은 계획대로 잘 진행됐다고 설명했다. 또한 출혈을 조절하고 가슴을 닫으려면 앞으로 2시간은 더 걸린다는 말도 덧붙였다. 그런 뒤에 나는 이 갑작스러운 소동에 대해 사과할 생각으로 담당 수간호사를 찾아갔다. 하지만 알고 보니 간호사는 충분했다. 카테터실에서 데려온 마지막 심장마비 환자가 좌심실 파열로 소생이 불가능했기 때문이었다. 낡은 바퀴가 힘겹게 굴러가고 있었다.

나는 지친 몸을 이끌고 수술실로 돌아가 마취의 두 명과 함께 스티브의 머리맡에 앉았다. 아미르는 중책과 함께 수술실에 남겨진 것을 더할 나위 없이 행복해했다. 스티브의 체온은 섭씨 37도로 돌아왔고, 심장은 아직 비어 있음에도 충분히 활기차 보였다. 나는 브라이언에게 심장 내에 적당량의 혈액을 채우라고 지시했다. 남은 공기를 이식된 대동맥으로 내보내기 위해서였다. 다행히 인공 대동맥판막이 열리며 짤각 소리를 냈고, 심장 뒤에 넣어둔 초음파 탐촉자는 안에서 눈보라처럼 지나가는 작은 거품들을 보여주었다. 내가 지시하기도 전에 아미르는 주사 바늘을 넣어 공기를 빼내고 있었다. 간간이 거품 빠지는 소리가 나더니, 이내 잠잠해졌다. 이제 인공심폐기를 떼어낼 차례였다. 나는 데이브에게 폐환기를 시작하라고 말했고, 잠시 후 브라이언이 "심폐바이패스를 해제"했다고 알렸다. 내가 스툴에 앉아 이런저런 내용을 지시하는 동안, 아미르와 대진 전임의는 마치 축구 경기에 몰입한 관중처럼 기립해 있었다. 내가 화면에 비친 심장과 대동맥 안쪽을 꼼꼼히 살피는 동안 그들은 바깥쪽에서 그것을 관찰했다.

"어때 보이나? 출혈은 없고?" 나는 아미르에게 물었다.

"아주 좋아 보입니다. 이식편 주위로 혈액이 조금씩 스며 나오긴 하지만, 심각한 문제는 없습니다."

"그럼 이제 뭘 해야 하지?"

종내 지쳤는지 그는 대답이 없었다.

"프로타민을 투여해요." 나는 데이비드에게 말했다. 프로타민은 연어의 정자에서 추출한 물질로, 소의 내장을 원료로 만든 항응고제 헤파린의 작용을 되돌리는 역할을 한다. 고로 내 고귀한 직업은 일정 부분을 소와 물고기에게 의존하는 셈이었다. 그런 생각을 하고 있자니, 꼭두새벽에 정신이 번쩍 들었다.

아미르가 심장 주위로 거즈를 조심스레 채워 넣었다. 스며 나오는 혈액의 응고를 도모하기 위해서였다. 이어서 그는 흉관을 삽입하고 스테인리스 스틸 와이어로 흉골을 봉합하기 시작했다. 벽시계가 4시 30분을 가리켰다. 데이브는 모터사이클 잡지를 무심히 훑어보고 있었다. 브라이언은 이제 장비를 제거하고 아침 수술을 준비한 뒤 퇴근해도 되겠느냐고 물었다. 결국 체력이 바닥난 모양이었다. 아이린과 순환 간호사도 지쳐가고 있었다. 나는 그들에게 우리가 혈액과 응고인자를 주입할 동안 돌아가며 쉴 것을 권했다. 비로소 차분한 기운이 수술방을 채웠다. 임무는 완수되었다.

수술실 건물 뒤로는 주차장이, 그 뒤로는 올드 헤딩턴 묘지가 있었고, 그 주위로는 쥐똥나무와 침엽수가 다듬어지지 않은 모습으로 드문드문 자라고 있었다. 나는 건물을 빠져나와, 끝내 케임브리지에 가지 못하고 여태 조수석 수납공간에 제마의 생일 선물을 숨겨둔 벤츠를 지나쳐, 깊은 어둠 속으로 걸어 들어갔다. 그리고 화려한 철제 정문을 지나 어느덧 옥스퍼드셔 전원 지대가 내려다보이는 언덕 꼭대기에 이르렀다. 그곳에서 어느 여자 아기의 무덤 옆 잔디밭에 누워 묵묵히 밤하늘을 바라보았다. 묘비에는 '너무 일찍 떠나간'이라고 적혀 있었다. 20년 전 내 손으로 떠나보낸, 나로서는 잊을 수 없는 아기였다. 내가 고쳐주지 못한 그 복잡하게 뒤틀린 심장을 갖고 태어나지 않았더라면, 아이는 지금쯤 제마 또래로 성장했을 터였다. 그런 사연으로 나는 가끔 울적할 때면 이곳에 앉아, 내가 완벽하지 않다는 사실을 되새기곤 했다. 힘든 오늘이었다. 아니, 어제였나?

새벽 6시. 동이 트고 있었다. 참새들이 재잘거렸고, 저 아래 옥스퍼드 순환도로 주위로는 전조등이 빠르게 원을 그렸다. 이른 아침 런던을 오가는 통근자들과 카울리에 있는 자동차 공장의 교대 근무 노동자들이었다. 수도 일찌감치 출근길에 나섰을 터였다. 나는 느릿느릿 5번 수술실로 돌아갔다. 이제 그곳에는 아이린뿐이었다. 그녀는 바닥의 혈액과 소변을 닦으며, 아침 수술 준비에 한창이었다. 스티브는 이미 집중치료실로 옮겨져 완전히 안정된 상태로 가족과 친지에 둘러싸여 있었다.

"정말 대단한 수술이었어요. 불러주셔서 감사했습니다." 아미르가 활기차게 말했다.

대진 전임의는 보이지 않았다. 모르긴 해도 혼자만의 행복을 찾아 떠난 모양이었다.

나는 딱한 몰골로 불쾌한 냄새를 풍기며 탈의실에 가서 샤워를 하고 깨끗한 수술복으로 갈아입었다. 어제의 끝과 오늘의 시작을 뜻하는 의식이었다. 그러고는 곧장 연구실에 가서 수가 마실 차를 준비한 다음, 리탈린 1회분을 내 몫의 차와 함께 목으로 넘겼다. 옥스퍼드의 학생들은 집중력과 시험 점수를 높일 목적으로 각성제 리탈린을 복용하곤 했다. 나 역시 몹시 피곤할 때면 기운을 차릴 목적으로 리탈린을 복용했다. 시차 적응을 위해 멜라토닌과 함께 복용할 때도 있었다. 또한 이 모든 행동의 가장 큰 수혜자는 당연히 환자여야 했다.

오전 7시 30분. 나는 집중치료실 회진에 합류했다. 스티브의 차례가 됐을 때 나는 그의 동공이 아직 작고 빛에 반응하느냐고 물었다. 확인한 사람이 있느냐는 질문에, 아직이지만 곧 확인하겠다는 답변이 돌아왔다. 각성의 징후가 보이느냐는 질문에도 아직이라는 답변이 돌아왔다. 하지만 내게는 반가운 대답이었다. 나는 그가 되도록 늦게 깨어나기를 바랐다. 그도 그럴 것이, 기관내 튜브 때문에 기침이 나면 상황이 악화될 수 있었다. 기침은 두개내압을 치솟게 할 터였고, 그의 뇌는 이미 너무 많이 부어 있었다. 나는 이런 내용을 힐러리 앞에서 수련의들에게 설명하며, 그들이 내 취지를 파악했으리라 여겼다. 적어도 내 바람은 그러했다.

나는 소시지와 달걀 샌드위치로 스티브의 회복을 축하했다. 리탈린의 효과가 나타나면서, 내 상태도 점차 나아졌다. 나는 이제 승모판막이 늘어진 환자를 수술해야 했고, 내게는 고맙게도 두 번째 환자의 병상은 확보되지 않았다. 하지만 이내 분위기는 바뀌었다. 늦은 아침 수술을 마치고 나와 보니, 스티브가 조금씩 깨어나며 병상에서 사투를 벌이고 있었다. 뇌가 부어오르며 혼란과 당혹, 불안에 휩싸이는가 싶더니, 기관내 튜브와 산소호흡기가 금방이라도 제거될 것처럼 격하게 기침하기 시작했다. 몸집이 큰 남성이라 제어가 쉽지 않았다.

그를 완전히 깨워 기관내 튜브를 제거할지 다시 재워 근육 이완제를 투여할지를 놓고 언쟁이 벌어졌다. 와중에 그의 왼쪽 동공이 크게 확장되었다. 마침 마취과의사인 친구 존이 스티브 곁을 지키다가 상황의 긴박성을 알아채고는 급히 내 연구실로 찾아왔다. 우리는 돌아가서 동공을 검사했다. 담당 간호사의 판단으로는 오른쪽 동공도 확장돼 있었다. 가슴이 덜컥 내려앉았다. 저체온요법과 바비튜레이트가 뇌졸중으로 인한 부기를 가라앉히리라 기대했지만, 기대는 어긋난 듯했다.

힐러리는 이 불길한 전개를 알지 못한 채 보호자 대기실에서 간밤의 긴장을 뒤로 하고 휴식 중이었다. 어쩌면 이런 상황에서는 확실한 원인을 파악할 때까지 가족을 배제하는 쪽이 최선일 터였다. 고로 우리는 서둘러 뇌 CT를 촬영해야 했지만, 수술 후 온갖 장비를 연결한 환자에게는 쉽지 않은 일이었다. 수액관이며 흉관이며 심박조율기 와이어며 모니터 장비들을 줄줄이 매단 상태로 이동식 병상을 밀고 병원 복도를 지나 영상의학과로 이동한 뒤 환자의 마비된 몸을 병상에서 촬영기 안으로 옮겨야 했다. 하지만 CT를 촬영하지 않고는 해결책을 찾아낼 길이 요원했다. 나는 직접 영상의학과로 찾아가 친구이자 최고참인 방사선사에게 상황이 위급하니 최대한 서둘러달라고 통사정을 했다.

촬영된 영상을 보니, 뇌가 전체적으로 부어 있었다. 처음 뇌졸중이 발생했을 때 손상된 곳들 위주로 출혈이 심각했다. 아무래도 수술 중에 투여한 항응고제가 원인인 듯했다. 손상된 뇌는 딱딱한 상자 속 물먹은 스펀지처럼 부풀어 있었다. 두개골 바닥에는 척수가 지나가는 구멍이 하나 뚫려 있다. 한데 뇌압이 상승하면 뇌간이 척수를 내리눌러 이른바 원추 현상coning이라는 치명적 결과를 유발할 수 있다. 산대된 동공은 바로 이 원추 현상의 전조 증상이다. 따라서 CT 영상을 함께 확인해 줄 뇌외과 전문의가 필요했다.

대화는 쉽게 풀리지 않았다. 리처드 커는 과장이었고, 풍부한 경험과 성취를 바탕으로, 이변이 없는 한 영국뇌외과의사회British Association of Neurosurgeons 회장 취임을 앞두고 있었다. 나는 그에게 두개골 꼭대기를 제거해 뇌압을 낮춰달라고 부탁했다. 두개골 절제술은 삶은 달걀의 맨 위쪽 껍질을 벗겨내는 과정과 비슷하다. 단, 달걀 껍질과 달리 뼛조각은 냉동고에 보관되었다가 환자가 고비를 넘기면 원위치로 복귀된다. 리처드는 말수가 적은 남자였다. 그가 입을 떼기도 전에, 나는 그의 회의적 답변을 예상할 수 있었다. 나는 스티브의 가족을 대신해 간곡히 부탁했다. 리처드는 혹여 스티브가 살아남더라도 절대 의사 노릇은 할 수 없을 뿐 아니라, 다시 깨어나지 못할 가능성도 있다고 말했다. 게다가 수술로 뇌졸중의 재관류 치료가 지연된 탓에, 생존 가능성은 이미 바닥을 친 상태였다. 하지만 이제 지나간 일이었다. 시간을 되돌릴 수는 없었다.

결국 나는 마지막 카드를 내밀었다. 스티브는 내 오랜 친구이고 나는 그를 살리려 밤새 고가의 처치를 단행했다고 말했다. 리처드는 낮게 신음하며 CT 영상을 다시 훑어보았다.

"그래, 자네가 이겼네. 여기서 더 나빠질 것도 없고. 하지만 서둘러야 해. 내 다음 수술은 연기해야겠군."

30분도 채 지나지 않아 스티브는 병원 반대편 뇌외과 수술대에 눕혀졌다. 나는 그곳까지 몸소 병상을 밀고 갔다.

오후 2시. 스티브의 두피가 벗겨졌다. 수술톱이 두개골 꼭대기를 제거하자, 팽팽하게 부어오른 뇌가 모습을 드러냈다. 파동은 감지되지 않았다. 우리는 죽어가는 뇌를 바라보고 있었다. 리처드는 그 흐물흐물한 조직에 두개내압 모니터를 삽입하고는 두피를 느슨하게 봉합해 정수리를 덮었다. 우리는 스티브를 다시 심장 집중치료실로 데려갔다. 그에게는 그곳 의료진의 전문적 보살핌이 절실했다.

힐러리와 아이들은 아직 보호자 대기실의 일인용 침대와 안락의자에서 선잠을 자고 있었다. 참담한 심정으로, 스티브의 죽음이 임박했음을 통감하며, 나는 조심스레 문을 두드렸다. 내 어두운 표정을 본 힐러리는 이것이 사교성 방문이 아님을 깨달았다.

"죽었군요."

나는 차마 아니라고 말할 수 없었다. 스티브의 생존 가능성은 희박했으니까. 나는 그녀에게 사실대로 털어놓았다. 스티브의 동공이 산대되고 뇌 CT 결과가 좋지 않아 지체 없이 영국 최고의 뇌외과 전문의를 설득해 도움을 받긴 했지만, 우리 둘 다 스티브가 즉시 회복되리라고는 생각지 않으며, 현재로서는 상태가 호전되기를 기다리는 수밖에 없다고 말했다. 의대 동창이 속속 도착했다. 그들은 더 나은 소식을 기대하고 있었다. 다른 사람은 몰라도 나라면 능히 스티브를 살릴 수 있을 거라나. 하지만 그러지 못했다. 수술은 잘됐지만, 결과가 애석했다. 오래지 않아 반대쪽 동공마저 산대되었다. 빛에도 반응하지 않았다. 감압술을 시행했음에도 뇌는 회복될 기미가 없었다. 힐러리와 아이들은 남편을, 그리고 아버지를 잃었다.

한데 내가 모르던 사실이 있었다. 알고 보니 힐러리와 그녀의 맏아들은 다낭성 신장이라는 유전질환을 앓고 있었고, 아들의 경우 혈액투석을 고려할 만큼 상태가 심각했다. 힐러리는 놀라운 평정심을 발휘해, 스티브의 멀쩡한 신장을 아들에게 이식할 수 없겠느냐고 물었다. 아버지의 장기를 이식하면 면역 적합성 측면에서 최고의 결과를 기대할 수 있었다. 혈액형과 유전자가 동일한 데다, 거부반응도 없을 테니 말이다. 잠시 나는 이 비극에서 뭔가 긍정적 결과를 끌어낼 수 있으리라는 희망에 부풀었다. 집중치료실 전담의들이 뇌사 판정을 위한 검사를 진행하는 동안, 나는 장기이식 책임자에게 전화를 걸었다.

그리고 이내 믿기 힘든 사실을 알게 되었다. 스티브가 의식이 있는 동안에는 아들에게 자발적으로 신장을 기증할 수 있었다. 한데 이제 기능적으로 사망했으니, 가족이 그의 장기 기증을 요청하면 될 일이었다. 하지만 현실은 절망적이었다. 규칙상 아직 이식이 가능한 장기는 종류에 관계없이 국립 장기이식 관리센터로 보내져야 했다. 한데 장기이식 결정권자들은 스티브의 신장이 그의 아들이나 힐러리에게—그녀의 신장도 조만간 이식이 필요했다—돌아가도록 순순히 허락할 리가 없었다. 게다가 관련법상 옥스퍼드 대학병원 장기이식 팀은 그 문제에 관여할 수 없었다. 정말이지 기막힐 노릇이었다. 화가 치밀었고, 관료주의라면 진절머리가 났다.

초저녁 무렵, 스티브의 인공호흡기 전원이 꺼졌다. 그는 가족에게 둘러싸인 채, 또한 내 의대 동기들이 병원 복도에서 비통해하는 가운데, 평화로이 숨을 거두었다. 그의 당당한 심장에 잔떨림이 나타나고 인공판막의 짤각거림이 기어이 멈췄을 때, 나는 홀로 연구실에 있었다. 열두 시간 전만 해도 나는 그것이 힘차게 뛰는 모습을 지켜보았고 친구를 살려냈다고 확신했었다. 이제 그 심장은 영원히 정지했다. 각막을 제외한 모든 장기도 그와 함께 사라졌다. 나의 항변에도 불구하고 장기이식 결정권자들은 뜻을 굽히지 않았다.

퇴근길에 수는 내 책상에 이런 메모를 남겼다. "의료부장님이 보자고 하십니다."

"그러시든지." 나는 이렇게 혼잣말하고는, 차를 몰고 집으로 향했다. 여전히 조수석에는 제마의 선물이 숨겨져 있었다.

다음 날 새벽 6시 10분경 나는 또다시 병원 주차장에 들어섰다. 수술 일정표에는 우심실 없이 태어난 신생아를 필두로 새로운 세 명의 이름이 적혀 있었다. 주차장은 병원 뒤쪽 영안실과 묘지 사이에 자리했다. 나는 항상 내 환자의 부검에 참석했기에, 장의사들과는 제법 친분이 두터웠다. 그날 아침의 방문은 사교성이 다분했다. 나는 우리가 최선을 다했다는 사실을 스티브가 알아주기를 바랐다. 이제 그는 차가웠고, 창백했고, 평화로웠다. 또한 내 앞에서는 처음이자 마지막으로, 아무 말이 없었다. 하지만 말할 기운이 남아 있었더라면, 십중팔구 이렇게 말했을 터였다. "이 형편없는 친구야. 나를 어떻게든 구해냈어야지!" 마음 같아서는 그의 시든 몸에서 수액관이며 배액관을 빼내고 싶었지만, 내게는 권한이 없었다. 수술

후 단시간 내에 사망한 환자는 검시관의 소관이었다. 또한 병리학자들은 납득할 만한 사망 원인을 밝혀내야 했다. 어려운 케이스는 아니었다. 하지만 나로서는 다시 보고 싶지 않은 부검이었다. 그렇게 나는 다시없을 친구에게 작별을 고했다.

이 직업에 몸담은 이후로 슬픈 순간을 숱하게 지나왔지만, 이 슬픔은 오래도록 내 안에 머물렀다. 스티브는 인생을 NHS에 바쳤지만, 대동맥박리증에 대한 시간 외 수술이 절실한 상황에서 고질적 책임 떠넘기기 관행의 희생양이 되었다. 결국 흉부외과협회Society for Cardiothoracic Surgery는, 모든 전문병원은 소속 권역 내 환자들을 반드시 책임져야 한다는 법령을 발포하기에 이르렀다. 런던에서는 대동맥박리증 전담 팀이 순번제로 꾸려졌고, 전문성을 갖춘 숙련된 외과의들이 그런 환자들의 수술을 담당하게 되었다. 이는 사망률을 낮추는 결과로 이어졌다. 스티브의 신장을 그의 아들에게 이식하려던 계획이 영국 장기이식 관리센터에 의해 무산된 이후로, 장기기증을 둘러싼 논쟁은 더 이상 불거지지 않았다. 건강한 간과 양쪽 폐는 장기이식 관리센터로 보내졌고, 멀쩡한 한쪽 신장은 옥스퍼드 대학병원에서 사용했다.

그해 말엽 스티브의 아들 톰은 아내에게 신장을 이식받았다. 2015년에는 스티브의 딸 케이트가 남편에게 신장을 받았다. 힐러리는 나중에 재혼해서 남편에게 신장을 이식받았다. 그들은 모두 건강하다.

3장

모험

    소년 시절, 금욕적이고 독실한 부모님은 내게 절대 위험을 감수하지 말라고, 도박을 하지 말고 사기를 치거나 물건을 훔치지도 말고 시험에서 커닝을 하지도 말라고 가르쳤다. 심지어 스컨소프 유나이티드를 보려고 축구 경기장 담을 넘는 일조차 허락되지 않았다. 그런 짓은 도둑질이나 마찬가지라고 했다. 그런저런 이유로 어린 시절의 나는 재미없고 내향적이었다.

    훗날 나는 위험을 감수하는 능력이야말로 인간 심리의 필수 요소라는 사실을 알게 되었다. 전쟁의 승리는 위험을 감수하는, 무모한 이들의 손에 달려 있다. 옛말에도 있지 않은가. '승리는 도전하는 자의 것이다.' 경제는 재정적 위험을 감수하는 이들의 손에 달려 있다. 혁신, 투기, 심지어는 행성 및 외계 탐사까지도 하나같이 더 큰 보상을 기대하며 자신이 아끼는 무엇을 거는 이들의 손에 달려 있다. 그러므로 위험 감수하기란 세상의 진보를 이끄는 원동력이다.

하지만 위험을 감수하기 위해서는 특별한 성격유형이 요구된다. 과묵하고 신중하기보다는 용감하고 대담해야 한다. 클레멘트 애틀리보다는 윈스턴 처칠에, 제레미 코빈보다는 보리스 존슨에 가까워야 한다.

1925년 헨리 사우터Henry Souttar는 승모판막협착증을 치료하겠다며 환자의 심장에 손가락을 찔러 넣음으로써, 스스로의 평판과 생계를 위험에 빠뜨렸다. 드와이트 하켄Dwight Harken은 코츠월드에서 어느 군인의 심장에 박힌 유산탄 조각을 제거함으로써, 그 시절 의학 교과서에 나오는 모든 지식에 반하는 위험을 감수했다. 존 기번John Gibbon은 인공심폐기의 이질적 표면에 혈액을 접촉시킴으로써 크나큰 위험을 감수했고, 월턴 릴러하이Walton Lillehei 역시 교차순환법이라는 무모하고도 기발한 수술법을 고안함으로써 어마어마한 위험—산부인과 이외의 과로서는 유일하게 치료 환자 사망률이 200퍼센트에 달했다—을 감수했다. 내외과의 모든 진보는 하나같이 위험에 근거하고 있지만, 사람들은 내게 위험을 피하라고 가르쳤다. 그리고 다행히 상황은 달라졌다.

흔히들 성격은 천성과 양육의 산물이라고 말한다. 천성은 유전의 영역이다. 하지만 태생 이후 겪게 되는 사건들을 통해 성격은 꾸준히 변화한다. 나의 시작은 충분히 좋았다. 어머니는 지적인 여성이었다. 비록 변변한 교육은 받지 못했지만《타임스》를 무난히 읽을 만큼은 해박했다. 제2차 세계대전으로 남자들이 집을 비운 사이, 어머니는 하이스트리트에서 트러스티 저축은행을 경영했다. 아주 어린 시절의 기억 중 하나는, 내 생일 때마다 어머니가 꽃다발을 들고 다른 아주머니 댁으로 나를 데려갔다는 것이다. 나는 그 특별한 방문을 이상히 여겼지만, 나중에는 어머니의 참뜻을 알게 되었다.

길고 고통스러운 출산이 끝난 뒤 어머니는 죽음이 난무하는 분만실에서 무사히 나를 데려왔다. 비록 지치고 찢긴 몸으로 피 흘리는 와중이었지만, 튼실하고 발그레한 아들을 얻은 기쁨에 들떠 있었다. 아이는 갓 부푼 폐 속 깊은 곳으로부터 우렁찬 울음을 토해 냈다. 옆 침대에서는 눈이 커다란 여공이 괴로이 울부짖고 있었다. 산파는 매섭게 그녀를 다그쳤고, 그녀는 고통스레 아기를 밀어냈다. 마침내 회음이 갈라졌다. 온 힘을 다해 자궁을 비우는 와중에 장이며 방광까지 딸려 나왔고, 산파는 외야수처럼 한껏 몸을 날려 그 미끈한 핏덩이를 받아냈다. 그 토실한 여자 아기는 미끄러운 탯줄이 잘리는 동안 희고 빳빳하게 풀을 먹였지만 어느새 오줌으로 축축해진 수건 위에 누워 있었다. 아기의 유일하고 든든한 산소 공급원은 사라졌다. 마침내 다 떨어져 찌부러진 태반이 바깥세상의 일부로 합류했다. 산모의 빠져나온 장기를 도로 넣어줄 부인과 의사가 필요했지만, 아직은 때가 아닌 듯했다.

모든 아기는 태어날 때 푸르스레하다. 그러다 일순 그때의 나처럼 목청껏 울음을 내지른다. 바깥세상은 춥다. 마음을 달래던 어머니의 심박 소리는 더 이상 들리지 않는다. 밀폐된 보호막을 벗어난 아기는 작은 팔다리를 휘저으며 처음으로 공기를 들이마신다. 바로 이때 아기는 비로소 발그레해진다. 한데 이 어린것은 여전히 푸르스레하고 조용했다. 몸뚱이는 맥없이 늘어졌고, 동그란 두 눈은 세상을 보지 못했다.

산파는 뭔가 잘못됐음을 간파했다. 그녀는 아기의 반드러운 등을 박박 문지르고 목구멍 주변을 손가락으로 닦아냈다. 거친 자극에 아기는 돌연 숨을 쉬는 듯했지만, 단지 흐느낄 뿐 우짖지 않았다. 게다가 아직 푸르스레했다. 숨을 빠르게 쉬는데도 푸른 기가 심해지는 데다, 여전히 차고 기운이 없었다. 당황한 산파는 산소통과 도움을 요청했다. 처음에는 산소마스크가 제 몫을 해내는 듯했고, 아기의 근긴장도는 개선되었다. 하지만 퍼런 기운은 쉬 사라지지 않았다. 이윽고 도착한 의사가 그 작고 들썩이는 가슴에 청진기를 댔다. 심장이 나직이 두근거렸다. 비록 또렷하진 않아도 온 신경을 집중하면 희미하게 소리가 들렸다. 결론부터 말하면, 폐동맥판폐쇄증이었다. 그러니까 심장에서 폐로 가는 동맥이 정상적으로 발육하지 않았다는 얘기다. 아기의 온몸을 돌고 심장으로 돌아온 정맥혈은 폐동맥으로 가지 못하고 심실중격에 난 구멍을 통해 몸으로 되돌아갔다. 이 혼란스러운 순환이 계속될수록 혈액의 산소 농도는 급격히 낮아졌고 산도는 더욱 높아졌다. '청색아'였다. 아기는 파멸의 운명을 타고났다. 의사는 고개를 저으며 그곳을 떠났다. 아기를 살릴 수 있는 방법은 아무것도 없었으므로.

이 모든 일이 벌어지는 동안 산모는 땀과 통증과 만신창이가 된 회음 탓에 녹초가 돼 있었다. 그녀는 갓 낳은 딸을 어서 안고 싶어 했다. 죽어가는 아기를 건네받을 때 그녀는 산파의 어두운 표정과 아기의 애처롭고 생기 없는 잿빛 얼굴, 초점 없이 구르는 눈동자에서 심상치 않은 기운을 감지했다. 우리의 여공은 설명을 간청했다. 아기가 왜 그토록 얌전하고 조용한지, 왜 옆 침대의 나처럼 발그레하고 따뜻하지 않은지 궁금해했다. 젖이 나오기 시작했지만, 아기는 빨지 않았다. 1948년까지만 해도 청색아는 죽을 수밖에 없는 운명이었다.

모녀는 함께 내 어머니 옆자리의 산모용 침대로 돌아갔다. 분위기는 극히 대조적이었다. 두 어머니 모두 9개월의 흥분과 기대 끝에 출산했지만, 건강하고 혈색 좋은 아들을 낳은 산모 주위로는 환하고 당당하며 낙관적인 기운이, 칙칙한 혈색으로 죽음을 기다리는 딸을 안은 산모 주위로는 적막한 기운이 감돌았다. 모녀의 침대 둘레로는 커튼을 쳐놓았다. 기대에 부푼 남편은 아직 일터에서 강철과 씨름하고 있었다. 살아 숨 쉬는 딸을 그는 보지 못할 것이었다. 병원 사제가 도착했다. 아이의 숨이 다하기 전에 세례를 주려면 서둘러야 했다. 어쩌면 이미 늦었는지도 몰랐다. 하지만 그들은 절차대로 의식을 치러나갔다.

감정적으로 무너져가는 그녀를 보며 내 어머니의 슬픔도 깊어졌다. 둘의 대비는 가족의 방문으로 더욱 뚜렷해졌다. 젊은 산모의 부모와 딸을 잃은 남편이 뒤늦게 속속 도착하면서 감정의 무너짐은 반복되었다. 그들은 죽은 아기를 볼 수 없었다. 이미 아기는 쥐도 새도 모르게 구두 상자에 담긴 상태였다. 곧이어 죄책감이 밀려들었다. 산모가 뭘 잘못했지? 담배를 피워서? 아니면 멀미약 때문에? 혹시 교회에 다니지 않아서일까? 우리 가족의 기쁨은 불쌍한 아기를 향한 동정심으로 물들었다. 내 어머니는 그녀 옆자리에서 닷새 동안 머물렀다. 그사이 청색아의 어머니는 골반 수술을 받았다. 집으로 돌아갈 때 그녀의 품은 비어 있었다. 데려간 것이라고는 슬픔과 바늘자국뿐이었다.

내 어머니가 유독 슬퍼했던 이유는 또 있었다. 그날 어머니가 읽은 신문에 청색아의 혈색을 기적적으로 돌려놓을 새로운 수술법이

미국에서 소개됐다는 기사가 실렸으니까. 왜 아무도 그 얘기를 꺼내지 않았을까? 3주 전 새로 설립된 NHS라면 같은 수술을 해낼 수도 있었을 텐데. 이 암울한 기억들은 결코 바래지 않았다. 그래서 매년 내 생일이면 어머니는 꽃다발을 준비해, 내 옆자리에 잠시 머문 청색아를 추모하며, 행복해야 마땅한 그날을 경건하게 보내온 것이었다.

어머니가 기억해 낸 문제의《타임스》기사는 대략 이런 내용이었다. 1944년 존스홉킨스 대학병원에서 소아심장외과 의사 헬렌 타우시그Helen Taussig가 외과계의 최고 권위자 알프레드 블렉록Alfred Blalock에게 도전장을 내밀었다. 파멸의 운명을 타고난 아기들을 위한 수술적 해법을 새롭게 고안해 낸 것이다. 블렉록의 해법은 아기의 팔에 혈액을 공급하는 쇄골하동맥을 흉부로 우회시켜 막힌 폐동맥에 연결하는 것이었다. 팔의 혈액 공급은 견갑골 주변의 가느다란 곁맥관이 자라며 유지될 것으로 예상했고, 동물 실험에서는 이미 그 가능성을 확인한 바 있었다. 그해 11월 블렉록 교수는 블렉록-타우시그 단락으로 알려진 그 수술법을 최초로 시도했다. 그는 기술적으로 능숙한 외과의가 아니었고, 가느다란 혈관들을 연결하는 데 어려움을 겪기는 했지만, 다행히도 문제의 수술 직후 아이의 피부는 푸른 기가 가시며 혈색이 돌았고 호흡곤란도 즉시 해결되었다. 뿐만 아니라 혈관을 빼앗긴 팔도 정상적으로 성장을 지속했다.

이 혁신적 수술에 관한 뉴스는 빠르게 퍼져나갔다. 영국의 선구적 흉부외과의사 러셀 브록Russell Brock 경―나는 로열브롬프턴 병원에 다닐 때 그의 수술용 장화를 물려받았다―은 블렉록과 타우시

그를 런던에 초청해 그들의 수술을 실연하는 자리를 마련했다. 병색이 짙은 청색아는 충분했다. 블렉록은 열 명의 아기에게 문제의 단락술을 연달아 시행했고, 단 한 명의 아기도 죽지 않았다. 모든 아기가 기적적으로 혈색을 되찾고 성장을 시작했다. 방문의 마지막 일정으로 블렉록은 영국의사협회 건물 그레이트홀에서 그간의 성과를 발표하게 되었다.

환등 슬라이드 상영을 마지막으로 강연은 끝이 났다. 사위는 아직 어둡고 고요했다. 그때였다. 별안간 탐조등 불빛이 홀을 가로지르는가 싶더니, 이내 빛줄기가 가이즈 병원 수간호사를 비추었다. 그녀는 진청색 유니폼에 흰 리넨 모자를 쓴 채 두 살배기 금발 여자아이를 안고 있었다. 며칠 전 그 작은 소녀는 청색증형 선천성 심장병으로 사경을 헤매고 있었다. 하지만 새로운 단락술 덕분에 아이는 이제 발그레해져 있었다. 이 극적인 효과는 청중의 우레와 같은 박수를 이끌어냈다. 그《타임스》기사에 대한 어머니의 설명은 내게 깊은 울림을 주었다. 요컨대 내가 아주 작을 때부터 청색아는 내 기억 속에 머물렀다.

청색아 수술의 성공을 기점으로 다양한 심장 수술이 새롭게 시도되었다. 이 모험적 시대에 집요한 도전을 거쳐 성공한 이들은 하나같이 사이코패스적 기질을 갖고 있었다. 그렇다면 유럽에서는 과연 심장 수술이 가능했을까? 아마 가능하긴 했을 것이다. 하지만 여전히 갈 길이 멀었다. 어쩌다 보니 나는 그 길을 상당히 초창기부터 따라 걷게 되었고, 또한 그 과정에서 나만의 독보적 능력을 갖추게 되었다.

사람들은 대부분 좌뇌가 우세하다. 좌뇌는 오른손잡이를 만들고 언어 능력을 관장한다. 한편 우뇌는 공간 인지력과 창의력, 정서적 반응을 조절한다. 하지만 나는 남다른 뇌를 타고났다. 대뇌의 편재화—회백질의 여러 영역이 행동과 기술의 각기 다른 측면을 통제하는 쪽으로 차츰 발달하는 과정—가 생략되면서 양쪽 반구가 고르게 발달했고, 덕분에 나는 양손잡이가 되었다. 비록 학교에서는 강요에 못 이겨 주로 오른손을 사용하긴 했지만, 양손으로 글씨를 쓰고 그림을 그리는 데 능숙했고, 나중에는 수술 기구를 다루거나 매듭을 지을 때도 양손을 자유자재로 놀리게 되었다. 또한 럭비공을 찰 때는 왼발잡이, 크리켓 공을 칠 때는 왼손잡이였다.

외국어에는 젬병이었다. 하지만 세상을 3차원으로 시각화하는 능력은 타고났다. 손재주와 예리한 공간 인지력 덕분에 어린 시절 예술적 재능이 뛰어났고, 훗날 외과의로서도 천부적 감각을 발휘할 수 있었다. 고향 스컨소프의 밤하늘을 밝히던 제강소 풍경을, 용광로 불꽃처럼 붉게 타던 노을빛을, 가스등 아래서 입 맞추는 연인들을, 긴 하루를 마친 압연 공장 철강 노동자들의 우울한 얼굴을 그렸다. 십 대 소년의 취미로는 색달랐지만, 나처럼 뇌의 배선이 교차된 사람에게는 드물지 않은 일이었다.

나이를 더 먹은 뒤에는 이 선천적 자질 덕분에 인간의 몸을 절개하고 봉합하는 일을 처음부터 침착하고 정확하게 시행할 수 있었다. 동작의 정밀성은 시간의 절약으로 이어졌다. 나는 양손을 바삐 놀리지 않고도 자연스레 손 빠른 수술의로 성장했다. 물론 외과의가 되기 전에는 이런 재능의 중요성을 전혀 이해하지 못했다. 하지만 결국에는 신속성이야말로 심장 수술의 결정적 요소임을 깨달았다. 수술 시간이 짧을수록 환자의 회복은 빨라졌다.

학교에서 나는 의사를 지망하는 내향적이고 예술적인 녀석으로 통했다. 하지만 유달리 총명한 학생은 아니었다. 요즘 같으면 의대 입학은 꿈꾸지도 못할 수준이었다. 물론 생물학은 잘하는 축이었고 화학도 그럭저럭 괜찮았지만, 여느 명석한 학생과 달리 수학과 물리학에서 고전을 면치 못했다. 그럼에도 나는 황폐한 거리와 공영 연립주택을 벗어나겠다는 일념으로 결국 런던의 의대생이 되었다. 심장외과의가 되기를 꿈꾸며 기어이 울타리 너머의 세상에 발을 디뎠다.

내가 럭비를 하고 맥주를 마시기 시작한 것은 순전히 사립학교 출신들과 어울리기 위해서였다. 나는 그 요상한 공을 차고 던지는 데 필요한 기술을 모조리 습득했다. 심지어 제법 소질이 있었다. 4군 팀의 멋모르던 초보 선수가 초고속으로 1군 팀의 주전 자리를 꿰찼으니까. 이른바 돌봄 직업군답지 않게, 런던의 병원 팀 럭비 경기는 몸싸움이 거칠고 과격했다. 전성기인 1960년대 말에는 가이즈 병원 선수가 잉글랜드 팀 주장을 맡았고, 전설의 풀백 J.P.R. 윌리엄스는 세인트메리 병원 소속으로 뛰다가 1969년 웰시에 입단한 뒤 대표선수로 활약하기 시작했다. 조지 S. 패턴 장군은 언젠가 이런 말을 했다. "나는 한 사람이 바닥에서 얼마나 높이 기어올랐느냐가 아니라 얼마나 높이 뛰어올랐느냐를 기준으로 그 사람의 성공을 평가한다." 윙 포워드였던 나는 리치먼드에서 열린 병원 대항전에서 윌리엄스에게 태클을 시도하다 그 대가를 톡톡히 치렀다. 결국 공격에는 성공했지만, 갈비뼈에 타박상을 입고 코피까지 흘렸으니 말이다.

하지만 그때의 부상은 약과였다. 2학기 말 콘월로 원정 경기를 갔다가 생애 최악의 부상을 입었으니까. 사실 나는 그 순간이 전혀 기억나지 않는다. 사고의 전말은 나중에 설명을 듣고서야 알게 되었다. 바람이 세차게 불던 날, 우리는 소도시 펜린의 진흙투성이 경기장에서 콘월의 농부들로 구성된 강팀과 맞닥뜨렸다. 나는 상대 팀의 트라이를 무지막지한 하이태클로 막아냄으로써 필연적 보복을 촉발시켰다. 느슨하게 짜인 스크럼이 풀리자 선수들은 공을 쟁탈하려고 달리기 시작했다. 그때 누군가 내 머리를 고의로 걸어 찼고, 나는 물웅덩이에 얼굴을 박으며 그대로 고꾸라져 의식을 잃었다. 얼마 후 동료를 살피러 돌아온 의대생들이 창백해진 나를 발견했다.

의식을 되찾았을 때는 태양보다 밝은 불빛이 내 눈을 비추고 있었다. 하지만 사실 그것은 흐릿한 백열전구였고, 비슷하게 흐릿한 의대 팀 동료들이 나를 병원이 아닌 술집에 끌고 갈 태세로 빙 둘러싸고 있었다. 권투에서처럼 대학 럭비에서도 녹아웃은 드문 사건이 아니었다. 게다가 우리에게는 아직 마실 술과 부를 노래가 남아 있었다. 원정 경기의 전통에 따라 우리는 런던의 의대생답게 익살스럽고 추잡한 가사로 지역민의 흥을 돋워야 했다. 우리 숙소는 세인트 아이브스에서 수 마일은 떨어져 있었다. 고로 나는 머리가 깨질 듯이 아프고 눈앞에 별이 번뜩이는 와중에도 팀원들을 따라나설밖에 다른 도리가 없었다.

다음 날 아침에는 좀처럼 잠이 깨지 않았다. 스티브 노턴이란 친구가 좋은 의도로 나를 부드럽게 흔들었고, 나는 대답 대신 그의 다리에 토사물을 쏟아냈다. 머리가 띵했고, 두 눈은 겨울 햇빛에 타들어가는 듯했다. 이는 광선 공포증의 가장 불길한 증상이었다. 나는 다시 담요 밑으로 파고들었다. 30분 뒤 지역 의사가 도착했다. 그 나이 지긋한 일반의는 맥박과 혈압을 측정한 다음, 검안경으로 안구 뒤쪽을 살펴보았다. 그는 이 세 가지 검사만으로 내 상태의 심각성을 간파했다. 맥박은 느렸고 혈압은 높았으며 시신경 원판은 부어 있었다. 더욱이 양쪽 눈 밑으로는 콤마 모양의 선명한 멍이 들어 있었다. 하나같이 뇌가 망가지고 부어오른 환자의 전형적 증상이었다. 또한 간밤의 맥주는 상태를 오히려 악화시켰다. 의사는 팀 동료들의 어리석음을 나무랐고, 구급차를 불러 나를 트루로 병원 신경과로 이송했다. 이로써 내 즐거운 원정 경기는 끝이 났다. 또한 훗날 런던에서 알게 된 것처럼, 내 의료 경력도 그로써 끝날 가능성이 있었다. 하지만 어찌 된 일인지 실제로는 정반대의 효과가 나타났다.

방사선 검사 결과 이마와 머리카락의 경계를 따라 전두골에 금이 가 있었다. 그러니까 문제의 발차기로 두개골이 부러져버린 것이다. 게다가 두개내압의 상승 징후도 뚜렷했다. 마침 플리머스의 무뚝뚝한 뇌외과의가 그 병원에서 외래진료를 보다가 나를 살피러 왔다. 치료법은 만니톨 용액을 정맥에 투여해 부어오른 뇌에서 물을 빼내는 동시에, 도뇨관과 소변 주머니를 연결해 요분비 증가에 대처하는 것이었다. 그는 나를 다시 플리머스의 데리퍼드 병원으로 데려가 두개내압을 모니터하고 싶어 했다. 하지만 나는 상심한 나머지 이송을 거부했다. 음경에 끼운 도관만으로도 충분히 괴로웠다. 한데 두개골에 구멍을 뚫고 뇌에 볼트를 박는다니, 도무지 내키지 않았다. 더욱이 이 까다롭고 비협조적인 태도는 시작에 불과했다. 나는 굉장히 불안해했고 지나치게 공격적이었다. 더는 콘월에 내려오던 날의 온순하고 세심한 녀석이 아니었다. 1967년에는 CT 촬영기가 없었으므로, 다친 대뇌피질의 상태를 눈으로 확인할 길이 없었다. 하지만 분명 뭔가가 변해 있었다. 아무래도 뇌의 부기가 원인인 듯했다. 부기만 가라앉으면 나는 정상으로 돌아올 것이었다. 그러나 내게는 다행스럽게도, 모두의 예상은 빗나갔다.

나는 다시 런던의 채링크로스 병원으로 보내졌다. 내가 입원한 외과 병동 1인실에서는 스트랜드가가 내려다보였다. 그날 밤 나는 예쁘장한 간호사에게 수작을 걸었고, 그녀는 내 도뇨관을 거칠게 당기는 것으로 대응했다. 팽창된 도뇨관 풍선이 방광에서 전립샘 쪽으로 옮겨지는 순간, 하룻밤을 향한 내 욕구는 맥없이 사그라졌다. 비록 금세 같은 수작을 또 걸긴 했지만 말이다.

다음 날에는 금요일 밤 댄스파티에서 알게 된 간호 실습생들이 병상을 에워쌌다. 그런 뒤에는 럭비 팀 동료들이 《플레이보이》 잡지와 맥주 몇 병을 챙겨와 서랍장에 숨겨놓았다. 마치 내가 왕족이라도 된 듯한 기분이었다. 다쳤다는 의대생을 살펴보러 할리스트리트 병원에서 신경과 의사가 찾아왔다. 안경을 쓰고 정장을 빼입은 모습이 펭귄을 닮았다고 나는 생각했다. 사고 당시의 상황을 기억나는 대로 말해 달라는 그의 요청에 나는 불손하게도 이렇게 대답했다. "그게 제기랄, 하나도 기억이 안 납니다!" 그것은 뒷골목의 언어였다. 평소의 나라면 상급 고문의 앞에서 그런 표현을 절대 내뱉을 리 없었다. 하지만 나의 이 같은 반응에 그는 오히려 즐거운 기색이 역력했다. 그로써 내 부상의 심각성을 확신할 수 있었으니 말이다. 그는 온갖 반사 반응과 움직임을 검사했고, 내 뇌의 교차 배선에 주목했으며, 내 운동 능력이 멀쩡하다고 단언하더니, 곧 심리학자를 내게 보냈다. 그녀는 몇 가지 검사를 더 하더니, 뇌의 전두엽이 다쳤을 때 나타나는 결과를 내게 조목조목 일러주었다.

그녀의 설명에 따르면, 우뇌는 비판적 추론의 중추였다. 또한 위험 회피적 사고 과정의 중추이기도 했다. 내 두개골이 갈라진 부위는 우측 전두엽 피질의 바로 위쪽이었다. 따라서 내 담당 의료진이 보고한 탈억제성과 자극과민성, 간헐적 공격성은 부어오른 뇌가 원인일 수 있었다. 또한 내 생각과 달리, 나는 채링크로스 병원 간호사들에게 정중하지도 친절하지도 않았던 듯했다. 심지어 몇몇 검사 결과에 따르면, 나는 이른바 '사이코패스적 성격'에 매우 가까웠다.

"하지만 걱정하지 말아요. 자기 분야에서 크게 성공한 사람들은 대체로 사이코패스적 성향이 강하니까요. 특히 외과의사가 그렇죠." 이어서 그녀는 내 성격의 일시적 변화를 설명하기 위해, 흔히 심리학도 교육에 사용되는 고전적 사례연구를 하나 들려주었다.

1848년 피니어스 게이지는 미국 중서부에서 바위를 뚫어 철로를 건설하던 노동자 팀의 감독이었다. 작업을 위해서는 드릴로 거석을 군데군데 깊숙이 뚫은 뒤, 구멍마다 다이너마이트를 채워 넣어야 했다. 그런 다음에는 도화선을 끼우고 쇠막대로 모래를 다져 구멍을 단단히 막았다. 그런데 그 과정에서 금속과 바위가 충돌하며 불꽃이 튀어 폭발물을 점화하는 바람에, 120센티미터쯤 되는 쇠막대가 순식간에 튀어 올라 게이지의 두개골을 관통했다. 막대는 왼쪽 광대뼈 밑으로 들어갔다 두개골을 빠져나가 사고지점과 27미터쯤 떨어진 장소에서 회수되었다. 놀랍게도 게이지는 의식을 잃지 않았다. 그는 그대로 소달구지에 올라타고는 의사를 찾아 떠나갔다. 지역 의사인 할로우 선생은 두개골의 자잘한 조각은 제거하고 비교적 큰 조각은 재위치시킨 다음, 상처를 접착테이프로 덮었다.

안타깝게도 게이지는 뇌가 진균에 감염되는 바람에 혼수상태에 빠졌다. 그의 가족은 관을 준비했지만, 할로우는 수술을 단행하여 두피의 상처 밑에서 8액량온스의 고름을 빼냈다. 게이지는 기적적으로 회복되어 몇 주 뒤 '온전한 정신을' 되찾았다. 하지만 아내와 친지들은 그의 기질에서 심상치 않은 변화를 알아차렸다. 할로우는 《매사추세츠 의사협회 회보》에서 그 변화를 다음과 같이 묘사했다.

그는 산만하고, 불손하며, 가끔은 예전과 달리 품행이 지독히 불경하다. 동료를 존중하는 모습은 찾아보기 어렵고, 자신의 욕구와 상충하는 조언을 참아내지 못하며, 가끔은 집요하고 완고한 데다 변덕스럽고 우유부단하다. …

성품의 변화가 너무 극단적이어서, 게이지의 지인들이 그는 "더 이상 게이지가 아니"라고 말할 정도였다.

확실히 그의 이야기는 내게 울림을 주었다. 나는 전전두엽에 부상을 입었고, 그로 인해 성격이 바뀌었을 가능성이 있었다. 그것도 신경의 다른 중요 기능은 온전히 유지한 상태로 말이다. 하지만 나는 내가 어떤 식으로든 달라졌다는 사실을 부정했다. 가엾은 게이지는 직업을 잃었고, 결국 뉴욕의 바넘 서커스단에서 충전용 쇠막대를 든 모습으로 사람들의 구경거리가 되었다. 그는 35세에 발작으로 사망했고, 샌프란시스코에 묻혔다. 얼마 지나지 않아 그의 파렴치한 매부는 무덤에서 시신을 파냈고, 게이지의 두개골과 충전용 쇠막대는 현재까지도 하버드 의과대학에 전시되어 있다.

그때 나는 그 친절한 심리학자가 내게 '스컨소프로 돌아가 서커스단에 들어가라'는 얘기를 애써 교양 있게 전달한다는 느낌을 받았다. 뇌의 부기가 가라앉았을 때 나는 부활절 방학을 지내러 집으로 돌아갔다. 가엾은 부모님은 의대 교육의 예기치 않은 결과에 당황을 금치 못했다. 하지만 나는 의학 공부를 재개하겠다는 결심을 그 어느 때보다 확고히 한 상태로 학교에 돌아갔다.

직업적 성공을 위한 전략으로 머리 외상을 추천할 마음은 없다. 하지만 내 머리 부상이 그해 중간 학기에 발휘한 효과는 가히 인상적이었다. 수줍고 내성적이던 소년은 이제 대담하고 용감하며 자기중심적인 청년이 되었다. 더 이상은 시험을 걱정하지도, 붐비는 강의실에서 발표자로 지명됐다고 당황하지도 않았다. 불과 몇 주 만에 나는 이를테면 교내 크리스마스 행사를 주름잡는 사회자에, 의과대학 사교 모임 총무에, 크리켓 팀 주장이 되어 있었다. 스트레스에 면역력이 생긴 듯하더니 어느새 습관적 모험가에 아드레날린 중독자가 되어 끊임없이 흥분을 갈망했다. 사사로운 문제들로 끙끙 앓던 과거는 이제 사라졌다. 요컨대 나는 그때 머리를 다친 이후로 대담해졌고 냉혹한 경쟁을 즐기게 되었다. 외과의에게 꼭 필요한 조정력과 손재주를 타고난 데다, 알맞은 성격유형까지 갖게 된 것이다. 하지만 결코 공감 능력은 잃지 않았다. 공감은 정서지능의 한 요소로, 타인의 감정을 이해하고 사람에게 마음을 쓰는 능력, 모든 의사와 간호사가 갖춰야 마땅하지만 많은 이가 갖추지 못한 능력이다.

자기공명영상(이하 MRI)이 소개되면서 대뇌피질 내의 뇌 네트워크를 시각화하는 작업이 가능해졌다. 전두엽은 무서운 것들에 관한 정보를 뇌 깊숙이 자리한 편도체에 전달함으로써 위험이나 두려움을 감지하여 처리한다. 사이코패스는 이 두 곳의 연결성이 결여되어, 성격적으로 냉혹하고 오만한 경향을 보인다. 심리학자 블러머Blumer와 벤슨Benson은 외상성 전전두엽 손상 환자의 성격 변화에 관한 글에서 이 같은 병증을 '가성 사이코패스' 증후군이라 일컬었다. 머리를 다친 환자들은 억제력이나 자제력이 부족하고 위험을 인지하지 못하며 참을성이 없고 죄책감이 떨어지는 경향을 보일 수 있지만, 선천적 사이코패스처럼 동정심까지 잃지는 않는데, 내가 바로 그런 경우였다. 비록 당시에는 그런 사실을 전혀 모르고 있었지만 말이다.

나는 그렇듯 냉혹하고 대담한 모습을 뉴욕 시에서 처음으로 드러냈다. 또한 그 경험 덕분에 이 모험적 삶에 힘껏 뛰어들 수 있었다. '용기는 두려움의 부재가 아니라 두려움에 맞서려는 의지'라는 말이 있다. 1972년에 나는 앨버트 아인슈타인 의과대학 장학생 자격으로, 할렘가에 위치한 모리사니아 병원 응급실에서 야간 근무를 하게 되었다. 어둑한 새벽이었다. 병동 전체가 마약중독자들과, 패싸움하다 다친 갱단들로 골머리를 앓고 있었다. 그때였다. 몸싸움으로 다쳐서 들어온 마약중독자와 젊은 간호사 사이에 실랑이가 벌어졌다. 간호사가 오염된 주사기를 압수하려 하자, 광포해진 마약중독자는 주머니칼을 휘둘러 살해를 시도했다. 마침 그 모든 상황을 지켜보던 나는 칼끝이 표적에 닿기 전 그에게 정통으로 럭비 태클을 걸었고, 그 바람에 우리는 서로 몸이 뒤엉킨 채 대기실 의자들 위로 나가떨어졌다.

마약중독자의 칼이 내 오른손 엄지손가락을 베며 튄 피가 내 희고 깨끗한 인턴 가운에 줄무늬를 남기긴 했지만, 싸움은 그리 오래

가지 않았다. 경호원이 봉으로 그의 머리를 가격해 결국 신경외과 수술을 받게 만들었으니까. 수간호사가 고맙다며 내 상처를 봉합해주었고, 이어서 나는 그치의 두개골이 드릴로 숭숭 뚫리는 장면을 구경하러 갔다. 그리고 믿거나 말거나, 그가 안쓰럽다고 느꼈다. 그의 비참한 삶이 슬프다고 느꼈다.

내 영웅적 행동은 의과대학에까지 보고되었다. 하지만 사실 나는 영웅과는 거리가 멀었다. 이유는 간단했다. 나는 그와 맞서기 위해 굳이 용기를 낼 필요가 없었으니까. 하지만 그 행동 덕분에 나는 눈부신 보상을 받았다. 나는 '최우수 학생'으로 선정되었고, 덕분에 일류 병원에서 레지던트로 재직하며 의대 교수, 나아가 외과학 교수가 되기 위한 기반을 다질 수 있었다. 럭비도 그만두지 않았다. 오히려 머리를 다친 이후로 더욱 공격적인 선수가 되었다.

외과계에서는 내부의 사이코패스적 성향을 대체로 인정하는 분위기다. 비교적 최근인 2015년 《왕립외과대학회보Bulletin of the Royal College of Surgeons》에는 '외과의사는 사이코패스인가? 만약 그렇다면 그게 그렇게 나쁜 일인가?'라는 제목의 글이 실렸다. 글쓴이들의 주장에 의하면, 생사가 걸린 난제를 논함에 있어 감정의 완벽한 분리는 더 좋은 선택으로 귀결되었다. 이는 타당한 주장처럼 들린다. 사전적 정의에 의하면, 사이코패스는 자아존중감이 과도하여 자신의 과실을 부인하고 후회의 감정을 내비치지 않음으로써 '책임의 외부화'가 가능한, 냉담하고 교만하며 자신만만한 이들을 일컫는다. 확실히 이 같은 정의는 전형적 외과의사나 재정적 모험가를 설명하는 문장들과 일맥상통한다.

하지만 의학적 모험가의 성공은 곧 모든 사람의 성공이다. 우리는 선배들을 본받아 자유롭게 실험하며 영역을 넓혀가야 한다. 하지만 나는 두렵다. 이제 이러한 정신은 모두 사라져버린 게 아닐까? 오늘날 위험관리는 중요한 산업으로 자리 잡았다. 또한 규제 기관들은 마치 위험에서 자유로운 환경이 모든 사람의 숙원인 양 여긴다. 심지어 우리의 이른바 고객들은 위험을 기준으로 계급이 나뉘는 경우가 다반사다. 가령 저위험군 환자는 절대 죽어선 안 되는 존재로 다뤄지는 반면, 고위험군 환자는 여차하면 죽여도 괜찮은 존재로 취급된다. 어떤 분야에서건 이런 식의 직업관은 결코 바람직하지 않다.

나는 절대 수술을 그런 관점에서 바라보지 않았다. 나는 고위험군 환자들을 자석처럼 끌어당겼고, 죽음의 신을 상대로 벌이는 시합에 탐닉했다. 또한 내 계획이 절대 성공할 리 없다는 소리를 귀에 못이 박히도록 들으며 살아왔다. 하지만 사람들의 우려와 달리, 기관에 삽입한 실리콘 튜브는 막히지 않았다. 맥박이 사라진 환자는 결국 살아남았다. 머리에 전극을 연결한 환자는 무사했으며, 손상된 심근에 직접 주사한 줄기세포는 급사를 유발하기는커녕 이제 심부전 치료에도 쓰이게 되었다. 의료적 혁신을 위해서는 반드시 위험을 감수해야 한다. 더욱이 삶은 그 자체로 위험하다. 심장외과의 명맥을 유지하려면 혁신할 기회를 부여해야 한다.

4장

자만심

돌이켜보면 그 후로 내 직업적 삶은 심각한 난관의 연속이었다. 본래 나는 제멋대로 굴거나 쉽게 흥분하는 성격이 아니었다. 젊은 시절 나는 수줍고 세심하며 사람들을 돕고 싶어 하는 문법학교 남학생이었다. 콘월의 럭비 경기장에서 그 별난 운명을 맞닥뜨리기 전에는 줄곧 자신감이 부족했다. 하지만 그 사고 이후로 내 인생의 추는 반대 방향으로 움직이기 시작했다. 스스로에 대한 믿음과 넘치는 열정은 좀처럼 다스려지지 않았다. 내 예리한 칼끝에 한 인간의 목숨이 달려 있다는 사실에도 나는 아랑곳하지 않았다. 요컨대 나는 통제가 불가능했다.

그날의 부상 이후에 생긴 대담성과 추진력은 나를 거듭 곤경에 빠뜨렸다. 그나마 타고난 성격이라도 소심하지 않았더라면, 피니어스 게이지처럼 직장을 잃고 잠재적 범죄자로 전락했을지 모를 일이었다. 젊은 시절 나는 태연자약하고 기세등등하며 야심만만한 수술의로 통했다. 쉽게 싫증을 냈고, 서류 작업에 소홀했으며, 푸른색 소형 스포츠카를 과속으로 몰다가 내키는 대로 아무 데나 세워두었다.

또한 나는 기회주의자였다. 런던 킹스칼리지 병원의 간 병동에서 수련의로 근무할 때의 일이다. 나는 수석 전임의들이 간 이식술의 개척자 로이 칸Roy Calne 교수가 수술한 환자들의 술후 관리 감독을 위해 케임브리지로 출장을 다닌다는 걸 알게 되었다. 이 젊은 내과의들은 수술에는 도통 관심이 없었다. 핏방울이 무서운 속도로 배액병에 고이는 모습을 밤새 지켜보는 일은 차치하고서라도 말이다. 어느 주말 나는 인력의 공백을 틈타 케임브리지 의과대학 부속병원인 애던브룩스 병원 파견근무에 자원하는 모험을 감행했다. 표면적 이유는 나중에 익혀야 할 것들에 대한 이해도를 높이기 위해서였지만, 실제적 이유는 위대한 인물의 어깨너머로 간 이식 수술을 지켜볼 기회를 잡기 위해서였다. 전략은 결실을 거두었다. 환자는 아무런 합병증 없이 회복되었고, 다들 나를 간 병동의 수석 전임의쯤으로 생각했다.

케임브리지의 외과 수련 시스템은 영국에서 가장 높은 수준이었고, 나는 그 도시를 사랑했다. 내가 그곳 의과대학에서 공부할 기회를 마다한 이유는 오로지 어린 시절의 내향성과 뿌리 깊은 열등감 때문이었다. 하지만 나는 이제 더 이상 예전의 내가 아니었다. 얼마후 그곳 외과에서 다시 구인 공고가 났을 때, 나는 지원했고 채링크로스 병원과 로열브롬프턴 병원의 경력증명서도 함께 제출했다. 내가 이식 환자 다루는 모습을 눈여겨본 칸 교수는 나를 다음 단계로 무사히 통과시켰다. 나는 로열브롬프턴 병원에서 감행한 몇 번의 모험과 레지던트 시절 런던에서 집도한 몇 건의 맹장 수술을 제외하면 사실상 수술 경험이 전무했지만, 그 시절엔 그런 사실이 그리 문제되지 않았다. 중요한 건 단지 나서서 수술하겠다는, 무모함에 가까운 자신감이었다. 나는 새로운 일에 닥치는 대로 뛰어들었다. 정형외과 수술 중에 사람이 죽는 경우는 드물지만, 아주 불가능한 일은 아니다.

1976년의 크리스마스는 몹시도 추웠다. 그때 나는 병원에서 지내며 낙상으로 골반이 부러진 노인 환자를 100명도 넘게 수술했다. 그들 가운데 2명은 사망했다. 수술의 스트레스를 견뎌내지 못한 것이다. 90세가 넘으면 수술 후에 운신하기가 힘들어진다. 그래서 대개는 침대에 누워 지내다 폐렴에 걸려 죽음의 신에게 불려간다. 하지만 그들이 처한 어려움과 고통을 외면할 수 없었던 우리는 마지못해 수술을 단행했다. 6개월 동안의 인간 조립공 노릇과 몸서리나는 외상 팀 호출을 버텨낸 끝에 나는 기본기—기구 다루기, 지혈하기, 도움 없이 독립적으로 수술할 정도의 배짱 갖추기 같은 단순한 것들—를 마스터했고, 예비 외과 전문의로서 배움의 희열을 만끽했다. 그다음 단계는 일반외과였다. 이 본격적 피비린내의 향연은 특히 야간 당직 때면 본색을 드러냈다. 나는 이내 '조스'라는 별명을 얻었는데, 다리를 순식간에 절단한다는 이유에서였다.

1970년대에는 위산 분비 억제제가 존재하지 않았다. 그러다 보니 천공성 십이지장궤양을 동반한 복막염이나 극심한 위출혈 환자가 매일 밤 병원에 실려 들어왔다. 대장암으로 창자의 일부가 막히거나 외상으로 간 또는 비장이 손상된 환자도 있었다. 문제가 더 극적일수록, 나는 더 가슴이 뛰었다. 나는 온종일 그리고 밤 시간의 대부분을 수술에 할애했고, 상사들은 그런 나를 보며 흡족해했다.

한 가지 사소한 문제가 있기는 했다. 나는 이를 주의력결핍장애 탓으로 돌렸는데, 그러니까 나는 서류 작업에 조금도 신경을 쓰지 않았다. 전임의실에는 일반의에게 제출할 의뢰서나 퇴원 요약지를 기다리는 환자들의 쪽지가 수북이 쌓여 있었다. 가벼운 징계에는 무시로 일관했고, 그러다 결국은 상황을 해결할 때까지 수술실 출입을 금지당했다.

일요일 늦은 저녁, 8세 소년이 갑작스럽고 극심한 복통으로 구급차에 실려 왔다. 여호와의증인인 부모는 혹여 아들이 수술을 받아야 할까 봐 걱정하는 기색이 역력했다. 아이는 미열이 있었고 배를 누르면 아파했는데, 특히 충수 근처에서 통증이 심했다. 더 알아볼 필요도 없이 나는 부모에게 복막염의 징후를 알렸다. 십중팔구 아이의 충수가 파열된 듯했다. 나는 아이를 즉시 수술실로 옮겨, 그 쓸모없는 돌기를 서둘러 잘라내고 배 속을 세척해야 했다. 소년의 부모는 아이가 혹시 수혈을 받게 되느냐고 물었다.

"그럴 리가요. 15분 안에 끝날 겁니다."

이미 두 사람은 나에 대한 믿음이 굳건했다. 내 쉽고 분명한 진단이 효과를 발휘한 것이다.

"혈액형 검사도 하지 않을 생각인걸요." 이렇게 나는 그들을 안심시켰다.

나는 마취과 전임의와 수술을 보조할 당직 전공의를 한 명씩 데리고 수술실로 향했다. 소년은 그날의 마지막 수술 환자였고, 간호사 숙소에서는 크리스마스 파티가 우리를 기다리고 있었다. 나는 오른쪽 장골와, 그러니까 충수 바로 위쪽에 격자형으로 작은 절개선을 그었다. 배 속의 투명한 복막에 도달했을 때 나는, 감염되어 끝이 파열된 그 꼬불꼬불한 부속 기관을 들어내기에 앞서 누르스름한 액체를 보게 되리라 예상했다. 하지만 이번엔 아니었다. 안은 어두웠다. 나는 겸자로 조심스레 막을 집어 올린 뒤 수술용 가위로 그것을 잘랐다. 그때였다. 갑자기 새빨간 피가 쏟아져 나왔다.

가슴이 철렁 내려앉았다. 나는 소년이 창백해 보이는 이유가 그저 몸이 아프기 때문이라고만 생각했었다.

"헤모글로빈과 백혈구 수치는 아직입니까?" 나는 마취과 레지던트에게 물었다.

"아직인데, 왜요?"

"왜냐고? 이 빌어먹을 복막에 혈액이 들어찼으니까요."

마취과 전임의가 일종의 혈액뇌장벽, 그러니까 마스크 쓰는 수고를 절대 감내하지 않는 그들의 머리를 환자의 상처에서 격리하기 위해 수액 거치대에 걸어둔 녹색 장막 위로 고개를 쑥 내밀었다.

"젠장, 이게 다 뭐야?" 그가 말했다.

그는 마취과 간호사에게 냉장고에서 혈액을 꺼내 오라고 말한 뒤, 황급히 혈압을 측정했다. 100/70수은주밀리미터. 맥박수는 105회였다. 하지만 먼저 확실히 해둬야 할 부분이 있었다. 우리가 부모와의 상의 없이 수혈을 단행할 경우 저쪽에서 소송을 걸어올 것이 분명했다. 그들은 틀림없이 거부했을 테니까.

마취과 전임의는 당직 고문의를 부르고 싶어 했지만, 나는 그러고 싶지 않았다. 나는 잘못을 직접 찾아내 고치고 싶었다. 나는 아직 이상하리만큼 차분했다. 그렇게 배의 정중선에 두 번째로, 더 큰 절개를 가했다. 더 많은 피가 뿜어져 나왔다. 그때쯤 내 이성적 동료들은 어느덧 관망자가 되어, 한시라도 빨리 책임을 내던질 기회만

엿보고 있었다. 그들은 소년이 아동학대 피해자라고, 그래서 간이 나 비장에 상해를 당한 것이라고 짐작했다. 지극히 합리적인 추론 이었다. 하지만 그것이 사실이라면, 피부에 멍이 있어야 했다. 또한 몸의 다른 부위에도 그럴듯한 증거가 있어야 했다.

그때 내 심정으로 말할 것 같으면, 단지 호기심과 흥분이 전부 였다. 당연했다. 이건 분명 희귀한 케이스였으니까. 내 전전두엽은 편도체에 경고와 불안의 메시지를 보내야 마땅했지만, 나는 두려움 을 콘월 지방 펜린의 럭비 경기장에 남겨두고 온 터였다. 이곳에서 나는 점수를 따고 전임의로서 스스로의 경쟁력을 증명해야 했다. 의과대학이 평가한 나는 '장래가 가장 촉망되고 용감하지만, 통찰 력이 부족한' 학생이었다. 내 잘못은 아니었지만, 나는 그 이유를 수 없이 설명한 뒤에야 고문의 자리에 오를 수 있었다.

나는 창자들을 밖으로 끄집어낸 다음 주요 혈관들을 살펴보 았다. 만약 이것들 중 하나라도 훼손되어 피를 쏟아냈다면, 아이는 병원 문턱에 닿기도 전에 분명 목숨을 잃었을 터였다. 나는 최초의 출혈이 이미 멈췄음을 직감했다. 때마침 혈압과 맥박도 안정을 되 찾았다. 간과 비장에서도 아무런 이상이 발견되지 않았다. 고로 나 는 상해의 가능성을 배제했다. 다음으로는 내장을 살살이 훑어보 았고, 마침내 문제의 원인을 찾아냈다. 충수의 자리와 멀지 않은 곳 에서 대장 중복낭종이 파열돼 있었다. 대장 중복낭종은 지극히 희 귀한 선천성 기형으로, 나 역시도 직접 목격한 것은 그때가 처음이 자 마지막이었다. 나는 나머지 출혈 부위까지 모조리 찾아내 전기 소작기로 지혈했다. 그러고는 비로소 팀원들에게 출혈을 잡았다고 말했다. 아이는 안전하다고…. 그러니 안심하라고.

"중복낭종은 어떻게 할 건가요?" 감정적으로 진이 빠진 마취과 전임의가 물었다. 그의 상사도 이리로 오는 중이라고 했다.

"빌어먹을 결장을 잘라내야죠." 나는 퉁명스럽게 말했다. 시종일관 심약했던 그에게 조금은 짜증이 난 상태였다. "아니 무슨 일반의도 아니고."

내 고삐 풀린 머릿속에서는 유치하게 이런 구절이 맴돌았다. '흥이다, 뿡이다!' 나는 중요한 혈관들을 묶어 혈류를 차단하고, 미끄덩한 내장을 단단히 죄었다. 그러고는 싹둑싹둑 결장을 잘라낸 다음, 양쪽 단면을 연속 봉합법으로 꼼꼼히 이어 붙였다. 이어서 나는 따뜻한 식염수로 복강에 남은 피와 똥을 씻어냈다. 찌꺼기를 모조리 빨아낸 뒤에는, 절개부 두 곳을 봉합했다. 임무는 완료되었다. 온갖 사념과 감정이입이 배제됐다는 점에서, 사실상 배관공사나 다름없는 수술이었다.

그때쯤 마취과 고문의가 도착했다. 상급자에 대한 예의는 안중에도 없이, 나는 그에게 뭐 하다 이제 오셨느냐고 묻고는 신나게 피부를 꿰맸다. 이런 상황에서 마취과의사가 처음으로 할 일은 장막 너머 수술야로 시선을 뻗어 모든 과정이 계획대로 되어가는지 살피는 것이었다. 고로 나는 검체용 들통을 가리키며 그 역겨운 병소를 자랑스레 보여주었다.

"이런 건 생전 처음 보는군." 그가 말했다.

"저도 처음입니다. 희귀 질환이 확실해요. 지금 혈압은 어떻습니까?"

"100에 70입니다."

"맥박은요?"

"100입니다."

"헤모글로빈 수치는 아직입니까?"

"10입니다."

"좋네요. 이제 안심해도 되겠어요." 나는 그렇게 결론지었다.

마취과 고문의는 내가 이 케이스를 소아과 과장 던 교수에게 보고했는지 궁금해했다. 그의 점잖은 물음에 나는 이렇게 둘러댔다.

"시간이 없었어요. 우선 출혈부터 멈춰야 한다고 생각했거든요. 게다가 던 교수님은 대학 만찬에 참석 중이고요. 아침에 병동 회진에서 놀래 드리죠, 뭐."

이제 나는 소년의 부모에게 아들이 충수 자리뿐 아니라 배 한복판에도 기다란 흉터를 갖게 된 이유와, 수술이 당초의 예상대로 15분 안에 끝나지 않은 이유를 설명해야 했다. 수술실에 들어간 자녀의 소식을 기다리는 여느 부모와 마찬가지로, 이 무렵 그들은 완전히 녹초가 되어 있었다. 내가 대기실에 들어서며 환하게 지은 웃음은 두 사람이 알고자 했던 모든 것, 그러니까 내 오진에도 불구하고 부부의 아들이 무사하다는 사실을 그들에게 말하고 있었다.

나는 예의 그 사이코패스적 대뇌피질을 방어적이고 동정적인 대뇌피질로 갈아 끼웠고, 덕분에 소년이 병원을 떠날 때 후한 선물을 받았다. 그날 이후로 나는, 다운증후군 어린이들을 기꺼이 도와온 것처럼, 여호와의증인 환자들을 언제나 배려해 왔다. 적어도 그들의 확고한 가치관과 종교가 사람을 해치지는 않는다. 가끔 그들은 헤모글로빈 수치가 정상치의 3분의 1인 상태로 수술실을 떠나야 했지만, 대개는 건강을 회복했다.

나는 칸 교수의 권유로 지역 럭비 팀에 입단했고, 덕분에 '트라이에 수차례 성공한 신들린 윙 포워드'로 신문에 이름이 실리기도 했다. 수술실에 들어갈 때와 마찬가지로 럭비 경기장을 누빌 때면, 나는 사이코패스적 성향을 즉시 가동시켰다. 여전히 부상은 끊이지 않았다. 한 경기에서는 럭비화의 금속 징이 두피를 찢고 들어가 두개골에 12센티미터짜리 홈을 남겼다. 나는 고집스레 케임브리지로 돌아갔고, 당시 응급실 당직 간호사였던 사라는 결국 내 아내가 되었다. 나는 그녀에게 봉합과 파상풍 주사를 부탁하면서도 국소 마취만은 한사코 사양했고, 그 대가로 곧 애처로이 비명을 지르게 되었다.

크리스마스에 턱이 부러져 응급실에 갔다가, 거기서 오토바이 운전자의 가슴을 가른 적도 있었다. 그때 나는 아직 진흙투성이 럭비복 차림으로 수술실용 개수대에 피를 뱉어내고 있었다. 그렇게 대기실에서 기다리는데, 마침 병원에 그를 수술할 외과의가 없었다. 그리고 나는 어이없게도 내 턱 골절 수술을 거절했다. 그 대가로 나는 턱뼈의 감염을 막기 위해 엄청난 양의 페니실린 근육주사를 둔부에 맞아야 했고, 간호사들은 기꺼이 내 엉덩이를 바늘꽂이로 사용했다. 결과적으로 나는 이 부상 덕분에 저 악명 높은 왕립 외과대학 최종 시험을 무사히 통과할 수 있었다. 구술시험에서 말하기가 너무 힘든 나머지, 낙제한 첫 시험에서와 달리 허세와 허풍을 조금도 떨지 않은 덕분이었다.

나는 자격증과 소중한 수술 경험으로 무장한 채 케임브리지를 떠났다. 스스로 자신감을 갖기에 충분했지만, 정서적 짐의 무게가 어깨를 짓눌렀다. 부족한 억제력은 종종 난잡한 성관계와 그에 따른 골칫거리를 유발한다. 『옥스퍼드 영어사전』에 따르면, 사이코패스적 성향은 '탈억제성이나 타인을 배려하지 않는 냉혹성'과 관련이 깊다. 푸른색 소형 스포츠카나 고양된 자아와도 확실히 잘 어울린다.

사실 나는 애던브룩스 병원을 떠나기 몇 주 전, 해머스미스 병원과 왕립 의과대학원으로부터 심장외과 수련의 자리를 제안받은 상태였다. 이는 분명 놀랍고도 기분 좋은 제안이었다. 설령 그 이유가 마땅한 지원자를 찾지 못했기 때문이라 해도, 나는 그 제안이 여전히 고마웠다. 하지만 희열은 오래가지 않았다. 박동하는 심장을 투박한 손으로 봉합하려 애쓰는 수석 전임의를 끝없이 보조하는 생활에 나는 이내 싫증을 느꼈다. 끊임없이 움직이는 그 미끄러운 장기를 내가 더 잘 다룰 수 있다고 스스로 확신했으니까. 나는 점점 짜증이 늘었다. 단지 수술을 보조할 뿐, 직접 칼을 놀릴 순 없다는 사실에 갈수록 울화가 치밀었다. 그러던 차에 헤어필드 병원 흉부외과로 순환근무를 가게 되었고, 그곳의 분위기는 내게 너무도 익숙한 스컨소프의 비 오는 주말을 연상시켰다. 더구나 폐는 단순히 부풀었다 오므라드는, 그리 매력적이지 않은 기관이었다. 결국 나는 무단이탈을 감행했다.

그 무렵 홍콩의 한 병원에서 고문의급 일반외과 대진의를 구한다는 공고가 내 눈에 띄었다. 흥미롭게도 그곳은 그 섬에서 가장 오래된 병원이었다. 업무는 빅토리아 피크에 위치한 개인 병원 두 곳에서 수술을 담당하는 것이었고, 상근 외과의사가 장기 휴가를 떠나 있는 동안, 합격한 지원자는 그의 아파트와 포르셰에 홍콩클럽 회원권까지 사용할 수 있었다. 이것은 기회였다. 케임브리지에서 얻은 빛나는 경험을 지구 반대편의 전혀 다른 문화권에서 시험해 볼 기회. 그렇다면 망설일 이유가 없었다. 채용이 확정됐을 때, 나는 흉부외과 순환근무에 대한 3개월 휴가를 신청하고는 미련 없이 비행기에 몸을 실었다. 그것은 일종의 도박이었다. 하지만 런던에 그대로 머물렀다가는 좌절감과 초조함에 못 이겨 자폭 단추를 누르기 일보직전이었다. 결과적으로 나는 그 도박 덕분에 실직의 위기를 모면할 수 있었다.

나는 카노사 병원과 마틸다 병원의 수술을 혼자서 도맡았다. 보조자는 천주교 수녀들이었다. 전임의도 전공의도 그곳에는 없었다. 하지만 그 수녀들은 수술실에 차분하고 조화로운 기운을 불어넣었다. 무엇보다, 누가 이 신성한 자매들에게 함부로 고함치고 악을 쓸 수 있겠는가? 더욱이 그녀들은 영국에서 유례를 찾기 힘들 정도로 노련하고 믿음직했다. 그들의 업무는 외과의사를 보조하는 일이었다. 또한 그들은 내가 헤매지 않고 눈앞의 일에 집중하게 해주었다. 심지어 수녀에게는 수작을 걸 수도 없었다. 그보다 나는 잉글랜드 출신의 풋내기 외과의사에 대한 확신을 그들에게 제대로 심어주고 싶었다.

기회는 생각보다 빨리 찾아왔다. 그 병원 위장병 전문의가 19세 중국인 소녀를 의뢰했는데, 소녀는 내가 서구 세계에서 한 번도 맞닥뜨린 적 없는 문제를 갖고 있었다. 부유한 중국인 집안에서 태어난 그 가냘프고도 아름다운 소녀는 항문의 출혈 때문에 병원을 찾았다. 치핵이 거의 확실했지만, 그곳 위장병 전문의의 똑똑한 검지는 직장에서 수상한 덩어리 하나를 찾아냈다. 열아홉 살에 직장암이라니? 나는 의뢰서에 적힌 내용을 믿을 수 없었다. 하지만 보아하니 이미 생검으로 확인한 결과인 듯했다. 나는 그 절박한 소녀와 어머니를 페닌슐라 호텔에 있는 외래 진료소에서 처음 만났다. 빅토리아 피크에서 그곳에 가려면 북적이는 스타페리를 타고 주룽반도 쪽으로 건너가야 했다.

그 시절 그 부위에 발생한 저등급 장암의 유일한 치료법은 직장을 완전히 잘라내고 환자가 평생 사용할 인공항문을 달아주는 것이었다. 중국의 십 대 소녀에게는 차라리 안락사가 더 나은 선택일 수 있었다. 수녀들은 이른바 복회음절제술의 시행 가능성을 타진하는 내게 그에 대한 주의를 주었다. 통상적으로 그 수술에는 숙련된 외과의사 두 명이 필요했다. 한 명이 위쪽에서 배를 절개하고 직장을 손보는 동안, 다른 한 명은 아래쪽에서 가엾은 소녀의 항문을 잘라내고 암종에 접근해야 했다. 이럴 때일수록 신중한 판단이 필요했다. 나 혼자서라도 수술을 단행할까? 아니면 대학병원의 숙련된 팀에게 의뢰해야 할까? 언제나처럼 나는, 그때껏 해본 적 없는 수술임에도, 스스로가 적임자라고 느꼈다. 지금 생각하면 어리석기 그지없는 망상이었다. 가장 중요한 것은 나의 명성이 아니라 소녀의 생명이었으니까.

소녀의 가족을 처음 만났을 때 어머니는 내가 딸을 검사하도록 허락할 마음이 없었고 자신들은 수술을 원치 않는다는 점을 분명히 했다. 나는 이내 소녀가 너무 안쓰럽다고 느꼈다. 외과의사를 제외하면, 소아암을 다루는 의사들은 사이코패스적 성향이 유독 강하게 나타나는데, 나는 그 이유를 충분히 이해한다. 천성적으로 보통의 인간은 괴로워하는 어린 환자나 부모를 매일없이 목도하는 환경을 견뎌내지 못한다. 나는 광둥어 통역사의 입을 빌려 소녀의 어머니에게 잔인한 질문을 던졌다. 단지 대변 주머니가 딸의 혼삿길을 망칠 수 있다는 이유로 암을 방치해 딸이 끔찍한 죽음을 맞아도 괜찮겠느냐고. 이 갑작스러운 도발은 민족적 장벽을 무너뜨렸고, 그녀는 이내 울음을 터뜨렸다. 별수 없이 나는 서양의 콧대 센 외과 의사답지 않게 그녀에게 사과의 말을 건넸다.

일단은 대화를 이어가야 했다. 그래서 영국인 의사가 소녀의 암을 치료할 수 있음을 그들에게 납득시켜야 했다. 사실 이는 신의 뜻이었다. 나는 바로 그 일을 위해 런던에서 날아온 것이었다. 그들이 떠날 때 솔직히 나는 다음 만남이 있으리라고는 기대하지 않았다. 더불어 약간의 안도감도 느꼈다. 나는 소녀가 가족의 수치가 되니 스스로 목숨을 끊을까 봐 두려웠다. 단지 그 파괴적 유전질환을 치료받았다는 사실이 부끄럽다는 이유로 말이다. 하지만 그들은 다시 돌아왔다. 그러므로 나는 눈앞의 현실에 정면으로 맞서야 했다. 불안하지는 않았다. 하지만 안심할 수도 없었다. 복회음절제술은 난해하고 복잡한 수술이었다. 그런 케이스를 몇 번 본 적은 있지만, 전부 오래전 일이었다. 그렇지만 확신은 있었다. 일단 수술을 시작하면 모든 기억이 되살아나리라는 확신.

수술은 5시간 동안 진행되었다. 대화는 거의 오가지 않았다. 이따금 내가 필요한 수술 기구를 요청하면, 알맞은 도구가 마치 리모컨으로 조종한 듯 착착 내 손바닥에 놓였다. 가끔은 '젠장'이나 '제기랄' 같은 소리가 나오기도 했다. 내 등줄기를 타고 땀방울이 계속 흘러내렸다. 수녀들은 조명을 움직이는가 하면, 마치 오래된 의학 영화 속 한 장면처럼 내 이마에서 땀을 닦아주었다. 다행히 간은 깨끗했고, 암종이 퍼졌다는 징후는 발견되지 않았다. 나는 전에 없이 느리고도 신중하게 위쪽 결장과 자궁 뒤쪽 결장을 차근차근 손봐가며 복잡한 과정을 완수해 나갔다. 풋내기 심장외과 의사인 나에게 이것은 복회음절제술을 집도할 처음이자 마지막 기회일 터였고, 그래서 나는 이 수술을 잘 해내고 싶었다. 그러기 위해서는 무엇보다 인공항문을 올바른 위치에 형성해야 했다. 복벽에 형성될 이 구멍은 결장과 직접 연결되어 그 안의 내용물을 영구적으로 배출할 통로였다. 그것은 장미 꽃봉오리처럼 단정해야 했고, 자연스러운 옷차림을 위해 위치 또한 완벽해야 했다.

한꺼번에 여러 부위를 절개한 터라 극심한 통증에 시달리긴 했지만, 그녀는 젊은이답게 빠르게 건강을 회복했다. 암종이 퍼졌다는 명백한 징후가 없더라는 내 말에 그녀의 가족은 안도의 한숨을 내쉬었다. 또한 병리학 검사에서도 암종이 창자벽이나 림프절로 침습했다는 증거는 발견되지 않았다. 합병증도 나타나지 않았다. 수녀들은 내가 자랑스럽다고 말했다. 나 역시 스스로가 몹시 자랑스러웠다. 그 어떤 수술을 마쳤을 때보다 행복했고, 나도 그 가족도 이제 마음을 푹 놓을 수 있었다.

그날 밤 나는 의문의 홍콩클럽에서 술을 몇 잔 걸치고는 혼자서 수증기 자욱한 사우나에 앉아 있었다. 내 뇌는 수술의 각 단계를 되짚고 또 되짚었다. 애초에 나는 그 모든 위험을 감수해야 했을까? 내게 더 중요한 것은 무엇이었을까? 내 완벽함을 스스로 증명하는 것? 아니면 그 가엾은 소녀의 안전? 그때를 기점으로 내 직업적 삶에는 결정적 변화가 일어났다. 여전히 두려움은 없었다. 하지만 나의 통찰력이 되살아나고 있었다. 홍콩은 나의 특권적 위치를 넓은 안목으로 바라보게 해주었다. 수녀들과 일하고 내 안의 문제들을 공유하면서 나는 지난 몇 년간 잊고 살았던 내면의 평화를 되찾았다.

그때부터 나는 주룽의 공공 병원에서 흉부외과 수술을 집도하기 시작했다. 폐암은 그곳에서 흔한 질병이었지만, 수술할 의사는 나밖에 없었다. 나는 환자의 외상을 치료하고, 고름을 빼내는가 하면, 아이들의 선천성 기형을 바로잡았다. 이 모두는 자선 활동의 일환이었고, 덕분에 나는 다시 스스로를 존중할 수 있었다. 그러다 문득 정신을 차려보니 나는 어느새 류머티즘성 승모판막협착증 환자들의 심장에 내 검지를 끼워 넣고 있었다. 그럴 수밖에 없었다. 아니, 그냥 그렇게 되었다.

내가 더 많은 수술을 집도할수록, 더 많은 요청이 쏟아졌고, 나는 그 상황이 못내 즐거웠다. 그들은 내가 계속 머무르기를 바랐고, 나도 솔깃했던 것은 사실이다. 중국인 환자들은 자신들의 삶이나 외과의사에 대해 불평하지 않았다. 그들은 주어진 운명에 능력껏 최선을 다했고, 대부분 지난 세기의 가치관을 충실히 지키며 살고 있었다. 나는 달라지기로 했다. 영국에서 처음부터 다시 시작하기로, 그리고 지구 반대편에서 배운 것들을 활용하기로 결심했다. 나는 덜 오만하고 덜 냉정한, 그리고 어쩌면 덜 외로운 사람이 되어보기로 했다. 비록 그 어느 것 하나도 쉽지는 않겠지만.

나는 해머스미스 병원으로 돌아갔다. 그리고 오래지 않아 다시 곤경에 처했다. 이미 3개월간의 부재로 수련의 순환근무 프로그램에서 방출될 위기에 놓인 주제에, 과거의 잘못을 또다시 반복한 것이다. 이번에는 심장을 칼에 찔린 환자였다. 나는 당직 고문의에게 보고하지 않고 멋대로 수술을 단행했다. '뭐 어때?' 나는 그렇게 생각했다. '그 남자는 죽어가고 있었어. 나는 그를 살렸고 살인을 막았어.' 나는 눈앞의 환자에 집중한 나머지, 수술실로 가는 길에 고문의에게 연락할 시간을 내지 못했다고 주장했다. 하지만 핵심은 그게 아니었다. 내가 스스로의 능력을 제아무리 확신했다 해도, 모든 수술에는 지켜야 할 프로토콜이 있었다. 음력 정월 초하루의 결심은 그렇게 실패하고 말았다. 나는 상습범이었다. 건방지고 통제가 명백히 불가능했다.

그 사건 이후로 나는 벤톨 교수의 수술을 개인적으로 돕게 되었다. 그는 눈과 손이 예전 같지 않았다. 나는 수술을 집도했고, 그는 수술을 보조했다. 외국에서 일부러 그를 찾아온 환자도 예외가 아니었다. 확실히 나는 수술할 능력이 있었고, 그 부분만큼은 아무도 의심하지 않았다. 문제는 내 기질이었다. 나는 무례했고, 권위를 노골적으로 무시했으며, 통찰력이 부족했다. 요컨대 나는 두개골 골절의 후유증에 여전히 시달리고 있었다. 그러니까 나는 무모한 야심으로 가득 찬 골통이었다. 이런 경우 선택지는 두 가지였다. 고삐를 당기거나 아예 포기하거나. NHS가 운영하는 병원에서는 달라지지 않으면 살아남을 수 없었다. 홍콩은 홍콩이고, 해머스미스는 해머스미스였다.

어느 아침 병원 정문 밖 경영진 주차 공간에 푸른색 MG 스포츠카를 세우고 들어서는 나를 벤톨 교수가 연구실로 불러들였다. 나는 이번 역시 내 잘못에 대한 상사의 고리타분한 꾸지람을 예상했다. 그리고 중공의 평등이라든가 인생의 진정한 가치를 운운하며 적당히 대응할 계책을 세웠다. 하지만 예상은 빗나갔다. 물론 꾸지람은 들었다. 하지만 그것은 단지 오래전부터 예감해 온 대화의 촉진제였다. 그는 내가 여전히 행복하지 않다는 사실을 꿰뚫고 있었다. 그러면서 내게 미국으로 건너가 저명한 의사들과 일해 볼 생각이 있느냐고 물었다. 나로서는 생각할 필요도 없었다. 단박에 그렇다고 대답했다. 나는 캘리포니아로 건너가 심장 이식술의 개척자 노먼 섬웨이Norman Shumway 교수와 일해 보고 싶었다.

하지만 벤톨 교수는 따로 생각이 있었다. 그는 내 외과적 잠재력을 기꺼이 인정하면서도, 내가 정도에서 완전히 벗어났다는 사실을 다시금 강조했다. 만약 스탠퍼드의 섬웨이에게 간다면, 나는 오히려 더 삐뚤어질 수밖에 없었다. 내게는 존 커클린John Kirklin이 적합했다. 엄격한 교육자로 알려진 그는 메이오 클리닉Mayo Clinic을 나와, 앨라배마주 버밍햄에 신설된 병원에서 세계 최고의 외과 교육 프로그램 확립에 힘쓰고 있었다. 앨라배마주가 속한 디프사우스는 덥고 습한 지역이었다. 벤톨 교수는 이미 그에게 내 얘기를 해둔 상태였다. 커클린은 나를 엄하게 단련시킬 터였고, 이후에 나는 해머스미스 병원으로 돌아와 상급 직책을 맡으면 될 것이었다. 이는 일종의 최후통첩이었다. 수락하거나, 아니면 그만두거나. 그래서 나는 제의를 수락했다. 그것 말고는 선택지가 없었다. 나로서는 다소 억울하게도, 이곳 외과계에서 나는 소문난 악동이었으니까. 하지만 단연코 그것은 내 잘못이 아니었다. 뇌의 회로들이 뒤엉켜버린 탓이었다. 바라건대 그것들은 언젠가, 또한 바라건대 너무 이르지는 않게 회복될 것이었다. 나는 중국에서 잘 해냈다. 앨라배마에서도 그럴 수 있기를 바랄 뿐이었다.

5장

완벽주의

1980년 12월 29일. 쓰라린 이별의 시간. 나는 웃지 못할 개인사와 소중한 어린 딸을 뒤로하고 앨라배마주 버밍햄으로 출발했다. 그것은 일종의 도박이었다. 나는 이 도박에 심장외과의로서의 미래를 걸었다. 런던에서 외과 수련의로 지내는 동안 나는 무모한 객기와 한심한 태도로 너무 많은 이의 심기를 건드렸다. 이제 나는 미국에서 살아남아야 했다. 그래도 장학생으로 뉴욕에 다녀온 경험 덕분에 미국 생활이 막막하지만은 않았다. 하지만 디프사우스는 달랐다. 덥고 습한 것은 비단 그곳의 날씨만이 아니었다.

1981년의 나는 달라져야 했다. 애벌레가 나비로 변하고 날개를 불길에서 지키기에 그해만큼 알맞은 시기도 없었다. 심장 수술은 끊임없이 진화하고 있었다. 수술의 결과도 하루가 다르게 좋아져 갔다. '일단 저지르고 환자가 버티는지 보자'는 식의 호기로운 접근법은 더 이상 통하지 않았다. 손재주나 수술 기법으로 차이를 만드는 시대는 지났다. 이제는 외과도 과학이 주도하는 시대였다. 심장 내부를 수술하려면 그것을 무르고 얌전한 상태로 만들어야 했다. 그럴 수 있는 유일한 방법은 심장근육으로 가는 혈류를 일시적으로 차단하는 것뿐이었다. 허혈성 심근, 그러니까 심장근육의 산소가 고갈되는 현상에 대한 화학적 보호책은 그 자체로 산업이 되었다. 또한 기술이 발전할수록, 수술은 더 길고 복잡한 동시에 더 안전해졌다.

진보는 응용과학과 기술 발전에 달려 있었으므로, 미국은 관련 지식을 습득하기에 최적의 장소였다. 중요한 건 자금력과 디테일이었고, 벤톨 교수는 존 웹스터 커클린이 세계 최고의 외과학자라는 사실을 알고 있었다. 커클린은 바보에게 관대하지 않았다. 기실 바보들은 그의 수하에서 단 5분도 버텨내지 못했다. 듣기로 러셀 브록 경은 '보편적 완벽을 이룰 수 없음에 끝없는 실망감'을 드러냈다. 커클린은 완벽을 이룰 수 없다는 데 동의하지 않았다. 오히려 그는 완벽을 고집했고, 그만큼 삶은 팍팍했다.

1966년 9월, 내가 런던에서 의대를 다니기 시작한 그날에, 커클린은 메이오 클리닉을 나와 앨라배마주 버밍햄에 새롭게 자리를 잡았다. 15년이 지나 내가 그곳에 도착했을 무렵에는 앨라배마 대학이 전 세계의 젊고 야심찬 심장외과 의사들을 자석처럼 끌어당기고 있었다. 거쳐가는 환자의 수는 텍사스 심장 연구소Texas Heart Institute나 클리블랜드 클리닉Cleveland Clinic 같은 전문병원에 뒤져 있었을지 모르나, 과학적 접근과 학문적 수확 면에서 커클린의 팀은 타의 추종을 불허했다. 내 임무는 그곳의 지식과 에너지를 흡수해, NHS에 전수하는 것이었다. 나는 이 환경에서 명성을 얻어야 했다.

그러지 못할 바에는 차라리 짐을 싸서 집으로 돌아가는 편이 나았다.

커클린을 먼저 겪어본 이들은 그를 금욕적이고 엄격하며, 전문 분야의 모든 면에서 최고가 되기 위해 정진하는 인물로 묘사했다. 그는 까다로웠고, 종종 위협적이었으며, 출중한 팀원들에 둘러싸여 있었다. 그들은 내게 경고했다. "환상은 금물입니다. 커클린은 상사예요. 심기를 거슬렀다가는 1시간 안에 쫓겨날 겁니다." 커클린은 비단 앨라배마 의과대학뿐 아니라, 미국의 심장외과계 전반에서 절대적 권력을 휘두르고 있었다. 그럴 만한 이유는 충분했다. 또한 벤톨 교수의 예리한 판단력을 증명하듯, 이곳에서는 내게 약간의 자유도 허락되지 않았다. 이 분야에 발을 들여놓은 이래 처음으로 나는 규칙에 순응해야 했다. 설령 그 규칙이 내 본능과 심히 어긋나더라도 말이다.

커클린의 유산은 단연, 메이오 클리닉에서 끈질긴 노력 끝에 인공심폐기를 사용한 직시하 심장 수술에 성공한 것일 테다. 처음 이목표를 추구한 사람은 필라델피아의 젊은 외과의사 존 기번이었다. 기번은 한 산모가 폐색전증, 그러니까 폐에 혈전이 생기는 질환으로 비참하게 죽는 모습을 목격하고는 깊은 충격을 받았다. 그는 인공 폐와 혈액 펌프를 개발하기 시작했다. 성공하면 외과의사는 그런 여성의 생명을 유지한 상태로 폐색을 해소할 수 있을 터였다. 그의 복잡한 파이프 회로는 가스 교환 메커니즘을 갖춘 인공심폐기의 전신으로, 환자의 심장을 직접 눈으로 보며 멈추고 가르고 재건할 수 있게 해주었다.

하지만 끝내 기번은 신뢰할 만한 수술 기법을 고안해 내지 못했다. 그가 심장의 구멍을 막기 위해 수술한 첫 아이는 오진으로 허무하게 사망했다. 물론 그로부터 얼마 뒤인 1953년 5월 6일에는 8세 소녀의 심방중격결손 폐쇄술에 성공하면서 마침내 모두가 기다려온 결실이 맺어지는 듯했지만, 이후 그에게 동일한 수술을 받은 5세 소녀 두 명이 모두 사망하면서 결과는 실패로 돌아갔다. 상심한 기번은 그 뒤로 영영 수술실에 돌아오지 않았다. 비탄과 실의에 빠진 그에게 한 번의 성공은 의미를 상실했다. 그는 소녀들의 죽음을 딛고 일어설 탄력성이 부족했고, 심장외과의로 성공하는 데 필요한 성격을 갖추지 못했다. 그는 확신이 없었고, 겸손했고, 자신을 의심했다. 그런 성격으로는 이 분야에서 만족스러운 결과를 얻을 수 없었다.

반대로 커클린은 인공심폐기로 더 복잡한 심장병 수술이 가능해질 것을 기대하며, 메이오 클리닉 실험실에서 일명 '수정된 기번' 기계를 제작하는 작업에 착수했다. 1955년 3월 그는 처음으로 인공심폐기를 사용하여 한 아이의 심방중격결손을 폐쇄했고, 아이는 살아남았다. 평소 커클린에 대해 비판적이던 메이오 클리닉의 여러 인사들은 그의 실험과 임상적 과정에 의문을 제기했다. 미국심장협회American Heart Association와 국립보건원National Institutes of Health은 환자의 혈액과 인공심폐기의 이질적 표면 간 상호작용으로 유발되는 문제들에 대처할 수 없다는 이유로, 인공심폐기 관련 후속 프로젝트에 대한 재정적 지원을 중단했다.

그러다 1954년 봄에 깜짝 놀랄 만한 뉴스가 전해졌다. 월턴 릴러하이가 한 아기의 혈관을 아버지의 순환계에 연결함으로써, 아기의 심장 속 구멍을 복원하는 데 성공했다는 소식이었다. 이제 호사가 들은 그간 커클린이 가망 없는 일에 너무 많은 비용과 노력을 낭비했다고 비난하기 시작했다. 하지만 그들은 틀렸다. 커클린이 개량한 인공심폐기 회로를 남보다 먼저 사용해 심장 수술을 받은 40명 가운데 24명이 수술 후에도 살아남았으니까.

커클린이 성공한 이유는 당연히 그의 집요함과 과학적 접근 덕분이었다. 심지어 내가 그 밑에서 일하던 시절에도, 모든 수술은 신중하게 기록되고 분석되었으며, 그 정보는 다른 환자들에 대한 결정을 돕는 데 사용되었다. 관련하여 그의 글을 덧붙이자면, 다음과 같다.

학문적 수술은 임상적 수술에 연구와 교육, 행정이 조합된 것이다. 이 요소들 가운데 오직 한 가지만 경험한 사람은 전체를 이해할 수 없다.

그는 이 원칙을 우리 수련의들에게 주입시켰고, 그 원칙에 동화되지 않은 이들은 그를 매우 위협적이라고 여겼다.

인공심폐기를 이용한 심폐바이패스가 더욱 일반화되면서, 환자의 혈액이 체외 회로를 통과하며 접촉하는 합성 물질이, 훗날 '관류후증후군'으로 불리게 될 가성 알레르기 반응을 유발한다는 사실이 밝혀졌다. 이 불길하고 때때로 치명적인 문제는 릴러하이의 교차순환법 환자들에게는 한 번도 나타나지 않았다. 그들의 혈액이 통과하는 회로는 살아 있는 인간의 혈관이었기 때문이다. 인공심폐기 사용 환자 중 일부는 며칠 동안 고열에 시달렸을 뿐 아니라, 폐의 경직과 부종, 출혈 경향, 신부전이 나타나기도 했다. 관류후증후군은 인공심폐기 사용 환자가 평범한 성인일 경우 대체로 가볍게 지나갔던 반면, 어린아이나 중환자, 고령자일 경우 환자는 인공호흡기나 수혈, 혈액투석에 장기간 의존해야 했다. 인공심폐기에 연결된 시간이 길어질수록 이 같은 합병증의 발생 가능성은 높아졌다. 때로는 심장 수술이 잘된 환자가 그런 합병증 때문에 사망하여 외과 의사를 절망의 나락에 빠뜨리기도 했다.

당시에는 인공심폐기가 플라스틱 파이프와 단순한 롤러펌프, 복잡한 혈액 산화기, 저혈조, 흡인 시스템으로 구성되었고, 이 모두를 작동시키기 위해서는 화학물질 구연산으로 항응고 처리된 2리터 가량의 혈액을 마중물처럼 사용하는 충전priming 과정이 필요했다. 한때는 혈액형의 불일치라든가 약물에 의한 생화학적 교란이 관류 후증후군의 원인으로 지목됐지만, 충전액을 전혈에서 포도당액이나 식염수로 교체한 뒤에도 문제는 끊이지 않았다. 그러자 전신 냉각용 열교환기가 회로에 포함되었다. 체온을 낮추면 심폐기의 유량을 감소시킬 수 있으니, 결과적으로 혈액 손상을 최소화할 수 있으리라는 다수의 기대감 때문이었다. 하지만 이러한 조치에도 고열 및 폐와 신장의 손상은 계속되었고, 출혈 경향도 여전했다.

앨라배마에서의 첫날 나는 병원 복도를 말 그대로 헤매고 있었다. 그때였다. 굳은 표정의 레지던트 무리 사이로, 저 위대한 개척자가 처음으로 내 앞에 모습을 드러냈다. 당시 커클린의 나이는 예순넷이었고, 심장외과학회지에 실린 사진들 덕분에 나는 그를 쉽게 알아볼 수 있었다. 그는 여윈 몸집에 키는 178센티미터쯤 되었고 머리가 희끗희끗했다. 하지만 내가 그를 단박에 알아본 것은 순전히 그의 짙고 두꺼운 안경테 덕분이었다. 그는 빳빳하게 풀을 먹인 흰색 실험실 가운을 입고 있었다. 가운에는 그의 이름이 수놓아져 있었는데, 당시에는 거리가 상당히 멀어 글자를 직접 읽지는 못했다. 하지만 그의 얼굴에 드러난 노여움만은 확실히 읽을 수 있었다. 그는 화가 나 있었고, 주변 사람들은 불안하고 의기소침해 보였다. 그의 환자가 사망한 것일까? 아니. 다만 심각한 합병증이 발생했는데 야간 근무 팀이 그를 호출하지 않았기 때문이었다. 뇌졸중이었다.

그곳 레지던트들의 삶은 고달팠다. 한 사람 한 사람이 격야로 온콜 당직을 섰고, 운이 좋아야 다음 날 저녁 7시 전에 병원을 탈출할 수 있었다. 또한 내가 뼈저린 경험을 통해 알아낸 바에 의하면, 그들은 항상 말끔하게 면도한 얼굴로, 아침에 출근하는 커클린을 맞이해야 했다. 그는 흐트러지거나 피곤한 기색을 참아내지 못했다. 레지던트들이 끊임없이 혹사당하는 환경에 그는 아랑곳하지 않았다. 그것은 모두 수련 과정의 일환이었다.

무리와의 거리가 점점 좁혀지면서, 나는 그들의 대화를 엿들을 수 있었다. 커클린은 신입 레지던트가 심박수를 낮출 목적으로 특정 약물을 사용한 이유를 궁금해했다. 최근에 합류한 그 젊은 의사는 상사의 엄격하고 꼼꼼한 수술 후 환자 관리 프로토콜을 아직 제대로 숙지하지 못한 상태였다. 그는 자신이 간밤에 커클린에게 전화했을 때 커클린이 직접 문제의 약물을 사용하라고 지시했다는 말로 상사의 맹공격에 대응했다.

"나는 그런 기억이 없는데." 커클린이 노기를 드러내며 대답했다. "틀림없이 잠결이었겠지. 앞으로는 절대 내가 잠든 동안에 내 오더를 받지 말게."

내가 무리를 지나쳐 걸음을 옮기는 사이 커클린은 장황한 열변을 끝마치고는, 동요하는 레지던트 무리를 내버려둔 채 홀로 발길을 돌렸다. 나의 눈이 그의 눈과 마주쳤다. 그리고 나는 그 차가운 시선에 그대로 얼어붙었다.

"자네가 웨스터비인가? 사진을 본 적이 있네. 그런데 지난주에 온다고 하지 않았나?"

이것은 일종의 함정이었다. 그는 내 방어력을 시험하려고 일부러 나를 궁지에 몰아넣고 있었다. 나는 훌륭한 영국식 악센트로 대수롭지 않다는 듯 이렇게 말했다. "아닙니다, 교수님. 착오가 있었나 보네요. 지난주는 크리스마스였습니다."

아직 근처에 있던 치프 레지던트가 천장을 바라보고 눈동자를 굴리며, 벼락이 떨어지길 기다렸다. 하지만 예상과 달리 환한 웃음이 번지는가 싶더니 커클린의 지친 두 눈이 뿔테 안경 뒤에서 찡긋거렸다. 웬 영국 남자가 살아 있는 전설에게 맞선 것도 모자라 터치다운으로 득점까지 한 격이었다.

"보통내기가 아니란 얘기는 들었네. 그래서 벤톨 교수가 자네를 교정 기관에 보낸 것이고. 연구실로 가세." 그는 이렇게 말했다.

유진 '진' 블랙스톤Eugene Gene Blackstone이 연구실에서 그를 기다리고 있었다. 블랙스톤은 대학병원에서 외과 수련을 받았지만, 이후 이곳으로 건너와 상근직으로 심혈관 연구에 전념하고 있었다. 그의 역할은 각 과에서 산출된 데이터를 분석한 다음 그것을 기반으로 그날그날의 임상 진료를 계획하는 일이었다. 혹자는 블랙스톤을 커클린의 보조 두뇌라 일컬었고, 심지어 커클린조차 그를 천재로 인정했다.

내 보잘것없는 직함은 '국제 임상 펠로우'였다. 그곳에는 나 같은 사람이 어느 때고 몇 명씩 존재했고, 우리는 서열의 밑바닥에서 실험실에 처박혀 지내거나 수술실에 들어가 보조자 노릇을 했다. 하지만 괜찮았다. 그곳에 있다는 것 자체가 특별했으니까. 이곳에서는 모든 사람이 첫 단계부터 시작해야 했고, 우리는 하나같이 모종의 위대한 연구 프로젝트에 참여하기를, 그래서 지배자 커클린과 마법사 블랙스톤의 이름 옆에 우리 이름을 붙여 중요한 논문을 발표할 수 있기를 희망했다. 우리는 그것을 각자 고국으로 돌아갔을 때 성공을 가져다줄 티켓으로 여겼다.

커클린은 먼저 내 이야기를 듣고 싶어 했다. 보아하니 나에 대한 추천서에 '외과의로서는 기술이 뛰어나지만 함께 일할 동료로서는 끔찍하다'는 문구가 들어 있는 듯했다. 내 입장에서는 기대 이상의 칭찬이었지만, 커클린은 지극히 당연하게도, 내가 대관절 무슨 짓을 했기에 동료로서 끔찍하다는 평까지 듣는지를 알고 싶어 했다. 그는 나를 이튼칼리지나 해로스쿨 같은 사립학교 출신의 자기밖에 모르는 고집쟁이쯤으로 생각한 듯했다. 나는 곧바로 그런 생각을 바로잡아주었다. 나는 앨라배마주 버밍햄과 다를 바 없는 잉글랜드 북부 철강 도시에서 성장한 일이며, 할아버지가 심부전으로 숨지는 모습을 무력하게 지켜봐야 했던 일, 또한 의대 학비를 마련하려고 제강소에 다닌 일이며, 병원에서 환자 이송원 노릇을 했던 일에 대해 들려주었다. 하지만 내가 어려움을 겪은 진짜 이유는 이런 것들이 아니라, 럭비 경기 중에 입은 머리 부상 때문이라는 이야기도 빼놓지 않았다. 이 마지막 이야기는 커클린의 심금을 울렸다. 미식축구의 팬이었던 그는 럭비가 미식축구 못지않게 거친 스포츠이지만 헬멧은 착용하지 않는다는 사실에 흥미를 드러냈다.

내가 20분 동안 그의 주의를 잡아두었다는 사실은 매우 고무적이었다. 우리는 활기차게 대화를 주고받았고, 나는 몇 번이나 그들을 웃게 만들었다. 이 즉흥적 만남은 내게 복권 당첨이나 다름없었다. 그해 새로 추진할 프로젝트의 목록은 이미 작성된 상태였지만, 연구자를 배정하기 위한 정식 회의는 그 주에 조만간 열릴 예정이었으니까.

커클린이 비서와 이런저런 이야기를 주고받는 동안, 블랙스톤은 나와 일대일로 대화를 나눴다. "이력서를 읽어봤어요. 생화학 학위가 있더군요. 우리 연구에 도움이 되겠어요." 블랙스톤이 말했다.

시차로 피곤한 와중에도 나는 그에게 웃어 보였지만, 속으로는 기분이 가라앉았다. 나는 생화학 따위를 연구하러 이곳에 온 게 아니었다. 내가 온 목적은 수술을 집도하고 나의 진가를 증명하는 것이었다. 고로 나는 입을 다물었다.

그때 커클린이 돌아와 이렇게 말했다. "나는 자네가 내 아들과 함께 프로젝트를 하나 맡아주었으면 하네. 짐이라고, 보스턴에 있다가 이제 막 치프 레지던트로 들어왔거든."

그제야 나는 귀를 기울이기 시작했다. 커클린이 아들을 끼워 넣었다면, 모르긴 해도 중요한 프로젝트임에 틀림없었다. 수술을 하러 연구실을 나서는 길에 그는 이렇게 덧붙였다. "진이 다 설명해 줄걸세. 듣고 나서 수술실로 건너오게."

그렇게 나는 내부자가 되었다. 하지만 이제 허세는 금물이었다. 이번만큼은 기필코 버텨낼 작정이었고, 그러려면 반드시 프리마돈나가 아니라 팀플레이어가 되어야 했다.

병동의 일정은 빠듯하기 그지없었다. 새벽 5시부터 레지던트의 아침 회진이 있었고, 6시 정각에는 커클린에게 전화로 경과를 보고해야 했다. 수련의가 전화를 1분이라도 일찍 하면 그는 전화를 끊어버렸고, 1분이라도 늦게 하면 출근 후에 그 수련의를 닦달하고는 했다. 수술은 아침 식사를 마치고 7시부터 시작했는데, 저녁까지 이어지는 경우가 다반사였다. 이환율과 사망률은 엄격히 관리되었고, 특히 인적 과오는 결코 용납되지 않았다. 그런가 하면 저녁 회진도 있었다. 수요일과 토요일 오전 8시에는 의국원 전체가 모여 연구 근황을 발표하는 학술회의가 열렸다. 토픽 발표나 저널 리뷰는 흠잡을 데 없이 완벽해야 했다. 일요일 오전 7시에는 커클린과 블랙스톤의 주도하에 다양한 연구 프로젝트의 진행 상황을 살피고 출판용 과학 원고를 마무리할 목적으로 학술 사업 회의가 열렸다. 그러다 일요일 오후가 되면 커클린은 대개 승마를 즐겼고, 그사이 블랙스톤은 교회에 나갔다.

집중치료실에서 긴 밤을 지새운 레지던트들이 눈치 없이 수면 부족에 대해 불평할 때면, 커클린은 그들을 임상 간호사로 대체해버렸다. 나 같은 펠로우는 실험 연구와 수술실 근무를 번갈아 맡았다. 논문을 발표하기 위해서는 환자에 대한 추적조사가 철저해야 했다. 모든 환자의 소재가 파악될 때까지 검시관 사무실로든 교도소로든 해외 대사관으로든 집요하게 전화를 걸어야 비로소 임무를 완수할 수 있었다. 내 동료 펠로우 중에는 단 한 편의 원고를 작성하기 위해 관상동맥우회술 환자 5천 명을 추적조사하며 2년을 보낸 이도 있었다. 그것이 바로 커클린의 직업 윤리였다.

나는 완벽주의로 요약되는 그 시스템에 완벽히 적응해야 했다.

최선의 결과는 최소의 사망률이었다. 1960년대 중반에 이른바 팔로 네 징후[우심실 유출로의 협착, 심실중격결손, 대동맥 기승, 우심실 비대의 4가지 해부학적 이상이 나타나는 선천성 심장 질환—옮긴이]가 나타난 청색아의 수술 후 사망률은 50퍼센트를 웃돌았다. 버밍햄에서는 그 수치가 1970년 무렵 8퍼센트로 감소했고, 급기야 1981년에는 커클린의 엄격한 프로토콜과 섬세한 수술 덕분에 그런 아이들의 사망이 오히려 날벼락처럼 여겨지게 되었다. 이제 그 아이들의 주된 사망 원인은 기술적 과오가 아니었다. 그들의 목숨을 위협하는 대표적 원인은 인공심폐기의 사용이었다. 그러므로 관류후증후군에 맞서려는 노력을 지속하는 한편, 이제 그 원인을 파헤쳐야 했다. 내가 맡은 연구가 바로 그것이었다. 나는 환자의 생명을 위협하는 이 생화학적 도화선의 정체를 탐구하고 파악하기에 최적화된 이력을 갖추고 있었다. 최적의 장소에서 최적의 시간에 최적의 프로젝트를 맡게 된 것이다.

우선 이미 알려진 사실부터 확인하자면, 관류후증후군의 원인은 인공심폐기 회로를 구성하는 갖가지 플라스틱 및 금속 물질에 환자의 혈액이 접촉한다는 데 있었다. 대부분의 신체 조직은 그 접촉에 영향을 받는 듯 보였고, 악화된 관류후증후군은 언제나 이삼일 동안 오르락내리락하는 체온과 백혈구 수치 상승을 동반했는데, 이런 증상들은 혈액 매개 감염이나 패혈증의 특징이기도 했다. 그러므로 나는 관류후증후군이 폐렴이나 충수염, 부스럼에서 나타나는 국소적 염증 반응이 아니라, 전신 염증이라는 가설을 세웠다.

관류후증후군으로 목숨을 잃은 환자의 부검에서 발견된 사실들은 종종 그것이 전신적 염증일 가능성을 뒷받침했다. 마치 베인 상처가 감염됐을 때처럼, 조직에 체액이 괴어 몸이 부어오르는 이른바 부종이 관찰된 것이다. 폐가 부어오르면서 호흡장애와 혈중 산소 농도 저하가 유발되었고, 가끔은 기관지 내에서 출혈이 보이기도 했다. 뇌가 부어오를 경우에는 수술 후 섬망이라 불리는 과흥분과 극심한 혼란이 유발되었다. 거기에 신장 기능까지 악화될 경우 몸에는 더 많은 체액이 축적될 수밖에 없었다. 이 모든 증상은 대체로 자기 제한적이라 일주일이면 거의 사라졌지만, 쇠약하거나 병세가 심각한 환자들은 끝내 버텨내지 못했다.

관류후증후군에 대한 치료의 효과를 높이기 위해서는 원인부터 알아내야 했다. 진 블랙스톤은 그 프로젝트를 뒷받침할 자원은 풍부하니 거기서 내가 제 몫을 해내길 기대한다고 힘주어 말했다. 환자 관련 연구는 신임 치프 레지던트 짐 커클린이 도울 것이었고, 나를 보조할 실험실 기사까지 따로 배정돼 있었다. 요컨대 심장외과를 변화시킬 모든 기회가 내게 주어진 셈이었다.

실마리를 찾기 위해 나는 우선 염증 관련 문헌부터 탐독하기 시작했다. 그래서 백혈구가 한곳에 모여 세균이나 피부에 박힌 가시와 같은 이물질을 공격하도록 자극하는 것은 무엇이고, 감염된 조직이 체액을 축적하고 장액을 흘리도록 유발하는 것은 무엇인지부터 알아둬야 했다. 블랙스톤의 조언과 관련 문헌을 바탕으로, 나는 혈액투석 환자들 또한 폐의 병증에 시달린다는 사실을 알게 되었다. 혈액투석기와 인공심폐기는 플라스틱 튜브나 합성 막이 혈액과 넓게 접촉한다는 점에서 굉장히 닮아 있었다. 혈액투석기는 독성 화학물질을 교환하고 인공심폐기는 가스를 교환하지만, 혈액과 이질적 표면이 접촉할 때 나오는 물질이 서로 유사했다.

미네소타 대학의 과학자들과 신장내과의들은 이미 몇몇 단서를 찾아냈다. 그들은 보체라는, 잘 알려지지 않은 혈액 내 단백질 사슬이 투석기 막과 접촉하면서 활성화되고 그 반응으로 인해 방출된 독소들이 폐의 혈관 내벽에 백혈구가 부착되도록 유도한다는 사실을 입증했다. 뿐만 아니라, 샌디에이고에 있는 스크립스 연구소Scrips Research Institute는 혈액 내에서 순환하는 독소의 총량을 측정하는 화학적 분석법을 개발했다. 이 모든 내용은 나를 흥분시켰고 기운을 북돋웠다. 나는 곧장 실험실에서 블랙스톤의 연구실로 달려가 그때껏 조사한 내용을 들려주었다.

괴짜 영국인의 등장에 은은한 재미를 느끼며, 진은 회전의자를 홱 돌리더니 디프사우스식의 느릿한 말투로 이렇게 응수했다. "결국 그 논문을 찾아냈군요. 그렇지 않아도 얼마나 오래 걸릴지 궁금했는데. 이제 스크립스 연구소에 전화해서, 우리 쪽 혈액 표본을 받을 생각이 있는지 물어봐요. 그런 다음 프로토콜을 직접 작성해서 다시 오세요. 그럼 이만!"

나는 커클린이 수술하는 수많은 환자의 혈액 표본을 인공심폐기의 사용 여부와 관계없이 전부 지속적으로 채취한 다음, 그 환자들의 회복 기간에 혈액이 응고하는 과정 및 뇌와 폐, 신장의 기능을 평가함으로써 관류후증후군의 심각도를 체계적으로 기록할 것을 제안했다. 목적은 독소의 혈중농도와 수술 후 장기 부전의 중증도 간 관련성 여부를 확인하는 것이었다.

내게 그것은 실로 고마운 프로젝트였다. 덕분에 나는 온종일 수술실에 들어가 수술을 지켜보거나 보조할 수 있었고, 밤에는 혈액 표본을 채취하며 집중치료실에 관한 지식을 쌓을 수 있었다. 이는 내가 줄곧 꿈꿔온 환경이었다. 캘리포니아에 보낼 혈액 표본을 준비하는 시간을 제외하고는, 실험실에 틀어박혀 시험관이나 세척하는 일에서 해방됐으니 말이다. 그러던 어느 날 나는 용기를 긁어모아 커클린에게 이제 수술에 참관하는 정도가 아니라 직접 참여하고 싶다고 말했다. 그러자 그는 내게 실험실 기사 한 명을 추가로 배정해주었다. 이는 그가 내게 베푸는 보상이었다. 벤톨 교수의 경고와 달리 말썽을 일으키지 않고 병원에 주야로 머물러준 것에 대한 보상.

잭이 나를 돕게 되면서, 나는 더 많은 기회를 부여받았고 계획 또한 분명해졌다. 그러니까 혈액과 이질적 표면 간 상호작용이 문제의 기폭제라는 전제하에, 수많은 합성 물질 가운데 문제의 진짜 원인을 밝혀내고, 인공심폐기 회로 내부의 온도를 조절하여 문제를 해결할 수 있는지 여부를 확인하면 굉장하겠다 싶었다. 나는 다시 정해진 코스를 벗어났다. 나만의 작은 생화학 실험실을 꾸렸고, 잭의 도움으로 체외순환사들의 저장실에서 고가의 인공심폐기 장비를 슬쩍했다. 우리는 다양한 중합체와 플라스틱 튜브를 시험관에 들어갈 만큼 잘게 조각낸 다음, 그것들을 인간의 신선한 혈액에 배양했다. 혈액은 학생들에게서 구매했고, 당시에는 그렇게 해도 문제가 되지 않았다.

마침내 나는 인공심폐기를 사용해 수술한 환자 116명과 인공심폐기 없이 션트수술이나 혈관 수술을 받은 12명으로부터 표본을 수집했다. 인공심폐기를 사용하지 않은 환자에게서는 독소의 혈중 농도가 상승한 사례가 없었다. 이는 곧 마취나 수술 자체는 심각한 염증 반응의 기폭제가 아니라는 뜻이었다. 흥미로운 부분은 지금부터다. 즉, 심폐바이패스를 시행한 모든 환자의 혈액에 다량의 독소가 방출되었고, 인공심폐기를 연결한 시간이 길수록 혈중 독소 농도가 높게 나타난 것이다. 또한 독소 농도가 높을수록 훗날 폐와 신장과 뇌에 기능부전이 생길 가능성도 높아졌다. 게다가 수술 후 심부전 역시 방출된 독소의 높은 농도와 관련이 있는 듯했다. 심폐바이패스를 시행한 환자 가운데 11명이 사망했고, 독소의 농도 상승과 사망의 위험 사이에는 밀접한 관련이 있었다.

이 실험을 통해 엄청난 양의 데이터가 축적되었다. 자료가 워낙 방대하다 보니 진 블랙스톤이 그 결과를 상세히 분석해 의미를 파악하는 데만 몇 주가 걸렸다. 그리고 마침내 우리는 관류후증후군의 메커니즘을 밝혀냈다. 혈액과 인공심폐기의 이질적 표면 간 상호작용에 의해 방출되는 독소들은 환자의 백혈구 세포막에 들러붙어, 백혈구가 신체의 중요 기관에 모여 염증을 일으키도록 유도하고 있었다. 내가 수술 환자의 혈관에 전략적으로 연결한 카테터들은, 심폐바이패스를 마치고 혈액을 다시 환자에게 흘려보내면 몸속을 도는 백혈구 세포의 절반가량이 폐에 갇히게 된다는 사실을 확인시켰다. 그렇게 갇힌 백혈구 세포에서 분비된 활성산소와 단백질 소화효소가 그 섬세한 조직막들을 손상시킨 것이었다. 내가 이 놀라운 결과를 예의 그 연구 모임에서 발표했을 때 회의실에 흐르던 경이로운 침묵을 나는 기억한다. 이내 그 침묵은 엄청난 흥분으로 이어졌다. 하지만 이 모든 발견이 의미를 가지려면, 문제를 해결할 실질적 방안을 수립해야 했다. 그래야만 내가 실험실에서 은밀히 기울인 노력들이 결실을 맺을 수 있었다.

나는 매일없이 수술실에서 긴 시간을 보낸 뒤 실험실로 돌아가

객과 함께 이런저런 합성 물질을 연구해 나갔다. 스크립스 연구소가 제공한 정보는 우리에게 완벽한 계시나 다름없었다. 내용인즉, 혈액투석기와 인공심폐기의 소재로 널리 쓰이는 의료용 나일론이 보체계를 맹렬히 활성화하더라는 이야기였다. 다른 소재들도 같은 작용을 하기는 했지만, 그 정도가 미미했다. 나일론이 유독한 화학 물질을 방출한다는 사실은 우리가 입증하기 전까지 그 어떤 생체 적합성 평가에서도 확인되지 않은 상태였다. 긴 터널의 끝이 마침 내 보이는 듯했다. 우리만의 차별화된 성과가 어느덧 눈앞에 다가 와 있었다. 나는 진 블랙스톤과 커클린을 차례로 만나, 그간 묵묵히 진행해 온 실험과 그 결실에 대해 설명했다. 우리의 소재 시험 결과 는 인공심폐기용 산소 공급기 및 저혈조를 제조하는 각 회사에 입 증 자료와 더불어 소개되었고, 이로써 나일론을 보다 혈액 친화적 인 소재로 대체하는 분위기가 업계에 조성되었다. 이후에 우리는 그 변화가 어떤 차이를 만들어내는지 여부를 진득이 지켜보았다.

프로젝트에 성공한 뒤에는 다른 외과의들과 수술에 참여하는 시간이 늘어났다. 커클린은 엄격하고 까다로웠다. 그는 서두르지 않 았고, 타당한 이유가 없으면 움직이지 않았다. 모든 움직임은 계측 과 알고리듬, 프로토콜에 근거를 두었다. 절개는 반드시 특정한 길 이로, 패치는 반드시 특정한 너비로, 판막은 반드시 특정한 크기로. 모든 과정이 신중하게 환자의 체중을 고려하여 결정되었다. 그 무엇 도 절대 운에 맡기지 않았고, 수술 중에 참관자들이 질문을 퍼부으 면 그는 쉽게 짜증을 냈다. 하지만 이 괴짜 영국인은 제법 마음에 들었던지, 내가 런던에 돌아왔을 때 그는 다정한 격려의 편지를 적 어 보냈다.

인접한 수술실에는 알 파시피코AI Pacifico가 있었다. 그는 내가 본 외과의사 중에 가장 빠르고 즉흥적인, 그러니까 커클린과 정반대되는 인물이었다. 1981년에 파시피코는 선천성 심장병 중에서도 가장 복잡한 케이스, 그러니까 뒤틀리고 일그러진 심장에 군데군데 구멍이 뚫려 있거나 심실이 막혀 있는 환자들을 수술하고 있었다. 그의 모든 움직임은 간단하고 수월하고 자연스러워 보였다. 나는 수술대에서 한발 물러나 중요한 단계들을 모조리 글이나 그림으로 기록했다. 이것은 훗날 내가 옥스퍼드에서 독자적 소아과 프로그램을 정립할 때 귀중한 자산이 되었다. 선천성 심장병 수술에 관한 나만의 '플레이북'이랄까.

종종 수술실에는 파시피코와 수술대 건너편의 나, 그리고 내 옆의 보조 의사physician assistant뿐이었다. 엄밀히 말하면 보조 의사는 의사가 아니지만, 관상동맥우회술을 위해 다리 정맥을 제거하는 일이나 심장 수술 환자의 가슴을 여닫는 일을 비롯해 여러 수술의 다양한 부분에서 외과의사를 보조하도록 정식으로 교육을 받은 전문가였다. 숙련된 보조 의사는 웬만한 외과 레지던트보다 이러한 일들에 능숙했고, 거꾸로 레지던트는 그들의 존재 덕분에 집중치료실과 회복실을 넘나들며 긴 하루를 그럭저럭 버틸 수 있었다. 그런가 하면 마취 전문 간호사nurse anaesthetist도 의사는 아니지만, 마취과의사가 홀로 수술실 두세 곳을 감독하는 동안, 주로 성인 환자를 보살피게 돼 있었다.

이러한 접근 방식에 나는 흥미를 느꼈다. 문제라면, NHS가 보조 의사나 마취 전문 간호사 제도를 선선히 도입할 듯싶지 않다는 점이었다. 영국의 의사들은 너무 오만하고 이기적이어서, 6년제 의과

대학을 졸업하지 않은 이들에게 고유 업무를 순순히 넘겨줄 리 없었다. 실제로 보조 의사 교육 기간은 겨우 3년이었지만, 비용 면에서는 오히려 훨씬 효율적이었다. 나는 이 제도를 영국에 도입하기로 마음먹었고, 귀국하여 고문의가 되었을 때 그 결심을 기억해 냈다. 하지만 그 빌어먹을 당국자들이란.

나일론을 제거한 산소 공급기와 순환 회로가 실제로 차이를 만들어내고 있음을 확인하기까지는 그리 오랜 시간이 걸리지 않았다. 환자들의 폐는 더 건강해졌고, 사망자는 감소했으며, 그로써 환자들이 인공호흡기를 달고 집중치료실에서 지내는 기간도 더 짧아졌다. 또한 수술 후 수혈하는 경우가 줄었을 뿐 아니라, 혈액투석의 필요성도 급감했다. 이 결과의 경제적 함의는 실로 어마어마했다. 그 기초연구 하나로 우리는 수많은 목숨을, 이제껏 내가 외과의로 일하며 살린 사람의 수와는 필적할 수도 없으리만큼 많은 생명을 구해냈다. 나는 북미 전역에서 강연을 의뢰받기 시작했고, 블랙스톤은 나의 이 성취를 자기 일처럼 기뻐했다. 미국 심장외과계뿐 아니라 심혈관 관련 업계의 내로라하는 인물들 사이에 웨스터비라는 이름이 퍼져나갔다.

이렇듯 한창 성공에 취해 있는데, 휴스턴에서 덴턴 쿨리Denton Cooley 선생이 완전 인공심장 이식을 생애 두 번째로 단행했다는 소식이 들려왔다. 금요일 아침이었다. 대담하게도 나는 바로 그날 밤 비행기를 타고 휴스턴으로 날아갔다. 그 위대한 인물의 비범한 기술을 내 눈으로 직접 확인하고 싶었다. 마치 아기 예수를 만나러 베들레헴으로 향하는 동방박사라도 된 듯한 기분이었다. 나처럼 쿨리 선생도 로열브롬프턴 병원에서 수련받은 적이 있었다. 고로 나는 과감히 행동을 개시했다. 새벽 6시 30분 세인트루이스 병원 입구에서 그에게 무턱대고 다가가 인사를 건넨 것이다. 다행히 그는 나를 따뜻하게 맞아주었다. 또한 120 병상이 갖춰진 집중치료실로 데려가 문제의 환자를 보여주기까지 했다. 그날 밤 늦게 나는 다시 그곳에 불려가 그 환자의 심장이식 수술을 참관하게 되었다. 인공 심장의 상태는 형편없었고, 전반적으로 그 경험은 내게 신선한 충격으로 다가왔다. 이 방문을 계기로 나는 텍사스 심장 연구소 그리고 기계적 순환 보조장치와 오랜 인연을 이어가게 되었다.

나에게 버밍햄은 마법의 도시였다. 그곳에서 수많은 수술에 참관하고 참여하면서, 나는 비로소 진정한 심장외과의가 된 기분을 맛보았다. 또한 나는 미국에 남을 기회를 부여받았다. 엄격히 관리되는 환경에서 스스로의 모난 부분들을 연마한 끝에 비로소 내 전문적 기술의 가치를 인정받게 된 것이다. 하지만 나는 남을 수 없었다. 집에 가서 딸아이를 만나야 했다. 나는 돌아가야 했다.

6장

기쁨

1985년 크리스마스 오후 9시. 나는 웨스트민스터 사원 맞은편 세인트토머스 병원 응급실의 불편한 나무 벤치 위에 구부정하게 앉아 있었다. 플로렌스 나이팅게일의 병원으로 유명한 그곳 응급실은, 머리에 붕대를 감았거나 코피를 흘리거나 술에 취해 토하는 사람들로 북적거렸다. 사실 그들은 응급 상황 자체보다 정신 건강에 더 문제가 있었다. 구내방송에서는 어울리지 않게 〈기쁘다 구주 오셨네〉가 흘러나왔다. 부랑자들이 그날 저녁을 보내기에는 그야말로 완벽한 장소였다.

야간 근무 직원들이 하나둘씩 출근하면서, 오후 근무조의 머릿속은 퇴근 생각으로 들어찼다. 고로 불 꺼진 전구를 감은 채 죽어가는 크리스마스트리 곁에서 싸구려 산타클로스 복장을 하고 서글픈 표정으로 구부정히 앉은 사람에게는 그들 중 누구도 관심을 두지 않았다. 담당 수간호사가 대기 구역을 우아하게 드나들며 한껏 분위기를 끌어올렸다. 세인트토머스 병원에서는 여전히 수간호사들을 그런 역할의 적임자로 여기는 듯했다. 우리의 크리스마스 천사는 늘씬하고 아름다웠다. 그녀는 감색 물방울무늬 원피스에 검정 스타킹을 신었다. 가는 허리에서는 은색 벨트 버클이 빛났고, 겨우살이로 장식한 간호사 모자와 풀 먹인 흰색 칼라 사이로 까만 머리칼이 엿보였다. 비단 외모뿐 아니라 성격까지 곱기로 유명한 그녀는 세인트토머스 병원 안에서 '간호의 여신'으로 통했다. 의사며 구급대원이며 경찰까지 그녀의 비위를 맞추며 그날의 특별한 초대를 호시탐탐 기다렸다. 일 년에 딱 하루, 오직 그 밤에만 주어질 천사의 키스는 크리스마스에 일하는 자의 슬픔을 한순간에 녹여줄 것이었다.

그녀의 느슨한 시선이 공간을 가로질러 나에게 꽂혔다. 그녀는 산타클로스가 찾아온 이유를 알아보라고 다른 간호사에게 부탁했다. 만약 내가 겨울밤의 추위를 피해 들어왔다면, 그녀는 단골인 런던 남부의 부랑자들과 극빈자들을 위해 손수 준비한 따뜻한 차와 케이크를 내게도 나눠줄 생각인 듯했다. 그녀는 턱수염에 가려진 내 얼굴을 알아보지 못했다. 아니, 굳이 알아볼 생각을 하지 않았다.

바깥쪽 정문 근처에서 사이렌 소리가 들리는가 싶더니 구급차 한 대가 서리 낀 갠트리에 멈춰섰다. 불길한 예감 속에 간호의 여신과 응급실 당직 경관이 스윙도어로 향했다. 심장마비, 그것도 이미 쇼크 상태에 빠진 환자였다. 구급대원들이 운반차를 보도에 내리는 동안, 모니터의 깜빡임이 멈추는가 싶더니 심실세동 특유의 삐죽하고 불규칙한 파형이 나타나며 경보음이 울렸다. 환자를 서둘러

소생실로 옮기는 동안 원내 방송에서는 〈고요한 밤〉이 흘러나왔다. 위급함을 감지한 여신은 운반차 위로 올라가 환자의 허리께에 다리를 벌리고 앉더니 그의 흉부를 미친 듯 압박하기 시작했다. 넋을 잃고 바라보는 응급실 경관에게 그녀는, 당장 뛰어가 제세동기를 충전하라고 소리쳤다. '고요한 밤'에 아기는 '잘도 잔다'는 가사가 허공에 흩어지고 있었다.

심장외과의로서 내가 할 수 있는 일이라고는 조용히 바라보며 경탄하는 것뿐이었다. 나는 그들을 도울 수 없었다. 나는 그곳 소속이 아니었다. 간호의 여신은 침착히 야간 근무 직원에게 환자의 아내를 보살피라고 지시하고는, 시야에서 사라질 때까지 흉부 압박을 멈추지 않았다. 대기실을 슬쩍 둘러보는데, 구석에 걸린 구유 속 아기 예수 그림이 눈에 들어왔다. 천사들은 거기에도 있었다. 병동에서 도착한 심폐소생 팀이 부산하게 그 비범한 여성 뒤로 모여들었다. 곧이어 그들의 등 뒤로 문이 닫혔다.

그날 아침 나는 해머스미스 병원 소아과 병동의 산타클로스였다. 심하게 아픈 아이들만이 크리스마스에도 그곳에 머물렀고, 일부는 암 환자였다. 화학요법 때문에 머리카락이 다 빠지고 파리한 모습으로 아이들은 침대에 앉아 작고 가는 다리를 흔들며 내가 선물과 함께 등장하기를 기다리고 있었다. 부모들은 자신에게 몸을 기댄 사랑스러운 자녀가 단 몇 분이라도 모든 고난과 슬픔을 잊게 해주려 애쓰고 있었다. 그곳에는 웃음이 있었다. 약간의 눈물도 있었다. 당연히 산타클로스도 예외는 아니었다. 그것이 그들의 마지막 시간일 수 있음을 나는 알고 있었다. 그 후에 나는 안도감 속에 딸아이의 선물 자루를 승용차 뒷좌석에 싣고 북부순환도로와 A10

도로를 거쳐 케임브리지로 향했다. 그때 제마는 일곱 살이었고, 나는 매년 같은 여정을 밟고 있었다. 그날은 언제나 행복했다. 하지만 내가 떠날 때 문간에서 손을 흔들며 작별 인사를 하는 아이의 모습은 매번 나를 무너뜨렸고, 나는 런던으로 돌아오는 내내 처량하게 흐느끼곤 했다. 하지만 누구를 탓하겠는가. 전부 나 때문인 것을.

물론 나는 딸아이와 하루도 빠짐없이 대화를 나눴다. 하지만 나는 아이의 평범한 유년 시절을 빼앗았다는 자책에서 좀처럼 헤어나지 못했다. 외과의로서의 거대한 자아에 비해 자아존중감이 부족했던 나는 스스로를 도덕적 잣대라고는 없이 주구장창 일에만 매달리는 몹쓸 부모로 여겼다. 내가 일에 몰두할수록, 내 연로한 상사들의 일은 줄어들었고, 그 사실은 그들을 기쁘게 했다.

사라, 그러니까 간호의 여신은 소생실에 들어간 지 약 한 시간 만에 다시 모습을 드러냈다. 그녀는 흐트러지고 낙담한 상태였다. 흰 모자와 칼라는 진작에 사라졌고, 스타킹은 올이 나갔으며, 원피스는 위쪽 단추가 몇 개 풀려 있었다. 장시간의 심장마사지는 체육관에서 격렬한 운동을 한 것이나 다름없었다. 그녀의 목을 타고 흘러내린 땀방울이 가슴골 속으로 사라졌다. 의대생들의 노골적인 시선을 받으며 그녀는 보호자 대기실로 사라졌다. 망연자실한 환자 아내의 서글픈 울음소리가 이야기의 흐름을 짐작하게 했다. 그사이 테이프도 한 바퀴를 돌았는지, 방송에서는 다시 〈기쁘다 구주 오셨네〉가 흘러나왔다.

밤 11시가 가까워졌다. 남다른 카리스마를 뿜내던 수간호사는 이제 알코올의존자와 보행 가능한 부상자를 골라내는 업무에 사력을 다하고 있었다. 역할 놀이는 끝났다. 나는 내 연인을 충분히 오랫동안 훔쳐보았다. 하지만 그 행동에는 그럴 만한 가치가 있었다. 그때껏 나는 사라가 능력을 최대치로 발휘하는 모습을 지켜본 적이 없었다. 그러니까 럭비 경기 중에 부상을 입은 나를 그녀가 케임브리지에서 치료한 이래로 말이다. 당시에 나는 턱이 부러지고 두피가 찢기고 갈비뼈에 금이 갔음에도 곧장 수술실로 복귀했었다.

근무시간이 끝난 지도 벌써 2시간이 되었지만, 그녀에게는 아직 한 가지 할 일이 남아 있었다. 아까 그 응급환자의 비통한 아내는 플라크가 남편의 주요 관상동맥을 파열시키고 급성신부전이 그의 목숨을 빼앗기 전에 마지막으로 한 번 더, 자신과 생을 함께한 남자를 보고 싶어 했다. 혹시 내가 그에게 달려가 인공심폐기를 연결하고 막힌 혈관을 우회시킬 수는 없었을까? 아니, 이곳 세인트토머스병원에서는 그럴 수 없었다. 이곳은 사라의 병원이었다. 내 병원이 아니었다. 그곳의 온콜 당직 심장외과의들은 몇 킬로미터쯤 떨어진 집으로 돌아가 있었다. 그들은 흥분을 찾아 어슬렁거리는 부류가 아니었다.

마침내 사라가 그 죽음의 방을 빠져나왔을 때 산타는 바로 문밖에, 그녀가 못 보고 지나칠 수 없는 자리에 서 있었다. 그녀는 창백했고 스트레스가 심해 보였다. 11시간 동안 그녀는 막말을 퍼붓거나 침을 뱉는 사람들을 상대했고, 취객의 폭력에 시달렸으며, 그녀를 집에 태워다주기로 한 남자가 나타나지 않자 기회를 낚아채려고 줄을 선 원기왕성한 수련의들의 공세를 감당해야 했다. 적어도 내가 보기엔 그랬다. 이제 그녀는 다음 날 8시가 되어 이곳에 돌아올 때까지 연인의 마음속 상처를 애써 보듬어야 했다.

우리는 서로 긴장을 내려놓고 이야기할 필요가 있었고, 자정의 웨스트민스터 다리는 그러기에 더할 나위 없이 적합한 곳이었다. 우리는 난간에 몸을 기댄 채 차디찬 템스 강물을 내려다보았다. 나는 산타클로스 외투를, 사라는 검정 간호사 망토를 걸쳤다. 빅벤이 자정을 알리는 카운트다운을 시작했다. 이제 세상은 낯설도록 고요했다. 여전히 응급실로 흘러드는 부랑자를 제외하면 모든 사람이 집에서 잠자리에 들 시간이었다. 해머스미스도, 채링크로스도, 세상 그 어느 곳도 다르지 않았다. 사라는 그날 근무시간에 세 사람의 죽음을 목격했다. 한 명은 예의 그 심장마비 환자였고, 두 명은 크리스마스를 견디지 못하고 자살한 외로운 영혼들이었다. 그녀는 그중 한 소녀의 죽음에 화가 나 있었다. 열여섯 살에 임신했다는 이유로 집에서 내쫓긴 아이였다. 소녀는 낙태를 원했지만, 형편이 여의치 않았고, 그래서 철교에서 뛰어내렸다. 한데 내가 그녀의 퇴근 시간 무렵에도 소식이 없자, 간호의 여신은 나에 대해서도 갖가지 최악의 시나리오를 상상했다고 했다.

1987년 크리스마스. 나는 옥스퍼드 대학병원에서 3개월 넘게 고문의로 재직 중이었다. 나는 들떠 있었다. 세계적 명문 대학이 나를 선택한 것도 모자라, 그곳에 심장흉부 전문병원을 출범시킬 임무까지 내게 부여했으니까. 사실 이 모든 일은 나의 탈억제성 뇌 덕분에 가능했다. 평범한 심장외과의사가 도움이나 조언을 청할 사람도, 어려운 케이스를 의논할 선배도 없이 혼자 힘으로 시작하기에는 아무래도 두렵고 벅찬 일이었다. 하지만 나는 그런 일을 사랑해 마지않았다. 그 일을 해낸다는 것은 곧 내가 내 두 발로 설 수 있다는 의미였다. 직업적으로 나는 야망이 넘치고 자신감이 충천해서 남들과는 다른 길을 걷고 싶어 했다.

옥스퍼드 대학병원의 다양한 분과들은 저마다 다른 것들을 나에게 요구했다. 성인 흉부외과 의사들은 관상동맥과 판막을 능숙히 다루는 외과의를 원했다. 호흡기내과 의사들은 폐수술을 믿고 맡길 만큼 숙련된 흉부외과의를 원했다. 소아 흉부외과 의사들은 선천성 심장병 관련 교육 과정을 개발해 줄 사람을 원했다. 그들은 새로 부임한 외과의가 그 모든 요구를 충족시키길 기대했다. 그야말로 미칠 노릇이었다. 하지만 나는 그 도전을 즐겼다.

가려진 세계에서는 내가 아는 가장 세심하고 이타적인 여성이 나를 가라앉히지 않으려 열심히 노를 젓고 있었다. 사라는 임신 38주였지만, 그녀의 고집 덕분에 나는 제마와 전처가 있는 케임브리지로 차를 몰고 가서 여느 때처럼 함께 크리스마스를 보낼 수 있었다. 묵은해를 보내고 새해를 맞아들이는 사이 사라의 출산 예정일이 지나버렸다. 하지만 나는 개인적 직무에 지나치게 열중한 나머지, 그녀의 출산이 임박했음을 사실상 잊고 지냈다. 심장 수술보다 짜릿한 일은 내게 없었다. 그리고 나는 그 책임을 내 대뇌피질의 상처가 여태 낫지 않은 탓으로 돌렸다. 사라는 내게 공감 능력을 길러주려 노력했지만, 나는 좀처럼 그녀의 기대에 부응하지 못했다.

1988년 1월 20일. 예정일은 벌써 열흘이나 지나 있었다. 이윽고 조산사가 유도분만 이야기를 꺼냈다. 마크는 제법 몸집이 컸지만, 아직 머리를 움직일 기미조차 보이지 않고 있었다. 하지만 태아의 심박수가 양호하고 일정해서 사실 걱정할 필요까지는 없었다. 게다가 사라는 되도록 자연의 섭리에 따르고 싶어 했다.

한편 내 평행 세계에서는 상황이 급변하기 시작했다. 나는 수술에 앞서 병동에서 아침 회진을 지휘 중이었다. 이날 수술 일정표에는 지루한 관상동맥우회술 환자들의 이름 일색이었다. 환자들은 런던의 병원에서 수술을 받으려고 수개월을 기다리던 차에, 마침 옥스퍼드 대학병원에 새로 부임한 외과의에게 다시 어렵사리 배정된 이들이었다. 그런데 뜻밖에 심장내과 당직 전임의에게서 전화가 걸려왔다. 그의 상사이자 완고한 스코틀랜드 남자인 그리번 선생이, 이제 곧 수술실에 틀어박혀 온종일 나오지 않을 나에게 긴급히 어느 중증 환자에 대한 의견을 구한다는 내용이었다.

이 불운한 주인공은 22세 여성으로, 다운증후군이었다. 그녀가 이곳에 들어온 이유는 패혈증이라 불리는 혈류 내 감염을 치료하기 위해서였다. 더 물을 필요도 없이, 나는 이야기의 남은 조각을 혼자 충분히 짜 맞출 수 있었다. 여느 다운증후군 환자와 마찬가지로, 메건은 영아기 때 완전방실중격결손—판막이 제대로 형성되지 않아 심장 중심부에 빈틈이 생기는 질환—으로 수술을 받은 이력이 있었다. 재건된 승모판막은 줄곧 누출에 시달리다, 결국 공격적인 황색포도상구균에 감염된 상태였다. 의학 용어로 심내막염이라 불리는 이 질환은 열이면 열 진행 속도가 빠르고 치명적이었다. 그러므로 그녀는 되도록 빨리 승모판막 치환술을 받아야 했다.

나의 첫 대답은 그날 바로 수술을 실시하자는 것이었다. 앞서 언급했다시피, 나는 로열브롬프턴 병원에서 '그럴 만한 가치가 없다는 이유로' 이들에 대한 교정 수술을 거부당한 이래 줄곧 이 유전적 결함을 지닌 사랑스러운 아이들에게 각별한 애착을 느껴왔다. 그런 아이들은 선천성 심장병을 앓는 정상아에 비해 수술에 실패할 가능성이 높다고들 했다. 하지만 단언컨대 그것은 사실이 아니었다.

내가 옥스퍼드 대학병원에서 수술한 200명 이상의 방실중격결손 환자 가운데 사망자는 극소수에 불과했으니까. 하지만 메건의 문제는 거기서 끝이 아니었다. 그리번 선생이 몸소 찾아와 내 눈을 바라보며 이야기한 바에 의하면, 메건을 고아원에서 입양한 양부모가 여호와의증인이라 수혈에 동의할 가능성이 없다는 것이었다.

이 이야기는 가뜩이나 복잡한 케이스에 새로운 고뇌를 끼얹었고, 장담컨대 그리번은 이 지점에서 내가 메건에 대한 수술을 단칼에 거절하리라고 예상했다. 그도 그럴 것이 첫째, 유독 심장 수술에서는 인공심폐기용 충전액이 혈액을 희석하는 현상이 발생한다. 둘째, 재수술에서는 출혈량이 더 많아지게 마련이다. 셋째, 패혈증 환자는 혈액이 제대로 응고되지 않아 출혈이 심해질 수 있고, 따라서 수혈을 받지 않으면 사망할 가능성이 높아진다. 심장 수술은 제2차 세계대전 시기에 수혈법과 항생제가 등장하면서 비로소 가능해졌다. 하지만 1945년 여호와의증인 지도부는 성경을 엄격하게, 문자 그대로 해석함으로써 수혈을 금지한다는 입장을 공식적으로 천명했다. 그 밖의 흥미로운 사실을 몇 가지 소개하자면, 여호와의증인은 크리스마스나 생일을 기념하지 않고, 정치적 중립을 표방하며, 징병이나 국기에 대한 경례를 거부한다. 어쨌건 내가 그들에 대한 수술을 마다한 적은 없지만, 그것은 결코 만만치 않은 도전이었다. 특히 요즘처럼 의사별 수술 환자 사망률이 만천하에 공개되는 상황에서는, 대부분의 동료들이 그와 같은 위험을 감수하려 들지 않았다.

메건의 나이가 22세라고는 해도, 나는 그녀가 스스로 수술에 동의하거나 생명의 위협을 무릅쓰면서까지 수혈을 의식적으로 거부할 만큼 자신이 처한 곤경을 충분히 이해했다고는 여기지 않았다. 고로 나는 양부모에게 의사 결정을 일임했고, 예상대로 그들은 수혈을 금한다는 내용이 담긴, 법적 구속력이 있는 '사전 의료 지시서'를 들이밀었다. 나는 종교적 신념을 둘러싼 소모적 대립과 잠재적 갈등을 피하는 요령을 오래전에 터득한 상태였고, 피가 없으면 따님을 살릴 수 없다거나 수혈을 못 하면 수술도 할 수 없다는 식의 엄포로 그들과 맞설 생각은 눈곱만큼도 없었다. 솔직히 수혈은 여러 이유로 바람직하지 않았고, 오히려 수술 후 사망률을 높일 가능성마저 품고 있었다. 환자를 살릴 대안이 존재하는 한, 나는 수혈을 배제할 작정이었다. 그렇다고 젊디젊은 그녀를 실혈로 죽게 할 마음은 없었다. 그렇지 않아도 이미 충분한 불운을 타고난 그녀를 굳이 내 수술실에서 떠나보내고 싶지는 않았다.

메건의 부모는 나와 마취과의사, 집중치료실 전담의로부터 수혈하지 않겠다는 약속을 받아내기 전에는 동의서에 서명하지 않겠다는 입장이었다. 뿐만 아니라 그들은 법원 명령에 따른 수혈까지 거부했다. 그러므로 나는 그들이 수용할 만한 선택지를 제시해야 했다. 나는 마침 자가혈구회수기cell saver라는 장비가 새로 개발됐는데, 그것을 사용하면 메건이 흘린 피를 회수해 그녀에게 다시 주입할 수 있다고 설명했다. 수술 중에 흘리는 피를 빨아들여 원심분리하고 세척한 것을 항응고제와 혼합한 다음, 여과기를 거쳐 환자의 몸속으로 돌려보내는 원리였다. 여과기는 세균과 백혈구를 제거한다는 점에서, 패혈증 치료에 긴요한 장비였다. 도관을 먼저 맑은 액체로 충전한다는 점에서, 인공심폐기와도 크게 다르지 않았다. 자가혈구회수기는 그들이 수용할 만한 선택지였다. 메건의 혈관을 도는 피가 오로지 그녀의 것이라는데, 그들로서는 딱히 반대할 명분이 없었다. 여호와의증인도 이런 요법에는, 가령 혈액투석의 경우와 마찬가지로 대개 호의적이었다. 두 사람은 고갯짓으로 동의의 뜻을 밝혔다. 내 소맷자락에는 아직 활용하지 않은 카드가 두어 장 남아 있었지만, 이 단계에서는 굳이 꺼내고 싶지 않았다. 고로 그들의 요구는 관철되었다.

확실히 이 수술은 내게 모험이나 다름없었다. 나는 옥스퍼드 대학병원에서 수술을 집도한 지 겨우 3개월밖에 되지 않았고, 그사이 '옥스퍼드인은 당연히 훌륭하다'는 식의 유별나고 불합리한 오만에 맞닥뜨린 터였다. 케임브리지 애던브룩스 병원과는 분위기가 묘하게 달랐는데, 실용주의자 로이 칸 교수는 이러한 문제를 내게 일찌감치 경고한 바 있었다. 내가 쓸 수 있는 병상은 일반외과 병동의 여덟 개가 전부였고, 내가 수술한 환자들은 일반 집중치료실에서 산과를 비롯한 외과 환자들은 물론이고 외상이나 급성 내과 질환 환자들과도 함께 지내야 했다. 결과적으로 나는 수술 환자의 병상을 확보하기 위해 사실상 매번 사투를 벌여야 했다.

게다가 고풍스러운 5번 수술실은 심장 수술에 절대로 부적합했다. 처음부터 예상은 했지만 정도가 지나치게 심각했다. 산소 공급관도 설치되지 않은 데다, 하나뿐인 인공심폐기는 박물관으로 보내야 할 수준이었다. 경보음이 울리면 내 하나뿐인 체외순환사 테드는 벌떡 일어나 빈 산소통을 분리한 다음 밖으로 튀어 나가 교체할 산소통을 찾아와야 했다. 원칙적으로 체외순환사는 수술 중에 절대 인공심폐기 곁을 떠날 수 없지만, 테드는 매번 수술 도중에 자리를 비워야 했다. 그에게는 대안이 없었다. 어떻게든 수술을 지속하려면 그렇게라도 하는 수밖에는.

내가 부임하고 얼마 지나지 않았을 때의 일이다. 수술 초반에 그 골동품 기계의 가온 냉각 시스템에 가히 재난적 문제가 발생했다. 그 환자의 심장을 수술하려면 체온을 낮췄다가 높여야 했는데, 졸지에 그 과정이 불가능해진 것이다. 아무것도 모르는 환자를 심폐기 회로에 연결하기 위해 우리는 무엇이든 해야만 했다. 그때였다. 테드가 수술실을 뛰쳐나가더니 양동이와 볼을 가지고 돌아왔다. 그는 양동이에 수돗물과 얼음을 채워 체온을 낮출 준비를 했고, 체온을 다시 높일 때가 되자 주전자에 온수를 담아와 볼에 부었다. 내가 재가온을 지시하자 그는 혈액이 흐르는 심폐기 도관을 양동이에서 볼로 재빨리 옮겼다. 주요 대학병원보다는 몬티 파이톤 같은 희극 집단에 더 어울릴 법한 장면이었지만, 나는 이내 그것이 수년 동안 이어져온 방식임을 깨달았다.

그런가 하면 수술실 개수대는 막혀 있었고, 천장 조명은 마치 살아 있는 듯 제멋대로 움직였다. 이는 곧 내가 조명의 각도를 맞추려고 그것을 만지는 순간 수술이 끝날 때까지 다시 손을 소독할 수 없다는 뜻이었다. 설상가상으로 천장에서는 위층 화장실의 오수가 새어 나왔다. 결국 내가 생각해 낸 해결책은 무슨 문제든 생기면 일단 인내심 강한 병원 관리인 스테이플턴 씨를 부르는 것이었다. 나는 발을 구르며 수간호사 린다에게 스테이플턴 씨를 부르라고 말했다. 그러면 대개 그는 제복 차림으로 5번 수술실 문앞에 나타나 이렇게 묻고는 했다. "이번엔 무슨 일이시죠, 웨스터비 교수님?" 나는 심장에 시선을 고정한 채 빌어먹을 이것 혹은 저것 때문이라며 고래고래 소리를 질렀고, 그사이 마취과의사 토니 피셔는 차단막 뒤에 고개를 처박은 채 혼자 키득거리곤 했다. 하지만 결론적으로 우리는 아무도 잃지 않았다. 온갖 확률이 무색하게도, 내가 옥스퍼드에서 수술한 처음 백 명의 환자는 모두 생존했으니까.

진정한 난관은 지금부터였다. 여호와의증인을 재수술하려면 꼭 있어야 할 자가혈구회수기가 우리에게는 없었다. 그래서 나는 그 장비를 빌려볼 요량으로 황급히 제조사 대표의 행방을 수소문했다. 설득에 성공한다 해도 장비는 빨라야 다음 날 아침 늦게나 도착할 것이었다. 이는 곧 앞으로 24시간은 메건에게 고용량의 항생제를 투여해야 한다는 뜻이었다. 하지만 나는 여기서 더 나아가, 그 시간 동안 그녀를 집중치료실에서 면밀히 관찰해야 한다고 주장했다. 사실 여기에는 숨은 의도가 있었다. 그렇게라도 수술 후 병상을 확보해 놓으려는 심산이었다. 더 이상의 기다림은 있을 수 없었다. 또한 나는 에리스로포이에틴을 투여해야 한다고 주장했다. 사이클 선수 금지약물로 악명 높은 이 호르몬은 골수에서 적혈구 형성을 촉진하는 효과가 있었다. 환자의 심각한 빈혈이 예상되는 만큼, 에리스로포이에틴은 고용량의 철분, 비타민 B_{12}, 엽산과 더불어, 환자가 수술 후 며칠 혹은 몇 주 안에 헤모글로빈 수치를 회복하도록 도울 것이었다. 다음 날에는 아프로티닌이라는 약제를 투여할 생각이었다. 아프로티닌은 심폐바이패스 환자의 혈액 응고를 돕는 효과가 있었다. 첨언하자면, 이에 대한 나의 개인적이고도 우연한 발견 덕분에 심장외과계는 또 한 번의 획기적 진전을 이룰 수 있었다.

이윽고 그날의 첫 번째 관상동맥우회술이 반쯤 진행됐을 때, 마취과의사 토니가 차단막 너머로 몸을 기울이더니 내게 무슨 말인가를 속삭였다. 나는 가늘고도 중요한 관상동맥에 정맥을 꿰매 붙이는 작업에 열중하느라 제대로 듣지 못했기 때문에 그에게 방금 한 말을 다시 해달라고 부탁했다. 그러자 그는 수술실의 모든 사람이 알아들을 만큼 큰소리로 이렇게 말했다.

"방금 전화가 왔는데, 사모님이 진통을 시작했답니다. 그런데 병원까지 태워다줄 사람이 없대요."

"직접 운전해서 가면 안 되나?" 나는 정말이지 무신경하게도 이렇게 대답했다.

간호사들이 일제히 웅성거렸다. 하긴 누가 봐도 빵점짜리 발언이었다.

나는 다음 선택지를 제시했다. "택시를 부르라고 하세요." 하지만 그때 내가 달리 뭐라고 할 수 있었겠는가? 나는 누군가의 심장을 수술 중이었고, 뒤이어 엄청나게 어려운 케이스가 기다리고 있었다.

결국 사라는 조산사를 집으로 불렀고, 그녀는 주먹을 하나 넣어보더니 이렇게 말했다. "아직 산도가 확장되지 않았어요. 지금은 집에 있는 게 나아요. 병원에 가봤자 다시 돌려보낼걸요."

아마도 냉담하고 무심하게 들리겠지만, 나는 그날 온종일 수술에 매달렸다. 물론 이유는 있었다. 나 말고는 그 일을 맡을 사람이 없었다. 더욱이 나는 출산을 자연스럽고 생리적인 현상이라고 여겼다. 여느 사람들처럼 그것 때문에 열광하고 감상에 빠지고 마치 삶의 대전환이라도 일어난 듯 굴 필요성을 느끼지 못했다. 의대생 시절에 나는 런던 북부의 니스던 산부인과에서 24명의 아기를 직접 분만시킨 경험이 있었다. 비록 미끈미끈한 신생아를 바닥에 떨어뜨리지 않고 받아내는 일보다는 너덜너덜한 회음열상을 치료하는 일이 더 흥미로웠지만 말이다. 그렇다고는 해도 나는 산모들에게 언제나 깊은 동정심을 느꼈다. 나라면 내 항문에서 아기는 고사하고 멜론조차 밀어내고 싶지 않을 듯했다. 하지만 내가 사라를 아무리 요란하게 떠받들고 달래준다 한들, 그로 인해 그녀가 다가올 몇 시간을 더 편안하게 보낼 리는 만무했다. 그러니 나로서는 차라리 심장 배관 작업에 열중할 수밖에 없었다.

적어도 나는 그렇게 스스로를 애써 설득했다. 하지만 이 모든 이야기의 이면에는 숨겨진 진실이 있었다. 그리고 내 생각에는 사라도 그 진실을 알고 있었다. 그러니까 나는 첫 아내 제인이 제마를 낳는 동안에도 그녀의 곁을 지키지 못했다. 비록 내 어머니가 대신 출산을 돕긴 했지만, 정작 나는 수 킬로미터쯤 떨어진 곳에 있었고, 그로 인해 적잖이 양심의 가책을 느꼈다. 그러므로 이 모든 상황은 내게도 시련이었다. 그리고 사라는 이런 내 심중을 꿰뚫고 있었다. 그녀는 워낙 품성이 너그럽고 자립정신이 투철한 사람이었다. 언쟁이나 갈등을 피하고 확고한 지지만을 표하는 그녀 덕분에 나의 신경증은 나날이 누그러지고 있었다. 그녀는 내가 직업적으로 힘겨운 도전에 직면했다는 사실을 명확히 이해하는 한편, 내가 어떤 대가를 치르고서라도 옥스퍼드에서 반드시 성공하기를 바랐다. 심지어 사람들은 그녀처럼 특별한 사람과 결혼했다는 이유로 내가 틀림없이 좋은 남자일 거라고 생각하고는 했다.

그날 저녁 내가 마침내 집으로 돌아갔을 때, 사라의 진통은 더 강하고 심해져 있었다. 드디어 마크가 탈출을 결심한 듯했다. 나는 따뜻한 목욕물을 준비했지만 그녀가 욕조를 기어오르는 동안 양수가 갑자기 터져 욕실 바닥으로 쏟아져 나왔다. 학생 시절 분만 실습 시간에 배웠던 내용은 하나도 기억나지 않았다. 단지 이제 둑이 터졌으니 전문가에게 도움을 청해야 한다는 정도만 어렴풋이 생각해낼 수 있었다. 우리는 밤 10시 30분에 옥스퍼드 대학병원 산하 존 래드클리프 산부인과에 도착했고, 거기서 곧장 출산 준비실로 이동했다. 그곳은 언제나처럼 분주했다. 그들은 사라를 병상으로 옮기기 전에 자궁경부의 확장 정도를 다시 한 번 측정하기를 원했다. 이때까지도 아기는 머리를 아래로 향하지 않았다. 아직 출산이 임박하지 않았다는 뜻이었다.

이에 나는 간명히 이렇게 말했다. "아내와 아이를 잘 부탁합니다. 저는 내일 심장 수술이 두 건이나 있어서 잠을 좀 자둬야 해요. 새벽 6시 30분쯤 다시 오겠습니다."

놀란 간호사와 달리 인내심이 성인의 경지에 도달한 사라는 전혀 동요하지 않았다. 산부인과 간호사는 마치 못 볼 것이라도 본 듯한 표정이었다. 그랬다. 내가 바로 그 소문난 신임 심장외과 고문의였다.

간밤에 나는 딱 한 통의 전화를 받았다. 집중치료실이었다. 그들은 애처로운 목소리로 메건의 상태를 걱정하고 있었다. 그녀는 열이 있고, 혈압은 90/60수은주밀리미터 언저리에서 오를 기미가 없으며, 소변 주머니는 거의 비어 있다고 했다.

나는 당직 전임의에게 다소 직설적으로 이런저런 말들을 퍼부었다. 자가혈구회수기가 내일 도착한다고. 그 기계 없이 수술하고 싶으면, 젠장, 맘대로 하라고. 정 못 기다리겠거든 당신네 고문의를 데려다가 도움을 청하라고.

혼자서 내리 몇 달 동안 밤이고 주말이고 온콜 당직을 도맡는 것은 여간 고된 일이 아니었다. 나는 항상 진이 빠져 있었고 잠이 부족했다. 이런 고충을 알아주고 챙겨주는 사람은 아내뿐이었다. 이제야 사라에게 너무 미안한 마음이 들었다. 그녀는 훨씬 더 나은 대접을 받을 자격이 있었다. 아니, 사실 그녀는 훨씬 더 나은 대접을 받고 있었다. 그러다 나를 만나면서 인생이 꼬여버린 것이었다. 나는 다시 수화기를 들고 출산 준비실에 전화를 걸어 아내의 상태를 물었다. 별다른 변화는 없고 간간이 진통이 이어진다는 대답이 돌아왔다. 산과는 늘 그런 식이었다. 마치 진통이 여성이라면 마땅히 치러야 할 통과의례인 것처럼.

1988년 1월 27일 새벽 6시. 힘든 하루가 시작되었다. 나는 새벽에 사라를 찾아가 아주 잠깐 위로한 다음, 아침 7시에는 간밤에 내게 전화로 혼쭐이 난 젊은 의사를 달랠 요량으로 서둘러 집중치료실로 향했다. 사라는 밤사이 많이 괴로웠는지 창백하고 핼쑥한 모습이었다. 만약 그녀가 내 환자였다면, 나도 그녀를 저렇게 고통 속에 방치했을까? 아니, 그럴 리 없었다. 나는 수술을 시작하기에 앞서 사라의 산부인과 주치의에게 전화를 걸어, 이번 수술이 끝나고 다음 수술에 들어가기 전에 내 아들을 만나야겠다고 말할 결심을 했다. 그러니까 내 수술 말이다. 그의 수술이 아니라. 나는 패혈증에 걸린 젊은 여성의 복잡한 재수술을, 아내와 아이를 걱정하며 시작하고 싶지는 않았다. 하지만 결국 나는 전화를 걸지 않았다. 그것은 바보 같은 짓이었다. 정작 나 스스로가 남편 노릇을 엉망으로 하고 있으면서 그녀를 돌보는 이들에게 반기를 들어서는 안 될 일이었다. 이 모든 일에서 나는 다만 수동적 배우자에 불과했다. 평소처럼 되는대로 지시를 남발할 만한 위치가 아니었다.

그날 아침 나의 첫 환자는 대동맥판막 치환술을 받고 오전 11시쯤에 무사히 집중치료실로 돌아갔다. 하지만 그 빌어먹을 자가혈구회수기는 여태 제자리를 찾지 못한 상태였다. 산부인과로 돌아가 사라의 상태를 확인하기는커녕, 나는 메건의 수술 중에 봉착할 수 있는 난관을 모두에게 숙지시킬 필요가 있었다. 이제 와서 테드가 자가혈구회수기 조립법을 배우기에는 시간이 촉박했기에, 제조사 외판원이 수술실에 머물며 기기를 설치하기로 했다. 토니가 아프로티닌을 투여하면, 그제야 나는 메건의 가슴을 톱으로 가를 수 있을 터였다.

5번 수술실에서는 이 모든 일이 처음이었다. 마치 우리가 리허설 한 번 없이 초연되는 웨스트엔드의 어느 연극 무대에 오르기라도 한 듯한 기분이었다. 심지어 주연배우는 다른 병동에서 결정적 조연을 맡아야 할 인물이었다. 여주인공을 위한 막이 곧 올라갈 참이었지만, 그녀의 상대역인 이 냉혈한은 종적이 묘연했다.

짐작건대 사라의 산과 주치의와 조산사들도 이와 비슷한 감정을 느꼈을 것이다. 그들은 아내의 곁에 앉아 손을 꼭 붙잡고 등을 문지르며 열심히 비위를 맞추는 남편들에게 익숙해 있었다. 내가 태어난 1948년과는 너무도 다른 풍경이었다. 그때 내 침대 옆 청색아의 아버지는 제강소에서 단 한 시간도 빠져나올 수 없었으니까.

사라의 산과 주치의는 내가 직접 선택했는데, 일전에 심내막염에 걸린 임신부를 그와 함께 수술해 본 경험 때문이었다. 그때 우리는 대동맥판막 재수술과 제왕절개를 동시에 시행하게 되었다. 다행히 산모와 아기 모두 살아남았지만, 내가 알기로 유사한 케이스의 사망률은 200퍼센트에 달했다. 나는 그가 결정적 순간에 사라를 충실히 돌보리라고 확신했다. 비록 나 자신은 그 순간이 언제인지 가늠조차 못 한 채 또 한 번의 긴 수술을 위해 손이나 소독하는 신세였지만 말이다. 내 은밀한 바람이라면, 사라의 분만이 내가 이 수술을 끝냈을 때 이미 끝나 있는 것이었다.

건너편 산부인과 병동에서는 내 기대와 달리 그녀의 길고도 고통스러운 출산 과정이 생리적 현상에서 병리적 현상으로 변질되고 있었다. 사라는 이제 체력도 정신력도 고갈된 상태였다. 여태껏 내 악마적 인격에 이해심을 베풀었던 그녀는 이제 당연하게도, 내가 이 절박한 시기에 그녀 곁에 없다는 사실에 분노를 감추지 못했다. 물론 내가 그 자리에 있었다 한들 별달리 도움이 되었을 가능성은 요원했지만 말이다. 기질적으로 나는 상황을 얌전히 지켜보며 타인에게 순순히 모든 걸 맡기는 부류가 아니었다. 외과의들이란 본디 그렇게 생겨먹지 않았다. 더욱이 의료진에게 짜증을 내고 공격성을 드러내봐야, 나에게든 상대에게든 이로울 턱이 없었다. 제왕절개가 거론됐지만, 사라는 아직 가능하면 수술을 피하고 싶어 했다. 하지만 진통을 시작한 지 20시간이 넘었는데도 아들 녀석은 머리를 돌릴 기미조차 보이지 않았다. 아이는 어머니의 심장소리가 들리는 포근한 보호막을 떠날 생각이 없는 듯했다.

다시 5번 수술실. 메건의 마취가 시작되었다. 심하게 동요하는 딸을 어머니가 애써 진정시켰다. 다운증후군인 메건은 자신의 병세를 정확히 이해하지 못했고, 눈부신 조명과 수술실 특유의 냉기에 겁을 집어먹은 상태였다. 팔에 아스테릭스 문신을 새긴 마취과의사 마이크 싱클레어는 그녀의 눈앞을 맴도는 주삿바늘이 자칫 극심한 공포를 유발할 가능성을 인지하고 있었다. 그래서 그는 메건이 얼굴에 덮인 고무 마스크를 통해 수면 가스를 흡입하는 동안, 상냥한 말로 그녀의 마음을 어루만졌다. 이 행동은 측은지심이나 동정심과는 무관했다. 그는 다만 마취과의사로서 현명하게 최선을 다하고 있을 뿐이었다. 만약 메건이 발작을 일으켜 수술대에서 굴러떨어지기라도 하면, 자칫 심장마비로 사망할 수도 있었다.

나는 내가 곧 수술할 누군가에게 절대 감정을 이입하지 않았다. 공감은 환자의 감정이나 고통을 공유한다는 뜻이었고 심장외과의에게 그것은 크나큰 실수였다. 차갑고 검은 비닐에 누워 자신의 피가 어떤 사이코패스에 의해 낯선 기계로 흘려보내지기를 기다리는 환자의 심정을 나는 감히 상상할 엄두조차 내지 못했다. 누군가의 가슴을 가르기 위해서는 침착성과 냉철한 객관성을 갖춰야 했다. 공감은 사치였다. 생각해 보라. 정신과의사나 소아암 전문의가 공감 능력이 뛰어나다면, 어떻게 맑은 정신으로 단 한 주라도 버텨낼 수 있겠는가?

문득 사라가 걱정이 되었다. 나는 손 소독을 멈추고 전화기가 있는 마취실로 걸음을 옮겼다. 나는 스스로가 그 냉정한 객관성을 다른 누구도 아닌 아내에게 적용하고 있다는 사실에 무거운 죄책감을 느꼈다. 그래서였을까? 제마가 태어날 때의 내 행적이 다시금 머릿속에 떠올랐다. 확실히 나는 머리 부상으로 생긴 사이코패스적 성향을 여태 떨쳐내지 못했다. 하지만 만약 내 대담성이 약화됐다면, 아마도 나는 분별력을 발휘해 수혈 없는 수술을 거부하는 한편, 법원 명령을 무기 삼아 메건의 부모를 궁지에 몰아넣었을 터였다. 사실 여전히 우리는 그들의 의사에 반하여 수혈을 할 수 있었다. 하지만 그렇게 되면 부부는 자신들의 교회에서 파문을 당할 것이었다. 따라서 내 무모한 접근법은 의외로 두 사람에게는 친절한 행동이 되었다. 하지만 정작 간호의 여신과 내 아이가 나를 필요로 할 때 나는 어디에 있었는가? 나는 수술실에 처박혀 있었다. 언제나처럼.

산부인과로 전화를 걸었다. 하지만 신호음이 이어질 뿐, 아무도 받지 않았다. 사라의 휴대전화도, 간호사실 전화기도 답이 없기는 매한가지였다. 그때 마이크의 고함 소리가 들려왔다. 메건의 혈압이 떨어지고 있었다. 별수 없이 나는 곧바로 수술을 시작했다. 여섯 시간은 족히 걸릴 큰 수술이었다. 또한 고도의 집중력을 요하는 수술이기도 했다. 정화한 혈액은 한 방울도 빠짐없이 회로로 돌려보내야 했다. 수술이 진행되는 동안만큼은, 산부인과 생각이나 개인적 걱정을 전부 내려놓아야 했다.

수술을 시작한 지 45분쯤 되었을 때 마취실에서 전화벨이 울렸다. 이미 환자에게 인공심폐기를 연결한 시점이었다. 이내 간호사 한 명이 수술실로 들어왔다. 산과 주치의가 나와의 통화를 원한다고 했다. 나는 심장에 시선을 고정한 채, 그녀에게 내용을 대신 알아봐달라고 부탁했다. 혈액을 비워낸 심장이 맥없이 흐물거리고 있었다.

"못 알려주신대요. 혼자만 들으셔야 한다는데요." 불길한 대답이었다. 나는 가슴이 두근거리기 시작했다.

마이크에게 다시 통화를 부탁했다. 어쩌면 동료 고문의에게는 용건을 말해 줄지 모른다는 생각에서였다. 하지만 이번에도 산부인과에서는 전화를 받지 않았다. 마이크는 같이 있던 마취과 수석 전임의에게 자리를 맡기고, 자신이 직접 건너가 상황을 알아보겠다고 말했다.

"누가 심장외과 의사 아니랄까봐." 소독간호사가 나지막이 중얼거렸다. "부인이 출산하는데 마취과의사를 대신 보내다니요."

아닌 게 아니라 코미디영화 속 한 장면 같기는 했다. 물론 결코 웃어넘길 상황은 아니었지만.

인공 승모판막을 봉합하는데, 테드가 불쑥 끼어들었다. "혈액량이 줄어드는 것 같아요. 혹시 놓친 혈액이 있을까요?"

내가 아는 한 그렇지 않았다. 하지만 일단 나는 우리의 초빙 자가혈구회수기 전문가에게 우리가 끌어모은 혈액을 다시 인공심폐기로 보내달라고 부탁했다. 테드는 그래도 역시 혈액량이 부족하다며 내게 흉막강, 그러니까 심폐바이패스로 환기를 멈춘 폐의 주변 공간을 확인해 보라고 말했다. 테드의 예감은 적중했다. 심장 뒤쪽 심낭에 뚫린 구멍으로 새어 나간 핏물이 왼쪽 폐 주변에 1리터가량 고여 있었다. 그것을 다시 빨아내어 회로에 주입하자, 상황은 한결 나아졌다.

15분 뒤, 마이크가 돌아왔다.

"좀 알아봤어요? 집사람은 어때 보이던가요?" 나는 적당한 말이 떠오르지 않아 조심스레 이렇게 물었다.

"부인은 괜찮아요. 하지만 무척 화가 나 있더군요. 제왕절개를 해야 하는데, 저쪽에서 보호자와 상의하기 전에는 못 하겠다고 버티나봐요. 나중에 무슨 봉변을 당할지 모른다면서."

우리의 자가혈구회수기 사나이는 그 같은 상황에 호기심과 당혹감을 동시에 느끼는 듯했다. 그는 용기를 내어 나에게 동료 의사를 불러 수술을 마무리하라고 제안했고, 맡길 동료가 없다는 얘기를 듣고는 더욱 큰 혼란에 빠져들었다. 배가 가라앉는 와중에도 연주를 멈출 수 없는 악단처럼 우리는 수술을 이어 나갔고, 어느새 나는 초인적 속도로 판막을 봉합하고 있었다. 이윽고 우리는 메건의 몸에서 인공심폐기를 조심스레 분리하는 한편, 패혈증과의 사투에 대비해 다량의 혈관수축제를 투여했다. 또한 이에 더하여 수액을 주입함으로써 혈압이 떨어지지 않도록 조치했다. 이제 심장을 비롯해 상처의 가장자리를 지혈할 차례였다. 그런 뒤에야 나는 비로소 수술실을 나설 수 있을 터였다.

오후 6시. 이쯤에서 메건의 가슴을 닫을 준비를 해야 했지만, 혈압이 계속 떨어지는 데다 혈장 헤모글로빈 수치도 심각하게 낮아져 있었다. 하는 수 없이 나는 위험한 결단을 내렸다. 냉각 담요로 체온을 내림으로써 산소소비량을 낮춰보기로 한 것이다. 산소를 조직으로 운반하려면 적혈구가 필요했지만, 체온을 섭씨 37도에서 32도로 내릴 경우 산소소비량을 거의 반으로 낮출 수 있었다. 체온을 1도 내릴 때마다 산소소비량이 거의 7퍼센트씩 낮아지는 셈이었다. 그러나 체온이 낮아질수록 심장의 리듬이 붕괴될 위험성은 높아졌다. 그렇다고 메건에게 수혈을 단행함으로써 그녀 부모의 인생을 망치고 싶지는 않았다. 하지만 또 그렇다고 그녀를 내 아들의 잠정적 생일에 죽게 할 마음도 없었다.

냉각 담요를 준비하는 사이 산부인과에서 또 한 통의 전화가 걸려왔다. 이번에는 상황이 더 위급했다. 저쪽에서는 내가 곧장 건너와주길 바랐지만, 나는 메건이 무사히 집중치료실로 옮겨질 때까지 곁을 지킬 도의적 책임이 있었다. 나는 장차 로열브롬프턴 병원에서 심장외과의로 두각을 드러낼 전임의 닐 모트를 산부인과로 보내, 되도록 빨리 건너갈 테니 그때까지 필요한 모든 조치를 취해달라는 당부를 그의 입을 빌려 전했다. 달리 말하면 '나는 심장을 수술할 테니, 분만은 당신들이 알아서 하라'는 뜻이었다.

6시 30분. 나는 보호자 대기실로 메건의 부모를 찾아가 수혈 없이 수술이 마무리됐다고 말했다. 또한 회복은 더디고 힘들 것이며, 생존을 장담할 수 없다고도 했다. 혹시 수혈에 대한 생각이 바뀌면 언제든 알려달라고도 덧붙이긴 했지만, 설령 메건이 사경을 헤맨다 해도 그들의 고집은 꺾이지 않을 것임을 나는 잘 알고 있었다. 이제 나는 사라를 만나야 했다. 나 없이 26시간 동안 산고를 치른 그녀에게 따뜻한 환영은 언감생심 기대할 수도 없었다. 마침 돌아오던 닐 모트가 나를 보더니, 사라는 이미 제왕절개에 들어갔으니 메건은 자신에게 맡기고 얼른 그녀에게 가보라며 내 등을 떠밀었다.

나는 피 묻은 수술복 차림으로 분만실에 도착했다. 속으로는 여전히 모든 과정이 끝나 있기를 바라면서 말이다. 수간호사가 좁고 소란한 방들을 쏜살같이 넘나들며 최선을 다해 나를 무시하고 있었다. 생각해 보면 당연한 대접이었지만, 나 역시 고된 하루를 보낸 터라 섭섭한 기분이 들었다. 결국 나는 초조함을 견디다 못해 산과 수술실의 위치를 물었고, 대답뿐 아니라 호된 꾸지람까지 들어야 했다.

"참 일찍도 물으시네요. 하루 종일 부인이 얼마나 고생했는지 아세요? 30분 전에 수술실로 옮겨졌어요. 혹시라도 보고 싶으면 가보시든지요."

나는 이미 마취에 들어갔을 테니 아내가 깨어나면 아이와 함께 회복실에서 만나겠다고 말했고, 이로써 내 입지는 더더욱 악화되었다. 나는 아직 사라를 모르고 있었다. 그녀는 그토록 오랫동안 아픔과 고통에 시달렸으면서도 내가 도착할 때까지 반드시 깨어 있겠다며 전신마취 대신 경막외마취 상태로 수술에 들어갔다고했다. 또한 그런 이유로, 그녀는 내가 시간이 날 때 수술실로 자신을 보러 와주기를 바랐다.

마취실은 비어 있었다. 하지만 나는 아내의 몸에 들어갔을 정맥 주사기와 카테터, 약물의 잔해들을 알아보았다. 그녀의 슬리퍼가 나동그라진 이동식 병상을 터벅터벅 지나쳐, 나는 수술실 문틈으로 안을 훔쳐보았다. 일전에 제왕절개술과 판막치환술을 한자리에서 진행할 때 함께 호흡을 맞췄던 그 팀이었다. 그들 가운데 성격 좋은 럭비선수 겸 신생아학자 피터 호프는 큼직한 손으로 작디작은 조산아를 기적처럼 살려내곤 했다. 텅 빈 거즈 수거 용기와 달각이는 기구 소리는 수술이 아직 시작되지 않았음을 말해주었다. 마취과의사가 포도당 주사액을 수액 거치대에 걸려고 몸을 돌릴 때, 나는 그의 움직임을 따라 돌아가는 아내의 검은 곱슬머리를 볼 수있었다. 두 사람은 차분히 이야기를 나누는 듯했다. 그사이 천장 조명은 우리 아들이 담긴 볼록한 배를 비추도록 조절되었다. 내가 들어가기에 딱 알맞은 시점이었다. 하지만 그 전에 내 휴대전화를 사라의 슬리퍼 속에 넣어두어야 했다. 이 수술 중에는 절대 호출을 받고 싶지 않았으니까.

분위기는 일단 호의적이었다. 내가 삐걱 문을 열고 들어서자, 그들은 합창하듯 "드디어 왔네요"라고 말했다. 내가 허세도 자신감도 없이 수술실에 들어선 것은, 정말이지 그때가 처음이었다. 이 무대에서 자신감을 발산하는 역할은 산과의사의 몫이었다. 사라는 놀라우리만치 차분했다. 이제 그녀는 통증이 가시고 가슴 아래로 감각이 사라진 상태였다. 어찌 보면 다행스러웠다. 사람들이 그녀의 벌거벗은 몸을 가슴부터 무릎까지 차가운 요오드 용액으로 칠하고 있었으니 말이다.

나는 소독용 거즈가 그녀의 가슴이며 부드럽게 튀어나온 배 주변이며 사타구니의 깊은 틈을 둥글게 칠하는 모습을 바라보았다. 잠시 후 하늘색 리넨이 그녀의 가슴과 옆구리와 음모를 덮었다. 이어서 끈적한 플라스틱 시트가 그 천들을 그녀의 몸에 밀착시켰다. 집도의는 그녀에게 준비가 거의 끝나간다고 넌지시 일러주었다. "자, 남편께서도 왔으니 이제 시작해 볼까요?" 내 편집증적 망상일지 몰라도 나는 그가 이 발언으로, 자신들이 수술을 지나치게 오래 지체했다는 사실을 무마하려 한다는 느낌을 받았다. 어쨌건 나는 이때 사라의 손을 꼭 잡고 이마에 입을 맞췄다. 그러고는 내 생애 처음으로 감정에 북받친 채 수술을 집중해서 지켜보았다. 비로소 내게도 공감 능력이 생겨나는 순간이었다.

산과의 책임보험료는 다른 어떤 과보다 더 높고, 나는 줄곧 그것이 당연하다고 생각했다. 산과의사들은 굉장히 직접적으로 대상에 접근한다. 그들의 칼날은 피부와 지방, 배근육을 직접 갈라 이완된 자궁 기저부에 도달한다. 그런데도 출혈은 거의 신경 쓰지 않는다. 임신 말기에는 혈액량이 증가하므로, 가령 내가 위험을 무릅쓰고 수술한 메건의 경우와 달리, 약간의 출혈은 그리 문제되지 않는다.

칼날이 아들의 눈과 뇌에서 몇 밀리미터쯤 떨어진 자리를 지나고 있었다. 노련한 판단 끝에 자궁벽 전층이 절개되었고, 양손의 검지와 중지가 들어가 구멍을 넓혔다. 아기의 머리 주변을 다루기에는 차가운 금속보다 손가락이 더 안전했다. 칼날이 피부를 가르고 마크의 커다란 머리가 꺼내지는 데는 2분도 채 걸리지 않았다. 아이는 이런 식으로 거칠게 당겨진다는 사실에 잔뜩 골이 난 듯했지만, 자궁근의 강한 수축에 못 이겨 커다란 머리로 비좁은 골반을 비집고 나올 필요가 없어졌다는 사실에는 안도하는 것 같기도 했다. 상체를 밖으로 꺼내자, 목을 둘러싼 탯줄이 튀어나오며 출산이 한결 수월해졌다.

그 모든 과정 내내 사라는 놀랍도록 평온해 보였다. 이따금 그녀는 나를 안심시키려는 듯 땀에 젖은 내 손을 꼭 잡았다. 그러다 마침내 아기가 보금자리를 스르르 빠져나오자, 그녀는 흡사 배 속에서 세탁기를 돌리는 느낌이라고 말했다. 잠시 우리의 미끈하고 푸르스레한 핏덩이는 마치 죽은 것처럼 보였다. 갓 태어난 아기는 폐에 공기가 없어 모두 청회색을 띠지만, 나는 그 사실을 기억해 내지 못했다. 기억나는 것이라고는 불과 몇 주 전 우리 병원에서 조산아의 제왕절개술 중에 탯줄을 자르다 그 미끈한 생명체를 바닥에 떨어뜨릴 뻔한 사건이 있었다는 사실이었다. 당장은 태반이 내 불안의 근원이었다. 아기가 자궁에 연결된 동안에는 스스로 호흡할 필요가 없다. 산소가 지속적으로 공급될뿐더러, 심장으로 돌아가는 정맥혈은 공기 없는 폐를 거치지 않고 다시 몸속을 순환하니 말이다. 요컨대 나의 걱정이 무색하게도 전문 의료진에게는 아이의 푸른 기가 전혀 문제되지 않았다.

피터는 일단 탯줄을 자른 뒤 아이를 인큐베이터로 옮겨 목 안의 물질을 빨아냈다. 그러자 비로소 아이의 숨소리 같은 것이 들리기 시작했다. 이어서 우렁찬 울음소리가 뒤따랐는데, 이는 여태 공기가 통하지 않던 폐를 아이가 처음으로 부풀렸다는 뜻이었다. 내 눈에 아이는 여전히 푸르스레했다. 마치 청색아에 대한 내 편집증적 불안을 잠재우려는 듯, 피터는 이것이 단지 태아의 헤모글로빈 때문이라는 사실을 내게 상기시켰다. 호흡이 계속되면서 몸빛도 점차 나아졌다. 태반을 긁어내고 자궁을 복원하는 사이 피터가 그 따뜻하고 어느새 발그레해진 사내 아기를 건네자, 사라는 그만 울음을 터뜨렸다. 어리석게도 나는 그녀에게 왜 우느냐고 물었고, 그녀는 "너무 행복해서"라며 지극히 여성스러운 대답을 들려주었다. 26시간에 걸친 진통과 불면의 고통은 출산이라는 기적에 힘입어 온데간데없이 사라졌다.

압권은 그녀의 입에서 나온 다음 문장이었다. "당신 환자는 괜찮아? 안 가봐도 돼?"

사라의 이 인류애적인 발언은 내게 깊은 감동을 주었다. 세인트 토머스 병원에서 그녀를 간호의 여신이라고 떠받든 이유가 바로 여기, 그녀의 아름답고 이타적인 마음씨에 있었다.

그런 그녀가 대체 무엇 때문에 나 같은 인간, 심장외과계의 피니어스 게이지와 결혼한 것일까? 그날 밤 나는 내 안의 악마를 잠시 가둬둔 채 모처럼 소소한 기쁨을 만끽했다. 그날 나는 공감 능력이라는, 평소 내게 고통을 유발하던 무엇을 되찾았다. 나는 가없은 메건을 살리는 동시에 환자 부모의 존엄성을 지키기 위해 사력을 다했고, 그런 다음에는 아들이 태어나는 순간을 다행히 놓치지 않고 지켜볼 수 있었다. 마치 오랜 시간 감정의 롤러코스터를 탄 듯한 기분이었다. 스타인벡의 글을 빌리자면, '중국인 백만 명이 굶주린다는 사실을 알고 있어도 그중에 내가 아는 중국인이 한 명도 없으면 그 사실은 내게 별다른 의미를 지니지 않는 법'이다.

나는 회복실에 앉아 한 시간 동안 사라의 곁을 지키며, 제마가 태어날 때 그러지 못한 스스로를 책망했다. 나는 평생 그 죗값을 치러야 할 터였다. 문득 메건의 부모가 머릿속에 떠올랐다. 만약 딸이 살아남지 못하면 비난의 화살이 자신들에게 향하리라는 걸 아는 상태에서 그들이 감당해야 했을 심적 고뇌에 대해 생각했다. 그것이 동정이든 연민이든 나는 닐 모트의 부담도 덜어줄 겸 잠시 짬을 내어, 틀림없이 생애 최악의 날을 보냈을 두 사람과 이야기를 나누기로 마음먹었다.

우리 부부의 아기는 이제 안전했다. 그들 부부의 딸은 아직 섭씨 30도의 체온으로 냉각 담요 아래 누워, 심각한 빈혈을 극복하기 위해 뇌의 대사율을 반감시킨 상태로, 생존을 위한 사투를 벌이고 있었다. 하지만 나는 긍정적인 결과를 확신했다. 우선 출혈이 없었고, 혈압이 다소 낮기는 했지만 신장에서 소변—급박한 현장에서는 종종 황금 액체라 불리는—의 생성을 방해할 정도는 아니었다. 메건의 부모는 크게 고마워하며 그날 일로 내게 하느님이 상을 내리실 거라고 말했다. 나는 그 상을 이미 받았다고, 메건의 수술을 마친 뒤 축복처럼 건강한 사내아이를 얻었다고 말했다. 그들은 이를 신성한 개입으로 이해했다. 그리번 선생이 그날의 소동을 어느새 전해 듣고는 퇴근길에 집중치료실로 전화를 걸었다. 그 밤 병원 곳곳으로 기쁨이 번져나갔다. 우리 팀도 나와 함께 기쁨을 나눴다. 하지만 마음 한구석에서 나는 슬픔을 느꼈다. 나와 내 안의 악마들에게는 조금 외로운 밤이었다.

메건의 기적적 회생을 눈여겨본 여호와의증인 병원연락위원회는 나를 위해 자가혈구회수기 마련을 위한 모금 운동을 벌였다. 덕분에 나는 그들이 친절히 기증한 장비와 지혈제 아프로티닌을 사용해 영국 각지의 여호와의증인 신자들을 수술할 수 있었다. 특히 기억나는 환자는 흉부대동맥류가 파열된 여호와의증인 신자로, 그는 온갖 병원에서 수술을 거부당한 뒤 아내가 운전하는 차에 실려 웨일스에서 우리 병원까지 찾아온 끝에 결국 목숨을 건졌다.

사라와 마크는 출산 후 사흘 만에 집으로 돌아왔고, 나의 수면 시간은 평소보다 훨씬 더 부족해졌다. 브라이언 그리번은 마크의 대부가 되었다. 다정한 신생아학자 피터 호프는 그로부터 겨우 2년 뒤 안타깝게 암으로 세상을 떠났다. 우리는 뜻을 모아 조산아들을 위한 진료 시스템을 구축했고, 덕분에 나는 그 작디작은 아기들을 인큐베이터에서 꺼내지 않고도 그들의 가슴을 열어 동맥관개존증으로 출산 후에도 닫히지 않은 폐동맥과 대동맥의 연결로를 폐쇄할 수 있었다. 이로써 아기를 산부인과 병동에서 수술실로 옮길 필요가 없어지면서, 이송 중에 아기의 체온이 떨어질 위험도 제거되었다. 마이크 싱클레어와 나는 전국 각지의 조산아 병동을 찾아다니며 동일한 의료서비스를 제공하고자 했지만, 마이크가 다발성경화증으로 은퇴하는 바람에 우리의 계획은 무산되었다. 그럼에도 그는 특유의 유머 감각을 잃지 않고 끝까지 멋진 인생을 꾸려나갔다. 그는 진짜였다.

옥스퍼드에서 재수술을 받은 지 2년 만에 메건의 인공 승모판막은 세균에 감염되었다. 그녀의 가족이 나를 수소문했을 때 하필 나는 외국에 있었다. 게다가 그녀의 집에서 가장 가까운 심장 전문병원은 수혈 없는 세 번째 수술을 거부했다. 결국 그녀는 패혈증으로 사망했다.

1988년의 그 추운 겨울날은 나의 인생관을 바꿔놓았고, 생각건대 나를 더 나은 외과의사로 만들었다. 기술적으로 나아졌다는 의미는 당연히 아니다. 그날을 계기로 나는 훨씬 더 나은 인간으로 성장했다. 사랑은 기쁨을 가져다준다. 하지만 그날 이후에야 비로소 나는 그 진리를 두려움 없이 받아들일 수 있었다.

7장

위험

많은 감염성 질환이 피부의 상처를 통해 전염된다. 그러므로 피범벅이 된 손으로 날카로운 기구를 다루는 일에는 위험이 뒤따를수밖에 없다. 주삿바늘에 찔리는 일은 내게 일상이나 다름없었다. 하지만 놀랍게도 대부분의 나라에서는 수술 전 환자들의 혈액 매개 바이러스 감염 여부를 검사하지 않는다. 그 결과 병원 의료진은 예상치 못한 오염의 가능성, 그래서 자칫 가족에게 바이러스를 전파시킬 위험성에 지속적으로 노출된다. 그런가 하면 외과의사가 자신이 간염 바이러스에 감염된 사실을 분명히 인지하고 있으면서도 이를 밝히지 않음으로써 환자 수백 명을 감염시키는 무책임한 사례도 존재한다. 위험한 장소, 그곳은 수술실이다.

11번 메스는 끝이 뾰족하다. 나는 그것을 매번 수술이 끝날 때쯤 사용했는데, 체벽을 찔러 흉관이 빠져나올 구멍을 내기 위해서였다. 옥스퍼드 대학병원의 심장외과 수술실에는 아이린이라는 정중하고 예의 바른 필리핀 출신 간호사가 있었다. 내가 의대 동기 스티브 노턴을 수술할 때 함께했던 바로 그 간호사다. 응급수술을 마친 어느 늦은 저녁 아이린은 순환 간호사에게 정신이 팔려 있었다. 얼른 거즈를 다 세고 집에 가고 싶었다. 그녀는 무심코 메스의 손잡이 대신 날 끝을 내 손바닥에 밀어 넣었다. 나는 반사적으로 그 칼날을 잡았다. 이내 빛나는 금속이 내 수술용 고무장갑을 가르고 피부를 찌르더니 엄지손가락 근육에 박혀버렸다. 통증과 함께 새빨간 피가 흘러나와 라텍스 장갑과 손가락 틈새로 스며들었다. 마치 껍질에 싸인 게살을 보는 듯했다. 나는 깜짝 놀라 날카로운 비명을 지르며 그 빌어먹을 도구를 떨어뜨렸다. 메스는 마치 다트처럼 바닥을 향해 낙하하더니 내 수술실 클로그 가죽에 수직으로 꽂혔다. 그 사건 이후로 나는 그녀를 '검술 간호사 아이린'이라고 불렀다.

내 통증과 그 소동이 나머지 팀원에게 선사한 유쾌함과는 별개로, 그 사고는 보기와 달리 큰일이 아니었다. 메스는 멸균된 상태였고, 따라서 나는 그 어떤 혈액 매개 감염병 바이러스에도 오염되지 않았으니 말이다. 특별히 말하고 자시고 할 것도 없는 사고였지만, 그 때문에 나는 수술대에서 강제로 물러나 응급처치를 받아야 했다. 그렇게 뒷걸음질치는 와중에도 나는 몹시 당황한 검술 간호사에게 수술을 도와줘 고맙다고 말했다. 시간이 흘러 엄청난 경험이 쌓이고 영어 회화 실력도 일취월장하면서 마침내 '검술 간호사 아이린'은 심장외과 수술실의 담당 수간호사가 되었다.

대체로 나는 수술 보조자 2명과 소독간호사 1명을 데리고 수술을 진행했다. 소독간호사는 조심성이나 신중함과는 거리가 먼 기계적 몸짓으로 내 손바닥 위에 기구들을 탁탁 내려놓았다. 그들은 수술의 모든 단계를 나 못지않게 정확히 알고 있었다. 나는 무심히 손바닥을 내밀었다가 무엇이든 위에 놓이면 반사적으로 그러쥐었다. 내 시선은 지시를 내릴 때 빼고는 결코 심장을 벗어나지 않았다. 외과의는 오케스트라 지휘자처럼 수술 팀을 지휘한다. 헤파린 투여부터 심폐바이패스 가동, 혈압 강하, 심폐바이패스 중단, 프로타민 투여까지, 그야말로 모든 과정을 관장하는 것이다. 또한 오랜 시간 함께 일해 온 숙련된 팀은 외과의에게 더할 나위 없이 든든한 지원군이다.

우리는 서로의 안전을 위해 모든 노력을 기울였지만, 다양하고 날카로운 기구들은 지속적으로 우리를 위협했다. 사용한 기구들의 날과 바늘은 환자의 혈액에 오염돼 있다. 그런데 우리는 환자의 개인적 이력을 제대로 알지 못하는 경우가 다반사였다. 굽은 모양의 스테인리스스틸 봉합침은 지침기 끝으로 집은 상태에서 건네지는데 굉장히 날카로워서, 얇은 수술 장갑쯤은 쉽게 뚫어버린다. 알려진 바로는, 이로 인해 전염될 수 있는 혈액 매개 감염병 바이러스만 최소 25종에 달한다. 40년 넘게 외과의로 사는 동안 타인의 체액을 뒤집어쓴 채 수술을 집도하다 바늘에 찔리거나 날에 베여 피가 나는 사고를 하도 많이 당하다 보니, 나는 마치 스스로를 모든 것에 면역력을 갖춘 사람인 양 여기게 되었다. 이 얼마나 특별한 행운인가.

수술실 스태프는 모두 B형 간염 예방주사를 맞는다. 하지만 개중에는 나처럼 방어항체가 아예 형성되지 않는 사람도 있다. 1970년대 초반, 그러니까 저 유명한 킹스칼리지 병원 내 간 병동에서 일하던 시절에 나는 간염 환자와 그들의 체액에 끊임없이 노출되었다. 간경변증 환자들은 대개 식도에 정맥류가 발생한다. 내 형제 데이비드는 그곳 간 병동 고문의로서 그런 환자의 정맥에 경화제를 주입하는 일에 도가 텄고, 그 시절 수련의였던 나는 그런 환자의 정맥이 파열되면 지혈을 위해 불려가곤 했다. 환자가 간염 바이러스에 오염된 혈액을 몇 리터씩 토하기 시작하면, 나는 그 환자가 실혈로 사망하기 전에 소시지 모양 풍선을 식도에서 위까지 되는 대로 밀어 넣은 다음 충분히 부풀려 정맥의 출혈 부위를 압박했다. 이윽고 검은 피가 소화관을 통해 항문으로 쏟아져 나오면, 그 오물을 말끔히 치우는 일은 간호사들의 몫이었다. 심약한 환자들은 대부분 이때 삶의 끈을 놓아버렸다. 소화관에서 흘린 혈액을 흡수하면서 황달이 심해지는 환자들도 있었다. 대개의 경우 알코올이 화근이었다.

의료진이 바늘에 찔리거나 환자의 피가 의료진의 눈에 튈 경우 B형 간염 면역글로불린HBIG 주사로 바이러스에 반격을 가한 뒤, 추가로 B형 간염 백신을 접종했다. 하지만 내 경우 반복적 접종에도 불구하고 항체 수치에 조금도 변화가 없었다. 더욱이 C형 간염은 치료제도 없어서, 향후 간경변이 발병하는지 여부를 꾸준히 지켜보는 수밖에 없었다. 그사이 폭음으로 먼저 간이 망가지지 않는다면 말이다.

내가 환자를 전염시키는 불상사를 예방하기 위해 나는 해마다 간염 바이러스 검사를 받았다. 하지만 의료인이라고 누구나 그 피투성이 환경에 적응하는 것은 아니다. 바늘에 찔리는 사고는 간호사들에게 극심한 공포를 유발했고, 감염 여부를 확인하는 데 걸리는 시간이 길어질수록 당사자와 가족들은 두려움과 불안에 떨어야 했다. 독일의 한 연구에 따르면, 바늘에 찔린 의료진의 80퍼센트가 자신들의 미래와 관련하여 심각한 스트레스와 개인적 인간관계의 균열, 성생활의 어려움을 경험했다. 심지어 외상 후 스트레스 장애가 생기는 사례도 존재했는데, 증세를 완화하는 유일한 방법은 문제의 환자가 바이러스 보균자인지 여부를 확인하는 것이었다. 하지만 환자의 동의 없이는 검사가 허용되지 않았다. 약물중독이나 난잡한 성생활로 간염에 걸린 사람들은 대부분 자신의 비밀을 밝히고 싶어 하지 않았다. 그런 사람을 돌봐야 하는 의료진이야 어떻게 되건 말건.

런던 해머스미스 병원에서 수석 전임의로 재직하던 시절에 나는 특히 킹스칼리지 병원에서 축적한 경험 때문에, 마약중독자 가운데서도 정맥주사에 의존해 온 이들의 수술을 도맡게 되었다. 솔직히 나는 그들에 대한 수술 전 혈청검사를 굳이 요청하지 않았다. 일단 그들을 무조건 간염 환자로 가정했고, 간호사들에게도 그런 가정하에 주의하라고 말했다. 1970년대 후반에는 그것이 수술 장갑을 두 겹으로 끼고 불투과성 두건과 가운, 고글을 착용하는 것을 의미했다. 나는 이들을 '우주의 돼지들'이라 부르곤 했는데, 복장이 달 위를 걷는 우주인을 연상시키기 때문이었다. 하지만 적어도 이들은 그런 복장이 더 안전하다고 느꼈다. 나는 아무것도 바꾸지 않았다. 평소와 다름없이 담담히 수술에 임했다. 아이러니하게도 우주인들은 바늘에 찔릴 가능성이 더 높았는데, 바이러스에 노출될지 모른다는 두려움에 압도된 나머지 오히려 프로토콜을 등한시하기 때문이었다. 나는 심지어 장갑을 두 겹으로 끼지도 않았다. 바늘에 찔리는 사고를 방지하기는커녕 촉각만 둔화시켰으니까. 그건 마치 편집증적인 학생이 콘돔을 두 겹으로 끼는 바람에 섹스를 즐기지 못하는 경우와 같았다. 내가 머리 부상으로 두려움을 떨쳐내기 전까지 그랬던 것처럼 말이다. 그때 이후로 삶은 훨씬 더 단순해졌다.

심장판막이 감염된 마약중독자를 수술할 때면, 수술 보조자들은 평소의 열정은 온데간데없고 껍데기만 남은 듯 보였다. 어떤 이는 편두통을 호소했고, 어떤 이는 진료 예약이 잡혀 있다고 했다. 또 어떤 이는 그냥 안 된다고 잘라 말했다. 하고 싶은 사람이 알아서 하라는 식이었다. 외과 고문의들은 마약중독자를 위해 수술실과 시간을 할애하는 데 회의적이었다. 어차피 다시 더러운 공중화장실에서 주삿바늘과 주사기를 재사용해 약물을 주입할 테고, 주사 부위에 지저분한 종기가 돋아나면서 기껏 수술해 놓은 인공판막까지 몇 달 안에 감염될 테니 말이다. 슬프지만, 이렇듯 회의적이고 냉정한 시선에는 그럴 만한 이유가 있었다. 내 경력을 통틀어, 내게 수술을 받고 약속대로 약물을 끊은 중독자는 단 한 명뿐이었다. 하지만 고매하신 동료들과 달리 나는 이른바 신神 콤플렉스가 없었다. 나는 내 잣대로 남을 재단하고 싶지 않았다.

내가 그들에게 냉정하지 못했던 이유는 어쩌면 학교 친구 중에 비참한 어린 시절을 보낸 뒤 그 모든 굴레에서 벗어나려다 헤로인 중독의 나락에 떨어진 이가 있어서인지 모른다. 우리는 함께 스컨소프 유나이티드의 경기를 보러 가곤 했지만, 그는 곧 정신병에 걸렸고 아무 도움도 받지 못했다. 일반의와의 10분짜리 상담과 발륨 처방전은 조현병에 별 효과가 없었다. 그는 헤로인이 주는 2시간짜리 행복감에 의존하게 되었고, 결국 그로 인해 죽음을 맞았다. 마지막으로 보았을 때 그는 몸을 뒤덮은 종기와 패혈증, 신부전, 심장에 들어찬 감염성 찌꺼기로 고통받고 있었다. 그리고 제대로 손을 써

보지도 못한 채 생을 마감했다.

나는 그와 같은 젊은이 가운데 증세가 위중한 이들을 수술실에 들였고, 그들의 피는 심장의 모든 판막을 파괴할 수도 있는 세균과 바이러스로 들끓었다. 세균은 그들이 주삿바늘을 꽂은 정맥을 타고 오른쪽 심장으로 흘러들었고, 그러므로 가장 먼저 망가지는 판막은 대부분 삼첨판막이었다. 감염된 판막엽은 우심실 안쪽을 해초처럼 떠다니는 피브린 덩어리들로 뒤덮여 있었다. '우종'이라 불리는 이 덩어리들은 생김새가 고약하고 대개 하수관 냄새를 풍기며, 자잘한 조각들이 떨어져 나와 폐에 농양을 유발하곤 한다.

일찍이 나는 뉴욕시 브롱크스구의 외과의들이 이런 환자를 치료하는 방식을 눈여겨본 바 있었다. 내가 처음 해머스미스 병원에서 벤톨 교수의 반대를 무릅쓰고 마약중독자를 수술하겠다고 말했을 때, 그는 내게 어떤 인공판막을 사용할 생각이냐고 물었다. 그가 예상한 답변은 돼지 판막이었지만, 나는 생각이 달랐다. 나는 환자의 망가진 판막을 제거하되, 치환하지는 않겠다고 말했다. 그리고 문제의 마약중독자가 6개월 동안 마약을 끊는 데 성공하면, 그때 다시 수술실에 들여 돼지 판막을 이식하겠다고 했다. 놀랍게도 뉴욕의 마약중독자들은 삼첨판막이 없는 상태로 몇 개월을 버텼는데, 짐작건대 기존의 판막이 고유한 기능을 꽤 오래전에 상실했기 때문인 듯했다. 하지만 미국인들은 이 불가사의한 성취에 대해 아직 발표하지 않은 상태였다. 마약중독자가 사람들의 관심을 끌 리 만무했으니까. 결과적으로 벤톨은 내가 이른바 판막절제술의 성공 가능성을 주장했을 때 나를 미쳤다고 생각했다.

과연 마약중독자의 대부분은 삼첨판막 절제술 후에도 생존했지만, 심박출량과 운동 내성이 부족했다. 우심방에 들어온 혈액이 다시 정맥으로 역류되면서, 간이 팽창하고 부어올라 고통을 유발했다. 그들 가운데 마약 주사를 중단하는 이들은 필경 새로운 판막을 이식받겠지만, 중단하지 않는 이들은 우심부전과 복통, 반복되는 패혈증으로 끝내 스러지고 말 것이었다. 나는 해머스미스 병원에서 몇 건의 삼첨판막 절제술을 단행했다. 환자들은 모두 심내막염이 치료됐지만, 그들 중 누구도 헤로인을 끊거나 충분히 오래 생존하여 돼지 판막을 이식받지는 못했다. 그 점에 있어서 NHS는 내 덕분에 각 환자당 2천 파운드를 절감한 셈이었고, 나로서는 애초에 그들을 수술한 것에 대한 심적 부담을 덜어낼 수 있었다. 나는 늘 위험을 무릅쓰고서라도 환자를 살리려 했지만, 다른 사람들은 자신의 안전을 더 걱정한다는 사실을 나는 잘 알고 있었다. 문제는 그들이 불안해할수록, 그들이 실수할 가능성도 더 높아진다는 점이었다.

1987년 여름. 나는 옥스퍼드 대학병원 심장외과의 연간 예산을 고갈시켰고, 경영진은 나를 수술 업무에서 배제했다. 바로 그 시점에 사우디아라비아 최고의 심장 전문병원에서는 심장외과 의사의 병환으로 대진의를 구하고 있었다. 재정적 문제에서 자유로울뿐더러, 나를 간절히 원하는 곳이었다. 하지만 상황이 여의치 않았다. 아내 사라는 임신 6개월이었고, 우리는 이사를 준비하고 있었다. 그럼에도 나는 오래지 않아 뜨거운 사막에 발을 디뎠다. 어마어마한 업무량과 각국의 뛰어난 인재들이 나를 기다리고 있었다.

내가 사우디에 도착하자마자 10살 소년이 패혈증으로 그 병원에 입원했다. 필립은 리디아 주재 유럽 대사관 한 곳에 재직 중인 고위 공무원의 어린 아들이었다. 아이는 영국의 사립학교에 보내졌지만, 자잘한 부상에도 툭하면 멍이 들더니 급기야는 관절강 내에 자발적 출혈이 발생했다. 처음에는 백혈병을 의심했지만, 다행히 아닌 것으로 밝혀졌다. 다음으로 유력한 진단명은 특발성 혈소판 감소성 자반증이라 불리는 자가면역성 혈소판 질환이었다. 아내 사라도 런던에서 간호 실습생 시절에 같은 질환으로 비장을 제거한 바 있었다. 그녀도 필립과 증상이 동일했다.

하지만 이 진단명도 배제되었다. 검사 결과 제8 응고인자 결핍이 확인되었기 때문이다. 그러니까 필립은 혈우병 환자였다. 소년의 혈장 내 제8 응고인자 수치는 정상치의 약 5퍼센트에 불과했다. 이제부터 아이는 주기적으로 제8 응고인자를 투여받아야 했다. 치료를 시작한 런던의 의사들은 필립의 심장에서 잡음을 포착했다. 진단 결과 미세한 심실중격결손이었다. 소아심장내과 전문의는 시간이 지나면 저절로 닫힐 정도라 수술은 불필요하다고 판단했다. 부모에게는 다행스러운 일이었다. 혈우병 환자의 심장 수술은, 적어도 당시의 통념으로는 굉장히 까다로웠으니까. 제8 응고인자를 충분히 투여하지 않으면, 환자는 피를 흘리고 또 흘릴 수밖에 없었다.

그렇다면 이번에 필립은 무슨 이유로 병원에 입원했을까? 사연인즉, 몇 주 동안 소년은 체중이 줄고 몸이 편치 않더니, 이제 피골이 상접한 데다 관절은 흉하게 붓고 변형되었다. 에어컨을 아무리 세게 틀어도 밤이면 땀을 비 오듯 흘렸다. 게다가 오한까지 있어서, 흡사 뇌전증 환자처럼 발작적으로 몸을 떨었다. 숨을 깊이 들이쉬면 가슴의 통증이 심해졌는데, 감염성 색전에 의한 폐경색으로 폐의 일부가 괴사되어 늑막염이 생긴 탓이었다.

미국 출신의 유능한 소아심장내과 전문의가 5분 만에 진단을 내렸다. 필립은 삼첨판막 심내막염이었고, 바로 아래 심실중격결손에도 감염이 동반된 상태였다. 이미 강력한 조합의 항생제를 투여했지만, 열은 가라앉지 않았다. 일련의 심장초음파 영상을 통해 우리는 삼첨판막에서 증식 중인 감염성 우종을 확인할 수 있었다. 우종이 자라 좌심실로 유입되면 자칫 뇌졸중을 일으킬 수 있었다. 나의 임무는 심장에 난 구멍을 막고 누출이 심각한 판막을 재건하거나 치환하는 것이었다. 세균들이 판막엽을 공격적으로 갉아대는 상황에서, 재건은 말처럼 쉽지 않았다. 하지만 환자는 어린아이였다. 따라서 마약중독자를 수술할 때처럼 판막을 잘라내기만 할 수도 없는 노릇이었다. 만약 상황이 여기서 더 걷잡을 수 없이 악화되면, 나는 돼지 판막을 꿰매 붙이기로 마음먹었다.

일찍이 나는 오염된 혈액제제로 인한 혈우병 환자의 에이즈 감염 사례에 대해 알고 있었다. 1981년부터 1984년까지 미국에서는 혈우병 환자의 50퍼센트가 오염된 혈액을 통해 에이즈에 감염되었고, 그들 대부분이 10년 안에 사망했다. 옥스퍼드 대학병원이라고 사정이 다르지 않았다. 관련 소송이 2018년에도 여전히 진행 중이었으니 말이다. 소년의 수척한 몸은 에이즈 탓일 수도, 심내막염 탓일 수도 있었다. 확실한 감별책은 에이즈와 간염 검사를 실시하고 의료진에게 위험을 알리는 것이었다. 그러려면 우선 환자 부모의 허락부터 받아야 했다. 하지만 병원에는 필립의 어머니뿐이었다. 사람들은 내게 혹시 소년이 HIV 양성이어도 수술을 진행할 생각이냐고 직접적으로 물었다. 나는 망설임 없이 물론이라고 대답했다. 그 가엾은 아이는 짧은 생애 동안 너무 많은 고통을 받았다. 만약 누구든 나서서 치료하지 않으면, 아이는 틀림없이 며칠 내로 사망할 것이었다. 나는 스스로의 위험은 고려하지 않기로 했다. 외과의사라면 모름지기 그래야 했다. 적어도 그때는 그랬다.

필립의 어머니는 프랑스인이었다. 그녀는 아들을 에이즈와 결부하는 발언에 즉시 반감을 드러내는 한편, 이전 의료진에게는 그런 얘기를 들은 적이 없다며 목소리를 높였다. 또한 자신들이 다니던 혈우병 전문병원에서는 치료를 받다 에이즈에 감염된 사람이 단 한 명도 없었다고 덧붙였다. 그 병원이 어디냐고 묻자, 그녀는 입을 굳게 다물었다. 간염 검사는 받아보았지만, 음성이었다고 했다. 예의 그 미국인 의사는 단단한 벽을 감지했다. 그녀는 무너지기 일보직전이었다. 아들의 수술을 앞두고 어머니는 이미 스트레스가 극에 달한 상태였다. 아버지는 아직 감감무소식이었다. 이곳은 사우디아라비아였다. 엄격한 법과 독특한 문화가 존재하는 이곳에서 에이즈는 더러운 단어였다.

나는 응급수술 일정을 잡고 의료진에게 잠재적 위험을 경고하는 쪽으로 가닥을 잡았다. 하지만 내 최대 관심사는 소년의 출혈 위험을 어떻게 다스리느냐 하는 것이었다. 우선 마취의사, 체외순환사, 혈액학자, 혈액은행 사이에 유기적 소통이 필요했다. 1987년에는 혈우병 환아를 위한 심장 수술 가이드라인이 존재하지 않았다. 그러므로 우리는 하나부터 열까지 스스로 알아서 해결해야 했다. 제8 응고인자 수준을 정상으로 높이고 출혈의 위험은 낮추기 위해 필요한 농축 제제의 용량은? 환자의 몸무게에 달려 있었다. 심폐바이패스를 시작하고부터 수술이 끝난 이후까지 혈액 내 응고인자 수준을 유지하기 위해 추가로 주입해야 하는 용량은? 우리는 머리를 맞대고 투약 계획을 수립한 다음 영국의 제약 회사에 긴급히 물건을 주문했다. 응고인자 농축 제제 없이는 수술 자체가 불가능했으므로 특별히 익일 배송을 요청한 것이다. 수술 후 며칠은 제8 응고인자 수준을 6시간마다 모니터하고 적어도 일주일은 정상 수준 유지에 주력하기로 했다. 또한 혈소판의 점성을 유지하기 위해 수술 도중과 이후에는 내 마법의 지혈제 아프로티닌을 투여할 예정이었다.

소독간호사 역할은 줄리에게 부탁했다. 호주에서 온 그녀는 활달하고 유쾌한 데다 일솜씨도 굉장히 탁월했다. 필립이 간염이나 에이즈에 걸렸다고는 생각지 않는다고, 나는 그녀에게 말했다. 하지만 나 스스로도 그 말에 뚜렷한 확신이 없었다. 그러나 우리는 소년의 어머니를 믿어보기로 했다. 그 시절에는 에이즈에 대한 과잉 반응이 사회 전반에 만연해 있었다. 아직 항바이러스제 치료법이 개발되기 전인 데다 사망률도 높았으니 어찌 보면 당연한 일이었다. 또한 사람들 대부분은 에이즈 환자를 수술하는 일이 비합리적이라고 여겼다. 어차피 죽을 운명인데 뭐 하러 굳이 애쓰느냐는 분위기였다. 게이 커뮤니티에 대한 반감을 가라앉히려는 노력은 사우디아라비아에서 별다른 호응을 얻지 못했다. 사실 줄리도 내 제안에 평소답지 않게 과묵해졌지만, 결국에는 기구를 다루고 나를 안전히 보좌하기로 결심해주었다. 수술 팀에게는 일단 간염 환자를 수술할 때와 동일한 예방조치를 취하도록 지시해 두었다. 노파심이지만, 필립의 어머니가 혈청 검사를 한사코 거부하는 데는 그만한 이유가 있을 터였다.

소년을 위해 나는 교묘한 수술 계획을 수립했다. 삼첨판막의 더 큰 판막엽에서 감염성 찌꺼기를 걷어낸 다음, 그것을 부분적으로 떼어내 심실중격결손에 접근할 통로를 형성하기로 한 것이다. 그런 다음에는 우심실과 좌심실 사이에 난 그 구멍을 데이크론 패치로 막고, 손상된 삼첨판막 전엽은 소년의 심낭 조각을 이용해 확장하고 재건할 생각이었다. 외과의들은 항상 전략을 세우지만, 응급수술의 묘미는 예측이 불가능하다는 데 있었다. 나는 단순하게 가기로 했다. 만에 하나 판막이 너무 잘게 부서질 경우 그것을 그냥 치환해버리기로, 다시 말해 너무 깊은 생각이나 판단을 배제하고 수술을 더 쉽게 이끌어가기로 마음을 정했다. 다만 봉합침이 중격엽 부근에서 전도계, 그러니까 심장의 보이지 않는 전기 전달체계를 건드리지 않도록 주의해야 했다. 전도계가 손상되면 소년은 평생 심박조율기를 장착한 채로 살아야 할 테니까.

나는 무엇보다 수술의 전문적 절차와 인공심폐기의 필수적 용도, 즉 환자의 몸을 냉각시켰다가 재가온하고 혈류량을 떨어뜨렸다가 다시 끌어올리는 과정에 주의를 기울이는 한편, 혈중 칼륨 농도와 소변이 소변 주머니로 배출되는지 여부도 수시로 확인할 것이었다. 나는 스스로의 안전보다 환자의 안전을 위협하는 요인들에 집중했지만, 수술 보조자들은 그러기가 쉽지 않았다. 간염도 문제였지만, 에이즈 환자의 혈청에 노출될 가능성은 보건의료 종사자 대부분에게 차원이 다른 두려움으로 다가왔다.

하지만 그날 아침 줄리는 여느 때처럼 명랑했고, 매력적이었으며, 차분했다. 모든 간호사는 수술대 앞에 서든 서지 않든 수술 장갑과 플라스틱 얼굴 가리개를 착용했고, 순환 간호사들은 거즈를 손 대신 기다란 금속 집게로 집어 플라스틱 용기에 버리기로 했다. 줄리는 수술 장갑을 두 겹으로 끼고 니캅으로 머리를 가렸다. 또한 피가 눈에 튀지 않도록 고글까지 착용했다.

필립은 모습이 안쓰럽기 그지없었다. 관절은 변형되었고, 몸은 야위었으며, 깡마른 다리는 군데군데 멍들어 있었다. 제8 혈액응고인자 대체요법만으로 버티기에는 증세가 한눈에도 심각해 보였다. 나는 줄리와 수술 보조자들에게 물러서라고 말한 뒤 수술 톱으로 뼈를 가르기 시작했다. 골수가 수술포에 튀었고 심장과 폐 주변에 들어찬 담황색 액체가 흡인병으로 빨려 들어갔다. 삼첨판막이 기능을 멈춘 탓에 우심방은 부풀대로 부풀어 있었고, 내가 쌈지봉합법으로 심폐바이패스용 캐뉼러 주변을 밀폐하는 동안 검붉은 핏줄기가 질금질금 새어 나왔다. 줄리가 바늘에 찔리는 사고를 미연에 방지하기 위해 나는 봉합침을 지침기에 집힌 상태로 인공심폐기 도관 옆 자석 매트에 조심스레 내려놓았다. 그녀는 이 지침기를 쥐고 봉합침을 손상성폐기물통에 바로 떨어냄으로써 오염된 바늘을 손으로 만지는 위험을 피할 수 있었다.

이윽고 시야에 들어온 삼첨판막은 모양새가 포도송이 같았고 단백질을 소화할 때처럼 역한 냄새를 풍겼다. 만약 그 판막이 마약중독자의 것이었다면 미련 없이 다 잘라냈겠지만, 아이의 것이니만큼 그 썩어가는 조직을 어떻게든 살려내야 했다. 그래도 우종을 대부분 긁어내고 병에 담아 세균학 부서에 보낼 준비까지 마치고 나니, 처음처럼 상황이 나빠 보이지만은 않았다. 줄리도 한결 마음이 편해 보였다. 그녀의 안전을 위해 만전을 기하는 나의 태도에 긴장감이 누그러진 덕분이었다. 나는 마침 삼첨판막 전엽의 가운데 쪽에 뚫린 커다란 구멍을 넓혀 바로 아래 심실중격결손을 들여다보기로 했다. 그 구멍 역시 감염성 찌꺼기로 뒤덮인 상태였다. 나는 그 찌꺼기를 고압 흡인기로 빨아내는 한편, 그 와중에 그것이 좌심실로 빠져나가 뇌로 흘러들지 않도록 각별히 주의를 기울였다.

이어서 나는 우심실과 좌심실 사이의 그 구멍을 데이크론 패치로 막은 뒤 삼첨판막 전엽의 대부분을 소의 심낭으로 치환했다. 극적인 장면은 없었다. 정맥압을 낮추고 심장과 인공심폐기를 분리하는 과정도 순탄하게 진행되었다. 이제 항생제를 투여해 감염성 미생물까지 잡으면, 위험한 고비는 지나갈 것이었다. 마침내 여정의 끝이 다가오자, 수술실에 감돌던 긴장감이 사라지기 시작했다. 나는 11번 메스로 흉관이 들어갈 자리를 절개한 다음, 줄리가 칼날을 폐기할 수 있도록, 메스를 신중하고도 주의 깊게 자석 매트에 내려놓았다.

그런 다음에는 흉관과 두 줄의 심박조율기 와이어를 제 위치에 연결한 상태에서 흉골을 봉합하기 시작했다. 나는 스테인리스스틸 와이어가 달린 두껍고 예리한 바늘로 뼈를 일일이 꿰뚫은 다음, 와이어를 당겨 정연하게 늘어놓았다. 봉합침을 묵직한 금속 지침기로 집어 드는 일은 평소처럼 소독간호사에게 맡기지 않고 내가 직접 담당했다. 환자로 인한 감염의 가능성을 고려하여, 우리는 줄리가 지침기를 자석 매트에 내려놓으면 내가 그것을 집어 듦으로써 이 무시무시하게 날카로운 도구를 손에서 손으로 건네는 절차를 피하기로 합의해 둔 상태였다.

여기까지는 모든 과정이 순조로웠다. 어느덧 마지막 와이어가 흉골을 통과했고, 이제 흉골 양끝을 다시 맞붙일 차례였다. 줄리가 거즈 세기에 정신이 팔려 있는 사이, 나는 마지막 지침기를 봉합침 끝이 위를 향하도록 내려놓았다. 내 시선은 줄리가 아니라 심장에 고정돼 있었다. 나는 그녀가 곧바로 지침기를 집어 들고 바늘을 손상성폐기물통에 떨어내리라 예상했지만, 이때 그녀는 내가 아니라 순환 간호사를 지켜보고 있었다.

내가 봉합침을 내려놓았다고 말하자, 줄리는 스툴에 앉은 채 몸을 돌리다 균형을 잃고 넘어지지 않으려 반사적으로 손을 내밀어 수술대를 짚었다. 그런데 손바닥이 하필 지침기로 단단히 집힌 골 봉합침의 예리한 끝을 향해 냅다 떨어지면서, 환자의 골수에 오염된 바늘이 그녀의 손바닥에 깊숙이 박혀버렸다. 통증 때문이었을까? 아니면 자신이 바늘에 깊숙이 찔렸다는 깨달음과 두려움 때문이었을까? 그녀는 비명을 질렀다. 짐작건대 그 두 가지 이유로.

줄리는 스툴에서 일어나 뒷걸음질하며 다친 손바닥을 응시했다. 수술 장갑은 바늘을 빼낼 때 찢긴 상태였고, 상처에서는 피가 철철 흘러나왔다. 나는 그녀에게 피가 흘러나오게 놔두라고 소리쳤다. 오염된 피가 모조리 씻겨나가리라는 순진한 믿음 때문이었다. 당시에는 그런 믿음이 팽배했다. 줄리의 시선이 나를 향했다. 고글 너머 어두운 눈동자가 나를 꿰뚫어보는 듯했다. 그녀는 우두커니 서서 피 묻은 손을 나에게 내밀었다. 나는 두려웠고, 동시에 화가 났다. 피를 뚝뚝 흘리며 그녀는 이렇게 중얼거렸다. "대체 왜 바늘 끝이 위를 향하게 둔 거죠?" 나는 대답하지 않았다.

줄리 못지않게 나도 그 참혹한 몇 초에 진저리가 났다. 그녀는 혈우병과 에이즈의 관련성을 알지 못했다. 당장 그녀는 간염을 걱정했지만, 간염은 대처할 방법이 존재했다. 나는 수술대에서 물러나 피가 말라붙은 수술 장갑을 벗고 이렇게 말했다. "어디 좀 봐요." 그리고는 고릿적 방식대로, 바늘에 찔린 상처를 빨아 그 불길한 액체를 뽑아내려 했다. 그런 요법이 통할 리 만무했지만, 그녀는 나를 말리지 않았다. 분명 이상한 광경이었을 테지만, 나는 그녀의 곁에 서서 다친 손을 빨아댔다. 환자의 가슴을 닫는 일은 망연자실한 보조자들에게 맡기고, 나는 가엾은 줄리와 함께 휴게실로 자리를 옮겼다.

여전히 충격에 떨고 있는 그녀를 앉히며, 나는 머릿속으로 생각을 가다듬었다. 내가 알기로 간염 바이러스 노출 후 예방에 관련해서는 문서화된 지침이 존재했다. 나는 급히 수술실 프로토콜 책자를 찾았고, 거기에는 이런 내용이 적혀 있었다.

알려진 정보가 없다면, 감염원의 전염 여부를 확인해야 한다. B형과 C형 간염 바이러스 음성이 아닐 경우 부상 1시간 이내에 노출 후 예방을 시작한다. 부가적 보호책으로 B형 간염 면역글로불린과 함께 B형 간염 백신의 추가접종을 실시한다. C형 간염은 백신이 존재하지 않으므로 치료는 혈청전환에 대한 모니터링으로 이뤄진다.

이는 곧, 바이러스에 감염됐는지 여부를 그저 가만히 지켜보라는 얘기였다. 줄리가 그토록 격분한 이유가 바로 여기 있었다. 그녀는 이미 고국 호주에서 이와 비슷한 사고를 겪은 적이 있었다. 심장이식 수술 도중에 바늘에 찔렸는데, 공여자가 간염 보균자라는 사실이 전적으로 우연히 밝혀졌다고 했다.

나는 수술실로 돌아가 마취과의사에게 혈청 검사에 쓸 환자의 혈액을 채취해 달라고 말했다. 하지만 사우디아라비아에서는 어머니가 허락하지 않으면 불가능하다는 대답이 돌아왔다. 이미 높아질 대로 높아진 내 혈압이 지붕을 뚫고 솟구치는 순간이었다.

"닥치고 피나 뽑아요. 서류를 쓰고 시험실로 가져가는 일은 내가 말을 테니까." 나는 냅다 고함을 질렀다.

신청서에는 이렇게 적어 넣었다. "심장 수술을 마친 혈우병 환아입니다. 증세가 위중하여 치료 대상에 관한 정보의 확인차 HIV와 간염 검사를 신청합니다." 소년은 아직 수술대에 있었다. 그러므로 우선 당장은 내가 아이의 보호자였다. 나는 그저 그 검사가 환아를 위해 반드시 필요한 절차임을 있는 그대로 시험실에 납득시키면 되었다. 다만 증세가 위중하다는 부분은 거짓이었다. 필립은 상태가 양호했다. 내가 진짜 걱정하는 사람은 줄리였다. 간염도 간염이지만, 1980년대에 에이즈는 사형선고나 다름없었다. 그런고로 나는, 다친 손을 수도꼭지 아래 갖다 댄 채 피 흘리는 줄리를 남겨두고 혼자 시험실을 찾아 나섰다.

내 예상과 달리 HIV 검사의 승인과 관련해서는 별다른 충돌이 발생하지 않았다. 사우디아라비아에서 에이즈는 드문 질환이었고, 에이즈 분석법은 신기술이나 다름없었다. 그래서였을까? 오히려 그들은 분석에 적극적으로 덤벼들었다. 에이즈 분석법으로 측정하는 대상은 바이러스 자체가 아니라, 감염에 대한 반응으로 환자가 형성하는 항체였다. 그렇다면 환자가 HIV 양성일 경우 내가 그 사실을 확인하기까지 걸리는 시간은? 그들은 2시간 안에 전화를 주겠다고 했다. 하지만 문제는 소년이 정말 에이즈 환자로 밝혀질 경우 내가 취할 수 있는 조치가 거의 없다는 것이었다. 나는 줄리에게 진심 어린 애정과 더불어, 막중한 책임감을 느꼈다. 그녀의 쾌활한 성격은 이곳에서 내 삶의 크나큰 활력소였다. 어느덧 연로해진 어머니는 종종 내게 이렇게 말하곤 했다. "그 사람들 입장에서 생각해봐라. 타인의 사정을 이해하려고 노력해야 해." 어머니는 그 원칙을 아프거나 장애가 있거나 마음이 병들었거나 절대적으로든 상대적으로든 가난한 사람에게 적용해야 마땅하다고 여겼다. "그들은 모두 감정을 가진 인간이란다." 어머니는 이렇게 말하곤 했다. 하나같이 공감을 가리키는 문장이었다.

수술실에 돌아가보니 줄리는 어떤 멍청한 인간들로부터 필립이 HIV 보균자일 가능성이 있다는 말을 전해 듣고는 잔뜩 겁에 질린 상태였다. 아픈 손에 붕대를 감은 채 그녀는 아무나 무슨 짓이든 해서 자신의 두려움을 달래주길 애타게 바라고 있었다. 나는 동료 의사에게 전화를 걸어, 혹시 시내에 에이즈에 정통하고 우리를 도울 만한 미국 출신의 감염내과 전문의가 있느냐고 물었다. 다음으로는 소년의 어머니와 담판을 지어야 했다. 줄리가 에이즈 감염에 대한 두려움으로 자제력을 잃어가는 사이, 필립의 어머니는 마음을 졸이며 아들의 수술 결과를 기다리고 있었다. 다가가는 내 표정에 수심이 가득했는지, 그녀는 나를 보자마자 울음을 터뜨렸다. 나는 손을 내밀며 이렇게 말했다. "아드님은 괜찮습니다. 수술은 잘 됐어요."

모든 일에는 순서가 있었다. 나는 우선 필립의 썩어가는 심장 내부를 수술한 방식에 대해 설명하는 한편, 조만간 아들을 한 시간 쯤 면회할 수 있을 거라고 그녀에게 말해주었다. 그런 다음 나는 필립 아버지의 행방을 물었다. 그러자 "유럽 모처에" 있다는 모호한 대답이 돌아왔다. 이제는 본론으로 들어갈 시점이었다. 혈액제제 감염 스캔들로 미국과 유럽이 들썩였던 상황을 감안할 때, 소년의 HIV 양성 여부를 아무도 검사하지 않았다는 게 좀처럼 납득되지 않았다. 나는 이 문제를 추궁하게 되어 미안하다면서도, 한 젊은 간호사가 필립의 혈액에 오염되는 바람에, 아이가 에이즈나 간염 환자가 아니라는 보장이 절실해졌다고 그녀에게 상황을 설명했다. 나는 질문에 신중을 기함으로써 언어적 답변의 필요성을 차단했다. 나는 사이코패스적 성향 못지않게 심리학자적 성향도 강해서, 상대의 표정에 나타나는 변화만으로 답변을 예측할 수 있었다.

그녀가 돌연 휑한 벽으로 시선을 돌리는 순간, 나는 기회를 포착하고 다음 질문을 던졌다. "제발 말씀해주세요. 혹시 필립이 에이즈에 걸렸나요?"

수세에 몰리자 그녀는 돌연 프랑스어로 이렇게 웅얼거렸다. "네."

나는 그녀의 땀에 젖은 손을 부여잡고는, 왜 우리에게 말하지 않았느냐고 물었다.

"알았으면 수술해주지 않았을 테니까요. 아이가 죽는 걸 어떻게든 막고 싶었으니까요." 이 말을 끝으로 그 불쌍한 여인은 침대에 털썩 주저앉아 하염없이 눈물을 쏟기 시작했다. 하루가 힘겹게 흐르고 있었다.

줄리의 치료가 시급했지만, 도무지 해결책이 떠오르지 않았다. 솔직히 나는 HIV에 대해 전혀 아는 바가 없었다. 이전까지는 생각조차 해본 적이 전무했다. 하지만 줄리를 대면하기에 앞서 방향을 확실히 정해둬야 했다. 놀라운 우연으로, 불과 몇 주 전 AZT라는 에이즈 항바이러스 요법이 미국에서 승인을 받은 상태였다. 감염된 환자와 접촉한 바늘에 찔린 상처의 경우, 노출 후 되도록 빨리 AZT를 투여하는 방법이 추천되었다. 정확히는 72시간 이내에 투여해야 일말의 성공이라도 기대할 수 있었다. 그 요법을 1개월 동안 지속해야 했고, 부작용은 신부전, 오심, 구토, 설사 등이었다. 나는 시험실에 필립의 혈청검사 결과를 재촉했지만, 그들은 양성 혹은 음성이라고 단정하지 못했다. 그들은 에이즈 검사가 처음이었다. 나는 최소한 양성을 배제할 수 있는지라도 말해 달라며 그들을 더 강하게 압박했지만, 그럴 수도 없다는 대답이 돌아왔다. 혹시 환자의 혈액이 인공심폐기로 희석됐다는 점이라든가 환자에게 투여한 헤파린이나 프로타민 등의 약물이 결과에 어떻게든 영향을 미쳤을지 여부도 궁금했지만, 나로서는 알 길이 없었다.

나는 줄리에게 검사 결과는 음성이지만 만약을 대비해 AZT 예방 요법을 진행해야 하며 현재로서는 그 방법이 최선이라고 말하기로 마음먹었다. 나중에 후회하느니 안전하게 가는 편이 나았다. 또한 어느 한쪽의 입장만 배려할 수도 없었다. 나는 줄리의 스트레스를 최소화하는 동시에, 아들이 HIV 보균자임을 고백한 어머니의 심정도 온전히 헤아려야 했다. 심내막염이 가진 여러 증상을 고려할 때, 필립은 에이즈 발병기일 가능성이 높았다. 고로 집중치료실에 사실을 알리고 1인실과 방호복을 확보해야 했다. 간호사들 입장에서는 천연두나 선페스트보다 심각한 상황이었다.

AZT는 확보하지 못했다. 의료부장에게 전화로 문의했지만, 그의 대답은 요컨대 "AZT가 무엇"이냐는 것이었다. 그보다 그는 에이즈 환자가 입원했다는 사실이 알려지면 다른 환자들이 굳이 돈을 들여 그 병원을 찾지 않으리라는 점을 크게 우려했다. 한술 더 떠 그는 소년과 접촉한 모든 사람에게 즉시 에이즈 검사를 권고하는 한편, 수술실을 다시 사용하려면 확실한 청소와 훈증 소독이 필요하다고 말했다. 보아하니 그는 이 철저한 소독 요법의 범위를 공항으로까지 확대할 심산인 듯했다. 고로 나는 가엾은 줄리를 최대한 빨리 시드니로 돌려보내야 한다는 결정을 내렸다. AZT가 효과를 발휘하려면 적어도 내일까지는 도착해야 했다. 하지만 당장 다음 날 뜨는 비행기에 태우자니, 그녀의 재정에 비해 터무니없이 비싼 푯값이 문제였다. 나는 그 비용을 감당할 의무가 병원에 있으니 그들에게 문제를 따져야 한다고 확신했다. 금번의 에이즈 사건을 비밀에 부치고 싶다면, 병원 측에서 줄리를 신속히, 이왕이면 비즈니스석에 태워 떠나보내야 마땅했다.

내가 다시 간호사 탈의실로 줄리를 찾아갔을 때, 그녀는 서서히 나락으로 미끄러지고 있었다. 젊은 20대 여성에게 이런 사고는 사형선고나 다름없었다. 1987년에는 바늘에 찔린 상처를 통해 발병기의 에이즈에 감염될 가능성에 대한 자료가 턱없이 부족했다. 우리가 아는 것이라고는, 그녀의 감염 여부를 확인하기까지 제법 긴 시간이, 몇 달 혹은 몇 년이 필요하리라는 사실이었다. 그때까지는 모든 사람이 그녀를 나병 환자 대하듯 할 것이었다. 대관절 누가 그녀를 만지려 하겠는가? 키스나 성관계는 고사하고 수건을 같이 쓰는 일조차 기피할 것이었다. 그리고 나는 그 모든 상황에 책임감을 느꼈다. 소년은 나의 환자였다. 그녀를 그 수술에 끌어들인 사람도 나였다. 무엇보다 뼈아픈 부분은, 그 빌어먹을 바늘 끝이 위를 향하도록 내려놓은 사람이 바로 나라는 사실이었다. 시간을 되돌릴 수 있다면, 무슨 수를 써서라도 그러고 싶었다.

나는 이 가엾은 아가씨가 홀로 자기 방에 돌아가 말 상대도 없이 처박혀 있기를 바라지 않았다. 그녀는 술이 필요했고 나도 마찬가지였다. 불법 알코올이 있을 만한 장소는 의사들의 주거단지였다. 그래서 나는 캄캄할 때 줄리를 내 아파트로 몰래 데려가기로 했다. 그녀에겐 AZT가 필요하지만 사우디아라비아에서는 구할 수 없다고 설명하자, 그녀는 동그랗게 몸을 만 채 아무 말이 없었다. 나는 시드니의 세인트빈센트 병원에서 그녀와 함께 근무한 심장외과의 들과 면식이 있었고, 공항 가는 길에 그들에게 전화해 두기로 마음 먹었다. 그들이라면 그녀를 돌봐줄 것이었다. 비행기표는 병원 측에서 알아보기로 했으니, 줄리가 할 일은 짐을 꾸리는 것뿐이었다. 그녀는 다시 사우디아라비아로 돌아올까? HIV에 감염될 가능성이 뱀처럼 도사리는 이곳으로? 아니, 모르긴 해도 그럴 리는 없었다. 그날 아침 출근할 때만 해도 생기가 넘치던 그녀는, 가엾게도 스툴에서 잠시 비틀거린 대가로 불확실한 운명을 맞닥뜨렸다.

미국에서 새롭게 발표한 권고 사항에 따르면, 항바이러스제를 처음 투여하고 4주가 지난 뒤부터 6개월 동안은 일련의 HIV 검사를 받아야 했다. 또한 '상담'도 권장했는데, 그 의미는 불분명했다. 줄리는 HIV 양성일 수도, 음성일 수도 있었다. 그리고 결과가 확정되기까지의 기다림은 그녀가 깨어 있는 모든 시간을 지배할 것이었다. 그 밤, 그런 상황 속에서, 줄리와 술병을 사이에 두고 앉아, 나는 평소에 내 환자에게 했던 것처럼 그녀에게 위로의 말을 건넸다. 사실 위험도는 굉장히 낮고, 아침이면 상황은 더 나아 보일 것이며, 심지어 집에 돌아갈 때는 비즈니스클래스를 타게 돼 있다고 말했다. 남루한 위로라고, 나는 생각했다. 더욱이 그녀가 내 방에 함께 있는 게 발각되기라도 하면, 우리는 둘 다 철창에 갇힐 것이었고, 어쩌면 그 정도로 끝나지 않을 수도 있었다.

이후로 몇 년 동안 나는 줄리와 애써 연락을 유지했다. 시드니에서 항바이러스 치료를 받은 몇 주 내내 그녀는 끔찍하게 아팠고, 그녀의 행복한 인생과 명랑한 성격은 자발적 고립과 우울증으로 대치되었다. 그녀는 결단코 다시는 수술실에 들어가고 싶어 하지 않았다. 그녀는 과음을 일삼았고, 대인관계를 기피했으며, 돈이 떨어지면 가게에서 물건을 훔치는 지경에까지 이른 듯했다. 그녀는 결코 HIV 양성으로 판명된 상태가 아니었다. 하지만 바늘에 찔리는 사고와 에이즈에 대한 두려움은 그녀를 파멸 직전까지 몰아갔다. 하지만 완전히 파멸시키지는 못했다.

10년 뒤 나는 멜버른의 어느 학회에서 뜻밖에도 그녀를 마주쳤다. 멜버른에서 그녀는 심부전 전문간호사로 활동 중이었다. 그녀는 병원에 게시된 학회 포스터에서 내 이름을 발견하고는 자신이 새 삶을 일궈냈다는 사실을 내게 알리고 싶었다고 했다. 내게는 감정적으로 힘든 재회였다. 그때껏 나는 그 지독히 날카로운 바늘을 부주의하게 다룬 스스로를 여전히 용서하지 못하고 있었으니까. 우리는 핏빛의 호주산 메를로 와인 한 병을 함께 나눴고, 내 옥스퍼드 대학병원 '검술 간호사' 이야기에 그녀는 많이 웃었다. 지긋지긋한 제다 주스와 그녀의 손이 피 흘리던 끔찍한 밤이 꿈처럼 아득하게 느껴졌다.

필립은 수술 몇 달 후 에이즈로 사망했다. 영국에서 혈액제제를 통해 HIV에 노출된 상당수의 혈우병 환자 가운데 1,056명이 HIV 양성으로 판명됐고, 31명은 발병기 에이즈로 진행됐으며, 23명이 사망했다. 혈액제제 업계와 게이 단체들이 1982년 미국질병관리본부가 축적한 증거를 거짓으로 몰아세우지 않았더라면, 위 결과의 상당 부분은 충분히 막을 수 있었다. 이에 따른 후속 조치로 나는 옥스퍼드 대학병원 심장외과 환자 전원에 대하여 간염과 HIV 검사를 정례적으로 시행할 필요성을 주장하기 시작했다. 이 제안은 곧

벽에 부딪혔다. 이미 무수한 혈액검사가 정례적으로 시행되고 있었음에도, 위험한 바이러스들에 대해서는 환자의 동의가 없으면 혈액검사를 시행할 수 없었다. 이유인즉, 그 치명적 질환들은 보균자의 개인적 습관과 관련이 있으므로 통념상 타인이 관여할 수 있는 영역이 아니라는 것이었다. 내 수술실 의료진의 권리는 안중에 없는 듯했다.

내 주장의 의도는 혈청검사에서 양성반응을 보인 환자들을 차별하거나 거부하자는 것이 아니었다. 나는 그저 줄리처럼 최전선에서 애쓰는 이들에게 자신을 보호할 기회, 더 정확히는 그런 수술에 참여할지 여부를 스스로 선택할 기회를 부여하고 싶었다. 내 관점에서는 수술 팀이 접촉할 모든 환자의 혈액을 검사하는 것은 지극히 당연했다. 그러므로 나는 뜻을 굽히지 않았다. 수술 팀을 보호하면 결국 그 혜택이 모든 환자에게 돌아간다고 나는 생각했다. 고로 나는 정례적 검사를 시작할 시스템이 마련되지 않는 한, 나 또한 연례적 간염 검사를 거부하기로 결심했다. 하지만 이 결심은 우리 팀의 안녕을 보장하기는커녕, 병원 정책과 빌어먹을 규칙에 대한 의료부장과의 언쟁을 촉발했다.

탁상행정의 대명사답게 일반의료심의회General Medical Council는 '오로지 보건의료 종사자의 이익만을 위한 혈청검사는 불법'이라고 선언했다. 하지만 만약 간호사나 체외순환사처럼 날마다 혈액에 파묻혀 사는 이들이, 혈청검사를 받지 않은 실제적 양성 환자로부터 간염이나 에이즈에 의도치 않게 감염될 경우 그들은 그 바이러스를 타인에게, 즉 자신의 배우자나 자녀는 물론이고 심지어 다른 환자에게까지 옮길 수 있었다. 한데 우리가 마주하는 대상의 실체를 알 수 없는 상황이 나는 도무지 이해되지 않았다. 자구책으로 나는 보다 폭넓은 대중의 이익을 도모한다는 명분하에, 혈청검사에서 양성이 나올 가능성이 다분한 환자의 수술을 종류에 관계없이 모두 거부하겠다고 으름장을 놓았다. 누가 봐도 의미심장한 경고였지만, 그 위협 역시도 공허한 울림에 불과했다. 마치 옥스퍼드 유니언 Oxford Union의 토론회를 보는 듯했다. 그사이 HIV에 대한 공포는 점차 확산돼 갔다. 혈액이나 예리한 기구, 복잡한 장비와 매일 접촉하는 사람들은 보호를 받는 것이 지당했다.

수년 동안 나는 수많은 HIV 양성 환자를 방호복을 입지도 장갑을 두 겹으로 끼지도 않은 상태에서 수술해 왔다. 나는 스스로 평소와 다름없이 행동하는 것이 중요하다고 여겼다. 왜냐하면 예민하고 초조한 상태에서는 오히려 사고를 당할 위험이 커지기 때문이었다. 세계보건기구의 평가에 따르면, 2000년 한 해 동안 바늘에 찔리는 사고로 감염된 의료진은 B형 간염의 경우 66,000명, C형 간염의 경우 16,000명, 에이즈의 경우 1,000명에 달했다. B형 간염 환자의 바늘에 찔린 의료진 가운데 10퍼센트가 결국 감염되었고, C형 간염의 감염률은 2퍼센트보다 낮았으며, 에이즈의 경우 0.3퍼센트에 불과했다. 다만 말기 에이즈 환자의 혈액은 감염성이 훨씬 더 높았다. 그러니까 줄리는 운이 좋았던 셈이다. 지난 25년간 에이즈에 대한 항레트로바이러스 요법과 예후가 눈에 띄게 개선된 것은 사실이지만, 의료진이 바늘에 찔리는 사고를 예방하는 과정은 여전히 험난하고, 불확실하고, 불유쾌하다. 결국 나는 현역 시절 숱하게 바늘에 찔리고도 요행히 '깨끗한' 상태로 은퇴했다. 어느덧 임상 간호사가 된 '검술 간호사 아이린'의 싸움은 아직 끝나지 않았다.

2018년 10월, 비로소 언론이 생각하는 NHS 최악의 의료 참사는 무엇인가에 대한 최초의 공식적 조사가 이뤄졌다. 조사의 첫 단계는 에이즈와 간염 바이러스에 감염됐던 사람들의 증언을 수집하는 것이었다. 법정에서 재생된 어느 동영상 속 남성은 어린 시절 무릎이 부어 혈우병으로 오진되는 바람에 감염된 혈액제제를 투여받았고, 이로 인해 C형 간염에 감염됐다는 사실을 43세에 알게 된 이후로 삶을 송두리째 잃어버린 듯한 기분에 휩싸였다고 말했다. 한 여성은 혈우병 환자였던 망부에게서 에이즈가 옮았다고 진술했다. 그녀의 말에 의하면, 그들은 침묵을 강요당했고 입을 굳게 다물었다. 단순히 수혈을 받은 환자 가운데서도 무려 3만 명이 감염됐다고 했다. 미국에서 공급되는 전혈과 혈액제제의 유료 공여자 10만 명 가운데 상당수는 수감자이거나 고위험군에 속해 있었다.

어째서 이런 일이 발생한 것일까? 이유는 NHS의 고질적인 재원 문제에 있었다. NHS는 치료 수요를 따라잡는 데만 급급할 수밖에 없었다. 그로써 20년 동안 혈우병을 비롯한 출혈성 질환 환자의 약 5천 명이 감염되고 그중 절반이 사망하는 결과가 빚어진 것이었다. 영국 정부 법무 팀은 "분명 일어나서는 안 될 일이 일어났다"며 과오를 인정했다. 엘리너 그레이 왕실 고문 변호사는 잉글랜드 보건사회복지부를 대신해 이렇게 사과했다. "죄송합니다. 일어나선 안 되는 일이 일어났습니다." 그들은 필립의 어머니에게 이렇게 말했어야 한다. 호주의 줄리에게 이렇게 말했어야 한다. 또한 나를 비롯해 그 모든 스캔들이 덮이는 바람에 여전히 감염의 위험에 노출된 NHS 직원 수천 명에게 이렇게 말했어야 한다.

8장

압박

외과의사의 관점에서 볼 때 작디작은 심장에 선천성 결함을 가진 어린아이의 수술은 성인의 경우에 비해 기법 면에서 더욱더 까다롭다. 그러므로 우리 외과의들은 대뇌피질 및 뇌간부터 손끝의 축까지 정교하게 연마해야 한다. 그와 동시에 공감 모드는 잠시라도 '꺼둬야' 한다. 우리 외과의는 누구나 불안에 전염될 수 있다. 타인의 두려움이 우리의 마음에 옮는 것이다. 이 과정에서 우리는 몸짓언어를 사용하고 말을 얼버무리는가 하면 감정을 공공연히 드러내는데, 이런 증상은 환자 부모에게 자녀의 수술에 관해 설명할 때 특히 심각해진다.

객관성을 유지하기 위해 소아외과 전문의는 남몰래 마음에 튼튼한 벽을 쌓아야 한다. 그래야 비탄과 두려움, 공황의 파도로부터 스스로를 지킬 수 있다. 그렇다고 냉담해지거나 사이코패스가 되라는 뜻은 결코 아니다. 요컨대 타인이 분출하는 감정의 압박을 견디는 능력은 일종의 후천적 방어기제다. 그것 없이 외과의로서 업무를 수행하기란 불가능에 가깝다. 타인의 자녀를 수술하는 일에는 특별한 책임이 뒤따른다.

케임브리지 대학의 최근 연구에 따르면, 사람들은 교육과 환경을 통해 공감 능력을 습득한다. 케임브리지 대학의 심리학자들은 인간의 공감 수준을 드러내도록 설계된 질문서를 사람들에게 제시한 다음, 이에 응답한 46,000명을 대상으로 유전적 특징을 분석했다. 그리고 연민을 비롯해 타인의 감정에 적절히 반응하는 능력이 사람마다 다르게 나타나는데, 유전은 겨우 10퍼센트밖에 기여하지 않는다는 결론을 내렸다. 여성은 남성에 비해 높은 공감 능력을 타고난다. 하지만 공감 능력은 후천적 성격이기도 해서, 의사와 군인은 필요에 따라 공감 능력을 무력화하는 법을 후천적으로 학습할 수 있다. 내 어머니는 공감 능력이 남달랐다. 하지만 나는 아이들의 심장을 다루는 외과의로서 어머니의 DNA로부터 물려받은 그 성격을 후천적 학습을 통해 떨쳐냈다. 이렇듯 공감 능력은 정적인 현상이 아니다. 압박의 강도가 약해지면, 공감 능력은 회복될 수 있다. 또한 직장에서의 공감 능력은 가정에서의 공감 능력과 다르다. 나는 늘 내 아이들을 걱정했고, 특히 아들 마크가 승부욕 넘치는 럭비 선수가 되어 소싯적의 나 못지않게 무서운 속도로 돌진할 때면 증세가 더욱 심각했다.

어느 정도 예상은 했지만, 옥스퍼드 대학병원에 어린이 심장수술 프로그램을 구축하기란, 단지 수술 집도의로서 역량을 갖추는 문제와는 완전히 차원이 달랐다. 그럼에도 나는 커클린과 파시피코 선생 곁에서 선천성 심장병 환아를 수술하고 런던의 그레이트오

먼드스트리트 어린이 병원에서 근무한 경험 덕분에 그 같은 도전을 자신 있게 추진할 수 있었다. 두려워하는 부모 곁에서 병색이 짙던 청색아가 혈색을 되찾은 뒤, 그간 어깨를 짓누르던 짐들을 모두 내려놓고 기뻐하는 가족과 함께 행복하게 퇴원하는 장면을 지켜보는 것보다 뿌듯한 일은 내게 없었다. 그 아이의 부모와 조부모, 형제들은 어느 외과의사가 자신들을 위해 한 일을 평생 잊지 않을 것이었다. 나는 이런 것에서 동기를 부여받았다.

시간과 에너지, 감정 몰입 면에서 엄청난 희생을 요구했지만, 그 모든 것을 감수할 만큼 나는 이 일에서 강한 만족감을 느꼈다. 여러 훌륭하고 헌신적인 소아심장내과 전문의와 마취과 전문의, 집중치료실 전담의가 내 뒤를 든든하게 받쳐주었다. 또한 이 일은 나를 위한 것이기도 했다. 소아심장외과는 옥스퍼드 대학병원의 자랑이었다. 라이벌인 케임브리지 대학병원이 팝워스에 세운 심장흉부 전문병원에는, 최고의 이식 프로그램을 보유한 의료기관답지 않게 소아심장외과가 없었다.

우리의 시작은 보잘것없었다. 그야말로 무에서 시작했기에, 한동안 우리는 영국에서 가장 규모가 작은 소아심장 전문병원이라는 지위에 머물러야 했다. 하지만 선의와 넉넉하고 관대한 기부 덕분에 우리는 옥스퍼드 어린이 병원을 남부럽잖게 키워낼 수 있었다. 우리는 세계 최고 수준의 산과와 신생아 집중치료실은 물론 소아외과적 전문성을 두루 갖춤으로써, 안전한 심장 수술의 필수적 토대를 착실하고 단단하게 다져놓았다.

나이가 들어가면서 내가 외과의로서 삶을 대하는 관점도 마침내 원숙해졌다. 비교적 최근인 2017년, 나는 침수된 휴스턴에서 강연을 앞두고 있었다. 매서운 허리케인이 일대를 강타한 바로 다음 주였고 개인적으로는 어린이를 수술하는 일에서 손을 뗀 지 오래된 시점이었다. 비서 수가 챙겨준 슬라이드 출력물을 찬찬히 훑어보는데, 웬 봉투 하나가 눈에 들어왔다. 이런 게 있다는 얘기는 못 들었는데? 어쨌건 텍사스 심장 연구소까지 줄곧 나와 동행한 그 봉투 속에는 아래와 같은 편지가 들어 있었다.

웨스터비 선생님께

안녕하세요! 저는 라이마입니다. 17년 전인 열 살 때 선생님께 수술을 받았지요. 솔직히 2년 전까지만 해도 저는 로스 수술이 얼마나 막막한 도전이었고 제가 이렇게 회복된 것이 얼마나 큰 행운인지를 깨닫지 못한 채 살아왔어요. 저는 이제 스물여섯이 되었고, 얼마 전 호주에서 심리학 석사 학위를 취득했습니다. 요전에 방문한 심장내과 선생님은 제가 아이를 가져도 될 만큼 건강하고 가까운 미래에 수술을 요할 가능성은 없다고 하셨어요. 저는 이 결과가 1차와 2차 수술 당시에는 불가능에 가까웠다는 사실을 잘 알고 있습니다. 제게 인생을 경험할 기회를 주셔서 마음 깊이, 진심으로 감사하다는 말씀을 드리고 싶어요. 조만간 영국에 들러 어린 시절 추억의 장소들을 남편에게 보여줄 예정입니다. 목록의 첫 줄에는 선생님과 옥스퍼드 래드클리프 병원이 적혀 있어요. 그때 꼭 그곳에 들러 선생님을 뵙고 싶습니다.

애정을 가득 담아,

라이마 xxxx 올림

하지만 나는 그때 옥스퍼드를 떠나 있었고, 결국 성장한 라이마를 한 번도 만나지 못했다. 수는 이 편지를 챙겨 내 출장용 서류 틈에 슬쩍 넣어두었다. 연락처는 따로 적혀 있지 않았다. 고로 나는 이 편지에서 받은 크나큰 감동을 라이마에게 전할 길이 없었다. 불과 얼마 전까지만 해도 나는 이런 문제를 그리 깊이 생각하지 않았다. 그냥 이번에도 어린 시절 복잡한 수술을 받았던 누군가가 감사 편지를 보냈나 보다 하고 건성으로 넘기기 일쑤였다. 나는 아이의 입장에서 생각하지 않았다. 아이의 망연자실한 부모를, 그때 그 세 번째 대수술을 끝으로 아이를 영영 못 볼지 모른다는 두려움에 떨고 있었을 그들을 걱정하지도 않았다. 심지어 그들을 만났는지조차 가물가물했다. 한밤중에 날아가 새벽 수술을 집도한 기억도 딱히 떠오르지 않았다. 그 시절 내 주된 관심사는 그저 묵묵히 손끝을 단련하는 것이었다. 대화는 다른 사람들의 일이었다. 하지만 이제 상황은 달라졌고, 나는 라이마를 만날 수 없음에 낙담하고 있었다. 라이마가 조만간 어머니가 될지 모른다는 소식에 나는 이상하게도 그녀를 지켜주고픈 기분이 들었다. 또한 그녀의 아이에게는 어머니의 질환이 유전되지 않기를 소망했다.

라이마는 좌심실유출로협착증과 너무나도 작은 대동맥을 갖고 태어났다. 결과적으로 그녀의 심근은 위험하리만치 두꺼운 데다가 작디작은 몸으로 혈액을 내보내기 위해 지나치게 열심히 일해야 했다. 라이마의 어머니는 이내 문제를 직감했다. 모유수유는 즐거움이 아니라 괴로움이었다. 처음에는 제법 열심히 빠는 듯했지만, 아이는 금세 지쳐 숨을 가쁘게 쉬다가 울음을 터뜨리곤 했다. 의사들의 설명에 따르면, 라이마는 '성장장애'였다. 아이는 여느 아기처럼 포동포동하고 해맑기는커녕 수척하고 가련했다.

아기의 들썩거리는 가슴에 귀를 기울이면, 흉골 뒤에서 뚜렷한 잡음과 거친 소음이 들렸다. 작고 힘센 심실이 좁디좁은 구멍으로 혈액을 짜내는 소리였다. 일반의에게 진찰을 받아봤지만, 청진기만으로는 정확한 진단이 불가능했다. 조심스레 추측하기로는, 심장 안에 없어야 할 작은 구멍이 나 있는 것 같다고 했다. 안타깝게도 상태는 그녀의 예상보다 심각했다. 구멍의 존재나 위치에는 문제가 없었다. 문제는 크기가 너무 작고, 안쪽의 대동맥판막이 3개의 반월판으로 구성돼 있지 않다는 점이었다. 고로 깡마른 라이마를 살찌우려면, 아기의 머리를 쓰다듬으며 다 좋아지리라는 말로 어머니를 다독일 것이 아니라, 큰 병원에서 치료를 받게 해야 했다. 그대로 뒀다가는 조만간 치명적인 문제로 진행될 것이 자명했다.

옥스퍼드 대학병원 소아심장내과의 노련한 의사 닐 윌슨은 라이마를 응급환자로 분류했다. 그가 초음파 검사로 5분 만에 내린 진단에 의하면, 라이마는 심각한 대동맥판막협착증과 경계성 형성저하성 좌심증후군이 동반된 상태였다. 쉽게 말해 대동맥판막이 좁고, 좌심실은 너무 작으며 지독히도 두껍다는 뜻이었다. 첫 치료 계획으로 윌슨은 내가 대동맥판막 절개술을 통해 아기의 뻣뻣하고 두꺼운 판막을 열어주기를 원했다. 그로써 심부전 증상을 완화하고 좌심실 성장을 도모하기 위해서였다.

고로 나는 바로 그날 어린 라이마를 수술실로 옮겼다. 검은 비닐 소재의 널찍하고 반들반들한 수술대 위에서 그 작고 창백한 몸은 마치 길을 잃은 듯 보였다. 우리는 부착성 플라스틱 시트를 통해 흉골께만 보이도록 아이의 몸에 푸른 리넨 수술포를 덮었다. 밑에서는 가느다란 갈비뼈들이 인공호흡기 박자에 맞춰 위아래로 들썩거렸다. 아이의 피부와 흉골 사이에는 심지어 출생 시보다 줄어든 지방층이 얇게 자리했다. 나는 그 피부와 지방층을 메스로 단번에 갈랐고, 아직 여물지 않은 흉골은 수술 톱 대신 날 선 가위로 길게 이등분했다. 이어 스며 나오는 골수를 전기소작기로 그슬린 다음, 가장 작은 크기의 금속 견인기를 끼워 넣었다.

아기들의 심낭 앞쪽은, 노랗고 통통한 흉선으로 많은 부분이 가려져 있다. 흉선을 제거하고 반들반들한 잿빛 심낭을 가르자, 이윽고 버둥거리는 심장이 모습을 드러냈다. 아기의 심낭을 가르는 일은 깜짝 생일 선물을 열어볼 때와 비슷하다. 안에 무엇이 들었는지는 심장초음파로 예상이 가능하지만, 포장을 뜯는 순간만큼은 마음이 두근거린다. 마치 우리 집 근처 블레넘 궁전의 우드스톡 게이트를 통과할 때처럼, 숱하게 겪어본 과정인데도 매번 놀라운 충격에 휩싸이는 것이다. 모든 아기의 심장은 제각기 다르고 독특하다. 늘 새로우나, 종종 위협적이다. 라이마의 소멸할 듯한 대동맥과 좌심실이 그랬다. 둘 다 초음파 영상에서 짐작한 대로 발육이 미진한 상태였다. 대동맥은 인공심폐기에 연결할 체외순환용 캐뉼러 중 최소 사이즈만 겨우 들어갈 정도로 가늘었다. 이는 대동맥판막의 세 반월판이 융합되어 통로가 바늘구멍처럼 좁아졌다는 뜻이었다. 고로 우리는 그 구멍을 넓혀야 했다. 그래야 라이마의 생명을 지킬 수 있었다.

신생아 심장 수술은 그야말로 긴장의 연속이다. 심폐바이패스 회로에서는 아기의 몸속에서보다 더 많은 액체가 순환하고, 이로 인해 수술의는 난감한 질문들에 봉착한다. 혈액은 얼마나 희석할 것인가? 아기의 혈류량과 체온은 어느 정도가 적절한가? 호두처럼 작고 두꺼운 심장을 멈추려면 얼마만큼의 심정지 용액이 필요한가?

외과의는 혼자 일하지 않는다. 그러나 내가 만약 수술 보조자들의 업무까지 하나하나 챙겨야 했다면, 나는 세세한 수술 기법에 온전히 집중할 수 없었을 것이다. 행복이란 일관된 수술 팀이다. 미국의 경우처럼 같은 의료진이 모든 수술을 함께하는 것이다. 그때그때 시간이 되는 아무나가 아니라, 내가 믿고 일을 맡길 수 있는 나만의 정예부대가 필요하다. 내 열정적이고 국제적인 동료들이야말로, 바로 그 정예부대였다. 그들은 배우겠다는 일념으로 모든 수술에 적극적으로 참여했다. 나는 미국과 호주, 일본, 남아프리카공화국에서 온 최고의 전문가들에게 둘러싸여 있었다. 출신은 중요하지 않았다. 열의가 있느냐 없느냐가 중요했다. 징징대는 전임의는 정말이지 아무짝에도 쓸모가 없었다. 유럽 기준의 노동시간을 채우고 퇴근 준비까지 마친 상태에서 어쩌다 근무자 명단에 올라 마지못해 내 수술실에 들어온 이들 말이다. 휴식을 비축한다고 훌륭한 외과의가 되는 건 아니다.

좁아진 대동맥의 자그만 근부와 체외순환 캐뉼러 간 교통을 클램프로 차단시킨 상태에서, 대동맥판막 위쪽에서 분지되는 두 주요 관상동맥의 입구를 조심스레 피해가며, 나는 가로로 절개를 가했다. 작은 아기의 주요 관상동맥과 그것의 막들을 훼손시키면, 관상동맥 혈류가 끊기면서 심근 수축이 중단되고 혈액순환이 멈춰버린다. 일이 잘못되려면 끝도 없이 잘못되는 법이다. 실수에 한계란 없다. 정상아의 대동맥판막은 투명에 가까운 세 개의 첨판을 갖는다. 선천성 대동맥판막 협착증을 가진 아기들은 두 개의 두꺼운 첨판이 융합된 경우가 흔하다. 한데 라이마는 단 한 개의 단단한 첨판을 갖고 있었다. 이런 경우는 드물었다. 구멍이 아주 작은 화산 모양의 판막이었다. 이런 판막을 갖고도 출생 과정에서 살아남았다는 것 자체가 기적이었다. 분만을 거치며 신진대사가 뒤엉켜버린 상황에서는 두꺼운 좌심실 근육에 세동이 발생하기 십상이니 말이다.

이제 나는 그것을 가르고 최대한 넓게 벌려야 했다. 그러려면 정확한 평가가 필요했다. 정상적인 대동맥판막처럼 세 개의 첨판을 형성해야 할까, 아니면 새의 부리처럼 열리도록 두 개의 첨판을 형성해야 할까? 나는 후자를 선택하기로 했다. 그 두꺼운 교원질 덩어리를 일반적 형태로 재건하기에는 변형이 너무 심각했다. 나는 그 작은 구멍을 기점으로 판막류의 둘레까지 신중히 두 개의 절개선을 그었다. 이제 판막은 바다오리 부리 모양이 되었지만, 두껍고 뻣뻣한 상태는 여전했다. 그러므로 적당한 시기에 추가 수술이 필요할 터였다. 하지만 이 첫걸음만으로도 혈류의 개선과 좌심실의 성장을 기대할 수 있었다.

교차형 클램프를 제거하자, 심장은 심실세동이 나타나며 꼬물거리고 꿈틀거리기 시작했다. 그러다 아주 자연스럽게 움직임을 멈추더니 섬유성 보호막 안에서 꼼짝하지 않았다. 하지만 나는 걱정하지 않았다. 인공심폐기가 라이마의 작은 몸속으로 따뜻한 혈액을 들여보내고 있었으니까. 그리고 나는 그 심장이 다시 뛰리라는 걸잘 알고 있었으니까. 내가 텅 빈 우심실을 겸자 끝으로 콕 찌르자, 우심실은 딱 한 번 반사적으로 수축했다. 마치 꺼지라고, 모처럼의 휴식을 방해하지 말라고 경고하는 듯했다. 얼른 다음 수술로 넘어가고픈 마음에 나는 우심실을 다시 콕 찔러보고는 심박조율기 와이어를 준비시켰다. 내 의도를 간파한 심장은 전기충격을 맛보느니 스스로 다시 뛰는 쪽을 선택했다. 환자감시장치의 동맥혈압 그래프에 굴곡이 나타나기 시작했다. 동맥이 혈액을 내보내고 있다는 뜻이었다. 하지만 심장은 여전히 비어 있었다. 체외순환사를 시켜 적당량의 혈액을 채우자, 동맥 그래프의 굴곡이 더 뚜렷해졌다. 심장도 봉쇄가 풀려 더욱 행복해 보였다. 고로 우리는 라이마의 혈관에서 인공심폐기 회로를 분리했다.

사실 라이마의 대동맥판막 절개술은 그날 집도한 수술 가운데 쉬운 축이었다. 다음 아기는 태어난 지 고작 사흘째였고, 대동맥궁 단절로 인해 대동맥이 머리와 오른팔 방향의 혈관 가지를 낸 뒤, 말 그대로 끊겨 있었으며, 심실중격결손으로 인해 우심실과 좌심실 사이의 벽에 큼직한 구멍이 뚫려 있었다. 이와 같은 아기들이 태어난 뒤에도 생존하기 위해서는 동맥관이 존속돼야 한다. 즉 단절된 대동맥 원위부와 폐동맥을 연결하는 태생적 임시 통로가 출생 이후에도 남아 있어야 한다. 하지만 그렇게 되면 아기의 상반신은 원활히 산소화된 혈액이 순환하여 불그스름해지는 반면, 하반신은 폐동맥의 탈산소화된 혈액이 순환하여 푸르스름해질 수 있다. 그러니까 이른바 어릿광대 징후가 나타나는 것이다.

만약 동맥관이 정상적 수순대로 출생 직후에 막혀버리면, 하반신 전체의 혈류가 차단되어 아기는 사망할 수밖에 없다. 아기의 생명을 지키는 유일한 길은 호르몬을 주입하여 마치 아기가 여태 자궁에 들어 있는 양 동맥관을 속이는 것이다. 내 임무는 아기의 작디작은 상행대동맥과 하행대동맥을 잘라 연결하고, 출생 직후 닫혔어야 할 동맥관 조직을 확실히 제거하는 것이었다. 문제의 혈관들은 크기가 어린이용 빨대와 비슷하기 때문에 실제 수술 과정은 설명 만큼 간단치 않았다. 성공을 위해서는 반드시 아기의 체온을 섭씨 18도까지 낮추고 혈액순환을 완전히 멈춰야 했다.

냉각이 충분히 이뤄지려면 아기를 인공심폐기에 연결한 뒤 약 30분을 기다려야 했다. 그사이 나는 데이크론 패치를 사용해 양 심실 사이의 구멍부터 막기로 했다. 마치 셔츠 단추를 골무 안에서 꿰매 다는 기분이었다. 끊긴 동맥의 양 끝은 거리가 상당히 멀다. 원위부, 그러니까 심장에서 상대적으로 먼 부위의 끝은 가슴 뒤쪽에서 아래로 내려가며 흉벽에 많은 가지를 낸다. 그러므로 원위부를 앞으로 당길 때는 움직임에 신중을 기해야 한다. 또한 너무 많은 혈관가지를 자르지 않도록 유의해야 하는데, 방심했다가는 자칫 척수의 혈액 공급이 부족해질 수 있기 때문이다.

수많은 기법적 고려 사항은 수술을 더욱 복잡하게 만들었고, 설상가상 그 모든 과정이 뇌와 심근으로 가는 혈류가 끊긴 상태에서 진행돼야 했다. 그러므로 이 수술은 시간과의 싸움이었다. 일단 새로운 대동맥을 형성한 뒤에는 인공심폐기를 재가동시켜 아기의 체온을 다시 섭씨 37도까지 끌어올려야 했다. 문제는 이때부터였다. 흉곽의 어둡고 오목한 자리에 군데군데 혈액이 고이기 시작했다. 대단한 속도는 아니었지만, 양상이 꾸준했다.

체온을 다시 높이는 데 걸리는 시간은 통상 30분 정도였다. 평소에 나는 그 시간을 틈타 보조자에게 자리를 넘기고 수술실을 빠져나가 방광을 비우곤 했다. 하지만 이번에는 그럴 수 없었다. 어서 출혈 지점을 찾아 피를 멈춰야 했다. 만에 하나 출혈 지점이 척추에 맞닿아 있을 경우 난관이 예상되는 상황이었다. 마침내 나는 출혈

지점을 찾아냈다. 흉벽의 한 동맥에 아주 작은 티타늄 클립이 떨어져 있었다. 출혈도 잡았으니, 이제 수술이 끝난 심장을 원위치시켜야 했다. 한데 심장이 좀처럼 말을 듣지 않았다. 이미 인공심폐기의 정지와 재가동을 몇 번이나 반복했는데도 심장은 뛰기만 할 뿐 혈액을 내보내려 하지 않았다. 인공심폐기를 분리하려는 세 번째 시도까지 실패로 돌아갔을 때, 나는 아기가 살아남지 못하리라고 생각했다.

그 시절에 그러한 아기들은 다섯 명에 한 명꼴로 수술을 버텨내지 못했다. 이쯤에서 포기하고 집으로 돌아갈까 하는 생각이 빼꼼 고개를 내밀었다. 어느덧 저녁 6시. 사람들 대부분이 일을 마칠 시간이었다. 그러나 내가 여기서 하루를 끝내버리면, 이 어린것의 생명은 물론 가엾은 부모의 세계 또한 여기서 끝날 수밖에 없었다. 그러므로 우리는 싸움을 멈추지 않았다. 보조 약물을 투여하고 인공심폐기에 더 오래 연결해 두는 것만으로는 심장을 강화하는 데 무리가 있었다. 게다가 이제 좌심실 둘레의 5분의 1은, 수축 운동이 불가능한 데이크론 패치로 이뤄져 있었다. 이에 더해, 혈류가 끊길 때마다 심근 기절까지 반복되면서 상황은 벼랑 끝으로 치닫고 있었다. 요컨대 순환 보조장치 없이는 죽음을 피할 수 없는 형국이었다.

어린아이들에게 적합한 순환 보조장치는 오직 한 종류뿐이었다. 독일의 베를린하트BerlinHeart사가 개발한 그 체외 심실 보조장치는 공기를 동력으로 심장의 펌프 역할을 수행하게 만들어져 있었다. 나는 옥스퍼드 대학병원에서 딱 한 번 그 장치를 써본 적이 있었다. 심근증에 걸린 남자아이가 심장을 이식 받을 때까지 아이의 생명을 유지하기 위해서였다. 그 장치를 구입하고 독일에서 리어젯으로 공수해 오는 비용은 내 연구 기금을 털어 지불했다. 하지만 NHS는 그 장비에 대한 구입비를 지급하지 않았고, 그로 인해 나는 내 수술대에서 죽어가는 이 아기에게 쓸 장치를 미처 확보하지 못한 상태였다.

내가 가진 장비라고는 실험을 위해 미국에서 보내온 성인용 순환 보조장치 한 대가 전부였다. 레비트로닉스Levitronix사가 개발한 이 원심형 혈액 펌프는 무료로 제공받은 5대 가운데 마지막으로 남은 것이었다. 나머지 4대는 모두 쇼크에 빠진 환자를 살리는 데 사용되었다. 이 성인용 장치를 신생아에게 사용할 수 있을까? 확실히 선례는 없었다. 그 장치를 아이에게 사용하는 것에 대한 정식 승인을 받지 못한 상태였고, 기법적으로도 몇 가지 극복해야 할 난제가 남아 있었다.

먼저 인공심폐기와 관련하여, 레비트로닉스사의 회로는 어린이의 몸 전체를 순환하는 혈액보다 더 많은 용량의 액체를 수용할 수 있었고, 그러므로 과도한 희석을 피하기 위해서는 도관을 혈액으로 채워야 할 터였다. 또한 이 펌프는 분당 5리터에서 7리터의 혈류를 제공했는데, 몸무게가 70킬로그램인 성인 남성에게는 충분하고도 남는 양이라면, 몸무게가 1.7킬로그램인 아기에게는 너무 지나치게 많은 양이었다. 우리는 혈류량을 대폭 낮추는 한편, 항응고제의 용량은 높여 혈전 형성을 예방해야 했다. 하지만 여기에는 흉강 내 출혈이나 뇌내출혈의 위험이 증가하는 역효과가 뒤따를 터였다. 마지막으로 소아 집중치료실의 간호사들은 그 장치를 다뤄본 경험이 없어, 성인 진료 팀에게 도움을 청해야 하는 실정이었다.

이렇듯 내가 통례에서 벗어난 요법을 시도할 때마다 누군가는 경영진에게 불만을 제기했고 경영진은 나를 해고하겠다며 으름장을 놓았다. 그래서 내가 생각을 바꿨느냐고? 천만에. 우리에게는 외과의사별 환자 사망률을 발표하면서도 정작 환자의 목숨을 구하는 데 필요한 장비는 제공하지 않는 NHS가 있었다. 한가하게 옳고 그름을 따질 계제가 아니었다. 체외순환사들은 도전에 뛰어들 준비가 돼 있었다. 그도 그럴 것이, 긴 수술 끝에 깨끗하게 씻기고 헝겊에 싸인 채 놓인 신생아의 창백한 주검을 보고 싶어 하는 사람은 아무도 없었다. 간호사들은 특히 심정이 절박했다. 경리 직원들이 비용 절감을 자축한답시고 한참 일찍 펍으로 떠났을 시간에, 자기들끼리 남아서 시신을 처리하고 싶지는 않았을 테니 말이다.

레비트로닉스사의 심실 보조장치를 회로에 연결하는 과정은 단순했다. 나는 아기의 가느다란 대동맥 관류용 도관은 원래 위치에 남겨둔 상태에서 정맥 배액관의 위치만 우심방에서 좌심방으로 옮겼다. 그러고는 심폐바이패스를 끝내려는 마지막 시도조차 쓰라린 실패로 돌아간 뒤, 우리는 결국 인공심폐기를 멈추고 재빨리 조정에 돌입했다. 1분, 2분, 3분. 아기의 생사가 걸린 시간이 째깍째깍 흘러갔다. 만약 정상체온에서 혈액순환을 정지하고 이보다 긴 시간을 지체했다면, 아기는 뇌에 돌이킬 수 없는 손상을 입었을 터였다.

4분이 지나기 전에 우리는 순환 보조장치를 연결했고 회전자가 회전을 시작하자 분당 1리터의 혈액이 아기에게 공급되었다. 아기는 혈압이 낮고 맥박이 약하긴 했지만, 아직 살아 있었다. 베를린 하트사의 박동형 심실 보조장치와 달리, 레비트로닉스사의 연속류형 심실 보조장치는 비박동성 혈류를 공급한다. 맥박이 뛰지 않는 환자를 집중치료실에서 보살피기란 실로 난관의 연속이지만, 성인용 순환 보조장치에 정통한 우리 간호사들이 병원으로 돌아오고 있었다. 도관을 삽입하고 그 위로 아기의 작은 가슴을 덮으면서도, 솔직히 나는 수술의 성공을 전혀 기대하지 않았다. 여전히 잘못될 수 있는 것투성이였다. 하지만 실낱같은 회복 가능성만으로도 노력할 가치는 충분하다고 나는 생각했다. 그 노력이 없었더라면, 이때쯤 나는 우중충한 보호자 대기실에서 아들 잃은 부모를 만나 비참한 대화를 나누며, 스스로도 온전히 이해하지 못하는 감정을 그들에게 전달하려 애써야 했을 테니까. 일찍이 나는, 스스로 그런 일을 감당하지 못할 만큼 심약한 상사들을 대신해 종종 그와 같은 처지에 놓여본 적이 있었다.

나는 간호사들과 함께 아기의 병상 곁에 앉아, 해가 지고 어둠이 깔리는 풍경을 바라보았다. 그때 그 간호사들 가운데 원래 '당직'인 사람은 아무도 없었다. 다만 우리는 이 가족을 위해 최선을 다하며 평소처럼 시답잖은 대화를 주고받을 따름이었다. "이 펌프를 꼭 아기에게 써야 했어요?" 한 간호사가 내게 물었다. "그럼 아이를 옳다구나 하고 영안실로 보내요? 그럴 거면 이 일을 왜 합니까?" 이 대답 뒤에 나는 머릿속으로 다음 문장을 덧붙였다. '싫으면 그냥 꺼지든가.' 하지만 입 밖으로 내뱉지는 않았다. 라이마는 옆 병실 침대에 누워 있었다. 곁에서는 애타는 부모가 아이의 작은 손을 한쪽씩 붙잡고 있었다. 아이는 아직 약물로 인해 꿈나라를 여행 중이었지만, 분명 잘 버텨주고 있었다.

레비트로닉스사의 순환 보조장치를 장착한 지 사흘 만에 아기의 작은 심장은 회복되었다. 심장이 충분히 강해졌다는 확신이 들자마자 우리는 아기를 다시 수술실로 데려가 그 무시무시한 장치를 모조리 제거했다. 2주 뒤 아기는 행복해하는 부모와 함께 병원을 떠났다. 미국 기업에서 무상으로 제공한 그 장비가 남아 있지 않았더라면, 행복하게 귀가하는 대신 장례식을 치러야 했을 터였다. 기증품으로 굴러가는 의료시스템이라니.

라이마가 병원을 떠나던 날을 나는 기묘한 이유에서, 정확히는 그날 내가 수술한 심방중격결손 삼 형제 때문에 여전히 기억한다. 삼 형제의 어머니는 수술을 앞두고 정신이 산란한 나머지 아이들을 수술실에 들여보낼 순서를 쉽사리 정하지 못했다. 그녀의 고통을 덜어주기 위해 소아 집중치료실에서는 세 아이를 모두 같은 날 받아들이고 간호사를 몇 명 더 배치하기로 결정했었다.

그로부터 4년 뒤 나는 라이마를 다시 만났다. 당시 그녀는 윌슨 선생의 면밀한 감독하에 6개월마다 심장초음파검사를 받고 있었다. 처음에는 경과가 훌륭했다. 심부전은 사라졌고, 섭식도 몰라보게 나아졌으며, 사랑스럽고 활발한 여자아이로 성장하고 있었다. 또한 좌심실의 성장도 두드러졌다. 그러다 점차 모든 게 다시 느려지기 시작했다. 흉골 바로 뒤쪽의 잡음은 다시 뚜렷해졌고, 초음파 영상에서는 뻣뻣하고 좁아진 대동맥판막과 더욱 두꺼워진 심장근육이 관찰되었다. 진료실의 분위기는 무겁게 내려앉았다. 또 한 번 수술이 필요한 시점이었다. 윌슨은 비교적 덜 침습적인 풍선확장술로는 문제를 해결할 수 없다고 판단했다. 고로 나는 라이마를 다시 수술실에 들였고, 입학을 앞둔 그 소녀를 성심껏 치료했다.

다시 들여다본 대동맥판막은 제법 자란 상태였지만 구멍이 다시 좁아져 있었다. 1차 수술 때와 마찬가지로 나는 날카로운 메스로 그 협소한 구멍에서 바깥 방향으로 절개를 가함으로써, 아이의 두 꺼워진 두 첨판이 움직일 수 있도록 만들어주었다. 판막 아래로는 두툼한 심장근육이 길을 막아버린 상태라, 나는 조직을 살짝 도려내 좌심실의 유출로를 확장시켰다. 제법 나아 보이긴 했지만, 상황을 낙관하기는 어려웠다. 내 기억으로 그때 나는 소녀가 길어야 2년 밖에 버티지 못하리라고 생각했다. 어쨌건 라이마는 다시 회복되었고, 깡충거리며 해맑게 병원을 떠났다. 하지만 아이의 부모는 언젠가 다시 돌아와야 한다는 사실을 알고 있었다. 소녀는 스스로를 파괴하는 기관을 지닌 채 태어났고, 다음번에는 판막치환술만이 유일한 선택지일 터였다.

어린아이에게 이식해도 좋을 만큼 작은 인공심장판막은 존재하지 않는다. 하지만 판막치환술이 완전히 불가능한 것은 아니다. 시도해 본 외과의가 거의 없을 정도로 복잡하고 위험하긴 해도, 한 가지 해볼 만한 수술법이 있기는 하다. 문제의 수술법을 나는 그것의 고안자이자 내 옛 상사인 국립심장병원National Heart Hospital의 도널드 로스Donald Ross에게 직접 전수받았다. 로스는 환자의 폐동맥판막을 떼어 대동맥판막의 자리로 옮기는 한편, 심장에서 상대적으로 압력이 낮은 폐동맥판막의 자리에는 기증된 시신에서 채취한 폐동맥판막을 이식하는 기발한 수술법을 생각해 냈다. 성인 환자에 대한 수술의 성공률은 꽤 높았다. 하지만 어린아이에 대해서는 심지어 로스조차도 그 기법을 시도한 적이 없었다.

나는 로스에게 수술의 절차와 주의 사항을 전수받았고, 1995년 외과의로서는 처음으로 그 수술법을 아기에게 적용했다. 응급 제왕절개수술을 받은 뒤 심장에서 잡음이 포착된 남자 아기였다. 불과 몇 시간 뒤 아기의 좌심실은 고투 끝에 기능을 상실했고 혈류가 부족해지면서 몸이 창백하게 변해갔다. 나는 서둘러 아기를 수술실로 옮긴 뒤, 라이마에게 했던 수술을 그대로 실시했다. 그러니까 아기를 인공심폐기에 연결하고는 판막을 갈라 폐색을 완화시킨 것이다. 라이마처럼 그 아기도 태어난 지 겨우 하루밖에 되지 않은 상황이었다. 다음 날 초음파 영상에서는 혈류의 개선이 확인되었고, 아기는 집중치료실에서 며칠을 지낸 뒤 무사히 가족과 함께 집으로 돌아갔다.

6주 뒤 그 아기의 판막은 눈에 띄게 딱딱해졌고, 좌심실의 수축 운동도 시원찮았다. 당장 무슨 조치든 취하지 않으면, 아기는 그대로 사망할 수밖에 없었다. 고로 나는 황소의 뿔을 잡기로, 즉 로스 수술을 감행하기로 결심했다. 정작 로스 선생은 그토록 작은 심장에 그토록 위험한 수술을 시도하는 나를 단단히 미쳤다고 생각했겠지만 말이다. 게다가 이식재를 구할 일도 걱정이었다. 부검실에서 어린아이의 대동맥판막을 채취해야 했으니 말이다.

자리를 바꾼 폐동맥판막이 새로운 위치에서 잘 자라주리라는 확신은 없었다. 다만 확실한 것은, 기증된 시신에서 채취한 폐동맥판막은 자라지 않으리라는 점이었다. 그러므로 되도록이면 큰 판막을 구해야 했다. 하지만 죽은 아기들이 줄줄이 대기하지 않는 이상은 선택이 단연코 불가능했다. 그럼에도 요행히 우리는 사고로 사망한 세 살 어린이의 판막을 확보할 수 있었다. 물론 그 아이의 가없는 부모 입장에서는 비통한 일이었지만, 죽은 자식이 다른 아기의 생명을 살렸다는 데서 부부는 일말의 위안을 얻었다. 언젠가는 그 판막도 고장 나겠지만, 적어도 아기가 십 대 소년으로 성장하는 동안에는 버텨줄 것이었다.

수술은 시작부터 난관의 연속이었다. 좌심실이 형편없이 망가진 탓에 아기의 작고 뻣뻣한 폐는 흡사 담황색 물웅덩이에 떠 있는 듯했다. 심부전으로 인해 심낭 안에는 더 많은 물이 차 있었는데, 내가 구멍을 내자 기다렸다는 듯 주룩 쏟아져 나왔다. 그런가 하면 대동맥은 너무 좁아서 가장 작은 관류용 도관을 끼워도 막혀버릴 듯 보였다. 그것을 미세하게 절개하여 도관을 삽입하려던 나의 첫 시도는 수술 팀에게 핏물만 흩뿌린 채 실패로 돌아갔다. 하지만 두 번째에는 도관이 제대로 들어갔고, 나는 아기를 인공심폐기에 연결한 뒤 차가운 심정지 용액으로 심장을 정지시켰다. 이제 책에 나오는 가장 골치 아픈 심장 수술이 나를 기다리고 있었다. 심지어 대상은 작아졌고 마땅한 선례도 없었다. 하지만 그 수술법은 엄연히 로스의 것이었다. 나의 수술법이 아니었다.

나는 이 관류용 도관 아래쪽에서 대동맥을 절단한 다음, 주요 관상동맥의 기시부를 시침핀 머리보다 작은 단추 모양으로 대동맥에서 도려냈다. 이 관상동맥 단추들은 아기의 얇디얇은 폐동맥 자가이식편에 정연하면서도 너무 팽팽하지는 않게 다시 심겨야 했다. 거기에 아기의 목숨이 달려 있었다. 수술실에 적막이 흘렀다. 음악 소리도 불필요한 말소리도 들리지 않았다. 이따금 마취과의사 마이크 싱클레어가 장막 너머로 고개를 내밀고 진행 상황을 물으면, 나는 멀었다고, 여간 까다로운 수술이 아니라고 반사적으로 답하곤 했다. 하지만 여유를 부리지는 않았다. 우리는 온 힘을 다해 시간에 맞서고 있었다. 심폐바이패스에 의존하는 시간이 길어질수록, 심장의 혈류가 차단되는 기간도 길어져, 환자의 사망 가능성이 높아질 수밖에 없었다.

특히 내 아드레날린이 솟구치는 단계는, 좌관상동맥의 원가지에 인접한 심실중격에서 폐동맥판막 근부를 잘라내는 일이었다. 그러기 위해서는 심장근육에 파묻힌 그 중요한 혈관과 1밀리미터도 채 떨어지지 않은 부위를 번쩍이는 메스 날로 정교하게 절제해야 했다. 마치 석고 벽에 그림을 걸기 위해, 벽 속에 파묻힌 고압 전선을 애써 피해가며 못을 박는 듯한 기분이었다. 나는 그 혈관가지의 대략적 위치를 알고 있었지만, 그 위치가 확실하다고 장담할 수는 없었다. 더욱이 나는 생애 처음으로 성인에게 로스 수술을 집도하다가 봉합 과정에서 문제의 보이지 않는 관상동맥을 막아버리는 바람에 두 어린 자녀를 둔 젊은 엄마를 잃을 뻔한 전적이 있었다. 사실 그녀는 로스 수술보다 더 단순하고 덜 위험한 판막치환술로도 충분히 치료가 가능한 환자였다. 고로 만약 그때 그녀가 죽었더라면, 이후로 나는 절대 로스 수술법을 시도하지 못했을 터였다.

고진감래라고 했던가. 마침내 나는 좌심실의 유출로를 넓히고 그 가느다란 관상동맥들의 기시부를 새로운 대동맥 근부에 옮겨 심었다. 폐동맥 근부를 잘라내며 생긴 틈은 공여된 폐동맥판막으로 메워졌다. 마치 마술처럼. 이 모든 과정을 우리는 제시간에 성공적으로 끝마쳤다. 뿐만 아니라 새롭게 자리한 판막은 두 곳 다 새지 않았다. 클램프를 제거하고 피를 다시 심장으로 들여보내는 순간 나는 마치 외과의가 아니라 인생작의 마지막 붓질을 갓 마친 화가가 된 듯한 심정이었다. 심장의 유출로를 전면적으로 개조하는 이 기법은 실로 발견의 여정이었다. 로스는 환자의 폐동맥판막이 대동맥의 혈류를 견디고 생명력을 유지한다는 점에서, 그것이 아이의 몸속에서 자랄 가능성을 긍정적으로 예측한 바 있었다. 이제 우리는 그 가설의 진위를 가려낼 수 있을 터였다. 어쩌면 이로써, 그간 아기들을 죽음으로 몰아온 대동맥협착증의 치료법이 마침내 확립되는지도 모를 일이었다.

그때껏 나는 유독 로스 수술법을 애써 삼가온 터였다. 이유는 간단했다. 실제로 나 말고도 수많은 외과의가 로스 수술법을, 기존의 상품화된 판막을 성인 환자에게 이식하는 더 단순하고 덜 모험적인 대동맥판막 치환술에 비해 지나치게 위험하다고 여겼다. 그 와중에 로스 수술을 과감히 시도한 외과의들은 종종 치명적인 실수를 저지르곤 했다. 하지만 어린 환자의 경우 유일한 대안은 사망한 기증자의 대동맥판막을 이식하는 것이었고, 이런 판막은 칼슘을 흡수하여 이내 굳어버리기 때문에 아이가 성장해도 자라지 않는다는 결점이 있었다. 나는 로스 수술을 회피하느라 몇몇 어린이에게 대동맥 동종이식편을 쓴 적이 있었고, 거의 매번 그 결정을 후회했다.

라이마는 열 살이 되어 다시 돌아왔다. 아이는 학교에서 친구들과 뛰놀 수 없었다. 운동장을 가로질러 걷기만 해도 숨이 가빴고, 목이 졸리는 느낌에 공황발작을 일으키기 일쑤였다. 흥분하면 가슴 한가운데가 쥐어짜는 듯 아팠다. 아이의 삶은 갈수록 비참해졌고, 부모는 세 번째 심장 수술을 예감하며 필연적인 불안에 휩싸였다. 복잡한 재수술은 언제나 불확실성과 우리 손으로 어린 생명을 스러지게 할 가능성으로 점철돼 있다. 물론 그 가능성이 현실화되는 경우는 드물었다. 하지만 나이가 들고 일관된 수술 팀을 모으기가 어려워지면서, 나는 위험을 더욱 의식하게 되었다.

우리는 어떤 환자의 수술이건 실행을 결정하기에 앞서 여러 분야의 전문의로 구성된 팀 회의에서 토론을 거쳤다. 그 무렵 닐 윌슨은 판막이 좁아진 어린이에 대한 풍선확장술과 관련하여 영국 최고의 권위자가 되어 있었다. 그는 끝에 풍선이 달린 카테터를 다리 동맥에 삽입한 뒤 방사선 영상을 가이드 삼아 대동맥까지 거꾸로 밀어 올렸다. 그런 다음에는 라텍스 풍선을 팽팽하게 부풀려 폐쇄된 판막엽이 벌어지게 만들었다. 이때 바람직한 결과는 판막의 각 첨판이 서로 융합된 경계선을 따라 분리되는 것이었다. 하지만 늘 그렇게 되지는 않았다. 때로는 판막이 엉뚱한 방향으로 찢어지며 심각한 누출이 발생하기도 했다. 하지만 재능과 담력이 남달랐던 윌슨은 라이마 같은 아이들의 판막을 태아기에 자궁 내에서 확장하는 경지에 이르렀다. 정말이지 웬만한 용기로는 엄두도 낼 수 없는 일이었다.

나는 여느 때처럼 심장내과가 주도한 그 회의에서, 라이마에게 다시 풍선판막성형술을 시도하자는 결론이 내려질 것으로 예상했다. 하지만 예상은 빗나갔다. 새로 도입한 MRI 장비의 상세하고 음울한 영상 속에서 라이마의 판막은 두껍고 울퉁불퉁하고 딱딱한 상태였다. 단순히 '해보자'는 생각만으로 아이를 또다시 전신마취시키기에는 상황이 녹록지 않았다. 일찍이 나는 유아에게 최초로 시행한 로스 수술에 관한 글을 학술지 《심장Heart》에 발표한 상태였고, 그날 그 회의의 참석자들은 내가 라이마에게도 그 수술을 시행해주기를 바랐다. 더 이상의 임시적 조치는 무의미하다고 판단한 것이다.

그렇다고 대안이 아주 없지는 않았다. 비록 라이마는 또래에 비해 체구가 작았지만, 판막을 제거하고 좌심실의 유출로를 더 넓힌 뒤 가장 작은 크기의 기계 판막을 이식하는 정도는 가능할 수도 있었다. 짐작건대 로스 수술법보다는 훨씬 더 간단한 방법일 터였다. 그러니까 세 번째 수술이 과연 간단할 수 있는가 하는 문제는 차치하고 말이다. 하지만 그 경우 라이마는 여생 동안 항응고제 와파린을 복용해야 할뿐더러, 몇 년 뒤에는 더 큰 판막이 필요해질 터였다. 더욱이 그렇게 되면 임신은 설사 불가능하진 않더라도 끔찍한 악몽으로 귀결될 것이 자명했다.

두 수술을 놓고 다 같이 머리를 맞댄 끝에 윌슨은 이런 결론을 내렸다. "기계 판막을 이식하면 환자는 뇌졸중이라든가 항응고제로 인한 출혈의 위험을 평생 안고 살아야 해요. 그런 식의 타협은 비겁합니다." 그러더니 그는 나를 지목하며 이렇게 덧붙였다. "일전에 아이들에 대한 로스 수술을 설명한 적이 있죠? 그냥 그걸로 갑시다."

고로 우리는 그 결론을 실행에 옮겼고, 운 좋게 좋은 결과를 얻었다. 마침 동종이식편 조직 은행에는 성인 기증자의 폐동맥판막이 보관돼 있었다. 바라건대 그 판막은 라이마의 몸속에서 언제까지고 버텨줄 것이었다. 우리가 로스 수술법으로 치료한 아이들을 수년 동안 지켜본 바에 의하면, 실제로 그들의 폐동맥판막은 새로운 위치에서 정상적으로 자라고 있었다. 결과적으로 우리는 기적에 가까운 장기적 성공을 제법 거두었다. 뿐만 아니라 기증된 판막들도 압력과 스트레스가 비교적 많이 낮은 우심실 출구에서 기대보다 훨씬 더 오래 버텨주었다.

그러므로 나는 텍사스 심장 연구소 관련 서류 틈에서 발견한 라이마의 편지에 대한 답장을, 나로서는 그녀의 소재를 알아낼 길이 없다는 변명과 함께 마침내 이곳에 적는다.

라이마에게

라이마가 옥스퍼드 대학병원에 다시 찾아왔을 때, 만나지 못해서 진심으로 안타까웠어요. 위험천만한 수술을 세 번이나 받았지만 나를 만난 기억은 전혀 없을 거예요. 하지만 나는 라이마를 아주 잘 알고 있답니다. 그래서 그 힘든 시기에 내가 라이마와 라이마의 부모님께 각별히 마음을 썼다는 사실을 알려주고 싶었어요. 라이마 덕분에 로스 수술법은 더 폭넓은 성공의 가능성을 인정받게 되었어요. 이제 로스 선생은 우리 곁에 없지만, 라이마의 소식을 들었다면 틀림없이 기뻐하셨을 거예요. 라이마가 아이도 많이 낳고 행복하게 살기를 바랍니다. 누군가 이 편지를 보고 라이마에게 전해준다면 참 좋겠네요.

라이마와 가족 모두에게 안부를 전합니다.

웨스터비 교수가.

9장

희망

죽음의 신은 지치지도 않고 병원 복도를 어슬렁거린다. 긴 낫을 든 채, 내가 일을 망치기만을 바라며. 나는 가끔 그 기대에 부응했고 대개는 부응하지 않았다. 하지만 내가 싸워보지도 않고 그에게 넘긴 환자는 단연코 한 명도 없었다. 내 좌우명은 암울했던 제2차 세계대전 시기에 윈스턴 처칠이 영국인에게 했던 연설의 한 토막이었다. "우리는 결코 항복하지 않을 것입니다." 처칠의 무덤은 블레넘 궁전 영지에서도 내 달리기 혹은 '비틀거리기' 코스 중간 지점에 위치했다. 이제는 나이 들어 완주하기 힘들어진 그 길 위에서 나는 폴란드 레지스탕스가 기증했다는 벤치에 앉아 그와 이야기를 나누곤 했다. 그곳에는 사계절 내내 꽃들이 종종 '희망의 샘은 마르지 않는다'라는 메모와 함께 놓여 있었다. 내게는 희망이 있었다. 내 환자와 그들의 가족도 마찬가지였다. 병원에는 비단 사랑과 희망과 성취뿐 아니라, 실망과 슬픔이 건물 곳곳 혹은 내 수술대 밑을 기웃거렸다. 이 중 어느 쪽을 맞닥뜨리게 될지는 수술의의 기량과 환자의 회복력, 그리고 노력 여하에 달려 있었다. 요즘 세상에도 사랑과 희망과 성취라는 것이 존재한다면 말이다.

춥고 우울한 2월 아침 대동맥판막 치환술을 마치고 환자에게서 인공심폐기를 분리하려는데, 수술실 출입문 틈으로 금발의 누군가가 초조하게 고개를 내밀었다. 이번에는 소아심장내과 전임의였다. 듣자 하니 소아 집중치료실에 대단히 위급한 문제가 발생해 내가 당장 가봐야 할 상황이었다. 내 환자의 심장은 힘차게 뛰고 있었다. 고로 나는 수술 보조자에게 자리를 넘긴 뒤 데자뷔의 기운을 느끼며 수술대에서 물러나 피범벅이 된 수술 장갑을 벗어 던졌다.

"응급 상황이 아니기만 해." 내가 할 수 있는 말이라고는 그것뿐이었다.

우리 과 전임의는 내가 일을 믿고 맡길 만한 사람이었다. 하지만 일전의 쓰라린 경험은, 아직 안심하고 떠나기엔 이르다고 내게 말하고 있었다. 집중치료실은 반듯한 복도를 따라 90미터 남짓 떨어져 있었고, 가는 도중에 응급실을 지나야 했다. 금발의 전령은 무심결에 상당한 스트레스를 표출하며 빠른 걸음으로 나를 앞서 나갔다. 내가 도착했을 때 그녀는 이미 집중치료실의 육중한 출입문을 연채 붙잡고 있었다. 보호자 대기실과 안쪽 병실 사이의 여닫이문은 수간호사가 붙잡고 있었다. 그들의 의도는 분명했다. 그들은 몸짓으로 나를 재촉하고 있었다. 빨리 들어가보라고, 대체 왜 꾸물거리는 거냐고.

침대 주위로 녹색 장막을 둘러뒀지만, 갈라진 틈으로 보이는 부산한 움직임과 내부의 삭막한 풍경에서 나는 죽음의 기운을 읽어낼 수 있었다. 누군가 나의 도착을 알렸지만, 누구도 고개를 들지 않았다. 그들은 소피를 소생시키려 애쓰고 있었다. 가녀리고 시체처럼 창백한 열다섯 살의 소녀였다. 마취과와 심장내과, 소아과 의사들이 모두 한 사람을 에워싸고 있었다. 소녀의 심장을 향해 깊숙이 꽂힌 길고 굵은 주삿바늘이 시선을 붙들었다. 커다란 주사기로 뽑아낸 핏빛 액체가 삼방향밸브를 거쳐 플라스틱 주머니로 흘러들고 있었다. 그때까지 채워진 양만 0.5리터에 달했다. 여태 그 액체가 양쪽 심실을 압박하고 있었다는 뜻이었다. 마취과의사는 고무 재질의 검정색 공기 주머니를 규칙적으로 쥐어짜며, 소녀의 목구멍에 꽂힌 튜브와 주름진 플라스틱 관을 통해 뻣뻣한 폐에 산소를 불어넣고 있었다. 나는 본능적으로 환자감시장치 화면을 훑어보았다. 심박수는 분당 130회로 지나치게 빨랐다. 혈압은 정상의 절반 수준이었지만, 그 정도는 괜찮았다. 그러니까 아예 측정되지 않는 것보단 낫다는 뜻이다. 불행 중 다행으로 소녀는 이미 의식을 잃어, 가슴에 문제의 바늘이 꽂혀 있다는 사실을 전혀 모르고 있었다. 죽음의 신이 그녀를 데려가려 하고 있었다. 하지만 심폐소생 팀은 순순히 보내줄 생각이 없는 듯했다.

진짜 싸움은 지금부터였다. 지금까지도 이미 여러 작은 전투를 치른 상태였지만 말이다. 소녀의 진료기록을 담은 갈색 서류철이 테이블에 펼쳐져 있었다. 첫 장은 그녀를 처음 치료했던 지역 종합병원의 기록지로, 다음과 같은 내용이 실려 있었다.

2월 16일 일요일. 오후 11시. 열, 경부 강직, 두통, 근육통. 토요일 오후부터 무릎과 팔꿈치 통증이 시작됨. 자고 나니 나아졌지만 여전히 아프다고 함. 토요일 저녁 아버지 집에 갔을 때 체온이 섭씨 40도까지 오름. 두통, 구토, 전신통이 악화됨. 어제는 종일 침대에 누워 있었음. 오늘 200밀리그램 이부프로펜 4알을 복용했지만 두통이 악화됨. 구토 3회. 현재 경부 강직과 전반적 다리 통증이 있음. 심박수 104. 혈압 95/90. 진단 바이러스성 질환. 단, 뇌수막염 배제. 동공 정상.

이 모든 시련으로도 부족했던 것일까? 이어서 그녀는 수련의의 요추천자 실패를 세 번이나 견뎌야 했다. 요추천자의 목적은 척추관에서 뇌척수액, 그러니까 뇌를 둘러싸는 액체의 표본을 받아내는 것이다. 뇌수막염에 걸리면 이 맑고 투명한 액체는 백혈구로 인해 탁하게 변하고 최악의 경우 세균이 들어차 우윳빛으로 바뀐다. 나는 채링크로스 병원에서 수련의로 근무할 당시 요추천자를 시행해 본 경험이 제법 있었다. 그때 나는 관절염에 걸린 척추골 사이로 긴 바늘을 서서히 찔러 넣으며 좁은 공간으로 들어가는 경로를 힘들게 찾아내곤 했다. 환자도 나도 끔찍이 싫어하는 일이었지만, 나는 뇌척수액을 찾지 못하고 포기한 적이 단 한 번도 없었다. 많은 경우 환자의 목숨이 그 일에 달려 있었다. 하지만 소피의 의사들은 실패했고 포기해버렸다. 이는 용납할 수 없는 일이었다. 만약 뇌수막염이었다면 그녀는 벌써 사망했을 터였다. 대신에 그들은 소피의 팔에 정맥주사를 연결했다. 수액을 투여하고 혈액을 채취하여 혈류에 세균이 존재하는지 확인하기 위해서였다.

그 후로 12시간 동안 소피의 증세는 극도로 위중해졌다. 정맥내 점적주사로 항생제를 투여했지만, 세균을 분리하지 못한 채 추측에만 의존하다 보니 환자의 상태는 갈수록 악화되었다. 다음 날 저녁에는 혈압이 내려가기 시작했고 심박수는 120회까지 올라갔다. 결국 소피는 지역 종합병원 내 관상동맥 집중치료실로 옮겨졌다가, 구급차에 실려 옥스퍼드 대학병원 소아 집중치료실로 이송되었다. 그사이 환자의 상태는 패혈증성 쇼크를 일으킬 정도로 나빠져 있었다. 따라서 강력한 혈관수축제를 투여해 혈압을 60수은주밀리미터보다 높게 유지해야 했다. 다음 날 아침 미생물 검사실에서는 소피의 혈액에서 대량의 황색포도상구균이 배양됐다는 소식을 알려왔다. 황색포도상구균은 피부에 흔히 존재하는 미생물이지만, 혈류로 유입되면 극히 위험해지는 특성이 있었다.

　이때 소피의 오른손 손등이 아프고 열이 나더니 붉게 부어오르기 시작했다. 집중치료실 전담의들은 그것을 화농성 관절염으로 진단했다. 그날 저녁 병동 전임의가 긴급히 심장초음파검사를 실시했지만, 별다른 소견을 발견하지 못했다. 걱정스러운 부분은 문제의 황색포도상구균이 페니실린에 내성을 갖는다는 사실이었다. 이에 항생제 투약 계획이 변경되었다. 소피는 갈수록 숨쉬기를 버거워했고 환각에 빠지기 시작했다. 급히 촬영한 흉부 방사선사진에서는 흉강 내 양쪽 폐 주위로 솜털 모양의 음영과 축적된 체액이 관찰되었다.

　다음 날 아침 성형외과 의사들은 손의 감염이 혈류 감염의 원인이라는 판단하에 손에서 고름을 뽑아내기로 결정했다. 하지만 반대로 혈류 감염이 화농성 관절염의 원인일 가능성도 배제할 수는 없었다. 급히 찍은 한 장의 방사선사진과 간밤의 어설프고 부정확한 초음파로는 어느 쪽이라고 단정할 수 없는 상황이었다. 환자의 위독한 상태를 감안해 수술은 오로지 국소마취만으로 시행되었는데,

가엾은 소피에게는 가혹한 처사가 아닐 수 없었다. 예상대로 문제의 관절에서 뽑아낸 액체에서도 동일한 황색포도상구균이 배양되었다. 또한 아처 선생이 재차 촬영한 심장초음파에서는 심장 주위로 축적된 액체가 관찰되었다. 소피는 빈혈이 생겼고, 혈압을 일정하게 유지하려면 정맥주사액이 더 많이 필요했다. 설상가상으로 체온 차트는 흡사 월스트리트의 불안정한 증시 그래프처럼 계속 등락을 거듭하고 있었다.

소피가 옥스퍼드 대학병원에 실려 온 날로부터 일주일 뒤, 아처 선생은 새로운 심장 잡음을 포착했다. 심장초음파로 촬영한 승모판막에서는 누출이 관찰되었고, 심장 주위에는 더욱더 많은 액체가 고여 있었다. 그사이 액체는 밀도가 제법 높아져 비로소 고름처럼 보이기 시작했고, 소피는 이제 빈혈이 너무 심해져 수혈이 필요한 상태였다. 초조한 가족이 소피의 침대 주위로 모여들었다. 강력한 항생제를 투여했음에도 병세는 여전히 위독했다. 어머니 피오나와 언니 루시는 소피를 떠나보낼 마음의 준비를 하고는 병원 보호자실로 옮겨와 그곳에서 생활하고 있었다. 항생제며 수액이며 혈압약을 더 많이 투여했는데도, 소피는 여전히 나아질 기미가 보이지 않았다. 무섭게 오르내리는 체온과 심화되는 섬망, 무서운 야간 환각이 소피를 괴롭히고 있었다. 게다가 증세가 이토록 심각한데도, 명확한 진단명은 여태 오리무중이었다.

다음 날 아침 내가 그곳에 불려갔을 때는 소피의 상태가 이미 걷잡을 수 없이 악화돼 있었다. 마침내 심혈관 허탈과 호흡정지가 나타나면서 결국 소아 심폐소생 팀에 심장외과 의사까지 호출된 상황이었다. 환자를 살리려면 공격적인 소생법이 필요했다. 우선 기관에 튜브를 삽입해 호흡을 조절한 다음, 흉강에서 감염된 액체를 뽑아내 심장의 압력을 완화시켜야 했다. 이런 이유로 그 거대한 주삿바늘과 주사기가 등장한 것이었다. 혈압이 나아지기 시작하자 아처 선생은 초음파 탐촉자를 들고 참상의 원인을 내게 보여주었다. 예전부터 감염돼 있던 승모판막이 압력을 견디다 못해 갈기갈기 찢겨 있었고, 거기에 커다란 감염성 단백질 덩어리들이 대롱대롱 매달려 있었다. 보아하니 다들 금방이라도 탈주해 뇌로 흘러들어갈 기세였다. 만약 소피가 심장 압박을 요하는 상태였다면, 십중팔구 이미 떨어져나가 심각한 뇌졸중을 유발했을 터였다.

이제 더는 지체할 시간이 없었다. 환자를 곧장 수술실로 옮겨 망가진 판막을 교체해야 했다. 이런 상황에서 가정이나 망설임, 논쟁은 사치였다. 혈압은 언제든 다시 나빠질 수 있었다. 감염이 이기고 있었다. 좌심실이 분당 130회라는 속도로 미친 듯이 수축할 때마다, 혈액은 더 무서운 기세로 대동맥을 향해 전진하는 것이 아니라 좌심방을 향해 후퇴하고 있었다. 소피의 심장은 혈액을 내보내는 펌프 기능을 거의 상실했고, 양쪽 폐에는 물이 차오르고 있었다. 앞선 초음파검사에서 이 협동적 세균의 조직 파괴 본능을 간과했거나, 세균의 공격성이 너무 강해서 그 어떤 치료법도 먹히지 않는 것이 틀림없었다.

그날 나의 두 번째 수술 환자는 이미 전투약을 투여받고 마취실로 이송되는 와중이었다. 상황이 상황인지라, 가엾게도 그녀는 수술실 문 앞에서 돌려보내졌다. 심장 수술에 대한 마음의 준비를 이제 겨우 마치고 가슴이 두근거렸을 환자나 대기하던 가족에게는 그야말로 청천벽력 같은 소식이었다. 나는 다시 수술실로 돌아가 위중한 십 대 소녀를 위한 응급 승모판막 치환술을 준비시켰다. 나는 아직 환자의 이름조차 알지 못했다. 그때껏 나는 소녀의 이름을 묻지도, 심란해하는 부모나 언니와 대화를 나누지도 않았다. 그냥 그럴 만한 시간이 없었다.

일정의 변경을 통보한 뒤, 나는 다시 집중치료실로 돌아갔다. 아처는 보호자 대기실에서 환자 가족과 면담 중이었다. 소피의 가족은 아이가 죽어가고 있다는 사실을 아처에게 들어 충분히 이해하고 있었다. 이미 아처는 그 난감한 절차를 마치고 상황이 그토록 나빠진 이유까지 설명한 상태였고, 스산한 세 얼굴 위로 수심의 그늘이 짙게 드리워져 있었다. 아이의 임박한 죽음을 조금이라도 더 편안히 느끼도록 가족에게 설명할 방법은, 아마도 약간의 희망을 주는 것일 터였다. 희망은 마법의 언어였고, 나는 그것을 전할 책임이 있었다. 나는 몸에 밴 낙관주의와 자기 확신으로 무장한 채, 비록 감염으로 승모판막이 완전히 망가지긴 했으나 수술로 그것을 교체할 수 있다고 설명했다. 운 좋게 수술실을 신속히 확보했으니 지체 없이 수술을 시행해야 한다고도 말했다. 그리고 마지막으로, 인공판막을 이식하면 소피는 와파린이라는 항응고제를 평생 복용해야 한다는 사실까지 고지했다. 인공판막을 이식한 환자들은 와파린으로 간의 혈액응고인자 생산을 감소시켜야 했다. 나는 추가적 질문은 나중에 받기로 하고, 당장 소피의 병상을 수술실로 직접 밀고 가겠다고 말했다. 환자 이송원을 기다리기에는 상황이 너무 급박했다. 반드시 지금 움직여야 했다.

우리는 마취실을 건너뛰고 소피의 의식 없는 몸을 곧장 수술대에 눕혔다. 필요한 도관과 전극은 대부분 수술실 내 환자감시장치에 바로 연결할 수 있도록 조치해 두었고, 내가 사용할 기구들은 모두—환자의 어중간한 나이를 감안해 소아용과 성인용 세트가 함께—푸른 리넨 위에 펼쳐져 있었다. 간호사들도 준비를 마친 상태였다. 희고 폭신한 거즈들은 신중히 수를 센 뒤 한쪽에 차곡차곡 쌓아놓았다. 소피는 여위었고 창백했다. 소녀의 피부만큼이나 새하얀 환자복은 곧바로 바닥에 내던져졌다. 소독간호사와 전임의가 환자의 몸에 누런 요오드 용액을 바르고 푸른 수술포를 덮었다. 나는 수술실 조명을 조절하려 했지만, 싼값에 새로 설치한 조명들은 좀처럼 말을 듣지 않았다. 우리가 보유한 물품들은 하나같이 새로 산 싸구려 아니면 골동품이었다. 기구와 수술 톱은 물론 인공호흡기에 인공심폐기까지도 몇 번이나 고치고 또 고친 것들이었다. 하지만 그러한 현실에도 불구하고, 우리의 불평은 공허한 외침으로 끝나기 일쑤였다.

나는 서둘러 가슴을 절개했다. 망가진 심장이 기능을 멈춘 터라, 이미 혈액의 생화학적 지표가 엉망이었다. 소피는 이제 숨이 넘어가기 직전이었고, 혈액을 여과해 모든 문제를 바로잡으려면 아이를 인공심폐기에 무사히 연결해야 했다. 흉골을 가르자, 심장을 둘러싼 심낭에 남아 있던 상당량의 노란 액체와 감염성 찌꺼기가 눈에 들어왔다. 문제의 단백질 가닥들은 황색포도상구균과 뭉쳐 그 염증성 용액에 침전된 상태였다. 우리는 그것을 모조리 빨아내고 긁어냈다. 이어서 내가 바이패스용 도관을 삽입하자, 체외순환사는 인공심폐기를 가동시켰다. 이로써 당분간 소피의 안전은 확보되었다. 이제부터는 손상의 정도를 살펴야 했다.

소피의 미숙한 좌심방은 너무 작아서, 나는 우심방과 심방중격을 차례로 지나 그곳에 접근했다. 그제야 승모판막이 시야에 들어왔다. 모습이 마치 해초에 덮여 있는 듯했다. 내 왼쪽으로 승모판막 전엽과 후엽의 접합부에서 농양이 확인되었다. 세균의 공격으로 찢긴 판막은 금방이라도 심장벽에서 떨어져 나갈 듯했다. 처음에는 모조리 들어내야 할 것처럼 보였지만, 본능적으로 나는 남은 조직도 확인할 겸 우선 그 감염성 오물부터 말끔히 치우면서 봉합사를 지탱할 건강한 조직에 살살 접근해 들어갔다. 제1 수술 보조자는 내가 평소처럼 속전속결하지 않는 데 의아해하며 걱정스레 심방견인기를 잡아당겼다. 하지만 나는 손상 부위를 재건하고 판막을 살려보기로 마음을 굳혔다. 성공하면 소피는 항응고제를 복용할 필요가 없어, 안전한 임신도 가능해질 터였다.

호기심이 발동한 나는 손상된 승모판막 전엽과 후엽의 가장자리를 심낭으로 재건해 보기로 했다. 심장을 에워싸는 그 섬유성 막은 사용하기에 가장 적합한 재료였다. 하지만 소피의 심낭은 세균이 득실거리는 상태라 별수 없이 나는 소의 심낭을 사용하기로 했다. 그 멸균된 조직판은 심장 및 혈관의 재건이라는 특수한 목적을 위해 관련 업체에서 제조한 것이었다. 나는 그 심낭 패치를 타원형으로 잘라 흐물거리는 심장벽에 꿰매 붙인 다음, 그 위에 다시 여린 판막엽들을 덧붙였다. 이로써 판막은 구멍이 더 작아졌지만, 혈류를 방해할 만큼 작아지지는 않았다. 또한 한쪽에는 인체에서 채취한 대동맥 조각을 덧대어 재건 부위를 보강했다. 만약 피카소나 조각가 헨리 무어가 봤다면 자랑스러워할 만한 역작이었다. 이제 소피의 심장에는 죽은 사람과 죽은 소의 일부분이 포함돼 있었다. 나는 이 응용미술 작품이 심장의 펌프 작용이 다시 시작된 뒤에도 압력에 견뎌주기를 바랐다. 이제 조금 있으면 알게 될 일이었다.

가슴을 닫기 전에 나는 식염수로 꼼꼼하게 심장의 방들을 세척했다. 아이들의 심장은 가동 속도가 매우 빨라서, 뜻하지 않게 감염성 찌꺼기가 소피의 뇌로 흘러들 수 있었다. 곧이어 우리는 식도에 삽입한 초음파 탐촉자를 통해 재건의 결과를 영상으로 확인했다. 늘 그렇듯 화면에서는 미세한 공기 방울이 마치 눈보라처럼 좌심실 안을 휘젓고 다녔다. 내가 대동맥 꼭대기에 작은 구멍을 뚫자, 기포들은 모두 쉭 하는 소리와 함께 대기의 품으로 되돌아갔다. 심장은 일순 규칙적 리듬을 회복했고, 우리는 훌륭히 재건된 판막과 극히 미세한 누출을 확인할 수 있었다.

이제 인공심폐기의 분리를 고려할 시간이었다. 이는 또 다른 도전을 의미했지만, 심장은 이미 나아졌다는 듯 느긋하고도 조화롭게 수축하고 있었다. 초음파로 확인한 판막들은 네 곳 모두 열림과 닫힘이 원활했다. 고로 나는 인공심폐기의 조심스러운 분리를 지시했다. 이내 그 작은 심장은 다시금 스스로 박동하며 압력을 100수은주밀리미터까지 끌어올렸고, 재건된 판막은 꿋꿋이 버텨주었다.

마치 미리 조율한 것처럼, 닉 아처의 대머리가 불쑥 수술실 입구에 나타났다. 가슴을 닫는 작업은 안경 쓴 전임의에게 맡기고 나는 아처에게 다가가 이야기를 나눴다. 아처는 수술이 여느 때보다 길어진 이유를 궁금해했다. 그는 소피의 부모를 걱정하고 있었다. 현명한 가족일수록 환자의 상황을 더 깊이 이해하다 보니, 덩달아 불안감도 깊어지게 마련이었다. 하지만 판막을 '재건'했다는 소식에, 그는 기쁨을 감추지 못했다. 일찍이 우리는 몇몇 아기에게 인공 승모 판막을 이식했다가, 항응고제 용량 조절에 실패하면서 뇌졸중 또는 출혈 문제로 어려움을 겪은 바 있었다. 게다가 항응고제인 와파린은 태아 기형이나 태반 내 출혈을 유발할 수 있어, 임신을 원하는 젊은 여성에게 특히 골칫거리였다. 하지만 이제 소피는 그 성가신 처치가 불필요했다. 아처는 나를 소피의 부모에게 데려갔다. 이혼한 부모와 각자의 새 배우자는 모두 옹기종기 모여 서로에게 마음을 의지한 채 최악의 상황을 두려워하고 있었다.

나는 우월주의자가 아닐뿐더러, 신처럼 굴고픈 마음은 추호도 없었다. 하지만 부모들은 한낱 인간인 집도의가 자신들을 안심시켜주기를 갈망했다. 실제로 나도 울타리 너머의 세상에서 내 가족이 심장 수술을 받을 때는, 다 잘될 거라는 위로를 간절히 원한 적이 있었다. 고로 나는 소피의 가족에게 정확히 그렇게 말해주었다. 하지만 마음 한구석에서는 소피의 심장근육에 농양이 남아 있을 가능성을 염려하고 있었다. 그도 그럴 것이 재건한 판막 아래로 좌심실 벽 한 곳이 범상치 않게 부어 있었고, 내 나름대로는 깨끗이 고름을 씻어냈지만 황색포도상구균이란 놈들이 워낙 공격적이라 마냥 치유를 기대할 수만은 없었다.

다시 돌아간 수술실에서는 전임의가 가슴을 닫고 소피를 내보내는 와중이었다. 나는 아직 할 일이 남아 있었다. 소피에게 적용한 수술법을 다른 사람도 이해할 수 있도록 기록지에 수술의 각 단계를 그려 넣어야 했다. 그런 뒤에 나는 그 가엾은 소녀를 집중치료실에 맡긴 채 뿌듯하게 집으로 돌아갔다. 이제 소피의 복잡하고도 작은 가족이 배턴을 이어받아 밤새 병상 곁에서 아이를 사랑으로 보살피며 회복을 기다릴 차례였다. 그들은 다시 희망을 가졌다. 그리고 잠시나마 두려움을 떨쳐버렸다.

나는 다음 날 아침 6시 30분경에 병원으로 돌아갔다. 당시 우리 병원에 소아심장외과 의사라고는 나뿐이었기 때문에 당직과 비번, 밤과 낮을 가리지 않고 나 혼자 모든 상황을 책임져야 했다. 만약 일이 벌어지면 전부 다 내 탓이었다. 간밤에 소피는 안정적이었다. 어머니는 딸의 손을 잡은 채 밤새 곁을 지켰다. 그녀는 아이를 보낼 마음의 준비가 되어 있지 않았다. 하지만 소피의 체온이 다시 오르기 시작했다. 우리는 벌집을 건드렸고, 황색포도상구균은 화가 나 있었다. 무려 수십억 마리에 달하는 세균이었다. 혈압을 적절히 유지하려면 아직 강력한 혈관수축제가 필요했고, 신장은 소변 생산을 멈춘 상태였다.

그날 아침 아처는 다시금 초음파검사를 시행했다. 좌심실 기능에는 문제가 없었고 승모판막도 괜찮아 보였다. 심장 주변에 축적된 혈액과 혈병은 이 단계에서 늘 생기는 것이라 특별히 문제될 게 없었다. 소피는 다음 48시간 동안 안정을 유지했고, 인공호흡기는 제거되었다. 다음 날 소피는 청소년 병실로 옮겨졌다. 멜라니 방이란 이름의 1인실이었다. 체온은 아직 오르락내리락했다. 우리는 그것을, 일찍이 앨라배마에서 내가 발견한 보체활성화 탓으로 돌렸다.

3월 4일 오전 11시 35분. 멜라니 방으로 소생 팀이 호출되었다. 응급수술 이후로 일주일이 지난 시점이었고, 다행히 어머니 피오나가 소피의 병상을 지키고 있었다. 소피는 전조도 없이 갑자기 쓰러졌다. 맥박도 호흡도 없이 바닥에 엎드려 있는 그녀에게 소아 심폐소생 팀이 달려가 심장마사지를 시작했다. 마취과의사는 검정색 공기주머니를 쥐어짜가며 소녀의 폐에 산소를 불어넣었다. 아드레날린 정맥주사로 얼마간 혈압이 회복되자, 곧바로 심장초음파검사가 시행되었다. 확인 결과 심낭에 혈액이 가득했다. 소녀의 작은 심장은 너무 심하게 눌려 스스로 혈액을 채울 수 없었다. 설상가상으로 근육이 있어야 할 심장벽에는 구멍이 나 있는 듯했다.

재건된 판막 바로 아래서 농양강이 파열돼 있었다. 즉 내가 우려한 최악의 시나리오가 현실로 나타난 것이었다. 심장내과 전임의가 혈액을 주사기로 뽑아내려 했지만, 순식간에 응고돼버렸다. 이내 소피는 다시 심정지를 일으켜 심장마사지가 더 필요한 상황이었다. 전임의는 내 연구실로 전화를 걸었다. 나는 당장 소피를 수술실로 옮기라고 말했다. 혹시라도 병실에서 가슴을 열었다가 소녀를 죽게 만들 수는 없었다. 내 추측이 맞는다면, 소녀는 얼른 다시 인공심폐기에 연결돼야 했다. 나는 머릿속으로 모식도를 그려보았다. 이번에는 문제를 해결할 수 없을까 봐 걱정이 되었다. 상상하기도 싫지만, 어쩌면 소피는 수술실에 도착하기 전에 사망할 수도 있었다. 내 마음은 소피가 무사히 수술실에 도착하기를 바랐다. 하지만 내 머리는 희망을 접으라 말하고 있었다.

반복적 아드레날린 투여와 간헐적 심장마사지 덕분에 소피는 다행히 살아서 수술실에 도착했다. 게다가 하늘도 소피를 돕는지, 마침 다른 의사의 수술 하나가 끝나고 다음 수술이 시작되기 전이라, 소녀는 곧장 수술대로 옮겨질 수 있었다. 나는 이미 소독을 마치고 수술대 앞에서 대기 중이었다. 우리는 서둘러 실밥을 잘라 피부를 가른 다음 흉골을 동여맨 와이어를 절단했다. 곧이어 나는 그 봉합용 와이어를 거침없이 뜯어낸 다음 견인기로 흉골을 벌렸다. 심장은 혈병에 둘러싸여 있었다. 흡사 신선한 간을 연상시키는 그 자줏빛의 물컹한 덩어리를 우리는 손으로 모조리 걷어내야 했다. 그래야 심장이 다시 혈액을 채우고 내보낼 수 있었다. 이런저런 약물에 대한 반응으로 심장은 굉장히 빠르게 뛰고 있었다. 그때였다. 갑자기 뒤쪽에서 신선한 혈액이 솟구쳐 심낭을 채우기 시작했다. 당장 그 혈액의 출처를 밝혀야 했다. 나는 승모판막 아래의 농양이 좌심실 벽을 좀먹다 뚫어버린 것이 아닌가 의심했다. 그런가 하면 심장근육이 너무 흐물거리는 탓에 실밥이 빠져나왔을 가능성도 있었다. 어느 쪽이든 상상만으로도 끔찍한 시나리오였다.

마취과의사의 초음파 탐촉자는 내 최악의 시나리오가 사실임을 확인시켰다. 해어진 농양강이 중요한 회전관상동맥 아래쪽의 심실벽을 터뜨린 상태였다. 그간 세균성 심내막염 환자를 수백 명 가까이 대하면서도 이런 상황은 본 적도 들어본 적도 없었다. 심지어 외과 학술지에서도 읽어보지 못한 상황이었다. 이는 곧 내가 이 난관을 '내 식대로 헤쳐 나가야' 하리라는 뜻이었다. 다만 한 가지는 확실했다. 즉 내가 처음부터 딱딱한 인공판막을 이식했다면, 좌심방과 좌심실 사이의 그 연약한 접합부가 산산이 부서져 아예 회복이 불가능했을 터였다. 적어도 승모판막은 아직 온전했다. 그러므로 나는 농양이 터뜨린 자리를 심장의 바깥쪽에서 폐쇄해야 했다. 혹시라도 애써 고쳐둔 판막이 찢어지면 다시 붙일 수 있을 리 만무했으니까. 인간과 소의 그 정교한 복합체만이 소피의 망가진 승모판막을 지탱하는 유일한 방편이었으니까.

나는 신중히 캐뉼러를 밀어넣고는 재빨리 인공심폐기를 연결하고 심장을 비워 들어 올릴 준비를 마쳤다. 이어서 냉각된 심정지 용액을 주입하자, 심장은 마치 푸줏간 도마에 놓인 듯 얌전하고 차가워졌다. 심장을 들어 뒤쪽을 살펴보았다. 이번에는 부은 곳을 명확하게 확인할 수 있었다. 세균의 여러 효소가 심장근육 단백질을 녹인 상태였고, 항생제는 심근의 용해를 막아내지 못했다. 그 결과 농양은 확대되었다. 나는 실이 달린 커다란 바늘을 건네받아, 건강한 근육의 가장자리를 당겨 봉합을 시도했다.

염증으로 흐물거리는 근육 속에서 회전관상동맥을 정확히 알아보기란 불가능했다. 나는 그 물컹한 조직의 아직 건강해 보이는 가장자리에 봉합침을 깊숙이 찔러 넣었다. 매듭을 묶을 때는 행여 봉합재가 치즈 자르듯 조직을 잘라버릴까 봐 노심초사했다. 어느덧 출혈은 멈춰 있었다. 심장을 비우고 내부의 압력을 없앤 덕분이었다. 그리고 예상대로 문제의 돌출부도 사라졌다. 다시 혈액을 들여보내자 심장은 꿈틀거리다 이내 수축하기 시작했다. 하지만 심전도 그래프에서 문제가 나타났다. 가시처럼 뾰족뾰족한 직선이 아니라 언덕처럼 둥글둥글한 곡선이 그려진 것이다. 심근허혈, 그러니까 심장근육이 혈액에 굶주릴 때 전형적으로 나타나는 파형이었다. 아무래도 내가 예의 그 중요한 관상동맥을 봉합사로 옭아맨 모양이었다. 머릿속으로 갖은 욕이 튀어나왔지만, 모두를 배려해 입 밖으로는 내뱉지 않았다. 소피는 이 필연적 심장마비를 견디고 살아남을 수 없었다. 고로 나는 일껏 끝낸 치료를 처음부터 또다시 반복해야 했다. 농양과의 2차전을 치렀다고나 할까.

우리는 차가운 심정지 용액을 추가로 투여했다. 나는 심장을 들어 올리고는 조심스레 실밥을 뽑은 뒤 다른 각도에서, 그러니까 관상동맥이 있다고 추정되는 위치와 더 멀리 떨어진 장소에서 새롭게 봉합을 시행했다. 소피의 목숨이 달려 있는 수술임에도 나는 여전히 확신이 없었다. 고로 나는 안전을 도모하는 차원에서, 마치 구멍 난 바지를 수선하듯, 봉합 부위에 생물학적 접착제를 바르고 지혈 거즈 패치를 댔다. 그런 뒤에 우리는 다시금 심폐바이패스 중단을 시도했다. 이번에는 심전도 그래프가 정상으로, 그러니까 브레콘 비콘스의 완만한 구릉지가 아니라 돌로미티 산맥의 뾰족한 봉우리 모양으로 돌아왔다. 심실의 관상동맥이 막혔던 자리에도 다시 혈액이 공급되었다. 이제 필요한 것은 어떻게든 버티는 일이었다. 나는 수술 기록지에 다음과 같은 지시 사항과 주의 사항을 적어 넣었다. '혈압을 90수은주밀리미터 아래로 유지할 것. 소피를 인공호흡기에 연결한 상태로 7일간 재울 것. 또다시 큰일이 터지면 회복이 불가능하다는 점을 유념할 것.'

가슴을 다시 닫은 뒤에도 심장 뒤쪽은 여전히 말라 있었다. 출혈이 완전히 멈췄다는 뜻이었다. 소피가 무사히 소아 집중치료실로 돌아갔을 때 우리 수술 팀은 비로소 안도의 한숨을 내쉴 수 있었다. 소피의 가엾은 가족은 여전히 충격에 휩싸인 채 극심한 긴장감으로 흐트러지는 마음을 다잡아가며 보호자 대기실에 모여 결과를 기다리고 있었다. 나는 농양이 심장벽을 갉아먹다 못해 뚫어버렸고, 이렇게 심각한 사례는 나도 이제껏 본 적이 없지만, 우리 나름대로는 상태를 바로잡기 위해 최선을 다했다고 설명했다. 그런 뒤에는 언제나처럼 방어적 헛소리를 주절거렸다. 앞으로의 24시간이 무척 중요하다고. 결과를 여전히 장담할 수는 없지만, 살아 있으니 아직 희망은 있다고. 의도야 어찌 됐든 이 말들은 모두 사실이었다. 그러나 눈앞의 슬픈 세 얼굴을 보고 있자니 그것들이 마치 공허한 메아리처럼 느껴졌다. 세 사람 모두 너무 놀란 나머지 아이를 언제 볼 수 있느냐는 말 외에는 아무 질문도 하지 못했다. 나는 조용히 물러나 내 감정 스위치를 오프로 전환했다.

깊은 슬픔을 뒤로한 채 들어선 복도에서 나는 소피를 살피러 가던 아처와 마주쳤다. 그는 나직한 목소리로 언제나처럼 이렇게 말했다. "고생했어요, 웨스터비."

나는 감사하다고 말했다. 이어서 들은 이야기에 따르면, 아처는 소피를 다시 볼 수 있으리라는 기대를 접은 상태였다. 그날 밤 소피를 보살필 책임은 이제 아처와 집중치료실 전담의들에게 넘어갔다. 나는 앞서 수술이 취소된 환자를 찾아가 사과해야 했지만, 그러지 않았다. 그 당시에는 누구에게든 무슨 일로도 사과할 기분이 아니었다. 어느덧 밤 9시였다. 여느 때처럼 수술에 몰두하느라 시간이 얼마나 흘렀는지도 까맣게 모르고 있었다. 내게는 맥주와 약간의 휴식이 필요했다. 하지만 나는 역시나 잠들지 못하고 언제 울릴지 모르는 전화벨에 신경을 곤두세우고 있었다. 결국은 내 쪽에서 먼저 전화를 걸었다. 새벽 3시 30분. 나는 병동에 전화로 소피의 상태를 물었다. 대체로 안정적이지만, 여전히 열이 말썽이라 적극적으로 열을 내리고 있으며, 소변은 아직 나오지 않았다는 대답이 돌아왔다. 중요한 건 다음 문장이었다. "출혈은 없습니다." 그제야 나는 안도하고 무의식의 세계로 빠져들었다.

그로부터 채 12시간도 지나지 않아, 나는 소피를 수술실에서 다시 만났다. 말하자면 농양과의 3차전이 벌어진 것이었다. 오후 1시 30분, 흉관에 혈액이 들어차는가 싶더니 소피의 혈압이 곤두박질쳤다. 이제 소녀는 죽을 만큼 많은 피를 흘리고 있었다. 이번 역시 나는 집중치료실 의료진의 바람과 달리 그곳에서 가슴을 열어봐야 소용없다는 사실을 알고 있었다. 이성을 앞세워 소피를 고이 보내줄 생각이 아니라면, 인공심폐기에 다시 연결하는 것 말고는 뾰족한 대안이 없었다.

집중치료실 의료진은 혈압을 60수은주밀리미터 언저리에서 더 떨어뜨리지 않기 위해 공여 혈액을 열심히 짜 넣고 있었다. 이내 우리는 소피의 병상을 밀고 병원 복도를 달렸다. 눈이 휘둥그레진 내원객들이 뿔뿔이 흩어졌다. 소녀의 흉부에 연결된 배액병에서 넘쳐흐른 핏물이 우리가 지나간 자리에 자취를 남겼다. 만약 같은 상황이 간밤에 벌어졌다면, 일말의 희망조차 사라졌을 터였다. 내 든든한 수술 팀은 다시금 힘을 합쳤고, 실혈로 사망할 위기에 놓인 소피를 수술대에 눕혔다.

몇 분 뒤 소피의 흉골이 다시 열렸다. 흉강을 가득 채운 신선한 피와 혈병이 심장을 압박하고 있었다. 수혈팩에 담긴 RH-O형 혈액을 꾸준히 목정맥에 짜 넣으며 우리는 단 몇 분 만에 반쯤 체념한 상태로 세 번째 심폐바이패스 준비를 마쳤다. 이게 대체 뭐 하자는 짓인가 하는 물음이 머릿속을 맴돌았다. 우리는 다시 벼랑 끝에서 물러나 알 수 없는 종착지를 향해 달리고 있었다. 어딘가에 선을 그어야 했지만, 아직은 아니었다. 알베르 카뮈의 글처럼 '희망이 없으면, 희망을 만들어야' 했다. 무엇보다 소피는 겨우 열다섯 살이었다.

나는 소피를 살리겠다는 강한 집념에 사로잡혔다. 하지만 교과서에 나오는 방법으로는 해결이 불가능한 상황이었다. 종래의 접근법으로는 죽음의 신을 당해낼 수 없었다. 좌심실이 끊임없이 혈압을 형성하여 혈액순환을 뒷받침하는 한, 소피의 감염된 심장근육은 결코 치유될 수 없었다. 좌심실 내부의 힘찬 압력이 바로 심장근육 파열의 주범이었으니까. 이번 출혈은 진정제의 효과가 사라질 무렵에 시작되었다. 따라서 의식이 명료해지고 불안감이 상승하면서 혈압도 덩달아 치솟았다. 그러다 어느 순간 근육이 찢기면서 심장눌림증이 발생한 것이었다.

소피에게는 새 심장이 필요했지만, 그런 일은 불가능했다. 소녀의 애타는 어머니는 자신의 심장이라도 내주고픈 심정이었을 테지만, 설령 바로 옆 수술실에 장기 공여자가 있었다 해도 감염된 소녀에게는 누구든 이식을 고려할 리 만무했다. 물론 나는 생각이 달랐지만, 제시간에 심장을 구할 가능성 자체가 전무한 상황이었다. 그렇다고 멀쩡한 누군가의 심장을 갈취할 수도 없고……. 그때였다. 공황과 망상을 헤치고 기발한 아이디어가 번뜩 떠올랐다. 내 생각에는 그것이 유일하고도 실질적인 해결책이었다. 나는 심장의 왼쪽을 능동적으로 비워내고 비워진 상태를 유지함으로써, 그 방 내부의 압력을 모조리 제거하기로 했다. 구체적으로는, 좌심실 보조장치를 이용해 좌심실의 피를 빨아내고 혈액순환을 유지하며 심장근육을 쉬게 하는 사이, 항생제로 감염을 다스려볼 심산이었다. 좌심실 보조장치를 그와 같은 목적으로 사용한 사례는 일찍이 없었다. 하지만 그럴수록 더더욱 그 방법을 시도해야 한다고 나는 생각했다. 성공할 가능성은 희박했지만, 적어도 논문으로 발표할 수는 있을 터였다.

그때 문득 레비트로닉스 심실 보조장치의 재고가 바닥났다는 사실이 떠올랐다. 내 몫의 자선기금은 고갈되었고, 마지막으로 남은 한 대는 일전의 그 아기에게 써버린 상태였다. 내가 아는 한 우리가 보유한 구명 장비는 그것이 마지막이었고, 소피가 이대로 죽을 경우 사망률 통계에 기록될 책임자는 오로지 한 사람, 나뿐이었다.

우리 같은 핵심 인력을 겨냥한 그 비난과 망신 주기용 시스템은 소피의 죽음을 '승모판막 재건술 후 사망'으로 기록할 것이었다. 구명 장비는 금값이지만 죽음은 헐값이었다. 수술 환자 사망률을 대중에게 공표하라. 단, 징징거리는 외과의에게는 필요한 장비 제공을 거부하라. 이 무슨 해괴한 원칙이란 말인가!

그때 구원자가 등장했다. 체외순환사 브라이언이 우리 병원의 한 인공심폐기에 딸린 다른 종류의 시험용 원심형 혈액 펌프를 갖고 있었던 것이다. 듣기로 그 장치는 기존의 롤러 펌프와 달리, 한 번에 3시간이 아니라 무려 3주 동안 계속 사용해도 안전하다고 했다. 내 느낌상 3주면, 염증성 유착과 섬유성 반흔이 문제의 구멍을 막기에 충분한 시간이었다. 우리는 일단 시도하기로 했다. 사실 그것 말고는 선택지가 없었다.

체외순환사들이 장비를 조립하는 동안 나는 소피의 심장을 이번에야말로 마지막으로 멈추고 심실벽이 갈라진 위치를 찾아보았다. 다행히 문제의 부은 곳 가장자리, 그러니까 예의 관상동맥에서 충분히 떨어진 부위였다. 그 여린 심장근육은 또다시 파고든 봉합사에 잘려 있었다. 그래서 나는 더 많은 봉합재와 더 비싼 접착제를 사용해 심장 뒤쪽을 섬유성 심낭에 단단히 부착시켰다. 말하자면 추가적 재난의 위험을 줄이기 위해 가능한 모든 수단을 동원한 셈이다. 만약 또다시 실혈이 발생했다가는, 소피를 영영 살려낼 수 없을 테니까.

로타플로우Rotaflow 혈액 펌프는 굉장히 단순해서, 노브 하나로 유량을 높이고 낮출 수 있었다. 나는 소피의 갈비뼈 아래쪽에서 빠져나오는 체외순환 펌프 회로에 연결된 굵직한 도관으로 좌심실

첨부에서 혈액을 빨아내 속을 비운 다음, 펌프의 또 다른 도관을 통해 혈액을 대동맥으로 돌려보냈다. 가장 큰 난제는 역시 출혈이었다. 짧은 기간에 심폐바이패스를 세 번이나 겪은 탓일까? 소피의 혈액은 쉽사리 응고되지 않았고, 그래서 다량의 응고인자와 더 많은 수혈을 필요로 했다. 체외순환사가 그 회전식 펌프를 최저 속도로 가동시키자, 핏물이 체외순환 회로를 타고 조금씩 이동하기 시작했다. 다시금 환자감시장치에는 맥박압 대신, 박동 없는 연속적 혈류의 평균 압력만이 표시될 것이었다. 한편 손상된 좌심실의 경우 수축 운동은 여전했지만 펌프 작용이 멈춘 상태였고, 그 와중에 우심실은 계속해서 혈액을 폐로 내보내고 있었다. 마술처럼. 아직까지는 모든 것이 훌륭했다. 우리의 가슴속에는 다시 희망이 싹트고 있었다.

혈액응고 문제와 출혈의 확산을 고려해 나는 소피의 흉골을 48시간 동안 활짝 열어두기로 결정했다. 우리는 수술용 거즈를 심장 주변에 채워 넣고, 접착성 플라스틱 드레이프를 가슴에 댄 다음, 심실 보조장치 도관 옆에 나란히 배액관을 배치했다. 이런저런 도관이 여기저기로 빠져나온 모습은 가족들의 공포를 자아냈고, 소아 집중치료실에도 과중한 부담으로 다가갔다. 별수 없이 우리는 소피를 다시 성인 집중치료실로 옮겼다. 그곳의 상급 간호사들은 맥박 없는 환자를 보살핀 경험이 더 풍부했고, 그곳에서라면 아픈 아이를 둔 다른 부모들이 그 광경을 보고 겁을 집어먹을 일은 없을 것이었다.

출혈이 잦아들면서 소피는 안정적 상태를 유지했다. 신장과 간 모두 타격을 입었지만, 혈액투석으로 만회할 수 있을 터였다. 어머니 피오나는 줄곧 눈에 띄게 차분했다. 하지만 선혈이 낭자한 딸의 모습을 지켜보는 그 속이 온전할 리 없었다. 소피의 가엾은 언니는 학교도 결석한 채 초조하게 곁을 지켰다. 이틀 뒤 우리는 피투성이 거즈를 제거하고 장비를 연결해 둔 상태에서 가슴을 닫았다. 추가적 감염의 위험을 줄이기 위해서였다. 이제 혈액은 응고를 시작해 더 이상 새어 나오지 않았고 심장 앞쪽은 상태가 좋아 보였다. 판단컨대 뒤쪽은 아직 살펴볼 때가 아니었다. 펌프는 제대로 작동 중이었고, 나는 농양이 최대한 깨끗이 치유되도록 적어도 열흘은 그것을 제거하지 않을 작정이었다. 얼마 뒤 우리는 그 지독한 황색포도상구균이 우리가 두 번째로 조합한 항생제에도 내성을 지녔다는 사실을 알게 되었다. 고로 우리는 또다시 약물을 교체했고, 마침내 열이 떨어졌다.

3주 동안 소피는 혈압을 일정 수준으로 유지하기 위해 깊은 진정제와 인공호흡기에 의존해야 했다. 그러던 차에 끔찍한 진균 칸디다가 숨어들었다. 처음 발견된 곳은 요로였다. 제압하지 못하면 자칫 목숨이 위태로워질 수 있었다. 표면적 안정기는 이내 악몽으로 바뀌었고, 추가적 합병증을 예방하려면 이쯤에서 다소 적극적인 조치가 필요할 듯했다. 펌프는 제 역할을 훌륭히 수행 중이었다. 이제 소피를 깨워야 할 시점이었다.

진정제 투여를 중단하자, 소피는 즉시 깨어나 부모에게 반응을 보였다. 의식이 돌아오면서 혈압도 다시 높아졌지만, 조절이 가능한 수준이었고, 여전히 출혈도 없었다. 가엾은 소녀는 자신의 비참한 모습에 경악을 금치 못했고, 나는 혹여 뇌손상의 징후가 나타나는지를 눈여겨보았다. 우리는 유혈로 들어찬 굵직한 도관들이 배에서 빠져나오는 이유를 설명하는 한편, 그 상태로도 충분히 안전하고 조만간 그 도관들은 제거될 거라며 애써 소녀를 안심시켰다. 오래지 않아 간호사들은 소피의 왼쪽 팔다리가 움직이지 않는다는 사실을 알아차렸다. 확인해 보니 마비되어 통증에 반응하지 않는 상태였다. 손상된 심장벽에서 떨어져 나온 감염성 물질이나 혈병이 동맥을 거쳐 뇌까지 흘러든 듯했다. 열다섯 살 소녀에게 마비라니. 정말이지 크나큰 시련이 아닐 수 없었다.

소피의 부모에게는 그야말로 청천벽력이었다. 또한 내게도 적잖은 충격으로 다가왔다. 며칠 동안 밤낮을 가리지 않고 치료에 매달린 대가가 이것이라니! 치유된 심장과 망가진 뇌는 내가 바라던 결과가 아니었다.

다음 날 나는 소피를 다시 수술실로 데려가 좌심실과 대동맥에 연결된 도관을 제거했다. 다행히도 원심형 혈액 펌프를 비롯한 장치에서는 혈병이 발견되지 않았고, 심장초음파로 확인한 소피의 심장은 상태가 무척 양호했다. 승모판막 아래로 아직 파인 자국이 남아 있긴 했지만, 구멍은 막힌 상태였다. 기적이었다. 재건된 판막은 그 모든 심장마사지와 수술에도 모양을 유지한 채 아직까지 잘 기능하고 있었다. 나는 흉강과 심낭을 소독액으로 말끔히 세척했다. 이번에도 심장 뒤쪽은 건드리지 않았다. 우리는 마지막으로 소피의 가슴을 닫았다. 소피의 마라톤 같은 수술은 이것으로 끝이었다. 길고도 혹독했던 소모전이 이윽고 종결된 것이다. 우리는 결국 소피의 목숨을 지켜냈다. 하지만 그것의 대가는?

소피의 가족을 위해서는 긍정적 마음가짐을 유지해야 했다. 그들은 모두 극심한 충격에 휩싸여 있었다. 어머니 피오나는 세 번의 소생 시도를 모두 지켜보았고, 그때마다 소피가 수술실에서 나오면 흰 환자복이 입혀진 채 집중치료실로 실려 갈지 수의에 감싸인 채 영안실로 실려 갈지 알 수 없어 애태우며 기다려야 했다. 현재까지는 나 웨스터비가 죽음의 신을 상대로 3전 전승을 거둔 상태였다. 관건은 과연 어떻게 이 상태를 유지하느냐 하는 것이었다. 그야말로 전례가 없는, 독보적 케이스였으니 말이다.

나는 두 가지 조치가 필요하다고 봤다. 첫째, 소피의 심장을 통한 혈액순환을 지속하려면 혈압을 계속 낮게 유지해야 했다. 둘째, 대뇌 손상을 최소화하려면 뇌에 산소를 계속 원활히 공급해야 했다. 뇌의 회복력은 사람들의 통념적 기대치보다 뛰어나고, 뇌졸중은 대부분 상당한 수준까지 회복되며, 환자가 젊을수록 회복의 정도와 가능성은 높아진다. 이 긍정적 메시지는 간호사와 가족 모두에게 전해져야 했다. 그들 모두에게는 얼마간 희망이 필요했다. 소피가 남은 삶을 무사히 살아내리라는 희망이.

생각이 거기에 미치자, 소피를 2주 더 인공호흡기에 연결해 쭉 재우는 편이 안전하겠다는 판단이 섰다. 그러다 소피를 옮겨도 위험하지 않다고 생각될 때 뇌스캔을 실시하면 될 것이었다. 한편 소피는 여전히 소변을 배출하지 못했고 지속적인 혈액투석이 필요했다. 신장은 패혈증이나 저혈압과 상극이지만, 언제나 말끔히 회복되었다. 이제 그 무시무시한 장비도 제거했으니, 소피를 소아 집중치료실로 돌려보내, 더 작은 병실에서 더 일관된 간호 팀과 함께 더 평안히 지내도록 해주어야 했다.

소피의 뇌스캔에서는 몇 군데의 작은 초점성 손상과 그 주변의 종창이 관찰되었다. 짐작건대 심장의 감염성 찌꺼기로 이뤄진 색전이 원인인 듯했다. 그대로 방치하면 자칫 뇌종양으로 진행될 수 있었고, 그런 전개는 반드시 막아야 했다. 우리는 심내막염 환자의 통상적 치료법에 근거하여 소피에게 항생제를 정맥주사로 6주 더 투여하기로 결정했다. 그로써 손상부 주변의 염증성 종창은 확실히 사라질 것이었다. 그렇다면 마비가 풀릴 가능성도 있을까? 신경과 의사들은 표준적인 답변을 내놓았다. 자신들도 마비가 풀리기를 바라지만, 결과는 오직 시간이 지나봐야 알 수 있다나.

4월 1일 만우절. 이윽고 진정제 투여가 중단되었고 소피는 곧 의식을 되찾았다. 호흡은 굉장히 원활했으며 지시에도 정상적으로 반응했다. 고로 우리는 소피의 목구멍에서 튜브를 제거하고 침대 헤드를 세웠다. 엄마와 아빠가 양쪽에 앉아 아이의 양손을 잡았다. 아빠가 왼손을 꼭 쥐었을 때 소피는 약하지만 분명한 움직임으로 반응했다. 그러나 단어를 떠올리고 문장을 조합하는 데는 확실히 어려움을 느끼는 듯했다. 이는 뇌스캔에서 언어중추에 작지만 중요한 결함이 관찰됐을 때 일찍이 예견한 증상이었다. 터널의 끝에서 빛이 비치고 있었다. 소피는 지극히 상식적으로 소통을 시도하고 있었다. 내 임무는 여기까지였다.

뇌의 회복에는 언제나 시간이 필요했다. 이제부터 소피는 간호사와 물리치료사, 작업치료사를 비롯한 여러 의료진에게 지속적인 보살핌을 받아야 했다. 그들은 모두 합심하여 소피를 이끌었고, 자원봉사자들도 힘을 보탰다. 그 뒤로 몇 달 사이에 마비와 언어장애는 개선되었다. 소피는 학교로 돌아갔고, 뛰어난 지적 능력을 십분 발휘해 결국 대학까지 들어갔다. 희박한 확률에도 불구하고, 소피는 살아남았다. 심지어 나도 우리의 그 몇 주에 걸친 노력이 성공으로 귀결된 이유를 명확히 이해하지 못한다. 그저 신의 가호가 있었으려니, 하고 짐작할 뿐이다. 아, 대여한 장비와 자선으로 굴러가는 의료서비스의 도움도 조금은 있었을지도.

나는 손상된 좌심실을 비우고 심실 보조장치를 사용하여 환자를 회생시키는 기법에 관한 증례 보고서를 작성해 미국 유수의 학회지에 발표했고, 덕분에 다른 사람들도 절박한 상황에 처했을 때 그 방법을 사용하게 되었다. 소피의 증례는 NHS 산하 병원의 의료진이 이룬 쾌거이자 역경을 딛고 쟁취한 희망의 표본이었다. 수많은 헌신적 의료진이 정해진 근무시간을 훌쩍 넘기면서까지 그녀를 살리려는 싸움에 동참해주었다. 아이러니하게도 우리의 선구적 노력들은 매번 의구심을 불러일으켰고, 병원에는 막대한 비용을 발생시켰다. 하지만 의료서비스의 존재 이유가 무엇인가? 그 후로 10년 동안 나는 소피의 가족과 줄곧 친분을 유지해 왔다. 우리는 그 농양과의 전투 10주년 기념일에 피오나의 일터인 옥스퍼드 대학교 레이디 마거릿 홀에서, 뛰어난 뇌외과의이자 작가인 헨리 마시Henry Marsh와 저녁을 함께했다. 심장외과의와 뇌외과의는 성향이 굉장히 다르지만, 동의하는 한 가지가 있다. 그건 바로 삶은 소중하다는 것이다. 소피는 살아 있었다. 그 손꼽히는 학문의 전당에서 꿋꿋하게 생을 이어가는 그녀를 보고 있자니 괜스레 가슴이 벅차올랐다.

10장

회복력

2009년 10월 23일

동의서 양식 2

소아 또는 청소년에 관한 연구 또는 치료에 대한 부모의 동의

기관명 옥스퍼드 대학병원 산하 존 래드클리프 병원

환자명 올리버 워커

생년월일 2003년 2월 11일

제안된 처치 또는 치료 과정 삼심방심 막 절제술, 구제 치료

의료 종사자의 진술

목표 이익 생명 유지, 현재 수술 없이는 사망이 불가피한 상황.

심각하거나 빈발하는 위험 수술에 따른 사망률 최소 30퍼센트, 출혈, 심폐바이패스의 유해한 효과, 재수술 필요성.

그 밖의 처치 수혈, 심장초음파.

나는 리처드, 그러니까 올리버의 떨고 있는 아버지에게 그 양식을 건넸다. 어머니 니키는 이미 무너져 내렸다. 그녀는 NHS에서 진단에만 6년이 걸릴 정도로 희귀한 선천성 심장질환 때문에 아들이 죽어가는 모습을 지켜봐왔다. 스코틀랜드의 하일랜드나 웨일스 서쪽의 오지에서 일어난 일이 아니다. 잉글랜드, 그것도 스컨소프 같은 곳이 아니라 런던 중심지에서 벌어진 이야기다. 내가 이렇게 남 얘기하듯 비판하는 이유는, 나는 여태껏 진단을 해본 적이 없기 때문이다. 내 환자의 진단은 심장내과의가 한다. 나는 그저 배관공일 뿐이다. 하지만 나도 한 가지, 늘 어머니의 이야기에 귀 기울여야 한다는 것 정도는 알고 있었다. 세상 누구도 어머니보다 아이를 잘 알 수는 없을 테니 말이다. 만약 어머니가 아이에게 심각한 문제가 있다고 주장한다면, 그 주장이 옳다는 데 여러분의 인생을 걸어도 좋다.

　의사들을 설득하기란 니키에게 길고도 험난한 여정이었다. 그렇게 몇 년이 흘러, 이제 히드로 공항에서 막 돌아온 어느 화려한 외과의사가, 인공호흡기며 수액줄이며 배액관에 연결된 아들의 병상을 있는 힘껏 밀어 복도 저편 수술실로 옮기고 있었다. 우리는 당장 아이를 잃을 위기에 처해 있었다. 그 애가 태어날 때부터 지니고 있었지만, 다들 대수롭지 않게 치부해 온 선천성 심장질환 때문에 말이다.

　올리버는 패딩턴에 있는 세인트메리 병원에서 태어났다. 런던의 그 훌륭한 교육 병원 내 산부인과는 영국 왕족들이 아기를 낳을 때 찾는 곳이기도 했다. 평범하지만 요란한 출산이었다. 올리버는 혈색이 좋고 튼튼해 보였다. 심박수가 조금 빠르긴 했지만, 미끈하고 좁은 구멍을 비집고 차가운 세상으로 넘어온 직후라, 누구도 이를 심각하게 받아들이지 않았다. 니키는 올리버가 둘째 아들에 비해 잘

먹지 못했다고 말했다. 젖을 물리면 숨이 가쁘고 불안해했다. 하지만 올리버는 '청색아'가 아니었다. 단지 기관지가 많이 약한 것뿐이었다. 그게 정말 지독히 약해서 금방이라도 숨이 넘어갈 듯했지만 말이다. 그래서 이 가족은 세인트메리 병원을 정기적으로, 마치 시즌 티켓 구매자가 축구 경기장 드나들듯 드나들어야 했다. 아이는 기침을 하거나 감기에만 걸려도 생명이 위태로워질 듯 보였다.

결국 그로 인해 올리버의 가족은 난처한, 환영받지 못하는 처지에 놓이게 되었다. 응급 병동에서는 그들을 일종의 '상용 고객'처럼 취급했다. 하지만 세인트메리 병원은 일류 의료 기관이었고, 올리버에 대한 가족의 걱정은 깊어만 갔다. 니키는 대책 없이 예민한 엄마로 낙인찍혔다는 피해의식에 사로잡히게 되었다. 그도 그럴 것이 종합병원이든 개인병원이든 아이는 괜찮으니 걱정할 게 없다며 이들을 돌려보내는 경우가 부지기수였다. 돌아오는 길은 거의 언제나 고단했다. 검사를 반복할 때마다 피를 뽑으려 바늘을 몇 번이나 찌르는 일도 고역이었고, 엑스레이는 또 얼마나 자주 찍는지, 이러다 아이가 야광으로 변하지 않을까 염려될 정도였다. 모세기관지염이며 낭포성 섬유증이며 폐렴까지, 생각할 수 있는 온갖 폐 질환이 고려되었다. 청진으로는 폐울혈이 강하게 의심됐지만, 다른 검사 결과는 모조리 음성이었다. 위식도 역류를 동반한 위탈장과 위 내용물 흡인도 고려했지만, 검토 끝에 진단명에서 제외되었다. 아이는 여전히 숨 쉬기조차 버거워했지만, 검사 결과는 이상하리만치 정상이었다.

어느덧 올리버에게는 두 살 어린 남동생이 생겼다. 동생보다 체력이 달린다는 사실에 올리버는 극심한 좌절감을 느꼈다. 초등학교까지는 도보로 20분, 네 살배기가 충분히 걸어갈 만한 거리였다. 하지만 두 살배기 찰리는 종종 유모차에서 내려 걸어 다닌 반면, '게으른' 올리버는 동생 대신 유모차에 앉아 학교까지 실려 가곤 했다. 분명 바람직한 상황은 아니었다. 누가 봐도 이상한 일이었지만, 의사들은 그 어떤 답도 내놓지 못했다. 여전히 아이는 경미한 자극에도 숨 가빠했고, 성장이 더뎠으며, 늘 기력이 쇠약했다. 소년은 친구들과 축구를 하지도, 공원까지 걸어가지도 못했다. 또한 생일 파티때는 한쪽 구석에 시무룩하게 앉아 있곤 했다. 이 모든 상황은 니키의 마음을 아프게 했다. 의료 전문가들이 아무리 밀어내도 그녀는 도저히 포기할 수 없었다. 그야말로 절절한 모정이었다.

결국 올리버는 로열브롬프턴 병원 호흡기내과로 의뢰되었다. 거기서마저 밀려나면 더는 갈 곳이 없었다. 그곳의 국립 심폐 연구소에서는 올리버의 증상을 유발할 만한 원인이 심장 아니면 폐뿐이라고 말했다. 하지만 아이의 폐는 정상이었고, 흉부 방사선사진에서는 소아 심부전의 일반적 원인인 심장 비대가 나타나지 않았다. 결국 그들은, 세계적으로 유명한 그 병원에서조차 발길을 돌릴 수밖에 없었다.

오래지 않아 니키는 다시금 전화로 불쌍한 아들을 살려달라고 간청했다. 의료진이 뭔가를 놓친 게 틀림없었다. 올리버는 학교에서 친구들과 달리지도 뛰놀지도 못했다. 교사들은 이를 눈여겨보았고 다른 어머니들도 이상히 여겼다. 물론 의사 앞에만 앉으면 정상으로 보이기는 했다. 하지만 딱 거기까지였다. 그저 앉아 있는 것. 그것이 아이가 할 수 있는 전부였다. 고로 로열브롬프턴 병원 의사들은 아이가 병원 복도를 달리기로 왕복하는 모습을 지켜본 뒤 심박수를 확인하기로 했다. 아이는 이 간단한 테스트조차 완수하지 못했다. 몇 걸음만 내딛어도 심박수가 치솟았다. 뭔가 단단히 잘못되지 않고서야 운동 내성이 그렇게까지 형편없을 수는 없었다.

이제는 정말 심장 내부를 들여다봐야 했다. 청진기로 확인한 판막 상태는 양호했다. 승모판막과 대동맥판막이 순서대로 잘 닫혔고, 오히려 너무 조용한 것이 문제라면 문제였다. 하지만 심박수가 워낙 빨라서 잡음이 있었다 해도 포착이 불가능한 상황이었다. 금요일이었다. 아이의 심장이 크게 잘못됐다는 우려를 떨칠 수 없었던 병원 측은 니키에게 월요일에 다시 올리버를 데려와 심장초음파검사를 받으라고 당부했다. 그것으로 심장의 형태를 면밀히 분석하는 한편, 심전도검사를 병행하여 심장박동의 리듬까지 살펴볼 예정이었다. 어쨌든 판막의 청진음이 정상이었고 방사선사진상 좌심실 크기도 작아 보였기 때문에, 니키는 심각한 문제가 발견되지 않으리라는 희망을 품었다. 그녀는 검사가 끝나면 아들을 달랠 겸 첼시에서 아이의 이모를 만나 점심을 먹기로 했다.

이 무렵 올리버는 병원에 익숙해져 있었다. 게다가 이번에는 주사를 찌르지도 않고, 끈적한 젤리를 가슴에 바른 뒤 매끈한 탐촉자를 이리저리 문지르기만 한다니 안심이 되었다. 젊은 여자 초음파 기사가 화면 속 영상을 지켜보며 니키와 한담을 주고받는 내내 아이는 진찰대에 얌전히 누워 있었다. 모든 것이 편안하고 무탈해 보였다. 적어도 초음파 기사가 갑자기 탐촉자를 멈추고 대화를 중단하기 전까지는. 그녀의 시선은 한곳에 붙박여 있었다. 느긋하던 표정에 일순 당혹감이 감돌았다.

"왜요?" 놀란 니키의 물음에도 그녀는 대답이 없었다.

그녀는 화면 속 기이한 형상을 뚫어지게 응시하면서도 정작 자신이 보는 것의 정체를 짐작조차 못하고 있었다. 절박한 니키가 세 번이나 이유를 물었지만, 받아낸 대답이라고는 "아, 죄송해요. 고문 의 선생님을 불러와야겠어요"가 전부였다. 갑작스러운 주변의 동요 에도 올리버는 평온하게 누워 있었다. 반면 니키는 아드레날린이 솟구쳤고 우왕좌왕하기 시작했다. 남편에게 전화하고픈 마음이 굴 뚝같았지만, 현재로서는 올리버의 심장에서 뭔가 심각한 게 발견 됐다는 것밖에는 할 말이 없었다. 그러나 역시 심각한 문제임에는 틀림없었다. 그렇지 않고서야 기사가 그토록 급하게 뛰쳐나갈 이유 가 없었으니까.

6년 동안 니키는 올리버에게 뭔가 중대한 문제가 있다고 확신했 지만, 늘 괜한 걱정이니 안심하란 얘기를 들어온 터였다. 한데 이번 에는 아니었다. 고문의의 차분함도 그녀의 이런 직감을 불식시키진 못했다. 그는 초음파 탐촉자를 다시 올리버의 앙상한 가슴에 대고 는 영상을 찬찬히 살피기 시작했다. 우심방의 경미한 확장과 우심 실 비대, 폐동맥 확장이 관찰됐는데, 여태까지의 수많은 흉부 방사 선사진에서는 보이지 않던 증상이었다. 세 증상 모두 올리버의 폐 를 지나는 혈류가 어떤 형태로든 막혀 있음을 암시했다. 설상가상 으로 좌심방도 확장된 데다, 좌심실은 작고 속이 허해 보였다. 이런 증상은 보통 승모판막이 좁아졌음을 암시했지만, 류머티즘성 열로 진단하기에는 승모판막엽의 모양이 얇고 정상적이었다.

노련한 고문의는 자신이 보고 있는 대상의 정체를 정확히 알고 있었다. 하지만 워낙에 희귀한 병증이라 그 역시도 직접 진단하는 것은 이번이 처음이었다. 들릴 듯 말 듯한 목소리로 그는 '삼심방심' 이 틀림없다고 중얼거렸다. 니키는 물론 초음파 기사도 처음 듣는 병명이었다. 올리버의 혈액은 좌심방 안에서 맴돌 뿐 좌심실로 배출되지 않고 있었다. 왜냐하면 좌심방과 좌우 두 쌍의 폐정맥이 모두 얇은 막으로 막혀, 혈액이 승모판막 입구에 이를 수 없기 때문이었다. 유일한 통로는 직경 3밀리미터의 좁은 구멍이었는데, 평균적으로 6세 소년의 승모판막 구멍 직경이 18밀리미터인 점을 감안하면 좁아도 너무 좁은 길이었다.

삼심방심은 '심방이 3개인 심장'이라는 뜻이다. 올리버의 경우, 폐쇄성 막이 혈액을 댐처럼 가두면서 멀쩡한 폐에 울혈을 유발한데다, 그 좁디좁은 구멍으로 혈액을 짜내느라 몸속의 혈류가 턱없이 부족해진 상황이었다. 바로 이 선천적 기형 때문에 그간 올리버에게 그 모든 증상이 나타난 것이었다. 올리버에게는 존재 자체가 심신의 크나큰 고통이요 악몽이었다. 가엾은 부모는 매번 잘못된 정보와 함께 돌려보내지기 일쑤였다. 하지만 아직 아이는 살아 있었다. 적어도 지금은 그랬다.

소아심장내과 의사는 폐색의 심각성에 당연히 충격을 받았고, 즉시 외과의사를 호출했다. 올리버는 이미 너무 오랜 고통에 시달렸고, 문제의 막은 하루빨리 제거돼야 했다. 그사이 가엾은 니키는 무너져 내렸다. 리처드는 직장에서 소식을 기다리고 있었다. 그녀는 가까스로 남편의 휴대전화 번호를 눌렀지만 워낙 격양된 상태라 문제를 정확히 전달할 수도, 올리버가 서둘러 심장 수술을 받아야 하는 이유를 설명할 수도 없었다. 마음 좋은 심장내과의가 리처드에게 상황을 차근차근 설명해주었다. 즉 적어도 이제는 문제의 정체가 밝혀졌고, 희귀 질환이기는 해도 병원에 노련한 심장외과의가 있으니 치료 중에 위험에 처할 가능성은 높지 않을 터였다. 희귀하다는 것이 반드시 어렵다는 의미는 아니었다. 또한 수술을 받고 나면 올리버는 여느 또래처럼 평범한 삶을 살아갈 수 있었다. 올리버의 이모가 격려차 로열브롬프턴 병원으로 찾아왔고, 두 사람은 생각을 정리할 겸 아이와 함께 집으로 향했다. 그런데 이 무렵 올리버의 가족은 런던 중심가를 벗어나 비콘스필드로 이사한 상태였다.

다음 날 아침 올리버는 학교로 돌아갔다. 아이의 부모는 수술을 앞두고 겉으로나마 일상을 유지하려 애쓰고 있었다. 교사들은 아이의 상황을 이미 들어 알고 있었다. 하루아침에 올리버는 중증 심장병 환자가 되었고, 그간 아이가 또래보다 뒤처졌던 이유도 아울러 밝혀졌다. 여태 올리버에 대해 함부로 말하거나 아이를 심하게 다그치던 사람들은 죄책감을 느꼈다. 선천성 심장병 환아들은 이 같은 고충을 겪는 경우가 다반사다. 팔다리는 모두 멀쩡한데 엔진이 말을 듣지 않는 것이다. 그들은 창백한 얼굴로 운동장에 웅크려 앉아 숨을 고른다. 다른 아이들에게 놀림을 당하고, 운동회에서는 꼴찌를 면치 못한다. 부모들은 타들어가는 속을 감추고, 자녀를 위해 웃으며 일상을 지키려 노력한다.

2009년 10월 21일. 나는 빈의 유럽 흉부외과 의사회에서 심실보조장치에 대해 강연 중이었다. 고로 그날 옥스퍼드 대학병원에는 소아심장외과 의사가 없었다. 한편 니키는 비콘스필드 집에서 세 아이의 등교 준비에 한창이었다. 스스로 준비하는 두 아이와 달리, 가엾은 올리버는 심한 기침으로 여태 침대를 벗어나지 못했다. 섭씨 38도가 넘는 고열과 함께 아까부터 숨을 헐떡거렸고 심박수는 어느 틈에 빨라진 데다 피부는 노랗게 변해 있었다.

놀란 니키는 세 아이를 모두 차에 태우고 의사들보다 일찍 의료 센터에 도착했다. 이번에는 아이를 다독이거나 닦달할 새도 없이 곧바로 구급차가 호출되었다. 올리버와 어머니는 즉시 인근 종합병원으로 옮겨졌다. 에일즈베리 변두리에 위치한 스토크맨더빌 병원이었다. 그사이 다른 형제들은 옷도 제대로 갖춰 입지 못한 채, 가족의 지인이 와서 학교에 데려다줄 때까지 진료실에서 멍하니 기다려야 했다.

2009년 겨울 영국에서는 신종인플루엔자가 유행했고, 올리버의 학교에서도 감염자가 나왔다. H1N1은 인플루엔자 바이러스 중 하나로, 돼지의 호흡기에서 주로 발견된다. 멕시코에서 유입된 그 유행성 바이러스는 24시간의 잠복기를 거치며 전염성이 매우 강했다. 사망률은 5퍼센트에 달했는데, 주로 노인이나 병약자에게 폐렴을 유발하는 탓이었다. 올리버는 병약자 중의 병약자였다.

스토크맨더빌 병원에서는 올리버를 일반 소아병동이 아니라 격리실로 곧장 데려갔다. 신종인플루엔자라는 진단은 정확했다. 하지만 당장 그 치명적 바이러스 감염증을 낫게 할 치료법이 없었다. 올리버가 눈부심과 두통을 호소하며 피를 토하자, 의사들은 리렌자라는 상품명으로 더 친숙한 항바이러스제 자나미비르를 혈관에 주사하려 했지만, 병원에 아예 재고가 없었다. 저녁 무렵 이 가엾은 소년은 병세가 위중해졌다. 두 가지 희귀한 병증이 아이의 목숨을 위협하고 있었다. 니키는 아이 곁을 한시도 떠나지 않았다. 그러므로 몇 년 뒤 그녀가 내게 보낸 편지야말로 이후의 몇 시간을 가장 정확히 묘사한 글이라 하겠다.

아이를 영영 잃을 수도 있는 상황에서 부모가 느끼는 공포를 어떻게 말로 설명할 수 있을까요? 저는 제 아이들을 모두 똑같이 사랑하지만 올리버와의 관계는 특별합니다. 아이가 태어난 뒤로 6년간 수많은 시간과 나날을 병원에서 함께 보냈으니까요. 그날 밤 스토크맨더빌 병원에서 올리버는 시간이 갈수록 안절부절못하며 괴로워했어요. 아이는 침대에 기대 앉아 "엄마, 더 이상 숨을 못 쉬겠어요"라고 말했고, 저는 곧 큰소리로 도움을 청했지요. 이후의 상황은 정말이지 혼란 그 자체였어요. 경보음이 울리기 시작했고, 누군가 아이의 목구멍에 굵직한 관을 쑤셔 넣자, 다른 누군가가 아이의 바지를 자르고 사타구니에 수액 주사를 밀어 넣었죠. 저는 충격에 휩싸인 채 병실 밖으로 급히 밀려났습니다. 소아병동의 어느 친절한 어머니가 다시 병실에 들어가도 될 때까지 저를 안아줬지요. 정말 너무 무서웠어요.

어이없게도 올리버는 인공호흡기조차 장착하지 못했다. 담당 의사와 남자 간호사는 아이 곁에서 밤새 무릎을 꿇은 채 손으로 직접 검정색 앰부백을 쥐어짜가며 아이의 폐로 산소를 들여보냈다. 아마도 소아 집중치료실 병상이 원래 없었거나 이미 만원이었을 것이다. 하지만 결국 두 사람은 옥스퍼드 대학병원 소아 집중치료실에서 파견한 구조 팀이 도착할 때까지 올리버의 생명을 지켜냈고, 그제야 올리버는 인공호흡기를 장착한 채 구급차에 실려 이송되었다.

신종인플루엔자 때문에 올리버는 격리실에 수용되었고, 의료진은 동맥과 정맥 모두에 캐뉼러를 삽입하여 아이의 심혈관계 상태를 면밀히 관찰했다. 감시장치에 표시된 수치는 하나같이 절망적이었다. 혈중 산소 농도는 매우 낮았고, 혈압도 낮았으며, 심장박동은 위험할 정도로 빠른 데다, 신장은 소변을 생산하지 않았다. 혈관수축제와 이뇨제를 적절히 조절하자 한동안은 상황이 개선됐지만, 심장 내부의 차단막 때문에 종래의 그 어떤 치료법도 결국은 실패로 돌아갔다. 생리적 통로가 막히니, 폐와 간의 심각한 울혈을 해소할 방법이나 몸속 혈류를 증가시킬 방법도 덩달아 막혀버린 것이었다. 황달과 신부전이 심해지면서 혈류 대사도 시시각각 엉망이 되어갔다.

목요일 저녁, 내가 빈의 근사한 레스토랑에서 저녁 식사를 즐기는 동안 닉 아처는 비행기로 호주에서 돌아오고 있었다. 말하자면 우리 둘 다 올리버와 초조한 가족에게 아무 도움도 줄 수 없었다는 얘기다. 다행히 슬로베니아 출신의 굉장히 성실한 심장내과 대진의 디미트리스쿠 선생이 온콜 당직 중이었고, 집중치료실 전담의들은 그녀에게 도움을 청했다. 디미트리스쿠는 올리버의 상태가 너무나 독특하고 복합적이어서 아이를 살리려면 반드시 적극적 조치가 필요하다고 판단했다. 고로 그녀는 즉시 로열브롬프턴 병원에 외과의사 파견을 요청했다. 그들은 일주일 뒤 신종인플루엔자가 어느 정도 다스려지면 소년을 수술하자고 제안했다. 심혈관 허탈과 간부전 및 신부전에 유독한 전염병까지 걸린 환자에게 인공심폐기를 사용하는 것은 바람직하지 않다는 이유였다.

2009년은 모든 심장 전문병원에 대한 사망률 조사가 본격적으로 시행되면서, 구제 수술을 꺼리는 분위기가 만연해진 시기였다. 더욱이 로열브롬프턴 병원은 일반 소아과 전문의가 없는 심폐 전문병원인 데다, 감염성 질환을 다룰 장비마저 부족했다. 고로 신종인플루엔자라는 심각한 감염병을 다루기에는 옥스퍼드 대학병원 집중치료실 전담의들이 환경적으로 더 유리했다. 이들은 항바이러스제 타미플루와 더불어, 비아그라라는 상품명으로 더 유명한 실데나필을 투여해 올리버의 폐동맥 내 혈압을 낮췄고, 덕분에 아이는 밤사이 조금씩 안정을 되찾았다.

시간이 갈수록 니키도 널찍한 존 래드클리프 병원 내에 헌신적인 어린이 병원에 있다는 사실에 마음이 점차 편안해졌다. 인공호흡기를 단 어린이가 8명이었고, 각자의 다정한 부모들이 걱정스레 아이 곁을 지키고 있었다. 의사들은 듬직했고 간호사들은 친절했다. 하지만 참담한 풍경도 존재했다. 겨우 한두 살쯤으로 보이는 어린아이는 뇌수막염 합병증으로 다리에 괴저가 나타난 데다 혈액 투석까지 받고 있었다. 뇌수종에 패혈증까지 걸린 아기는 뇌 수술을 앞두고 있었다. 그런가 하면 도로에서 사고를 당해 눈이 멍들고 머리에는 붕대를 감았으며 다리에는 핀을 박고 가슴에는 흉관을 연결한 소년도 있었다. 또한 내 환자 두 명도 그 아이들 틈에서 서서히 회복 중이었다.

보호자 대기실에서 어머니들은 저마다의 사연을 들려주었고, 간호사 휴게실에서는 의사와 간호사가 옹기종기 모여 환자와 관련된 시시콜콜한 이야기를 주고받았다. 어쩐지 이곳에서라면 적응이 쉬울 것 같았다. 하지만 주말이 지나면 올리버는 중요한 수술을 위해 로열브롬프턴 병원으로 이송되어야 했다. 적어도 계획은 그랬다. 몇몇 부모는 왜 위험을 감수하면서까지 아이를 런던으로 옮기느냐고 물었다. 수술이라면 이곳 옥스퍼드에서도 얼마든지 받을 수 있는데 말이다. 니키와 리처드도 그 점이 궁금했다. 하지만 그들은 명확한 계획을 전달받았고, 로열브롬프턴 병원에 익숙했다. 그도 그럴 것이, 올리버의 폐에 신경 쓰느라 부부는 그곳에서 참 많은 시간을 보냈다. 반면 삼심방심에 대해서는 여전히 전혀 아는 바가 없었다. 심지어 지금도, 그 용어를 제대로 아는 사람은 아무도 없는 듯했다.

금요일 아침, 호주에 갔던 닉 아처가 런던 히드로 공항에 도착했고 나도 빈에서 돌아왔다. 한편 집중치료실 회진에서는 올리버의 흉부 방사선사진이 신중히 검토되었다. 비아그라로 폐울혈은 완화되었고, 이뇨제는 소변량을 증가시켰다. 우려스러운 부분은 왼쪽 폐 주위로 홍수, 그러니까 흉막삼출액이 제법 고여 있다는 점이었다. 축적이 계속되면 폐의 환기를 방해하여 폐렴을 유발하기 십상이었다. 배액이 필요하다는 공감대가 형성됐지만, 단순히 주사기로 빨아내기에는 양이 너무 많았다. 그보다는 올리버의 갈비뼈 사이에 적당한 흉관을 삽입해야 했다. 왼쪽 겨드랑이 밑을 작게 절개하여 도관을 삽입하는 임무는 당직 전임의가 맡았다. 심장외과 병동에서는 특히 일상적으로 이뤄지는 시술이었다. 올리버는 진정제로 의식을 잃어 이런 상황을 전혀 모르고 있었다. 겉보기에 시술은 순조롭게 진행되었다. 담황색 액체 400밀리리터가 순식간에 배액병으로 흘러들었다. 임무는 완수되었다.

아처는 아처였다. 히드로 공항에서 곧장 집으로 가는 대신 병원에 들렀으니 말이다. 디미트리스쿠 선생에게는 참으로 반가운 귀환이었다. 그렇지 않아도 주말에 올리버를 보살피려면 정신적 지원이 절실하던 참이었다. 그때쯤 니키는 감정적으로 녹초가 된 상태였다.

그날 오후 두 아들이 찾아왔습니다. 중간 방학이었거든요. 가운을 입고 마스크를 쓴 간호사에게 올리버를 맡기고 저는 아이들을 엄마랑 아빠가 지내는 보호자 숙소로 데려갔어요. 방에 있는데 전화벨이 울리더군요. 즉시 병실로 돌아오라는 간호사의 전화였지요. 저는 뭔가 끔찍한 일이 벌어졌다는 걸 직감했습니다. 제가 떠날 때는 아이 곁에 간호사 한 명뿐이었는데, 돌아와보니 병실이 사람으로 가득하더군요. 마스크를 챙겨 쓴 사람은 아무도 없었고요. 그중 한 사람이 아처 선생님이었죠. 흉관을 삽입한 이후로 올리버의 혈압은 내려가다 못해 사라져버린 상태였어요. 흉관에서 맑은 액체를 다 뽑아내자, 선홍빛 혈액이 조금 나오는가 싶더니, 그걸로 끝이었어요. 아이를 소생시키려 정신없이 애쓰는 와중에 흉부 방사선사진이 촬영됐습니다. 아처 선생님은 화면을 바라봤지요. 왼쪽 흉강이 이제는 완전히 불투명했어요. 그분들 말로는 '화이트아웃'이라고 그러더군요.

원인은 둘 중 하나였다. 흉관을 삽입하다 갈비뼈 사이의 늑간동맥을 찢었거나 폐를 직접 뚫어버렸거나. 어떤 쪽이든 결과는 동일했다. 왼쪽 흉강에 혈액이 들어차면서 몸속을 순환하는 혈액의 압력이 사라진 것이었다. 그런데 왜 정작 흉관으로는 혈액이 빠져나오지 않았을까? 왜냐하면 신선한 혈액이 빠르게 응고되면서 혈병이 그 가느다란 소아용 배액관을 막아버렸기 때문이었다. 선혈이 조금씩 흘러나오다 이내 멈춰버린 이유도 바로 거기 있었다. 그 후로도 출혈이 지속되면서 가엾은 올리버의 흉강은 소리 없이 혈액으로 채워졌다. 이럴 경우 처음에는 작은 말초 동맥들이 수축하여 혈액순환을 보완하지만, 결국에는 모든 순환계가 보상작용을 멈추면서 걷잡을 수 없이 망가져버린다. 그대로 방치했다가는 혈액순환이 영영 중단될 수도 있다는 얘기다.

아처의 지시 사항은 두 가지였다. 첫째, 적합한 혈액을 신속히 투여할 것. 둘째, 웨스터비가 귀국했는지 알아볼 것. 내가 전화를 받은 시각은 금요일 오후의 러시아워였다. 나는 옥스퍼드 외곽 순환도로를 막 벗어나 우드스톡을 향해 가며 가족을 만날 기대에 부풀어 있었다. 교환원은 내게 소아 집중치료실로 당장 와달라고 말했다. 나는 내 아기 환자 중 한 명에게 문제가 생겼다고 추측하며, 호출의 이유를 물었다.

그녀의 대답은 간략했다. "죄송하지만, 아처 선생님이 급히 찾으십니다."

더 이상의 논쟁은 무의미했다. 나는 최대한 빨리 병원으로 돌아가야 했다. 구급차 구역에 차를 세우고 결연히 복도를 지나 소아 집중치료실에 들어섰다. 그리고 문제의 환자를 단박에 알아보았다. 격리실은 의사와 간호사로 북적거렸다. 하나같이 표정이 어두웠다. 보호자실에서 슬피 우는 여자의 목소리가 들려왔다. 두려웠다. 내가 너무 늦은 것일까? 평소의 가벼운 농담도, 왜 이리 늦었느냐는 핀잔도 없었다. 내가 미친 듯이 차를 몰아 기록적인 시간 안에 들어설 때면 늘 들리던 환영 인사가 이번에는 들리지 않았다. 굳이 말하지 않아도 나는 상황의 심각성을 읽어낼 수 있었다.

올리버는 혈압이 감지되지 않았고 심장은 너무 빠르게 뛰느라 정작 중요한 기능을 수행하지 못하고 있었다. 소아과 전임의는 수혈 팩을 쥐어짜며 올리버의 좁은 정맥에 혈액을 부지런히 들여보내고 있었다. 아처는 내게 흉부 방사선사진을 보이며 상황을 간략히 설명했다. "삼심방심이에요. 왼쪽 심장이 막혔고, 왼쪽 흉막강엔 혈액이 들어찼어요. 거기다 신종인플루엔자까지 걸렸죠. 인공심폐기에 연결하지 않으면 몇 분 안에 사망할 겁니다." 요컨대 "어서 와요, 학회는 어땠어요?" 따위의 인사는 아니었다.

나는 예의 그 동의서를 들고 보호자 대기실로 이동했다. 내 몫의 칸은 이미 채우고 서명까지 마친 상태였다. 나는 소개나 설명은 건너뛰고 양해의 말을 건넸다. 촌각을 다투는 상황이었다. 올리버의 목전에 다가온 죽음을 물리치려면 서둘러 조치를 취해야 했다. 나는 당장 병상을 밀고 복도를 달려야 했다. 위험이니 이득이니 하는 소리를 지껄일 때가 아니었다.

가엾은 니키는 그때의 대화를 이렇게 기록했다.

제 기억으로 저희는 아이의 수술을 원치 않는다고 말했어요. 너무 약해서 수술할 수 없다는 얘기를 들은 상태였으니까요. 선생님은 저희에게 선택의 여지가 없다고 하셨죠. 그때 저희를 대하던 선생님의 태도를 저는 지금도 선명히 기억합니다. 선생님은 자신감과 확신에 차 있었어요. 저희를 도울 수 있다고 굳게 믿고 계셨죠. 그런 모습이 아니었다면 저는 절대 아이를 맡기지 않았을 거예요. 그 참담한 시기에 저희에게 이루 말할 수 없이 큰 힘이 됐으니까요. 생각해 보세요. 누군가 들어오더니 상황이 좋아 보이진 않지만 시도를 해보겠다고 말하는 거예요. 올리버를 수술실로 보낼 때, 선생님은 병상을 직접 밀고 가면서 돌아올 때도 직접 데려오겠노라고 말씀하셨죠. 아이를 보낸 뒤 리처드와 저는 서로를 부둥켜안은 채 대기실에 앉아 열심히 시간을 계산했답니다. 아이를 인공심폐기에 연결해도 목숨을 부지할 만큼 충분한 시간이 흘렀는지 확인하고 싶었으니까요.

이 따뜻한 피드백은 그로부터 몇 년 뒤에 받은 것이다. 또한 이는 내 무모한 접근 방식을 지지했다는 점에서 매우 반가운 피드백이기도 했다. 자녀가 죽어가는데, 성찰과 모호성은 사치였다. 어쩌면 일반의료심의회는 내 동의서 확보 절차를 지지하지 않았을지 모르지만, 나는 개의치 않았다. 스스로의 판단을 믿었으니까. 올리버는 집중치료실을 나선 지 5분도 지나지 않아 수술대에 반듯이 눕혀졌다. 소아심장마취 전문의 케이트 그렌베닉은 온콜 당직이 아니었다. 하지만 그녀는 딸과 만들던 케이크를 내팽개쳐둔 채, 그야말로 묻지도 망설이지도 따지지도 않고 병원으로 달려와 그 소생 작전에 합류했다.

응급 상황에서 심장을 노출시키는 데 걸리는 시간은 약 1분이다. 메스를 깊숙이 찔러 피부와 지방을 동시에 절개한 뒤 전동톱으로 뼈를 가른다. 금속 견인기로 흉골을 비집어 열고 섬유성 심낭을 째면, 이윽고 심장이 모습을 드러낸다. 대동맥과 우심방 두 곳에 쌈지봉합을 하고 캐뉼러를 밀어 넣은 다음 인공심폐기를 가동한다. 여기까지 끝내면 비로소 모두에게 상황을 살필 여유가 생긴다. 올리버는 마침내 한 고비를 벗어났다.

첫 번째 임무는 왼쪽 흉골 아래의 흉막강을 가르고 액상 혈액—나중에 혈류로 돌려보내야 할, 수혈이 가능한 모든 피—을 흡입해 체외 순환로로 들여보내는 것이었다. 혈액의 일부는 벌써 말캉하니 응고되어 푸줏간에서 저민 간을 연상시켰지만, 그러한 핏덩이의 종착지는 프라이팬이 아니라 폐기물통이었다. 죽음이 가까워지면 대사가 교란된다는 점에서, 마취과의사의 임무는 중탄산나트륨으로 젖산을 중화시키고 혈중 칼륨 농도를 조절하는 것이었다. 그사이

나는 차디찬 심정지 용액으로 심장을 멈추고 확장된 좌심방을 가르기 시작했다. 보통은 견인기를 제 위치에 장착하는 즉시 승모판막이 보이게 마련이지만, 이 기이한 심장만은 예외였다. 승모판막은 정상적 심방벽처럼 보이는 무언가에 완전히 가려져 있었다. 예의 그 살인적인 막의 존재를 암시하는 유일한 단서는 좌심방의 주된 공간과, 승모판막 바로 앞의 작은 공간 사이에 난 지독히도 좁은 틈이었다. 이건 마치 투탕카멘의 무덤을 탐험하는 듯한 기분이었다. 한번이라도 손을 잘못 놀렸다가는 자칫 중요한 구조물이 훼손될 수 있었다.

나는 그 틈새로 직각 겸자를 조심스레 밀어 넣은 뒤 시험 삼아 살짝 잡아당겼다. 좌심실이 따라 움직이지 않는 걸로 보아, 내가 당긴 것이 승모판막은 아닌 듯했다. 이에 안심한 나는 그 천막 모양의 차단막을 가위로 잘라, 그 아래 승모판막 입구를 노출시켰다. 그런 뒤에는 문제의 막을 완전히 도려내 올리버의 생존 전망을 일거에 바꿔놓았다. 이제 심장이 정상인 만큼, 신종인플루엔자로 목숨을 잃지는 않을 터였다. 나는 소독간호사를 시켜 그 작디작은 조직편을 식염수 용기에 담아두었다. 수술이 끝나면 아이의 겁에 질린 부모에게 그것을 마치 트로피처럼 당당히 내보일 수 있도록.

내가 심방을 봉합하는 사이 수술실의 긴장된 분위기는 눈에 띄게 누그러졌다. 그날 저녁을 뒤흔든 한 편의 드라마가 결말을 향해 가고 있었다. 올리버의 가느다란 관상동맥으로 혈액이 원활히 흘러들면서, 아이의 심장은 근육이 탄탄해지더니 스스로 박동하기 시작했다. 좌심실에 혈액을 채우자, 오실로스코프 화면에 활발한 압맥파가 나타났다. 이제 심박수가 더 낮아졌음에도 심장은 훨씬 더 많은 혈액을 대동맥으로 내보내고 있었다. 심장 수술을 하지 않았다면, 이 같은 즉각적 치유는 절대 불가능했을 터였다.

니키가 보낸 감동적 편지의 끝에서 두 번째 문단에는 그날 저녁에 대한 그녀의 기억이 적혀 있었다.

제 기억으로 선생님은 저희에게 서너 시간은 지나야 아이의 소식을 들을 수 있을 거라고 하셨어요. 두 시간쯤 지났을까요? 저는 남편을 남겨두고 화장실에 가려고 혼자 보호자 대기실을 빠져나왔죠. 그 밤의 텅 비고 우울한 병원 복도를, 선생님이 수술실을 나와 복도 저 끝에서 제 쪽으로 걸어오던 모습을, 저는 절대 잊지 못할 거예요. 마치 영원 같던 시간이 지나 마침내 선생님은 제 앞에 섰고, 저는 얼어붙었죠. 너무 불안한 나머지 땀이 흐르고 정신이 혼미해졌어요. 이 사람이 지금 무슨 말을 하려는 걸까? 아이는 죽었을까, 살았을까? 제 딴에는 선생님의 표정을 읽으려 무진 애를 썼지만, 조명이 워낙 희미한 데다 선생님이 있는 자리는 특히 어두웠어요. 그 끝없는 운명의 복도에서 우리는 아주 천천히 서로의 얼굴을 마주보았지요. 선생님은 제 어깨에 두 손을 올리고는 이렇게 말씀하셨어요. "다 잘됐어요. 다 잘됐습니다." 그때 제가 그 자리에서 쓰러지지 않은 건 정말이지 기적이에요! 아직도 그 순간을 떠올리면 눈물이 흐르니까요. 살면서 그렇게 두려웠던 적은 처음이었어요. (아, 딱 한 번, 집에 방한모를 쓴 강도가 들어 저희 가족이 인질로 잡혔을 때를 빼면요.) 오죽하면 배가 다 아플 정도였다니까요. 그 금요일 오후의 아름다운 기적을, 올리버가 살아서 우리 곁에 돌아왔다는 사실을 저는 아직도 믿을 수 없습니다. 마치 마술 같았죠. 홀연히 왔다가 다시 자취를 감춘 마술사는 바로 선생님이고요.

그만큼 대단한 일을 해내신 거예요.

우리가 죽음을 유발하는 생화학적 현상을 바로잡고, 문제의 살인적 막을 제거한 다음, 올리버에게 공여 혈액을 수혈하자, 아이의 몸은 놀라운 기세로 회복돼갔다. 갑작스러운 폐질환의 원인이었던 신종인플루엔자는 바이러스가 물러가면서 맥없이 사라졌다. 아이는 회복되었다. 아이의 목을 조이던 옷깃은 제거되었다. 죽음의 그림자를 가까스로 벗어난 뒤 아이는 이제 운동을 즐기는 평범한 십대로 자라났다. 니키의 예감은 옳았다. 올리버의 가족은 적절한 때에 적절한 장소에 있었다. 옥스퍼드의 어린이 병원은 올리버의 여러 복잡한 문제를 다룰 역량과, 비번인 금요일 저녁에도 지원을 요청하면 기꺼이 달려오는 헌신적인 팀을 갖추고 있었다. 이들에게 중요한 것은 소년의 목숨을 구하는 일이었다. 그들은 해냈고, 거기서 희열을 느꼈다. 주말 동안 그들은 모두 집에 돌아가, 어느 어린아이의 생명을 구해낸 자신들의 무용담을 자랑스레 들려줄 수 있을 터였다.

나는 조금은 혼란스러운 심정으로 우드스톡의 석양을 향해 차를 몰았다. 올리버를 살리는 일은 헌신적인 의료진의 어마어마한 노력 덕분에 가능했다. 하지만 내가 빈에서 들은 소식에 따르면, 옥스퍼드 대학병원 소아심장외과는 조만간 폐쇄될 예정이었다. 악명 높은 브리스톨 심장 스캔들을 기점으로, 외과의 한 명이 부서를 혼자 감당하는 구조는 절대 용납되지 않는 분위기가 빚어진 탓이었다.

브리스톨 심장 스캔들은 우리 외과계 전체에 경종을 울렸다. 사실 소아심장외과 전문의는 애초에 많지 않았다. 그러다 해당 사건을 계기로 고질적 문제가 수면 위로 드러났고, 몇 주 동안 영국에서는 그것이 주요 뉴스로 다뤄졌다. 유가족은 거리에서 시위를 벌였고, 브리스톨 왕립 병원Bristol Royal Infirmary 정문 밖에는 묘지처럼 꽃들이 쌓여 있었다. 그 병원 외과의사들은 죄인에 대량 학살자 취급을 받았다. 물론 여기에는 다 이유가 있었다. 그 병원에서 심장 수술을 받은 소아의 사망률이 다른 전문병원의 갑절인 데다, 일부 수술의 경우 사망률이 그야말로 터무니없이 높았기 때문이었다.

소아심장내과 의사와 마취과의사, 간호사 들은 모두 문제의 내막을 어렴풋이 알아차렸고, 그러다 누군가 내부 사정을 폭로하면서 소문은 일파만파로 번져나갔다. 하지만 적어도 그들은 결과를 위장하지는 않았다. 공적 조사 기관 수장의 담담한 진술에 따르면, "브리스톨 왕립 병원에는 자료가 넘쳐났다." 어린이의 심장을 수술하는 모든 병원은 사망률에 관한 정보를 모아두었고, 왕립외과대학과 흉부외과 의사회가 그 내용을 들여다보게 되었다.

조사 팀은 이것이 비단 브리스톨 왕립 병원만이 아니라 NHS 전반에 만연한 문제임을 강조했다. 소아 심장병 관련 전문의는 내외과가 각기 두 병원에 한 명꼴로 존재했는데, 한 병원에 소아심장내과가 있으면 다른 한 병원에는 소아심장외과가 있는 식이었다. 소아를 전담하는 집중치료실 병상도, 소아와 관련된 전문 교육을 받은 간호사도 존재하지 않았다. 중환자 관리는 "체계가 엉망"이었고, 너무 많은 시설과 너무 많은 필수 장비를 자선적 기부에 의존하는 실정이었다. 조사 팀이 여러 번 지적한 바와 같이, 재정은 부족했고 그로 인해 아이들의 목숨이 위험해질 수 있다는 사실은 철저히 외면당하고 있었다.

그 병원 소아심장외과 의사들과 최고 책임자가 의료인 명부에서 한꺼번에 삭제되었다. 그런 뒤에는 이 막강한 의료 전문직의 기강을 잡기 위한 공적 마녀사냥이 전개되었다. 조사 기관은 외과의사별 수술 환자 사망률을 대중에 공개하기로 결정했다. 그리고 몇 년 뒤 우리는 그 모든 변화의 대가를 톡톡히 치르게 되었다. 이제 영국의 소아심장외과 전문의 가운데 60퍼센트는 외국 대학 출신이며, 출중한 인재로 수련의 자리를 채우기란 갈수록 더 어려워지는 추세다.

브리스톨 스캔들 직후 보건부는 상당수의 소아심장외과 병동을 없애기로 계획했다. 옥스퍼드 대학병원 소아심장외과는 규모가 가장 작았던 만큼 폐쇄의 대상이 되리라는 것을 나는 직감할 수 있었다. 칼끝이 우리에게 닿기까지는 그리 오랜 시간이 걸리지 않았다. 한편 이 혼란을 일종의 사업적 기회로 삼은 이들도 있었다. 그들은 외과의사별 수술 결과를 미디어에 적극적으로 제공했는데, 특히 임페리얼 칼리지 런던Imperial College London의 닥터 포스터 유닛Dr Foster Unit이 대표적이었다. 그들은 마치 전선에 앉아 먹잇감을 기다리던 독수리처럼, 보건의료와 관련된 특정 정보를 신문에 넘기는 대가로 수수료를 챙겼다. 2004년 학술지 《브리티시 메디컬 저널》에는 소아의 심장 수술 후 사망률에 관한 닥터 포스터 유닛의 논문이 게재되었다. 정보의 출처는 신뢰도가 낮기로 악명이 자자한 NHS 병원사건통계NHS Hospital Episode Statistics, 그러니까 사무직원들이 도출했고 브리스톨 스캔들 조사에 사용된 바로 그 자료였다. 다행히 그 무렵 이미 기존의 소아 심장 병원 13곳에서는 자체적으로 결과를 수집하여 교차검증을 실시한 뒤 그 결과를 매년 중앙심장감사자료은행Central Cardiac Audit Database(CCAD)에 제출하기 시작한 상태였다.

닥터 포스터 유닛의 논문에 따르면, 옥스퍼드 대학병원에서 인공심폐기를 사용하여 수술한 1세 이하 어린이의 사망률은 다른 병원에 비해 유의미하게 높았다. 하지만 그와 동시에 옥스퍼드는 인공심폐기 없이 수술한 아기들의 사망률이 가장 낮은 병원으로 공인된 상태였다. 그 당시 NHS의 병원사건통계가 심각하게 부정확하다는 사실은 삼척동자도 알고 있었지만, 이제 우리는 그 사실을 우리힘으로 증명해야 했다. 그들이 발표한 자료는 이른바 '작은 병동 폐쇄' 정책에 무게를 싣기 위한 악의적 표현들로 점철되었고, 우리는그들이 틀렸다는 사실을 알고 있었다. 옥스퍼드 대학병원은 그들의주장을 검토하기 위한 독립적 조사를 요구했다.

조사 결과, 해당 자료에 근거한 과거의 모든 연구를 미심쩍게 만드는 내용들이 확인되었다. 독립적 검증에 근거한 CCAD 자료와 비교했을 때, 병원사건통계의 자료는 병원별로 5건에서 147건의 수술기록을 누락한 데다, 어처구니없게도 사망의 경우 0에서 73퍼센트가 기록에서 제외된 상태였다. 반면에 아처와 윌슨 선생이 정리한옥스퍼드 대학병원의 자료는 굉장히 정확하여 모든 사망 사례가 낱낱이 기록돼 있었다. 우리 병원의 경우 누락 비율이 0퍼센트였다. 그런데 최대 규모를 자랑하는 전문병원 4곳의 경우 사망 사례의44에서 70퍼센트가 기록에서 생략돼 있었다! 그로 인해 닥터 포스터 유닛은 모든 전문병원 수술 환자의 평균 사망률이 실제의 절반에 불과한 4퍼센트라고 주장하게 된 것이었다. 옥스퍼드 대학병원은 수술 건수가 가장 적고 자료 보고가 가장 정확했던 탓에 다른전문병원에 비해 사망률이 턱없이 높게 나타났을 뿐, 사실 우리의 위치는 정확히 중간이었다. 조사 결과 닥터 포스터 유닛은 주요 전문병원의 수술 환자 사망률은 고사하고 수술 건수에 대해서도 정확한 수치를 제공하지 못했다. 그들의 목적은 악의적이고 해로운 결론을 공공연하게 떠벌리는 것 이상도 이하도 아니었다.

이쯤에서 누군가는 혀를 내두를 것이다. 아기의 심장을 수술하는 일만도 이미 충분히 어려운데, 쓸데없이 입만 놀리는 관심병 환자들의 헛소리까지 감당해야 하는 현실이라니. 아기에게 로스 수술을 시행하는 전문병원이 과연 몇 곳이겠는가? 소피나 올리버 같은 환자를 살려낼 전문병원은 또 몇 곳이겠는가? 태아의 대동맥판막을 확장할 사람이 닐 윌슨 말고 누가 있겠는가? 상식적으로 위의 일화는 사망률 보도에 대한 대중의 불신으로 이어져야 마땅했지만, 옥스퍼드 대학병원은 그런 전개를 기대할 만큼 순진하지 않았다. 이번 전투의 승리와 관계없이, 우리의 병동을 폐쇄하기 위한 흠집 내기는 또다시 시작될 것이 자명했다.

이내 다른 전문병원들이 공격을 받기 시작했다. 어떻게 통계를 내든 외과의사 및 병원의 50퍼센트는 평균보다 아래 순위에 자리할 수밖에 없다는 사실을 언론은 깨닫지 못했다. 글래스고의 전반적 소아 생존율이 95.9퍼센트라는 내용이 보도됐을 때는 영국의 평균인 96.7퍼센트보다 낮은 수치라는 이유로 대중의 항의가 빗발쳤다. 스코틀랜드 언론의 불만은 '글래스고의 소아 심장 수술 사망률이 영국의 나머지 지역에 비해 유의미하게 높다'는 것이었다. 무려 0.8퍼센트나 더 높았다! 스코틀랜드 환자 협회 회장은 이렇게 투덜거렸다. "절대 받아들일 수 없는, 무척 우려스러운 결과입니다! 병원들은 이 정도 수치에 만족할지 몰라도 저는 그럴 수 없습니다!" 지역 텔레비전 방송국은 이 같은 공격적 발언을 비중 있게 보도함으로써, 그간 명성이 자자하던 전문병원들의 신뢰도를 무너뜨렸다.

그런가 하면 한창 '안전과 지속가능성'을 표방하던 정치권에서는 잉글랜드 내 소아심장외과 전문병원의 절반가량을 폐쇄하겠다는 목표를 세웠고, 로열브롬프턴 병원도 대상에 포함되었다. 전략적으로 선별된 정치 활동가들로 위원회가 구성되었다. 그들은 자신들과 무관한 전문병원들을 골라 폄하하는 작업에 착수했다. 안전과 지속가능성 위원회의 주장에 따르면, 전문병원으로 살아남기 위해서는 적어도 4명의 소아심장외과 전문의를 보유해야 했다. 그 요건을 충족하는 병원은 극소수에 불과했고, 항간의 주장과 달리, 규모가 클수록 더 좋은 병원이라는 근거는 전혀 없었다. 실제로 미국의 전문병원은 대부분 옥스퍼드 대학병원보다도 규모가 작았다. 아니나 다를까 병원들은 해외에서 소아심장외과 전문의를 모셔오는 데 사활을 걸었다. 설상가상으로 내 유일한 소아과 동료는 고국에 전문병원을 세우겠다며 스리랑카로 돌아간 상태였고, 나는 다시 혼자 남겨졌다.

이 무렵 옥스퍼드 대학병원은 저울질에 한창이었다. 앞으로 소아심장외과가 더 많은 비용을 유발할 것이 자명하다면, 굳이 재정적 부담을 감수하면서까지 그 부서를 유지할 필요가 있을까? 하지만 가엾은 부모들과 지역사회는 우리 부서가 유지되기를 염원했다. 결국 존 래드클리프 병원은 대중의 압력에 못 이겨 소아심장외과 전문의 2명을 모집한다는 공고를 게시했다. 하지만 옥스퍼드라는 이름값에도 불구하고, 괜찮은 지원자는 죄다 해외 출신이었다. 그 뛰어난 지원자 중 한 명은 노르웨이의 유명 외과의사로, 나와는

2년간 함께 수련을 받은 사이였지만, 종전보다 급여가 절반으로 깎인다는 얘기에 끝내 이직을 고사했다. 두 번째 후보자는 호주 일류병원의 고문의로 제법 성공가도를 달리던 중 임시직 형태로 옥스퍼드 대학병원에 입사했다. 그가 도착하던 무렵, 나는 혼자서 제대로 쉬지도 못하며 2년 넘게 일해 온 상태였다. 연말연시가 코앞으로 다가와 있었고, 나는 밀린 휴가를 이번에도 챙기지 않으면 영영 못 쓰게 된다는 소리를 경영진에게 들은 터였다. 게다가 마침 정식 수련을 마친 외과의도 들어왔으니, 나로서는 간만에 가족과 시간을 보낼 겸 휴가를 챙기는 편이 합당해 보였다.

내가 자리를 비운 크리스마스 연휴, 복잡한 응급환자들이 유례없이 잔뜩 몰려들었고, 그들 중 일부는 사망했다. 소식을 들은 나는 사망의 정황을 납득시키고 신임 외과의가 비난을 면할 때까지 우리 부서의 수술을 전면 중단하기로 결정했다. 하지만 나는 이게 당국이 노리던 기회라는 사실을 이미 알고 있었다. 그들은 이번 일을 소규모 전문병원 폐쇄의 당위성을 설파하는 수단으로 이용할 것이었다. 하지만 그 안전과 지속가능성 프로세스에 박차를 가하려면 또 한 차례의 조사가 필요했다. 위원회는 내가 수술한 환자들의 결과까지 긁어모으려 혈안이 되어 있었고, 그 목적은 당연히 브리스톨 왕립 병원의 경우처럼 우리 부서 전체의 신용을 떨어뜨리는 것이었다. 하지만 그들은 내 수술 결과에서 흠결을 찾아내지도, 신임 외과의의 잘못을 잡아내지도 못했다. 이후에 그는 원래 계획한 대로 다른 곳에서 외과의사로 성공하기 위해 옥스퍼드 대학병원을 퇴사했다. 그럼에도 당국자들은 불만을 삭이지 못하고 우리에게 대체인력을 충원할 때까지 수술을 계속 보류할 것을 요구했다. 물론

겉보기에는 완벽히 합리적인 결정이었다. 하지만 내막을 알고 보면 이 요구를 충족시키기란 불가능했다. 보충할 인력이 없었기 때문이다. 대관절 누가 이런 환경에서 소아심장외과 의사로 일하고 싶어 하겠는가?

결국 소아심장외과 병동은 폐쇄되었고, 나는 마침내 끝없는 온콜 당직과 자체적 금주 원칙의 굴레에서 벗어날 수 있었다. 확신컨대 나는 아이들을 수술하던 시절을 그리워하게 될 것이었다. 하지만 당장은 미련 없이 모든 걸 멈추고 물러나 막중한 책임에서 비로소 해방되었다. 하지만 그 대가는 어떠했는가? 잉글랜드 최고의 소아외과 교육 시설은 역할을 빼앗겼고, 윌슨과 내가 카테터 삽입술과 덜 침습적인 심장 수술을 함께 시행할 목적으로 개발한 온갖 전문적 기법은 헛수고가 되었으며, 우리 어린이 병원이 자선기금으로 힘겹게 마련한 설비들도 무용지물이 되었다. 더욱이, 지역 내 미숙아 병동에는 동맥관개존증 환아의 동맥관을 닫거나 잘라줄 외과의가 더 이상 존재하지 않았다. 고로 우리 지역의 신생아들은 내가 평상시 아기들의 침상에서 15분이면 시행하던 수술을 받기 위해 멀리 사우샘프턴이나 런던까지 이동해야 했다.

부모들은 실의에 빠졌다. 특히 완화 수술을 받은 뒤 내게 이차로 완치 수술을 받기 위해 기다리던 아이들의 부모는 더욱 상심이 컸다. 그들은 옥스퍼드 의료진을 믿었지만, 이제 일면식도 없는 외과의를 찾아 수 킬로미터를 이동해야 했다. 우리의 항의는 모두 묵살되었다. 뒤를 받쳐줄 외과 팀이 없는 상황에서는 천하의 닐 윌슨도 카테터실에서 정교한 수술을 시행할 수 없었고, 결국 그는 미국 콜로라도주 덴버로 떠나 그곳의 한 심장내과를 이끌게 되었다. 그런가 하면 다른 훌륭한 외과의들도 자신들의 일터가 더욱 전방위적인 폐쇄 위협에 직면하자, 미국으로 이민을 가거나 각자의 나라로 돌아갔다. 다른 병원들도 폐쇄 위협에 맞서 비슷한 홍역을 치러야 했다. 법정에서는 안전과 지속가능성 위원회—우리가 다시 붙인 이름으로는 '술수와 지속불가능성' 위원회—가 잘못된 정보에 의존해 '부적절한 절차'를 진행했다는 혐의가 제기되었고, 이에 문제의 계획은 신뢰성을 잃고 완전히 폐기되었다. 결과적으로, 위기에 직면했던 다른 전문병원들은 몇 년이 지난 현재까지도 무사히 운영 중이다.

옥스퍼드 대학병원 소아심장외과가 폐쇄된 뒤로는 올리버처럼 운 좋은 아이들이 나오지 않았다. 그 무렵 나는 이를테면 인공심장이나 줄기세포 등과 관련된 다양하고 흥미로운 프로젝트에 참여 중이었다. 하지만 나는 한 아이의 목숨을 구하고서 느끼던 그 크나큰 만족감이 그리웠다. 니키가 보낸 편지의 마지막 줄은 내가 누리던 특권의 크기를 더욱더 실감케 했다.

인생의 그 짧은 순간에 선생님을 만났다는 것이 우리 가족에게 얼마나 큰 행운이었는지를 저는 깨닫습니다. 선생님이 하신 일 덕분에 우리에게는 매일이, 매번의 가족 모임이, 매번의 크리스마스와 특별한 날들이 정말이지 훨씬 더 행복해졌어요. 고맙습니다. 고맙습니다. 고맙습니다!

이보다 멋진 유산이 어디 있겠는가?

11장

———

비탄

영국의 한 신문에서 내 전작 『연약한 생명들』에 관해 논하던 어느 평론가는 내가 '자기 의심이 결여돼' 있다고 고백한 것을 의아히 여겼다. 확실히 그 섬세한 영혼은 자기성찰과 취약성을 주제로 이야기를 펼치는 의학 작가들에 익숙해 있었다. 하지만 단언컨대 자기 의심은 비단 전쟁터의 저격수뿐 아니라 숙련된 심장외과 의사에게도 그리 바람직한 자질이 아니다. 우리에게는 각자의 임무가 있다. 내가 수술을 잘하면 환자는 좋아지고, 내가 수술을 망치면 환자는 사망한다. 마찬가지로 저격수가 목표물을 맞히면 테러리스트는 제거될 것이고, 저격수가 적의 머리통을 날리지 못하면 그의 동료들이 테러리스트의 손에 살해될 것이다. 그러므로 말하건대, 자기성찰과 자기 의심은 이런 일을 수행하는 데 전혀 도움이 되지 않는다.

하지만 나는 그 감상적 풍토의 근원을 알고 있다. 일반의료심의회의 면허 갱신 절차는 의사에게 내면을 들여다보고 자신의 의료 행위를 성찰할 것을 요구한다. 또한 법으로 규정된 정직의 의무는 환자 또는 환자 유가족에게 진실만을 말할 것을 의사에게 명령한다. 고로 나는 약간의 자기 의심을 마침내 여러분과 공유하고 내가 그 모든 감상을 떨쳐내야 했던 이유를 비로소 설명하려 한다.

그날 병원 관리자는 기어이 나를 찾아내더니, 환자 하나를 우리 병동에 입원시켜야 한다고 무뚝뚝하게 통보했다. 사고로 응급실에 실려 온 남자인데, 조금 있으면 목표 대기시간인 4시간이 넘어간다는 것이었다. 하지만 그를 받아들이려면, 심부전 악화로 다음 날 대동맥판막 및 승모판막 치환술이 예정된 환자에게 가야 할 마지막 병상을 내줘야 했다. 어쨌건 관리자 입장에서는 단지 업무에 충실할 뿐이었으므로, 나는 그에게 5분 안에 내려가겠다고 알리는 한편, 만약 정히 그 대기 환자를 병원 복도로 밀어내고 싶으면 친히 그렇게 하시라고 정중히 덧붙였다.

이제 나는 그가 병실에 밀어 넣으려 하는 문제의 신사에 대해 알아내야 했다. 그는 건강하고 젊은 건축업자로, 근무 중에 계단에서 미끄러지며 오른쪽 가슴 아래 부분을 몸이 되튈 정도로 세게 부딪쳤다. 갈비뼈 두 대에 금이 가면서 해당 부위의 심한 통증을 호소했는데, 사실 그리 놀라운 상황은 아니었다. 하지만 그의 동료는 걱정스러운 마음에 긴급 전화번호 999를 눌렀고, 초고가의 헬리콥터가 의사를 싣고 그 건물을 향해 날아갔다. 일단 소모적 논쟁을 방지하는 차원에서 말해 두자면, 그 같은 병원 전 응급의료 서비스는 통상 수천 명의 목숨을 구해낸다. 그러나 이번 출동에는 승객이 한 명 더 따라붙었다. 카메라맨이었다. 한 텔레비전 프로그램 제작진이 그 구급 헬리콥터에 동승하여 이 숭고한 대원들에 관한 다큐멘터리를 촬영 중이었다. 그러다 보니 약간의 극적 요소가 필요해졌고, 결국 그 건설 현장의 먼지와 돌무더기 속에서 정맥주사관과 흉관 삽입이 진행되었다.

이제 여러분도 아시다시피 흉관의 사용 목적은 폐 주변의 잠재적 공간인 흉막강에서 혈액이나 공기를 제거하는 것이다. 여기서 굳이 '잠재적'이라고 말한 이유는, 본래 폐와 흉막 사이에는 공기가 새거나 내부 동맥이 다쳐 출혈이 발생하지 않는 한 공간이 부재하기 때문이다. 틀림없이 그 의사는 좋은 뜻으로 당시의 헬리콥터 구조 가이드라인을 따랐을 테지만, 일반적으로는 흉관을 삽입하기 전에 흉부 방사선사진을 촬영하여, 치료 대상의 현 상태와 흉관의 정확한 삽입로를 파악해 둬야 한다. 그러지 않으면 자칫 흉관이 심장을 뚫고 들어가 치명적 결과를 야기할 수 있고, 그간 나는 유사한 사례를 숱하게 보아온 터였다.

흉관을 삽입하기 위해 그 의사는 건축업자의 갈비뼈 사이에 국소마취제를 주사한 뒤 메스로 흉벽을 찔러 상처를 냈다. 그러고는 가슴에 플라스틱 도관을 밀어 넣었다. 표면상의 이유는 호흡을 방해하는 무엇을 배출하기 위해서였지만, 사실 그는 쇼크 상태에 빠지지도, 숨을 헐떡거리지도 않았다. 다만 지독히 아플 뿐이어서 스스로 병원에 걸어가 흉부 방사선촬영을 진행해도 무방한 상태였다. 하지만 흉관은 오히려 통증을 악화시켰고, 그로 인해 환자는 당황한 기색이 역력했다. 사실 그에게는 수액 주사도 불필요했다. 환자의 불안을 가중시킬 수 있을뿐더러, 가뜩이나 혈압도 이미 높은 상태였으니까. 그럼에도 이 모든 과정은 몹시 그럴싸한 장면을 연출했고, 덕분에 구급 헬리콥터 운용 기금 조성에도 보탬이 될 듯했다.

마침내 환자는 병원에 도착했고, 흉부 방사선사진이 촬영되었다. 그런데 어찌 된 영문인지 흉관이 오른쪽 폐의 실질 속으로 깊이 파고들어 있었다. 알고 보면 이는 당연한 결과였다. 애초에 흉관이 들어갈 자리, 즉 혈액이나 공기의 유입으로 형성된 공간 자체가 없었으니까. 그는 과거의 흉부 감염에서 비롯된 섬유성 유착으로 오른쪽 흉막강이 막혀 있었다. 한데 졸지에 폐가 뚫리는 상처까지 입게 된 것이었다. 물론 갈비뼈 두 대에 금이 가 있기는 했다. 하지만 제자리를 벗어나지 않은 데다, 나 역시 비슷한 부상을 당하고도 소량의 국소마취제를 주사한 뒤 럭비 경기를 뛴 적이 있었다.

더욱이 이 환자 때문에 내 환자의 예정된 수술을 취소하고 싶지는 않았다. 그래서 나는 지역 외상 센터 의사들에게 흉관을 제거하고 상처를 소독한 다음 해열진통제 파라세타몰을 한 갑 들려 환자를 귀가시키라고 덤덤히 말했다. 이는 케이프타운과 요하네스버그에서 통용되는 방식이었다. 그러지 않으면 병원의 침상이 온통 자창 환자로 넘쳐날 테니까. 하지만 문제의 의사들은 자기 의심과 자기성찰에 매몰된 나머지 내 제안에 하나같이 불신을 드러냈다. 만에 하나 일이 잘못되기라도 하면, 그들 중 누구도 소송을 면치 못할 테니 말이다. 별수 없이 나는 환자를 흉부외과 병동으로 데려와 문제의 흉관을 몸소 제거하기로 했다. 그사이 내 심부전 환자는 가엾게도 집으로 보내졌으며, 다음 날 내 수술 환자 명단에는 아까운 공백이 생겼다.

한편 건축업자는 어떠했는가? 그의 아내는 흉관이 정말 필요했느냐는 질문을 던졌고, 나로서는 필요하지 않았다고 대답할 수밖에 없었다. 앞서 언급한 정직의 의무 때문이었다. 그가 병실에 앉아 있는 이유는 자창이었고, 갈비뼈의 타박상과는 전혀 무관했다. 차라리 그는 승용차로 내원하는 편이 더 안전했을 터였다. 워싱턴 외상 센터Washington Trauma Center가 발표한 관통창 관련 연구에서도 그러한 사실이 입증된 바 있었다. 병원 전 처치는 너무 침습적일 수 있으니, 환자를 살리려면 즉시 들고 뛰라는 것이었다. 아니나 다를까 문제의 TV 프로그램 제작진은 이 일련의 사건을 방송하지 않았다. 하지만 나는 방송했어야 마땅하다고 생각한다. 이러한 주제들을 공론화하지 않으면, 대관절 누가 거기서 교훈을 얻을 수 있겠는가! 젊은 시절 나는 흉부외상 교과서를 두 권 집필하고 편집했으며, 미국에 다녀온 뒤에는 영국에 구급 헬리콥터를 도입하려 고군분투하기도 했다. 하지만 헬리콥터는 생명이 위태로워 빠른 장거리 이송이 필요한 경우에 한해서 유용하다. 헬리콥터의 효과는 전적으로 그 안에서 구조를 지휘하는 사람의 역량에 달려 있다.

이 항공 드라마의 급속한 전개에 비하면 우리가 밤낮없이 제공하는 통상적 의료서비스의 현실은 답답하기만 하다. 공정을 기하자면, 우리 부모님에게는 NHS가 오랜 세월 좋은 벗이었다. 아버지는 심장마비로 돌아가실 뻔했지만 심장내과 의사인 내 친구가 막힌 관상동맥에 단호하고도 신속하게 스텐트를 삽입해 준 덕분에 가까스로 고비를 넘겼다. 그런가 하면 우리 어머니는 세 번이나, 그것도 매번 다른 암으로 수술을 받았고, 성심껏 애써준 동료들 덕분에 각 수술은 매우 성공적으로 마무리되었다. 그들의 그 노력은 어머니뿐 아니라, 당연히 나를 위한 것이기도 했다. 하지만 이는 모두 내가 아직 NHS 소속 의사로 부모님의 치료에 다소나마 영향을 미치던 시절의 이야기다.

2016년 3월의 토요일 아침. 두 간병인이 어머니를 침대에서 깨워 의자로 옮겼다. 한 간병인은 겨울 독감에 걸렸다 회복 중이었지만, 느긋하게 쉴 시간은 제도적으로 주어지지 않았다. 그녀는 일할 수밖에 없었다. 아흔둘의 어머니는 치매와 중증 파킨슨병 환자로, 5년 동안 그 방을 벗어나지 못했다. 정작 어머니는 자신만의 세계에 만족하는 듯했지만 말이다. 아버지는 제2차 세계대전 당시 중폭격기에서 복무한 이후로 귀가 들리지 않았고, 이제는 황반변성으로 눈도 거의 보이지 않는 상태였다. 하지만 아흔넷의 아버지는 여전히 어머니의 변함없는 동반자였고 부모님은 두 분만의 보금자리에서 행복한 삶을 함께 꾸려나갔다. 우리 부부는 내가 병원에서 언제 빠져나오느냐에 따라 사라 또는 내가 매일 저녁 찾아가 두 분의 식사를 거들었다.

그날 아침 집중치료실 회진을 도는데, 사라가 휴대전화로 나를 찾았다. 어머니가 편찮으시다는 전화였다. 폐에서 심상찮은 잡음이 들리고 체온이 높아서 아버지가 직감적으로 우리에게 연락을 취했다고 했다. 나는 이것이 어머니의 마지막을 암시한다는 사실을 깨달았다. 집에 들러 사라를 태우고 부모님 댁으로 차를 몰았다. 가서 상황을 제대로 파악해야 했다. 어머니는 안락의자에 폭 들어앉아 불안한 표정으로 숨을 몰아쉬고 있었다. 맥박수는 분당 120회였고 입술은 잿빛에 푸른 기가 더해져 있었다. 나는 그 의미를 너무 잘 알았다. 어머니의 두 손은 차갑고 축축했지만, 이마는 뜨거웠다. 안색을 보니 아버지는 돌아가는 상황을 이해하고 있었다. 우리는 모두 어머니가 고통에서 벗어나 편안해지기를 바랐다. 나는 그 방법을 알고 있었다. 할아버지가 심부전으로 사경을 헤맬 때 친절한 일반의가 집에 와서 한 일을 내 눈으로 지켜봤으니까. 그는 모르핀 주사로 할아버지의 마지막 여정을 거들었다. 1970년대에는 나도 수련의로서 가망 없는 환자들에게 같은 처치를 한 적이 제법 있었다. 동정적인 의사라면 누구나 그렇게 한다. 그것은 '생애 말기' 돌봄이요, 상식적 예의다.

생각 끝에 나는 어머니의 주치의이자 노인의학 전문의인 싱 선생에게 전화를 걸었다. 그는 우리에게 어머니를 병원으로 옮기고 싶으냐고 물었다. 나는 어머니가 돌아가실 것 같고, 우리는 어머니가 낯선 사람들 손에 이끌려 구급차를 타고 북적거리는 응급실로 이동하기를 바라지 않는다고 설명했다. 우리는 어머니가 당신 집에서 가족에게 둘러싸인 채 엄숙하고도 평온하게 떠나기를 바랐다. 심지어는 어머니를 다시 침대로 옮기고 싶지도 않았다. 싱 선생은 현명하게도 내게 개입을 삼가라는 조언을 건넸다. 법에 명시된 이유로 우리는 일반의를 불러야 했다. 60년 전 어머니가 외할아버지를 위해 그랬던 것처럼. 이는 곧 내가 토요일에 의료 지원을 요청해야 한다는 뜻이었다. 나는 곧바로 수화기를 들었다.

2003년 NHS 소속 일반의는 주말은 물론, 주간 근무시간 외에는 환자를 책임질 의무가 없다는 노동부의 결정 덕분에 급여가 인상되었다. 크게 사랑받던 가정의 제도는 재정 및 정치적 편의를 이유로 폐지되었다. 시간 외 진료 시스템은 이제 러시안룰렛 게임처럼 변해버렸다. 그 시스템 안에서 환자는 스스로 종합병원을 찾아가거나 NHS 111이라는 전화 상담 서비스를 이용해야 했다. 보수당이 도입한 이 참담한 시스템은 결정권자를 의사에서 비전문가인 전화 상담원으로 바꿔놓았다. 그들은 이렇게 공언했다. "즉시 응급 구조가 필요한 분은 999에 전화하십시오. 그 외의 긴급한 의료서비스는 모두 111에게 맡기십시오. 급히 일반의를 찾으십니까? 확실한 해결을 보장합니다. 간호사를 구하십니까? 시간 외 긴급 왕진을 원하십니까? NHS 111이 조율해 드립니다." 이 얼마나 든든한 말들인가!

정오에 나는 111에 전화를 걸었다가 황당하고 어이없는 대화에 말려들었다. 비전문가인 전화 상담원은 외과 교수인 나를 맞아 지침대로 문장을 읊어나갔다. "선생님, 구급차가 필요하십니까?" 나는 사랑하는 어머니가 죽어가는데 지금 숨을 헐떡이며 괴로워하니 고통을 덜어드리고 싶다고, 따라서 일반의가 집으로 찾아와 자상하게 살펴줬으면 한다고 또박또박 대답했다. 그러자 어머니가 여전히 숨을 쉬느냐는 둥 피를 흘리지는 않느냐는 둥 하며 실제 상황과 동떨어진, 온갖 쓸데없는 질문이 쏟아졌다. 나는 더 강하게 나가기로 했다. 나는 의사였다. 환자가 무엇을 필요로 하는지는 내가 알았다. 지난주에 세인스버리 슈퍼마켓에서 일했을 법한 누군가가 그 판단을 재고할 필요는 없었다. 전화 상담원은 혼란에 빠졌다. 프로토콜만으로는 대응이 불가능한 상황이었다. 이제 관리자가 내용을 보고받은 뒤 다시 전화를 걸어올 차례였다. 문득 1978년 중국에서 겪은 모험이 생생하게 떠올랐다. 하지만 심지어 '맨발의 의사들'이라 불리는 중국 농촌의 의료 보조원도 최소한 이들보다는 나았다!

나는 앉아서 어머니의 손을 잡고는 불안정한 맥박을 틈틈이 확인했다. 산소가 부족해지면서 어머니의 강인한 심장에도 어느새 빠른 심방세동이 나타난 상태였다. 전화기는 여전히 내 반대편 손에 쥐어져 있었다. 벨이 울리자 어머니가 동요하며 기침을 하는가 싶더니, 코에서 핏물이 흘러나왔다. 아까와 동일하게 어처구니없는 과정이 동일하게 무의미한 질문들과 더불어 다시 시작되었다. 나는 어머니를 구급차에 태워 병원으로 데려가길 원치 않는다는 점을 분명히 했다. 대화는 계속 같은 자리를 맴돌았다. 상황은 갈수록 꼬여갔고, 그들에게는 그 어떤 도움도 기대할 수 없음을 나는 직감했다.

"저희 쪽 담당의(콜센터에 앉아 통화를 총괄하는 인물)에게 이 번호로 전화하라고 전하겠습니다." 자포자기한 여직원이 결국 이렇게 말했다.

얼마나 지났을까. 문제의 담당 의사가 전화를 걸었다. 나는 상황의 본질과 내 관점에서 필요한 조치에 대해 더할 나위 없이 명확하게 설명했다. 심지어 그에게도 얼마간 설득의 시간이 필요했지만, 결국 그는 그 일대를 관할하는 일반의 한 명을 파견하는 데 동의해주었다. 내가 원한 서비스라고는 단지 내 가엾은 어머니에게 모르핀 주사를 놓아주는 것뿐이었다. 그사이 간호사인 사라는 어머니의 입술을 축이고 이마를 차가운 수건으로 식혀가며 모친을 되도록 편안하게 해주려 애쓰고 있었다.

그러던 중에 어머니의 호흡 양상이 눈에 띄게 바뀌었다. 규칙적으로 힘들게 몰아쉬는 호흡에서 간헐적으로 불규칙하게 헐떡거리는 호흡으로, 전문용어를 쓰자면 체인스토크스Cheyne-Stokes 호흡으로 넘어간 상태였다. 내가 아는 한 이제 어머니는 의사가 필요하지 않았다. 비로소 신이 도움의 손길을 내밀었으니까. 맥박은 희미했고 느려지고 있었다. 어머니는 눈동자를 굴리는가 싶더니 이내 눈을 감았다. 호흡은 간격이 점점 멀어지다가 이윽고 완전히 사라졌다. 나는 당황한 아버지를 바라보았다. 그리고 명백한 사실을 말했다. 떠나셨어요.

어머니가 돌아가실 때의 내 감정은 굳이 설명할 필요가 없을 것이다. 하지만 어머니에게는 죽음이 커다란 안식이었다. 비록 2016년의 의료시스템은 어머니가 바라던 그 안식을 제때 제공하지 못했지만 말이다. 돌이켜보면 그때 그 의사의 도착을 더 바랐던 사람은 어머니가 아니라 나였던 것 같다. 나는 마침내 때가 왔을 때 어머니를 돕기 위해 내가 할 수 있는 모든 일을 했다고 스스로에게 말할 필요가 있었다. 하지만 내가 40년 넘게 단 하루의 병가도 내지 않고 고생스레 몸담아온 그 시스템은 정작 내 가족이 그것을 필요로 할 때 내 기대를 저버렸다. 그런 현실에 나는 갈수록 염증을 느꼈다.

오후 4시 30분. 드디어 일반의가 도착했다. 어머니가 돌아가시고 10분 뒤, 내가 도움을 구하기 시작한 지 4시간 30분 만이었다. 사람 좋은 그녀는 굉장히 당황하며 시스템이 엉망진창이라는 말로, 자신이 더 빨리 도착할 수 없었던 이유를 에둘러 전했다. 이는 NHS의 한심한 실체를 보여주는 단적인 예였다. 우리 가족 주변에 의사가 수두룩하다는 사실도 상황을 바꾸진 못했다. 도움이 필요한 순간에는 누구도 그 자리에 없었다. 어머니는 집에서 가족에게 둘러싸인 채 평화로이 눈을 감았다. 만약 요양원에서 지냈더라면 구급차로 응급실에 실려 가 분주한 병원 복도에서 이동용 병상에 누운 채 생을 마감했을 터였다.

2016년 6월. 오후 늦게 병원에 있는데, 어느덧 변호사가 된 딸 제마가 평소답지 않게 다급한 목소리로 전화를 걸어왔다. 18개월 된 손녀가 먹는 족족 토하며 음식을 통 못 넘기더니 점점 기운 없이 늘어진다는 것이었다. 외과 의원에 전화해 봤지만, 그날은 예약이 마감됐다는 대답이 돌아왔고, 별수 없이 제마는 잉글랜드 NHS의 권고에 따라 약국을 찾아 조언을 구했다. 젊은 여자 약사는 탈수된 아이에 대한 견해를 명확히 제시하기는커녕 111에 전화할 것을 권유했다. 대화가 반쯤 진행됐을 때 딸아이는 그 모든 조언을 신뢰할 수 없다는 판단을 내렸다. 그래서 내게 조언을 구하고자 옥스퍼드 대학병원에 전화를 한 것이었다.

소아외과 전문의인 나는 '기운 없이 늘어진다'는 대목에서 신경이 곤두섰다. 이는 곧 아기가 혈당이 떨어져 당장이라도 위급해질 수 있다는 의미였다. 따라서 나는 제마에게 곧장 케임브리지에 있는 애던브룩스 병원 소아 응급 병동으로 가라고 말한 뒤, 혹시라도 아이들이 도착 즉시 진료를 받는 데 도움이 될까 싶어 병동에 직접 전화를 걸었다.

제마에게도 일러뒀지만, 규정된 절차를 포기하는 사람은 비단 제마만이 아니었다. 다수의 현명한 환자들이 111 콜센터를 외면하고 있었다. 영국의사협회 일반의위원회British Medical Associations General Practitioners Committee 의장은 111을 '재난 구역'이라고 일컬었는데, 전화로 응급환자를 가려내는 역할에 부적합하다는 이유에서였다. 천만다행으로, 애던브룩스 병원의 친절한 수간호사는 내 전화를 반갑게 받아주었다. 통화를 마친 뒤 나는 지옥 같은 러시아워의 M40, M25, A1 도로를 지나, 한때 몸담았던 병원을 향해 차를 몰았다. 내 가족이 멀리서 의료적 응급 상황에 처하는 것보다 긴장되는 일이 또 있을까? 내가 도착했을 때 그 어린것은 팔에 수액관을 꽂고 포도당 주사액을 투여 중이었다. 이제야 우리는 마음의 안정을 찾았다. 훌륭한 병원에서 훌륭한 의사와 간호사에게 치료를 받은 덕분이었다. 하지만 문제는 아이를 그곳에 데려가는 과정이 지독히 험난했다는 것이었다.

그로부터 1년이 채 지나기 전, 에식스에서 또 한 통의 다급한 전화가 걸려왔다. 그때 제마는 아이를 학교에 데려다주고 돌아오는 길이었다. 체구가 작은 노부인이 비틀거리며 큰길로 들어오는가 싶더니 앞으로 세게 고꾸라졌다. 제마는 다가오는 차들이 부인을 치지 않도록 도로 중간에 차를 세웠다. 곳곳에 찰과상과 타박상을 입은 그녀는 심한 통증을 호소했고, 보아하니 쇄골이 부러진 듯했다. 제마는 길가에 서서 또 다른 행인에게 부인의 남편을 데려오라고 부탁했다. 노인은 의자를 하나 가져오더니, 바닥에 엎어져 있는 배우자 곁에 자리를 잡았다. 이상한 그림이었지만, 누구도 그 안쓰러운 부인의 뻣뻣한 몸을 감히 옮길 엄두를 내지 못했다. 이럴 때 당연히 취해야 할 행동은 구급차를 부르는 것이었다. 고로 제마는 그렇게 했다.

이번에도 내 변호사 딸은 중증 환자를 선별하기 위한 기계적 질문들과 맞닥뜨렸다. "환자가 숨을 쉽니까? 피를 흘립니까? 아기의 머리가 보입니까? 아, 죄송합니다. 질문이 잘못됐군요." 물론 내가 과장을 보태기는 했지만, 이런 식의 답답하고 대개는 무의미한 질문들을 참아낸 뒤 제마가 들은 대답은 고작 구급차가 출동하겠으나 도착하기까지 최장 4시간은 걸릴 수 있다는 이야기였다. 결론부터 말하자면 구급차는 최악의 시나리오보다는 일찍, 그러니까 3시간 40분 만에 도착했다. 딸아이가 앉아서 노부부를 달래는 동안, 다른 행인은 오가는 차량이 그 인간 방어벽을 우회하도록 교통을 정리했다.

마침 그 도로를 지나던 소방관들이 무슨 일이냐고 묻더니, 구구절절한 변명을 대신 늘어놓았다. "구급차를 원망하진 마세요. 지금 다들 병원 밖에 줄줄이 서서 환자를 내릴 순서를 기다리고 있으니까요. 병실에 자리가 나지 않아서 응급실이 만원이에요. 퇴원해도 갈 곳이 없는 환자들 때문에 병실이 차버렸거든요. 병상의 4분의 1은 입원이 불필요한 환자들이 차지했지만, 막상 내보내면 그 사람들을 돌봐줄 곳이 없으니까요."

딸아이는 그들의 위로와 설명에 감사를 표했고, 소방차는 가던 길을 다시 갔다. 마침내 겨우 16킬로미터 거리의 애던브룩스 병원에 도착했을 때, 연로한 부인은 저체온증에 걸려 있었다.

여기서 질문. 알베르트 아인슈타인과 우리의 소중한 NHS의 공통점은? 정답은 둘 다 한창때는 총명했으나 70세가 되자 명백히 치료가 가능한 병으로 숨이 끊어졌다는 점이다. 아인슈타인의 사인은 대동맥류였다. 그는 수술을 끝끝내 거부했는데, 평범한 사람처럼 이해하기 어려운 변화에 완강히 저항한 것이었다. NHS의 사인은 이른바 '전 국민 무료 이용'의 원칙이다. 고령화 사회로 접어들면서 그 원칙은 지속이 불가능해졌고, 관련하여 세금을 납부하는 사람은 거주민의 일부에 불과하다. 더욱이 무상의료 서비스는 일종의 관광사업처럼 돼버린 지 오래다.

2018년의 NHS는 1948년, 그러니까 설립 원년의 모습을 상실했다. 현대 의학은 수천 가지 약물과 날로 복잡해지는 기술에 의존하는데, 필요한 비용은 시간이 갈수록 천문학적으로 증가했다. 내 전공 분야만 해도 내가 옥스퍼드 대학병원에 부임한 1986년 이래

형언할 수 없이 많은 변화가 이뤄졌다. 관상동맥질환과 관련하여 우리가 시행하던 수술의 대부분은 이제 전신마취나 입원이 거의 필요 없는 관상동맥 스텐트 삽입술로 대체되었다. 심장마비 환자에게 관상동맥 스텐트를 삽입하면 죽어가던 근육에 혈류가 공급되고, 제때 시행하면 혈액의 흐름을 상당 부분 회복할 수 있다. 또한 소생한 연후에 심부전으로 괴로워하는 일부 환자에게는 삽입해 둔 카테터를 통해 곧바로 줄기세포를 주사할 수도 있다. 물론 관상동맥우회술을 실시하면 결과가 아주 조금 낫기는 하지만, 솔직히 누가 흉골을 30센티미터나 가르는 것도 모자라 이식 도관을 채취한답시고 팔이나 다리까지 비슷한 길이로 절개해야 하는 수술을 스텐트 삽입술보다 선호하겠는가?

심지어 인공심장판막도 이제는 심장내과 의사가 삽입할 수 있는 시대다. 카테터 끝에 인공심장판막을 부착하여 삽입한 뒤 병든 판막 안에서 부풀리는 그 시술을 몇몇 유럽 국가에서는 고령 환자군에게 이미 일상적으로 시행하고 있다. 승모판막의 경우 덜 침습적인 시술법이 개발되었음에도 여전히 일부 환자에게는 기존의 승모판막 수술이 오히려 유리한데, 이런 수술도 이제는 로봇공학이나 구현 기술에 힘입어 오른쪽 흉벽의 작은 절개만으로 가능해졌다.

복부대동맥류, 그러니까 아인슈타인의 목숨을 앗아간 질환의 경우 이제는 광범위한 복부 절개를 통한 이른바 개복 수술이 대체로 불필요하다. 방사선영상을 면밀히 확인해 가며 서혜부를 통해 카테터를 대동맥까지 밀어 넣은 뒤 부어오른 부위를 안에서 제거하는 이른바 혈관내 스텐트 이식이 가능해졌기 때문이다. 이 혁신적 기법은 흉부대동맥류에도 대체로 적합해서, 나의 대동맥 수술 건수를 현저히 감소시키기도 했다. 예전 같으면 냉각과 순환정지를 동반한 대규모 개흉수술을 마치고 병원에서 열흘을 지냈을 환자들이, 이제는 대부분 수술 당일 저녁이나 밤이면 집으로 돌아갈 수 있게된 것이다. 선천성 심장병 환아의 경우, 좁아진 혈관을 확장하고 스텐트로 개방하거나, 심장의 비정상적인 혈관과 구멍을 카테터를 이용해 폐쇄하는 시술까지 가능해졌다. 내 뛰어난 동료 닐 윌슨은 이 분야에 관한 한 영국에서 손꼽히는 대가였지만, 경력을 지속하기 위해 어쩔 수 없이 이민을 선택했다.

자, 다시 심부전으로 돌아가자. 심부전은 암보다 치명률이 높은 유일한 질환이다. 심부전 환자는 조금만 힘을 써도 숨이 차고, 지속적인 육체 피로에 시달리며, 반듯이 누울 수도 없고, 복부와 다리가 부어오른다. 그러다 결국 타인의 도움 없이는 아무것도 할 수 없게된다. 나는 심장이식의 대안을 개발하기 위해 내가 들인 노력이 진심으로 자랑스럽다. 하지만 내가 영구형 회전식 혈액 펌프를 최초로이식한 2000년으로부터 십수 년이 지난 2018년에도 영국에서는, 귀하디귀한 공여 심장을 이식받기에 제도적으로 부적합한 65세 미만의 위중증 환자 수천 명에 대하여 이 펌프의 사용을 여전히 허용하지 않고 있다. 게다가 이 무도한 연령 차별적 정책이 무색하게도, 심장이식 조건에 부합하는 이들 가운데 실제로 공여 장기를 이식받는 사람은 채 1퍼센트가 되지 않는다. 만약 심부전으로 죽어가는 사람이 나의 딸이나 아들이라면 심정이 어떠하겠는가? 시스템이 구명장비를 제공하지 못하면, 시스템을 바꿔야 하지 않겠는가?

내가 이 문제에 관하여 마지막으로 좌절감을 토로한 것은 2017년 9월 텍사스 심장 연구소 학회에서였다. 회의 주제는 '심혈관 치료의 발전'이었지만, 의장은 내가 이른바 의료의 사회화 70주년에 대해서도 고찰해주기를 바랐다. 나는 고사의 뜻을 밝혔다. 굳이 거기까지 가서 NHS를 깎아내릴 마음은 없었으니까. 하지만 미국인들은 어리숙하지 않아서, 그동안 우리를 주의 깊게 지켜봐온 터였다. 그들이 최첨단 기술을 실연하는 광경을 보고 있자니, 자연스레 내 머릿속에는 또 다른 여행의 기억이 떠올랐다. 그때 나는 인도에 있었다. 라자스탄의 타는 듯이 뜨거운 오후, 나는 우다이푸르의 호수 저편에 닿으려 했지만, 나를 태운 택시는 감히 손댈 수 없는 신성한 존재, 그러니까 도로를 어슬렁거리는 소 떼 틈에 갇혀 옴짝달싹 못 하고 있었다. 수평선 위로 내 호화로운 목적지 레이크펠리스 호텔이 가물거렸다. NHS는 신성한 소와 다를 바 없었다. 휴스턴에서도 나는 저들의 화려한 위용에 감탄하며 호수 저편을 바라볼 따름이었다. 우리의 소중한 NHS는 도대체 어쩌다 이 지경에 이르렀을까?

1990년대에 나는 옥스퍼드 대학병원의 동료들과 함께 해마다 각자 500에서 600건의 심장 수술을 시행했다. 우리는 훌륭한 팀과 뛰어난 결과로 무장한 심장외과의 정교한 생산 라인이었다. 우리의 성과를 참관하기 위해 세계 각국에서 외과의들이 몰려들었다. 하지만 언제부턴가 NHS 내부에서는 그와 같은 열성적 노동을 정치적 이유로 배척하는 분위기가 조성되었고, 사람들은 온갖 기회를 틈타 우리를 비난하는 데 열을 올렸다. 그들의 주장에 따르면, 우리는 외과 교육에 힘쓰거나 벽지 종합병원에 진료 활동을 다니거나 운영 회의에 참여하는 데 더 많은 시간을 투자해야 했다. 하지만 이는 사실상, 우리가 하도록 교육받았고 다른 사람들은 할 수 없는 일, 즉 병든 심장을 수술하는 일을 소홀히 하라는 소리나 마찬가지였다. 결과는 정치적 올바름과 시스템의 승리였다. 이제 옥스퍼드 대학병원에서는 심장외과 전문의 6명이 해마다 각자 150건가량의 수술을 시행한다. 과 전체를 놓고 보면 1년에 1,000건의 수술이 줄어든 셈이다.

2018년 1월 2일. NHS 70주년 기념일의 조간신문 헤드라인은 틀에 박힌 기사들로 도배되었다. '어제 한 병원 밖에는 14대의 구급차가 환자들을 내리기 위해 줄을' 섰고, '병상 부족에 시달리는 병원들은 장기 입원 중인 경증 환자들의 신속한 퇴원을 가족들에게 호소'했다. 어느 '치매 환자는 이동식 병상에서 36시간을 기다려야' 했고, 어느 '연금 생활자는 구급차에서 4시간을 대기하다 끝내 심장마비로 사망'했다. 'NHS 트러스트 24곳이 새해 첫날부터 흑색 경보를 발령'했고, '수술을 계획했다 취소한 환자는 이달에만 55,000명'에 달했다.

언제나 이런 식이었다. 어느 유력 정치인은 NHS가 감당하지 못하는 뇌종양의 치료를 위해 유럽 대륙으로 떠나는 요즘의 세태를 꼬집었다. 심장 종양이 있는 아기가 수술을 받으려면 매사추세츠 종합병원까지 찾아가야 한다. 관련 수술을 할 수 있는 의사가 영국에는 없기 때문이다. 자, 이런데도 NHS가 세계적 부러움의 대상인가? 나는 결코 그렇게 생각하지 않는다. NHS는 그저 재정 운영의 고수로 성장했을 뿐이다. NHS에게는 돈을 지키는 일이 생명을 지키는 일보다 소중하다.

1월 11일 영국 응급실의 절반을 대표하는 상급 고문의 68명은 총리에게 보내는 편지에 '환자들이 병원 복도에서 죽어갈 정도로

NHS의 상황이 참담하다'고 적었다. 이는 과장이 아니었다. 수요 증가로 미어터지는 병원과 지극히 부적절한 사회복지 정책이 일으킨 유해하고 거대한 파도는 직원도 자원도 부족한 응급실을 집어삼켰다. 하지만 몇 시간을 기다려서라도 진료를 받는 쪽이 진료를 아예 받지 못하는 쪽보다는 낫다. 내 친구 크리스 벌스트로드는 옥스퍼드 대학교 정형외과 교수였다가 조기에 은퇴하고 재수련을 거쳐 응급의학과 전문의가 되었다. 그는 가정의 제도의 소멸로 응급실이 떠안은 역할에 대해 다음과 같이 흥미로운 관점을 제시했다.

응급실은 누구도 원치 않는 환자들을 위한 부서로 전락했다. 가령 경찰이 정신 질환자를 통제할 수 없거나 가족이 집안의 연로한 어른을 감당할 수 없을 때, 혹은 일반의가 위급한 외래환자를 의뢰할 수 없을 때, 그들은 문제의 환자들을 간단히 응급실로 보내버린다. 유감스럽게도, 만약 빠른 시일 내에 근원적 조치를 취하지 않으면 시스템이 붕괴되어 NHS 전체가 무너져버릴지도 모른다.

우리 대부분은 정치인들이 분위기를 오판했다는 그의 생각과 두려움에 동감한다. 2018년 초반의 상황은 직접 목격한 사람이 아니고서는 이해가 불가능할 정도로 혼란 그 자체였다. 총리는 답신에서 이렇게 주장했다. 'NHS는 이전 그 어느 때보다 자금 상황이 나아'졌을 뿐 아니라, '이전 그 어느 때보다 이번 겨울을 철저히 대비'했다고. 정치인이 우리에게 하는 말은 늘 하나같이 몽상적이고 위선적이다. 보아하니 그 계절의 '마스터플랜'에는 예정된 수술을 보류하여 수천 명의 직원과 수많은 시설을 놀리는 것이 포함된 듯했다. 지난 10년 동안 바로 이런 고위 인사들의 주도로 병원 병상수천 개가 폐쇄되었고, 정신 건강과 사회복지 사업은 와해됐으며, 의사와 간호 직종은 처참히 소외되었다. 게다가 끊임없는 해외 인력 모집은 개발도상국에서 교육받은 인재를 가로챌 목적으로 추진됐다는 점에서, 그 자체로 불명예스러운 일이었다.

내게 의사로서 지금껏 걸어온 길을 똑같이 걸을 의향이 있느냐고 묻는 사람들은 대개 그 역할을 수행하는 데 얼마나 많은 시간과 노력이 들어가고 그것이 가정생활에 미치는 영향이 얼마나 심각한지를 온전히 이해하는 이들이다. 내가 수련을 받고 고문의로 부임할 때만 해도 근무 환경은 지금보다 호의적이었고 의료진은 열의에 넘쳤다. 비록 생명을 구하려다 선을 넘는 바람에 종종 질책을 당하긴 했지만, 거기에는 항상 장난스러운 손가락질과 웃음이 동반되었고, 덤으로 환자 가족의 깊고도 정중한 사의가 뒤따랐다. 오늘날 그 질책은 갑작스러운 '유급 휴직'과 뒤이은 법적 소송으로 대치되었다. 그것도 환자가 먼저 소송을 제기하지 않는다면 말이다. 한데 이런 상황에서 누가 이 일을 하려고 나서겠는가?

대답은 잠시 미루기로 하고, 이따금 나는 선구적 외과의사 찰스 베일리Charles Bailey가 미국에서 최초로 승모판막 절개술에 성공한 뒤에 겪은 일들을 이야기하곤 한다. 한동안 그는 영웅 대접을 받았지만, 오래지 않아 필라델피아에서 세 번의 소송을 당했다. 그는 분개했고, 갈수록 소송을 일삼는 환경에 환멸을 느꼈다. 그는 미련 없이 수술을 그만두었고, 법조계와 친분을 유지하더니, 돈이 되는 의료 분쟁 사업에 뛰어들었다.

물론 의료과실에 관한 소송 중에는 사유가 정당한 것들도 있다.

하지만 내가 그것을 굳이 사업이라 일컫는 이유는 사실이 그러하기 때문이다. 치료를 받다가 어떤 식으로든 피해를 입었다고 느끼는 사람은 누구나 이제 불만을 공식적으로 제기하고 '승소하지 않으면 수임료를 내지 않는' 조건으로 NHS의 돈을 써 가며 법적 신문을 개시할 수 있다. 이른바 의료 전문가들은 가욋돈을 뽑아내는 데 혈안이 되어 대열에 합류한다. 변호사들은 거액의 보수를 지급받고 환자는 종종 온전한 것으로 밝혀진다. 하지만 개중에는 온전하지 않은 환자도 여럿이다. 이런 환자들은 예전 같으면 담당 외과의와 간단히 의논했을 문제 때문에 남은 삶을 피해의식 속에서 우울하게 보낸다. 하지만 우리가 볼 때 NHS는 죽음과 불행에만 몰두한 나머지 이 같은 '의사 후려치기'를 저지하기는커녕 오히려 장려해 왔다.

다시 아까의 질문으로 돌아가자. 현시대에도 심장외과를 수련할 의향이 있느냐고 묻는 이들에게 나는 안타깝지만 그렇지 않다고 답하겠다. 차라리 '찰스 베일리'를 본받아 내 딸처럼 법학도의 길을 택할 것이다. 하지만 만약 예전에 하던 식의 광범위한 업무를 장비가 제대로 갖춰진 전문병원에서, 그러니까 안전이 돈보다 우선시되는 환경 속에서 다시 할 생각이 있느냐고 묻는다면, 당연히 나는 그렇다고 답하겠다. 나는 인생에서 가장 불확실한 고비를 겪으며 겁에 질린 환자와 그들의 가족을 돕는 일에서 분에 넘치는 기쁨을 누렸다. 또한 전문가적 측면에서도, 망가진 심장을 고친 사람이 병원 밖으로 새 삶을 찾아 걸어 나가는 모습을 지켜보는 일에서 크나큰 만족을 얻었다. 연약한 생명에게 더 나은 삶을 선물하는 것은 특권이다. 그러나 이 특권만 보고 불길 속으로 뛰어들 수는 없다.

더욱이 다른 여러 나라에서는 심장외과 의사를 여전히 매우 귀하게 여긴다.

내 나이는 이제 예순여덟이다. 또한 나는 간호사들이 탁탁 내려놓는 묵직한 금속 기구를 손바닥으로 받아내느라 틀어져버린 오른손을 조만간 수술할 예정이다. 이런 내가 일반의료심의회의 면허 갱신 질문서라든가 지루하고 따분한 '법적·의무적' 수련 과정을 한 번인들 다시 마주할 수 있을까? 아니, 절대로 불가능하다. 심장외과계에 몸담은 지 40여 년이 되었을 무렵, 이제 떠날 때라는 생각이 강하게 들었다. 그래서 어느 금요일 저녁 나는 병원 밖으로 뚜벅뚜벅 걸어 나왔고, 이후로 다시는 돌아가지 않았다. 흔한 기념논문집도, 카드도, 선물도 없었다. 하지만 후회 또한 없었고, 오히려 커다란 안도감을 느꼈다. 나에게는 새로운 계획과 야망이 있었다. 나는 이미 스완지 대학의 교수로서, 그곳의 생물공학자들과 함께 새로운 소형 인공심장 관련 연구에 매진한 바 있다. 또한 지금은 로열브롬프턴 대학의 교수로서 동료들과 함께 유전공학이라는 마술로 생성한 줄기세포를 이용해, 심장마비 후 좌심실에 남은 흉터를 제거하는 수술법의 임상시험을 앞두고 있다.

12장

두려움

콘월 럭비 경기장에서의 끔찍한 사고는, 짐작건대 내 운명을 결정
지었다. 하지만 동시에 그것은 지나온 삶의 장면들을 불쑥불쑥 되
살리곤 했다. 시시때때로 떠오르는 이 시각적 광경들은 얼핏 아무렇
게나, 그 기억을 끄집어낼 의도와는 전혀 상관없이 내 생각을 파고
드는 듯했다. 얼마간 시간이 흐른 뒤 나는 그 환각의 기폭제가 존재
한다는 사실을 깨달았다. 특정 소독제의 냄새는 내가 마약중독자의
칼에 찔렸던 할렘가의 응급실로, 혹은 내가 이른바 맨발의 의사들
과 함께 이질로 죽어가는 아이들을 치료하던 문화혁명이 끝난 중국
의 시골 병원으로 나를 데려갈 수 있었다. 심지어 토스트 타는 냄새
만 맡아도 수술 톱으로 흉골을 갈라 우심실에 진입할 때의 으스스
한 장면들이 떠올랐다. 장면들이 한창 떠오르는 동안에는 환상과 현
실의 구분조차 불가능했다. 그러므로 나는 그 장면들을 내 머릿속
에 꽁꽁 담아두었고, 한 고비가 지나고 나면 정말이지 조금도 괴롭

지 않았다. 마치 편두통의 전조 증상인 섬광처럼 말이다.

내가 미국에서 수련을 받던 시기에는 우연찮게 베트남 전쟁이 종결되었다. 앨라배마에서 만난 몇몇 퇴역 군인은 불쑥불쑥 떠오르는 죽음과 파괴의 기억들로 불안과 불면을 겪다가 끝내 우울증에 걸리거나 범죄자로 전락했다. 이 같은 문제는 강간 피해자나 홀로코스트 생존자에게도 나타났다. 1980년 미국정신의학회American Psychiatric Association는 이 증후군을 '외상 후 스트레스 장애'라 명명했다. 이후로 정교하게 발달된 뇌 영상 기법은 극도로 충격적인 사건이 기억 저장의 정상적 메커니즘을 방해한다는 사실을 입증했다. 더욱이 내 피니어스 게이지 현상은 분명 이 신경의 경로들과 통하는 부분이 있었다.

뇌의 해마는 의식적 회상에 관련된 하루하루의 기억들을 보관하는 장소다. 그런가 하면 콩알만 한 편도체는 두려움을 유발하는 정서적 기억들을 가려낸다. 혹자의 견해에 따르면, 편도체는 위험을 암호화하여 생존을 도모하도록 특별히 진화했다. 덕분에 인간은 과거의 중대한 위협을 다시 맞닥뜨리면 그것을 빠르게 인지한다. 우선적으로 이 두 중추는 모든 경험을 장기적 기억으로 암호화하는 데 협력하지만, 아드레날린이 촉발하는 투쟁 도피 반응은 편도체를 과도하게 자극하고 해마의 기능은 억제한다. 이때 유기적 기억의 형성은 위험에 대한 반사 반응에 밀려 우선순위가 내려간다.

충격적 사건을 상기시키는 위협적 상황이 닥치면 편도체는 기억을 다시 의식적 뇌 속으로 아무렇게나 토해낸다. 문득문득 떠오르는 기억이 반사적으로 교감신경계를 활성화시켜, 비단 두려움뿐 아니라 심박수 증가와 땀 흘림에 거친 호흡까지 유발하는 이유가 바로 여기에 있다. 해마는 최초의 트라우마를 제대로 입력받지 못했다. 따라서 기억의 맥락적 요소는 저장되지 않았다. 그러므로 문제의 위험이 더 이상 존재하지 않는다고 편도체를 납득시킬 피드백이 존재하지 않는다. 간단하다면 간단한 신경심리학적 상식이다.

나의 머리 외상이 두려움을 표출하는 능력을 어떻게 교란시켰고, 플래시백 경향과는 어떻게 연계돼 있으며, (전적으로 바람직하게) 달라질 용기는 또 어떻게 주었는지를 이해하기란 어렵지 않다. 나는 프로토콜을 어기거나 새로운 것을 시도하는 데 거침이 없었다. 또한 위험에 동요하지도 않았다. 전에도 말했듯이 나는 수술대 앞에만 서면 완전히 다른 사람이 되었다. 하지만 돌이켜보건대, 지나치게 어려운 수술 중 일부는 그 당시 내가 탈억제 상태가 아니었다면 차마 감행하지 못했을 것들이었다. 내 개인적 삶도 마찬가지였다. 나는 줄곧 터무니없이 빠른 속도로 차를 몰았고 가끔은 곤경에 빠진 타인을 돕는답시고 무모한 짓들을 저질렀다. 때로는 그 무모함이 용기로 해석됐지만, 실상은 전혀 달랐다. 나는 그저 타인이라면 인식했을 법한 위험을 인식하지 못했을 뿐이었다.

수년에 걸쳐 내 정신은 정상으로—정상이 무엇이건 간에—점차 회귀했다. 우려와 상식이 개입하면서 외과의로서의 내 삶은 심리적으로도 육체적으로도 불편함이 더해갔다. 최근 몇 년간은 테스토스테론 친화적 인생의 대가를 톡톡히 치러왔다. 전립샘비대증과 몇 가지 배뇨 관련 증상이 나를 괴롭혔다. 소변을 참기 힘들었고, 줄기는 약했으며, 찔끔찔끔 지리기도 했다. 수술 하나를 온전히 서서 진행할 수 없었고, 밤마다 몇 번씩은 일어나야 했다. 케임브리지 대학 병원 비뇨기과 전임의로서 같은 문제를 겪는 환자들을 도우려고

군분투했던 경험은, 이러다 요정체로 배뇨를 못하게 될지 모른다는 두려움을 부채질했고, 결국 나는 외국을 여행할 때면 언제나 도뇨관을 기내용 수하물 가방에 챙겨 넣게 되었다.

급기야 이 늙어가는 정신과 망가져가는 육체는 내가 까다로운 수술을 집도하며 불안하고 절박해하는 와중에 한꺼번에 존재감을 드러냈고, 내가 할 수 있는 일이라고는 바지를 적시지 않으려 애써 참고 또 참는 것뿐이었다. 그때 나는 대동맥궁에 생긴 커다란 동맥류를 열심히 수술하고 있었다. 뇌로 가는 주요 혈관들이 연결돼 있어, 다른 외과의들은 어떻게든 피하려 드는 수술이었다. 설상가상으로 그 환자는 대학의 유명 교수로, 나와도 막역한 사이였다. 이 개인적 친분은, 내 뜻과 상관없이 내게 특별한 책임감을 부여했다. 이번 수술 역시 순환을 멈추고 환자의 혈액을 빼낸 상태에서 대동맥궁을 치환해야 하는, 시간과의 또 다른 싸움이었다. 게다가 이번 환자의 대뇌피질은 훼손을 감수할 수 있는 대상이 아니었….

혈액순환을 정지해도 안전한 시간은 40분이다. 섭씨 18도에서는 뇌의 대사량과 산소 소비량이 정상치의 20퍼센트로 줄어든다. 거기서 조금이라도 더 오래 혈류를 차단하면, 자칫 뇌가 손상될 수 있고, 그 위험성은 시시각각 높아진다. 평소에 나는 그런 문제에 조금도 흔들리지 않았다. 나는 배관공이었다. 커다란 동맥류를 전문적으로 다루었고, 언제나 수술을 자동차 보닛을 열고 엔진을 수리하는 일처럼 감정이 배제된 기술적 활동쯤으로 여겼다. 적정한 시간 안에 솜씨 있게 수술을 마치면, 환자는 살아남아 멋진 인생을 일궈나갈 것이고, 시간을 너무 오래 끌거나 수술을 망치면, 환자는 저 위대한 하늘 병원으로 불려갈 것이었다.

나는 문제의 대동맥을 충분히 절개한 다음 시선을 위로 옮겼다. 처참하게 병든 목동맥 두 가닥이 교수의 출중한 두뇌를 향해 올라가고 있었다. 두 혈관 모두 석회가 엉겨붙어 막힌 송수관을 연상케 했다. 대동맥궁을 뒤덮은 죽상판은 살짝 건드리자 힘없이 부서지며 고름 같은 기름을 찔끔 흘려보냈다. 내 계획은 여기에 깨끗한 폴리에스테르 이식편을 꿰매 붙인 뒤, 부실한 목동맥을 재이식하는 것이었다. 그 과정에서 만약 티끌 같은 찌꺼기라도 떨어져 뇌로 흘러든다면, 자칫 치명적 뇌졸중을 일으킬 수 있었다. 병든 동맥들은 내가 꿰매는 족족 부스러지기 시작했다. 순간 머릿속이 복잡해졌다. 이 모든 걸 제시간에 이어 붙일 수 있을까 싶다가도, 해결할 수 있다는 자신감이 불쑥 솟아나는 것이었다. 하지만 실패할 수도 있었다. 그것도 이날, 하필 모든 옥스퍼드인의 이목이 쏠려 있는 이때, 문제의 혈관이 온통 갈가리 찢겨버릴지도 모를 일이었다. 그리고 늘 그렇듯, 예감은 현실이 되었다.

하지만 끝내 나는 대동맥 근위부와 원위부에, 따로 이식한 목동맥 연결부까지 도합 세 부위의 봉합을 마무리했다. 이제 이식부에서 공기를 제거할 차례였다. 공기가 뇌로 유입되면 환자의 생존 가능성은 줄어들 수밖에 없었다. 나는 체외순환사에게 펌프를 가동해 혈액을 몇백 밀리리터쯤 들여보내라고 지시했다. 압력이 낮을 때는 수술 부위가 완전히 밀폐된 듯 보였다. 하지만 압력을 최대로 끌어올리자, 원위부에서 혈액이 새어 나와 흉강 뒤쪽에 고였다가 이내 흡입관 속으로 빨려들었다.

정말이지 환장할 노릇이었다. 마치 내 피가 내 몸에서 빠져나가는 기분이었다. 땀줄기가 등을 타고 흘러내렸고, 몸에서는 한기가 느껴졌다. 꼭 부신이 망가진 사람처럼 말이다. 시간은 벌써 순환을 정지한 뒤로 35분이나 흘러 있었다. 한데 여태 힘겹게 치환해 놓은 대동맥궁을 통째로 다시 손봐야 할 형편이었다. 마음 깊은 곳에서 짜증이 치밀었지만, 마땅한 대안은 없었다. 펌프를 멈추고 혈액을 도로 빼낸 다음 벌어진 연결부를 다시 봉합해야 했다. 문제는 그 시간 동안 어떻게 뇌의 생명력을 유지하는가 하는 것이었다.

이번에는 더 큰 봉합침을 더 깊이 찔러 넣었다. 여기에 두꺼운 테플론 펠트 조각을 덧대어 흐물흐물한 조직을 보강했다. 이 과정에만 15분이 추가되었고, 나는 고도의 집중력을 쏟아부었고, 간간이 심약한 수술 보조자들과 언쟁을 주고받았다. 그들은 어떻게든 도우려 노력했지만, 중요한 것은 '노력만' 했다는 점이었다.

혈액순환을 재개할 타이밍을 훌쩍 넘긴 터라, 공기 제거는 형식적으로 끝내고 체온을 다시 높이기 위해 인공심폐기를 서둘러 재가동했다. 그 후로 2분 동안 봉합선은 건조하게 유지되었고, 환자의 뇌는 기꺼이 산소를 받아들였으며, 내 기분은 한결 가벼워졌다. 그때였다. 목동맥과 대동맥궁 이식편의 연결부에서 갑자기 혈액이 분수처럼 솟구치기 시작했다. 나는 환자를 인공심폐기에 연결해 둔 상태에서 몇 바늘을 더 꿰매 봉합부를 보강하려 했지만, 바늘이 다시 조직을 찢으면서 상황은 더욱 악화되었다. 이럴 때일수록 평소의 나답게 침착성을 발휘해 깔끔한 홈런을 날려야 했지만, 그 순간 나는 절망하기 시작했다.

두려웠다. 옥스퍼드의 이 유명한 의학자는 지나치게 자신만만한 외과의사의 손에 식물인간이 되거나 생을 마감할 것이 거의 확실해 보였고, 십중팔구 그 일은 신문의 사망 기사란에 상세히 소개될

것이었다. 나는 사라의 비법을 떠올렸다. 응급실에서 감정이 증폭
될 때면 '천천히, 심호흡을 하라'고 그녀는 후배들에게 가르쳤다고
했다. 심호흡은 부교감신경계를 자극해 스트레스를 완화하고 아드
레날린 분비에 따른 공황 반응을 억제하여 마음을 추스르게 한다.
나는 사라의 목소리를 상상했다. "내 몸을 느끼세요. 내 공감 능력
이 혼란을 틈타 나를 상처 입히도록 내버려두지 마세요. 바닥에 닿
은 발의 감촉을 느끼세요. 발가락을 꿈틀거리세요. 그러다 보면 다
시 환자가 아니라 자신의 마음을 들여다볼 수 있을 거예요." 내겐
정말 과분하게 현명한 사람이다.

비로소 나는 마음 깊숙이 들어가 잡념을 몰아내고 순전히 현실
적인 문제, 그러니까 마치 양말이나 바지에 난 구멍을 꿰맬 때처럼
재빨리 바느질을 끝내는 일에만 정신을 집중할 수 있었다. 마취의
는 초조한 기색이 역력했다. 체외순환사는 1분마다 큰 소리로 시간
을 알렸다. 수술 보조자들은 사색이 되었다. 하지만 우리는 서로 힘
을 합쳐 마음을 가라앉히고 마침내 수술을 마무리했다. 하지만 절
대 결과를 낙관할 수는 없었다. 그도 그럴 것이 환자의 모든 신경계
는 혈류가 끊긴 상태로 65분을 버텨낸 상황이었다. 뇌의 저산소증
정도가 아니라, 공기 색전증이나 떨어져 나간 죽종 덩어리 때문에
뇌졸중이 발생할 가능성도 굉장히 높았다. 그의 가엾은 아내에게는
뭐라고 설명해야 할지. 나는 그 대화를 다음 환자의 수술을 마칠
때까지 미루기로 했다. 감정의 전염으로 인한 하루치 고통은, 그것
이 무엇을 의미하건 간에 이만하면 충분하다고 나는 생각했다.

당장은 눈앞의 숙제부터 해결해야 했다. 나는 인공심폐기를 환
자에게서 분리하고 수술대에서 물러나 피 묻은 장갑을 벗어 던진

뒤 전임의에게 고갯짓으로 마무리를 지시했다. 그러고는 커피를 마시러 가는 척하며 아프고 예민한 방광을 비워내기 위해 외과의사 탈의실로 바삐 걸음을 옮겼다. 그리고 이내 참담한 현실을 맞닥뜨렸다. 소변 빛깔이 유난히 붉은가 싶더니, 뒤이어 진짜 혈액이 흘러나왔기 때문이다. 순간 나는 외마디 욕을 머릿속으로 내뱉었다. 기어이 내가 암에 걸렸구나 하는 한탄이 절로 나왔다. 짐작하기로는 스트레스 때문에 혈압이 치솟으면서 전립샘이나 방광의 종양에서 출혈이 유발된 듯했다. 잠시 들떴던 기분은 곧장 바닥으로 곤두박질쳤다. 아직 대동맥판막 치환술 일정이 남아 있는 상황에, 그야말로 실질적 공황 상태에 빠진 것이다.

심리학 용어로 A 유형 성격의 인간은 무엇이든 걱정거리가 생기면 서둘러 해결책을 찾는다. 양성 전립샘 비대는 그저 증상이 지겨운 정도라면, 출혈성 암은 전적으로 다른 문제였고, 불안감은 눈덩이처럼 커져만 갔다. 그러니 가능하다면 다음 수술을 시작하기 전에 이 걱정을 떨쳐내야 했다. 보통 사람들은 주치의를 만나는 데 일주일, 거기다 또 비뇨기과 전문의를 만나는 데 몇 달을 기다려야 하지만, 나는 곧바로 가까운 동료 데이비드 크랜스턴의 휴대전화 번호를 눌렀다. 과거에 우리는 정맥을 통해 심장까지 퍼진 신장종양을 함께 수술한 적이 있었다. 그날 아침처럼 내가 인공심폐기를 가동하여 환자의 혈액을 빼내면, 크랜스턴이 하대정맥의 암종을 잘라내고, 뒤이어 내가 튜브나 패치로 정맥을 재건하는 수술이었다. 굵은 혈관의 수술은 내부를 비우면 더욱 간단해진다. 그런가 하면 내다음 수술은 내 음경이 출혈을 멈추면 더더욱 편안해질 터였다. 하지만 크랜스턴은 내 급박한 전화에 곧바로 응답하지 않았다.

그는 세 번째 신호음이 울린 뒤에야 비로소 전화를 받았다.

"바쁘십니까?"

"외래환자 방광경검사 명단을 작성 중입니다만."

"마침 잘됐군요." 나는 진심을 담아 이렇게 말했다. 그도 그럴 것이 방광경검사cystoscopy는 광섬유 확대경으로 전립샘이며 방광을 살펴보는 일이었다. "거기 제 이름도 넣어주시죠. 지금 가겠습니다."

비뇨기과는 차로 시내를 조금 가로지르면 나오는 옥스퍼드 대학 병원 산하 처칠 병원에 있었다. 나는 수술복 차림 그대로 주차장에 나갔고, 10분도 채 지나지 않아 처칠 병원 정문 앞 주차금지 구역에 차를 세웠다. 그로부터 딱 5분 뒤에는 다리를 높이 들고 엉덩이를 드러낸 채 검진 의자에 비스듬히 누워 있었다. 두껍고 검은 도관이 내 요도 속으로 삽입되었다. 불편했지만, 결과는 만족스러웠다. 출혈성 종양의 징후는 전혀 없었다. 그저 전립샘 내면에서 확장된 정맥이 파열되며 핏덩어리가 떨어져 나온 것뿐이었다. 일단 의문이 말끔히 해소되니, 음경에서 도관을 제거하는 일이 그렇게 즐거울 수 없었다. 10분도 채 지나지 않아 나는 다시 수술실로 돌아갔다. 다음 환자는 여전히 잠들지 못한 채 마취실에서 대기 중이었다. 다들 내가 잠시 연구실에 다녀왔으려니 하고 생각하는 듯했다.

이 잠깐의 경험을 통해 나는 두려움이 내 인생에 굳이 필요하지 않은, 지독히 억압적인 감정이라는 사실을 깨달았다. 만약 모든 복잡한 수술이 이렇듯 불쾌한 반응을 유발했다면, 나는 일찌감치 내 전공을 작파하고 뼈나 장을 수술하는 분야로 진로를 선회했을 터였다. 아니면 더 그럴듯하게는, 법정 변호사가 되어 예리한 기구 대신 뾰족한 언어를 다루고 있을지도 모를 일이었다. 궁금했다. 내가 그 절친한 동료 교수를 수술하는 동안 내게 이 롤러코스터 같은 감정을 촉발시킨 요인은 정확히 무엇이었을까? 그것은 단지 내가 그때껏 놓치고 살았던, 환자를 잃을 가능성에 대한 합리적 반응이었을까? 나처럼 기묘하게 재정비된 뇌를 갖추지 못한 외과의사들은 그 같은 상황에 반복적으로 괴로워했을까? 아니면 동료를 걱정하는 나의 마음이 그처럼 다소 유별한 반응을 일으킨 것일까? 물론 가까운 가족에 관한 한, 나는 공감 능력이 뛰어난 사람이다. 하지만 외과의사인 내가 모든 중증 환자에 대해서도 같은 크기의 공감 능력을 발휘한다면, 이는 전적으로 비생산적이며 지나치게 어리석은 처사일 테다.

분명한 사실은, 공감 능력이 뛰어날수록 불행해질 가능성도 높아진다는 점이다. 사라는 책임이 막중한 자리에서 일하며 이른바 '동정 피로증compassion fatigue'에 시달렸다. 동정 피로증은 번아웃의 지름길이었고, 나는 번아웃에 빠진 외과의사를 여럿 알고 있었다. 그들은 스스로의 근무 환경을 버거워한 나머지 결국 냉담해졌고, 정체감을 상실했으며, 기진맥진한 상태로 혼자만의 세계에 머물렀다. 나는 이 모든 압박을 내내 잘 견뎌왔지만, 이날만큼은 그들의 심정을 이해할 수 있었다. 하마터면 내 환자의 뇌를 망가뜨리고 모두의 희망적 기대를 저버릴 뻔했으니까. 하지만 이 극한 두려움의 진짜 원인은 무엇이었을까? 가까운 동료가 사망할 수 있다는 걱정이었을까? 아니면 내 평판이 단숨에 악화될지 모른다는 불안감이었을까?

한편 우리의 교수 환자는 내 우려와 달리 그날 저녁 바로 의식을 회복했다. 그때까지 연구실을 지키던 나는, 야간 당직 전임의가 헐레벌떡 달려와 전한 그 소식에 기쁨으로 가슴이 벅차올랐다. 이내 나는 이승으로 돌아온 그를 환영하기 위해 집중치료실로 향했다. 물론 깨어났다는 것이 곧 지적 능력이 온전하다는 뜻은 아니었다. 하지만 그것은 중요한 시작이었다. 어쩌면 이는 뇌에 대한 몇 차례의 짧고 간헐적인 재관류만으로도 환자의 생명을 지키거나 뇌간의 생명력을 유지하기에 충분한 산소가 전달됐다는 신호일 수 있었다. 어쨌든 그가 식물인간이 될 가능성은 여전히 유효했다. 이런저런 생각에 잠긴 채 나는 서둘러 걸음을 옮겼고, 내가 도착했을 때 그는 인공호흡기를 떼고 기관절개용 튜브도 제거한 상태에서 아내와 이야기를 나누고 있었다. 두 사람은 열렬히, 그리고 과분하리만큼 반갑게 나를 맞아주었다.

"아이고, 여기 생명의 은인이 오셨네. 고마워요. 정말 고맙습니다." 그들이 인사를 건넸다. 하지만 나의 냉철한 시선은 혈압 그래프에 꽂혔다. 각성이라는 돌발적 자극은 엄청난 양의 아드레날린을 분비시켰고, 그로 인해 혈압은 연약한 대동맥이 견디기에는 지나치게 높아진 상태였다. 내 머릿속에서는 봉합실이 치즈 절단용 와이어처럼 대동맥을 자르고 환자의 혈액이 모조리 흉강으로 쏟아져 나오는 참혹한 장면이 펼쳐졌다. 가끔이지만, 이럴 때만큼은 나도 차라리 피부과 의사이고 싶었다. 나는 감시장치 화면에 꽂혔던 시선을 흉관으로 옮기는 한편, 그 일촉즉발의 혈압을 낮추기 위해 무슨 조치를 취하는 중이냐고 간호사에게 정중히 물었다.

마음 같아서는 환자 아내의 사의에 화답하고, 수술 과정이 순탄했던 양 거짓말을 섞어가며 공치사를 늘어놓고 싶었다. 하지만 180/110수은주밀리미터라는 혈압과 실혈의 가능성 탓에, 나는 가슴이 답답하고 심장이 멎을 것만 같았다. 하지만 환자를 제대로 돌보지 않는 의료진을 멋대로 다그쳤다가는, 폭력적 언사를 내뱉었다는 보고가 의료부장에게 들어갈 터였다. 고로 나는 다시금 애써 마음을 가다듬었다. 심호흡을 하며 차분하게 내 몸과 바닥에 닿은 발의 감촉을 느꼈다. 그런 뒤에는, 내 환자를 죽일 셈이냐며 마취과 전임의를 꾸짖었다. 영문을 모르는 파견 간호사에게 소리를 지르느니 차라리 그 편이 나았다. 간호사는 아직 내가 화내는 이유조차 까맣게 모르고 있었다.

교수의 혈압은 내가 자리를 뜨자마자 저절로 떨어졌다. '백의고혈압white-coat syndrome'이었다. 비록 흰 가운을 걸치진 않았지만 의사인 내가 다가가자 환자의 혈압이 반사적으로 높아졌다는 얘기다. 나 역시 진료를 받으러 일반의 앞에만 가면 혈압이 항상 높아졌는데, 신기하게도 수술을 집도하는 동안에는 혈압이 정상 범주를 거의 벗어나지 않았다. 나는 그저 행복하고 느긋한 심장 배관공이었다. 적어도 그날 아침의 그 수술 이전까지는.

예순여덟에 나는 오른손의 구축으로 외과의 노릇을 더는 할 수 없게 되었다. 40년 동안 금속 기구를 받느라 손바닥을 찰싹찰싹 맞아온 결과, 급기야 손 근육이 오그라들어 기구를 잡지 못하는 지경에 이른 것이다. 물론 성형수술을 하고 회복되어 일선에 복귀하기까지는 몇 달이면 충분할 터였다. 하지만 솔직히 나는 그 모든 것이 지겨웠다. 더 이상은 선천성 심장병 환자를 수술할 수도, 옥스퍼드 대학에서 인공심장 및 줄기세포 연구를 계속할 수도 없는 상황이었다. 고통을 완화하고 생명을 연장하는 수술 정도는 아직 충분히 가능했지만, 그마저도 완강하게 저지당했다. 이 모든 것이 부당하다는 의구심을 뒤로하고, 나는 떠나기로 결심했다. 매주 고작 이틀씩 수술을 집도하느니 다양한 대학들과의 연구 프로젝트에 전념하는 쪽이 오히려 더 많은 환자에게 도움이 될 수 있었다. 하지만 그러기 위해서는 대체로 장거리 여행을 감수해야 했고, 그럴 때마다 나는 여러 고약한 비뇨기과적 증상에 지겹도록 시달려야 했다.

외과의들은 의외로 수술받기를 기피하는 경향이 있다. 간단한 수술조차 삐끗할 가능성이 존재한다는 사실을 너무 잘 알고 있기 때문이다. 비뇨기과에서 수련하던 시절의 기억을 되살리자면, 전립샘절제술에 따른 합병증은 크게 두 가지였다. 첫째로는 요도 협착의 완화로 요실금이 수반될 수 있었고, 둘째로는 내가 오랜 세월 애지중지해 온 팽창성 신체 부위의 혈류 조절 신경이 다치면서 발기부전이 유발될 수 있었다. 그 몇 년의 수련 기간에 배운 이 사실은 내게 적잖은 충격으로 다가왔고, 이후로 40여 년 동안 나의 뇌리를 떠나지 않았다. 게다가 나는 비뇨기과 수련의로서 요정체의 고통을 덜어준답시고 꽤 많은 환자의 전립샘을 망가뜨린 경험이 있었다. 몇몇 환자에게는 기존 방식의 대안으로 치골 위쪽 복벽을 통해 방광에 도뇨관을 직접 찔러 넣는 방식을 적용했는데, 굉장히 고통스러운 과정임에도 전립샘의 손상을 피할 수 있어 환자들은 오히려 선호하는 경향을 보였다. 그런고로 나는 내 아슬아슬한 상태를 감안해 도뇨관과 마취용 젤을 어디에 가든 지니고 다녔다. 또한 수년 동안 플로맥스Flowmax라는 약품을 복용했는데, 이 완곡한 명칭의 약물 덕분에 나는 화장실 벽을 향해 몸을 숙이면 숙일수록 아주 조금이나마 더 효과적으로 소변을 흘려보낼 수 있었다.

해마다 나는 암의 발병 여부를 확인하기 위해 전립샘 특이항원 검사를 받았다. 결과가 꾸준히 '저위험도'에 머물렀기에, 군이 크랜스턴 교수를 찾아갈 필요성은 느끼지 못했다. 그러던 차에 2017년 가까운 심장내과 동료 두 명이 평소 이렇다 할 비뇨기과적 증상이 없었음에도 전립샘암 진단을 받았다. 그들은 여전히 오줌을 누는데 아무런 문제가 없었다. 또한 항원 검사는 언제부턴가 믿을 수 없는 검사로 전락해 있었다. 정말이지 막막한 노릇이었다.

그러다 2018년의 무더운 여름, 나는 과거에 내가 수련의들과 함께 관상동맥우회술 중에 줄기세포를 주입한 환자들의 상태를 살피러 그리스로 출장 여행을 가게 되었다. 이제 나는 저명한 심장외과의가 아니라 기업에 고용된 의사로서 이코노미석을 타고 이동해야 했다. 고로 피치 못할 상황에 대비하는 차원에서 나는 새벽 비행에 앞서 의도적으로 몸의 수분을 고갈시켰다. 그럼에도 하필 음료 운반차가 비행기 뒤쪽 화장실 접근로를 차단했을 때 급뇨가 찾아왔고, 하는 수 없이 나는 고통에서 벗어나기 위해 한가한 비즈니스석 객실에 잠입하기로 했다. 우리 같은 서민과 소수의 특권층을 가르는 푸른 커튼 너머로 숨어드는 일은 의외로 굉장히 간단했다. 하지만 고지를 눈앞에 두고 나는 깐깐한 객실 서비스 담당자와 마주쳤다. 그녀는 조리실에서 아침을 먹던 참이었다. 20년 넘게 이 항공사를 이용해 온 '골드 카드' 등급의 단골 고객이었음에도, 내 경로는 엄숙하고도 단호하게 차단되었다.

"이코노미석 승객은 이쪽 화장실을 이용하실 수 없습니다. 선생님을 위한 시설은 비행기 뒤편에 마련돼 있습니다." 그녀는 이렇게 말했다.

그 근엄한 꾸짖음에 나는 말썽쟁이 사내아이처럼 그 자리에서 오줌을 지렸고, 급뇨는 찝찝하게 해소되었다. 명색이 심장외과 전문의가 당황하여 소변으로 바지를 적시다니, 신문 사회면을 도배해도 이상하지 않은 일이었다. 별수 없이 나는 복도 뒤쪽의 대기 행렬에 합류했고, 다시는 브리티시 항공을 이용하지 않기로 마음먹었다. 아니, 거기서 더 나아가 내 처량한 전립샘이 뚫릴 때까지는 아예 비행기를 타지 않기로 결심했다.

이제 나는 신중함을 버리고 적극적 조치를 취해야 했다. 심각한 방광 출구 폐색에 탈수 증세가 더해지면서 이른바 폐색성 요로병증이 촉발된 상황이었다. 그대로 두었다가는 당장이라도 신장에 심각한 문제를 초래할 수 있었다. 그런고로 나는 여행을 겨우 마치고 귀국한 바로 그날 저녁 데이비드 크랜스턴에게 전화를 걸었다. 그리고 다음 날 그의 진료실로 찾아가 또다시 도관을 삽입한 뒤, 전립샘 및 방광 초음파검사를 받았다. 확인 결과 내 방광은 비어 있지 않았다. 내가 소변을 내보내려 몇 분을 노력해도, 실제로 나오는 양은 내용물의 겨우 3분의 1에 불과했다. 빗물통의 수위가 높아지면 저류된 빗물의 일부가 유출되는 것과 비슷한 이치였다. 게다가 통증으로 미뤄보건대, 요로 감염증까지 동반된 상태였다.

크랜스턴은 내가 수술을 결심할 때까지 기다려주었다. 그사이 나는 덜 과격한 치료법을 찾아보았다. 새로운 방법이 있기는 했다. 다리동맥을 통한 혈액 공급을 차단함으로써 전립샘의 세포 사멸 또는 수축을 유도하는 시술이었다. 그런가 하면 가압 증기를 주사하여 폐쇄성 조직을 날려버리는 방법도 있었다. 하지만 내 음경이 증기 기관처럼 김을 내뿜는 모습을 상상하니, 도저히 그렇게 할 수는 없을 듯했다. 마침내 우리는 시간을 낭비할 때가 아니라는 결론에 도달했다. 크랜스턴은 전립샘비대증 치료의 '표준이자 정석'인 경요도 절제술을 권했다. 일찍이 나도 수련의 시절에 직접 시행해 본 수술이었다. 이제는 제법 안전해졌지만, 그때만 해도 경요도절제술은 빨대처럼 길고 딱딱한 금속 기구의 좁은 통로를 들여다보며 뜨거운 와이어로 조직 덩어리를 태워 잘라내는 방식으로 진행되었고, 수술 뒤에는 남은 전립샘 조직의 출혈로 방광에 혈병이 들어차는 경우가 다반사였다. 나로서는 당연히 내키지 않는 수술이었다. 그러니까 예전 방식 그대로 진행된다면 말이다.

하지만 이제 상황은 바뀌었다. 내 몸속은 확대되어 모니터에 나타날 것이었고, 이로써 신중하고 알맞은 절제와 혈관의 출혈 부위를 눈으로 보며 소작하는 일이 가능해졌다. 더불어 합병증의 가능성도 낮아져, 발기부전이 1퍼센트, 요실금이 1퍼센트라고 했다. 무엇보다 흥미로운 부분은, 척추 마취를 선택하면 나도 화면을 통해 수술의 진행 상황을 지켜볼 수 있으리라는 점이었다. 하지만 아무리 생각해 봐도, 그렇게까지는 하고 싶지 않았다. 더욱이 척수 주변을 바늘로 찔리고 싶지도 않았다. 국소마취하에 제왕절개로 출산한 아내와 딸에 비하면 나는 정말 겁쟁이 중의 겁쟁이였다.

다시 실질적 문제로 들어가면, 이제 내 신장의 역압을 해소하기 위해 서둘러 조치를 취해야 했다. 순진하게도 나는 NHS 산하 비뇨기과에서 수술이 가능하리라 여겼고, 평소의 나답게 그 수술이 이튿날 바로 시행되기를 원했다. 한데 충격적인 소식이 전해졌다. 처칠 병원에 내가 기대할 수 있는 최선은, 급한 대로 요로에 도뇨관을 유치해 폐색을 완화한 다음, 대기자 명단 끝줄에 내 이름을 올리는 것이었다. 40년 넘게 NHS를 위해 일해 온 나로서는 순순히 받아들이기 어려운 상황이었다. 양성 전립샘비대증으로 대기자 명단에 오른 환자는 이미 120명에 달했고, 그중 대부분은 이미 도뇨관을 유치한 상태였다. 한데 그들도 여태 수술을 받지 못하고 있었다. 왜냐하면 외과의사들은 정부가 정해 놓은 기간 내 암 환자 치료율 목표치를 달성하느라, 다른 환자들을 돌볼 시간이 턱없이 부족했기 때문이다. 유감스럽게도 나는 음경에 도뇨관을 끼우고 다리에 소변주머니를 단 상태로 기약 없이 1년을 버틸 각오가 돼 있지 않았다. 또한 그러다 병세가 악화되어 심각한 신부전으로 진행되는 상황도 바라지 않았다. 그래서 나는 돌아오는 토요일 아침에 민간 병원을 찾아가 그 모든 고통을 끝내기로 했다.

외과의에서 환자로 역할이 바뀌는 데는 의식적 노력이 필요했다. 현대의 놀라운 마취의학과 수술 기법 덕분에, 내 갈퀴손을 저미고 재건하는 수술은 입원 없이 하루 만에 가능했다. 이번에는 '단기' 입원이 필요했고, 그동안 나는 수동적 자세로 지시에 고분고분 따라야 할 것이었다. 내가 마취의를 정하는 문제로 고심하는 동안, 사라는 실내용 가운이나 슬리퍼를 구비하는 등의 실질적 문제로 부산을 떨기 시작했다. 내가 가진 유일한 잠옷은 란제리 회사를 소유한 어느 친절한 여성 환자가 선물한 하늘색 실크 파자마로, 병원에서 지내며 입기에는 여러모로 적합하지 않았다. 해결을 위해 사라는 마크스앤스펜서를 드나들었고, 그사이 내가 한 일이라고는 이틀 동안 간을 쉬게 한 것이 전부였다.

나는 이른 새벽에 첫 번째로 수술을 받도록 예정돼 있었다. 내 은밀한 부위를 옛 동료 간호사들에게 드러낼 생각에 얄궂은 쾌감을 느끼며, 나는 새벽 5시 30분에 일어나 샤워를 했다. 그런 뒤에는 전날 편지함에 들어온 의학 잡지 두 권을 집어 들고는, 사라가 운전하는 차를 타고 시내로 이동했다. 몇 년 동안 미뤄온 수술을 앞두고 신용카드 결제를 위해 접수창구에 줄을 서 있자니, 몹시 두려우면서도 한편으로 안심이 되었다. 게다가 병동도 내게 익숙한 곳이었다. NHS 대기자 명단에 적힌 환자들을 이 건물에서 수술할 때면, 집중치료실과 이웃한 이 병동에 그들을 입원시켰으니까. 각 문에 적힌 고문의들의 이름으로 미뤄보건대, 이제 이곳은 부인과 병동으로 쓰이는 듯했다. 뿐만 아니라 병실도 내게는 굉장히 익숙한 곳이었다. 내가 NHS의 지원으로 이 병원에서 수술한 단 한 명의 심실 보조장치 환자는 집중치료실을 떠난 이튿날 밤에 이곳에서 사망했다. 사인은 뇌동맥류로 인한 다량의 뇌출혈이었다. 그 젊은 여성은 다시 편안히 숨을 쉬고 반듯이 누울 수 있음을 자축하던 와중에, 기뻐하는 남편과 아이들이 지켜보는 가운데 허무하게 숨을 거두었다. 그로부터 10년 뒤 그녀를 치료한 외과의가 그녀의 영혼이 깃든 이 방에 배정된 것은 운명의 장난이라고밖에 설명할 수 없었다.

보츠와나 출신의 그레이스 간호사가 들어와 내 몸무게를 재고 활력징후를 기록했다. 하지만 일이 순조롭게 진행되지는 않았다. 먼저 혈압부터 측정하려는데, 혈압계가 말을 듣지 않았다. 나는 내 평소 혈압을 일러주며, 거기에 수술 전 불안으로 증가했을 법한 수치를 더하라고 제안했다. 그 외의 스트레스는 전혀 없었다. 오히려 머리를 자르기 전보다 마음이 편안했다. 다음으로 그레이스는 나를 간호사실 옆 복도에 놓인 체중계 앞으로 데려갔다. 한데 어찌 된 일인지 체중계도 말을 듣지 않았다. 그러자 이 가엾은 아가씨는 당황하여 허둥대기 시작했다. 나는 그녀에게 괜찮다고, 내 체중 따위는 아무도 신경 쓰지 않을 거라고 말해주었다. 곧이어 나는 그 운명의 입원실 구석에 앉아 《브리티시 메디컬 저널》을 대강 훑어보았다. 언제나처럼 시작은 뒤쪽의 '구인 구직란'이었다. 여전히 나는 아프리카나 중동에서 심장외과 전문의를 찾는다는 광고에 마음이 끌렸다. 그곳에서라면 나도 다시 아이들을 수술할 수 있을 테니 말이다. 솔직한 심정으로는 평가서 작성 능력이나 '성찰'하는 태도보다 기술적 역량과 경험을 중시하는 곳이라면 어디든 상관없었다.

그때였다. 놀랍게도, 정말 놀랍게도 '성찰'에 관한 일반의료심의회의 새 지침을 약술한 기사 한 편이 내 눈길을 단번에 사로잡았다. 첫 문장은 다음과 같았다. '공익 강화의 차원에서 의사는 정직하고 열린 자세로 성찰하는 능력을 갖춰야 한다.' 뭐라고? 하지만 여기까지는 그럭저럭 괜찮았다. 왜냐하면 내가 이 책에서 한 일이 정확히 그것이니까. 이어지는 문장에 따르면, 의사는 모름지기 '시간을 내어 자기성찰과 그룹 성찰에 힘써야' 했다. 이건 뭐, 그룹 섹스도 아니고. 나는 속으로 그렇게 빈정거렸다. 문득 내가 수술에 허비한 모든 시간이 주마등처럼 머릿속을 스쳐갔다. 그 지침대로라면 나는 그 시간에 차라리 성찰을 하는 편이 나았을 수 있었다. 어쩌면 크랜스턴 교수와 나는 내 전립샘절제술에 앞서 함께 성찰의 시간을 가져야 했는지도 모를 일이었다. 우리는 이를테면 내 경우처럼 NHS가 할 수 없는 모든 수술에 관해 성찰할 수도 있었다. 썩어빠진 관료주의에 질릴 대로 질린 외과의들로서 말이다.

도대체 어쩌다 일반의료심의회는 오늘날 의사들이 너무 우둔한 나머지 생각하는 법까지 배워야 할 지경이라는 결론을 내리게 된 것일까? 자, 이 문제에 관해 성찰해 보자. 영국의 거의 모든 심장외과는 압박이 심하고 인력이 부족한 데다 장비마저 부실한 환경에서 일하며 공공연한 스캔들에 시달려왔다. 내게 수술을 받은 뒤 사망한 환자 가운데 일부는 일관된 수술 팀이나 간호 팀의 부재로 인해 목숨을 잃었다. 더 많은 노력과 전문성이 있었더라면 충분히 막을 수 있었던, 이른바 '소생 실패'로 인한 죽음이었다. 옥스퍼드 대학병원에서 버틸 수 있는 인력은 소수에 불과했기에, 우리는 많은 부분을 값비싼 임시직에게 의존해야 했다. 일반의료심의회는 주장한다. '의료진에게 팀이자 그룹으로서 함께 성찰할 기회를 부여하면, 결과적으로 환자에게 더 나은 치료와 서비스가 제공된다'고. 나는 이렇게 말하겠다. "그 빌어먹을 팀부터 눈앞에 내놓으라"고. "그럼 내 환자를 죽게 한 동료를 몰아세우기보다, 함께 모여 성찰할 거리를 찾아보겠노라"고.

그사이 루마니아 출신의 무뚝뚝한 의사가 혈액을 채취하러 들어왔다. "피를 좀 뽑겠습니다." 비록 설명은 짧았지만, 노련하게도 그는 단번에 정맥을 찾아냈다. 또한 그는 바늘을 빼내기 전에 정석대로 압박띠부터 제거했고, 덕분에 나는 피를 흘리지 않을 수 있었다. 이어서 그는 수술 동의서를 꺼내 서명을 부탁했고, 나는 기꺼이 서명을 마쳤다. 고맙게도 잠재적 합병증에 대한 사전 설명은 생략되었다. 그 음울한 설명을 듣고 있으면 제아무리 멀쩡한 환자도 줄행랑을 놓고 싶어지게 마련이니까.

그 유능한 젊은이가 떠날 때 나는 그의 등 뒤에 대고 이렇게 말했다. "크랜스턴 교수에게 수혈은 절대 원하지 않는다고 전하세요." 그러고는 혹시나 하는 마음에 이 말까지 덧붙였다. "만약 수술 중에 치명적인 뇌졸중이 발생하면, 기꺼이 장기를 기증하겠다고도 전하고요." 하지만 그는 내 얘기를 듣지 않았고, 고로 내 마지막에 관한 이타적 의사표시는 공연한 헛수고가 되었다. 사실 나는, 자발적 기증에 반하는 '추정적' 동의 제도가 도입된 이후로 그 문제를 곱씹어 생각해 왔다. 그리고 내 관점에서 그것은 시체를 절도하던 시대로의 역행이었다.

여전히 책장을 넘기며 흰 수술복 차림으로 앉아 있는데, 마취과 의사 올리버 다이어가 병실에 들어섰다. 그는 집중치료실 고문의 중 한 사람으로 20년 남짓 내 환자들을 돌봐온, 나와는 제법 잘 아는 사이였다.

그의 입장은 단호했다. "척추 마취를 하고 깨어 있고 싶으면 그렇게 하셔도 됩니다. 하지만 솔직히 저희는 참견을 바라지 않아요. 그런다고 퇴원이 빨라지는 것도 아니고. 그래서 저는 교수님을 재울 겁니다. 그러고 나서는 진통제를 처방할 거예요. 그럼 몇 분 뒤에 뵙죠."

그 짧은 만남은, 나를 계속 잠든 상태로 살아 있게 할 책임을 맡은 사람에게 내가 정확히 바라던 것이었다. 알량한 동정이나 공감은 물론 내 수술 결과와 무관한 그 어떤 소모적 감정도 내 구미에는 맞지 않았다. 나는 수술 중 각성에 대한 약간의 공포증이 있었지만, 괜히 그런 문제를 언급해 그를 모욕할 생각은 추호도 없었다. 몇 분 뒤 나는 마크스앤스펜서 슬리퍼에 실내용 가운을 걸치고 천천히 수술실로 향했다. 그러고는 이동식 병상에 훌쩍 올라가 누운 채 천장을 바라보았다. 이내 예리한 바늘이 손등을 찌르자, 나는 곧 무의식의 세계로 빠져들었다. 마취제가 들어오면서, 불빛이 사라졌다.

한 시간 남짓 지났을까? 혈압계의 압박대가 부풀며 오른팔을 조이는 느낌에 잠에서 깨어났다. 마치 낯설고 안개가 자욱한 장소에서 간신히 빠져나온 기분이었다. 나는 회복실 저편을 바라보았다. 전에는 수술실 복도에서 들여다보곤 했던 그 방을 나는 얼마간 시간이 흐른 뒤에야 알아볼 수 있었다. 멀리서 대화 소리가 들렸다. 그리고 가까이에서는 나를 향한 듯한 질문이 들려왔다.

"괜찮으세요?"

회복실 간호사였다. 그녀가 입은 보라색 원피스가 눈에 들어왔다. 반사적으로 나는 담요 밑에 손을 넣어 방광에서 나오는 딱딱한 도관을 더듬어 내려갔고, 그러다 얼결에 왼쪽 손등에 꽂힌 수액관을 뽑아버렸다. 이내 찌릿한 통증이 느껴졌다. 덕분에 이성을 되찾은 나는 간호사의 다리에 머물던 시선을 거두었다. 커다란 플라스틱 용기에 담긴 액체가 방광에 흘러들었다가는 배액 주머니 속으로 다시 씻겨나갔다. 들어올 때는 맑고 투명했지만, 나갈 때는 밝고 불그레했다. 색깔이 별로 어둡지 않은 것으로 보아, 출혈이 심하지는 않은 듯했다. 또한 수액 거치대에 빈 수혈팩이 걸려 있지 않은 것으로 보아, 수술도 잘된 듯했다. 비로소 깊은 행복감이 밀려들었다. 나는 자그마치 10년을 고생한 뒤에야 겨우 마음을 다잡고 수술할 용기를 끌어모을 수 있었다. 그리고 아직까지는, 경과가 생각보다 썩 나쁘지 않았다.

오후 2시 무렵 나는 가족들과 이야기를 나누며 생존을 확인하고는 예의 그 영혼 깃든 방으로 돌아왔다. 금세 지루해진 나는 다시 학술지를 훑어보기 시작했다. 그러다 《브리티시 메디컬 저널》의 고정 섹션 「큰 그림」에서 또 한 편의 기사를 발견했다. '근 10년 동안 공여 심장을 기다려온 환자의 호소'라는 제목의 이 글은 당연하게도 NHS 관련 문제에 초점이 맞춰져 있었다. 보아하니 그 남자는 생애 두 번째 심장이식을 위해 대기자 명단에 이름을 올린 뒤, 그 오랜 세월 동안 집에서 순서를 기다려왔다고 했다. 그런데 여기서 눈여겨볼 부분은, 심장이식 이후에 생존했다고 알려진 환자들은 하나같이 이미 병원에 입원하여 강력한 약물이나 순환 보조장치에 의존하고 있다는 점이었다. 따라서 기사의 제목은 '심장이식을 피함으로써 10년 동안 생존하게 된 남자의 이야기' 정도가 적당했다. 더욱이 사실이나 근거에 기초한 기사도 아니었다. 그 글은 단지 더 많은 사람의 장기기증을 장려하는 감정적 호소에 불과했다. 그보다는 심실 보조장치를 도입하자는 주장이 합리적이고 더 적절한 상황에 말이다. 선반에서 심실 보조장치를 꺼내어, 고장난 심장에 이식하고, 스위치를 켜면, 증상은 사라지고, 생명이 연장되며, 죽은 사람도 필요하지 않은데, 대체 왜 이런 대안을 외면하는 것일까?

나는 학술지를 한쪽에 던져두고 이번에는《왕립외과대학회보》를 집어 들었다. 어럽쇼! 거기에는 '외과의들의 성격과 수술의 결과들'이라는 제목의 논문이 실려 있었는데, 보아하니 심장외과 의사의 성격 유형과 그들이 수술한 환자의 사망률 간 상관관계를 파헤치는 내용이었다. 글의 핵심적 주장은 이것이다. 심장외과 의사는 일반 대중과 달리 더 외향적이지만, 내향적 의사가 수술한 환자의 사망률은 외향적 의사가 수술한 환자의 사망률보다 낮다. 아니, 당연히 그럴 수밖에 없지 않나? 외향적 의사는 자신의 성과나 평판을 보호하느라 환자를 힘들게 가려가며 수술하지 않으니 말이다. 심지어 그 논문에서는 내향성과 높은 성실성을 스트레스와 번아웃의 처방전처럼 인식하고 있었다. 논문의 저자들은 영국의 심장외과 고문의 총 261명에게 '정상 성인 인격의 가장 간결하고 포괄적인 모형'이라고 기술된

설문지를 발송한 다음, 이 자료와 흉부외과 의사회가 정리한 이른바 '위험 조정 사망률' 간의 연계를 시도했다. 그들이 조사한 다섯 가지 인격은, 바라건대 모든 의사가 갖춰야 마땅한 '성실성과 개방성', 그리고 외과의사의 일반적 성격인 '우호성과 외향성', 마지막으로 내향적 인간의 기본적 특징인 '신경증'이었다.

설문에 착실히 응답한 사람은 겨우 96명이었다. 또한 그들 가운데 사망률 통계가 가능한 대상은 53명에 불과했다. 사실상 해당 논문의 저자들은 설문의 전체 대상 가운데 성실한 20퍼센트가 자발적으로 제공한 정보를 분석한 다음, 개방성에서 최고점을 받은 이들이 더 많은 환자를 죽였다는 결론을 도출한 것이었다. 이 수상한 발견을 토대로, 그들은 외과의 선발 과정에서 내향적 합격자를 늘려야 한다고 주장했다. 하지만 다들 아시다시피, 애초에 심장 수술을 가능하게 만든 주역은 외향적 의사들이었다. 반면에 내향적이고 신경증적인 의사들은 스트레스를 감당하지 못하고 중도에 포기해 버렸다. 이제 나는 될 대로 되라는 심정이었다. 듣기로는 내가 수술에서 손을 뗀 이후로 2년 동안 새로 배출된 심장외과 전문의 가운데 40퍼센트가 판에 박힌 이유로 업무를 정지당했다.

회보의 다음 기사인 '수술과 정서적 건강'도 내 자신감을 되찾아 주지 못했다. 기사에 따르면 왕립외과대학은 순서대로 '스트레스와 번아웃과 괴롭힘', '불안과 의심과 비애', '동정과 연민'에 대한 일련의 연수회를 개최했다. 이 감정이 난무하는 행사의 주된 참석자는 당연히 내향적 의사들이었다. 그 시간에 이들의 외향적 동료들은 수술실을 지키며 시신의 숫자를 늘리고 있었을 테니까. '돌발 토론'에서 행사 대표단은 '변화를 위한 권고 사항'으로, '병원이 외과의를 비롯한 의료진으로 하여금 자신들이 중요한 존재로 인정받고 있다는 느낌을 갖게 하고, 직원들이 보완적인 업무 관계를 발전시키도록 도와야 한다'고 강조했다. 그것참, 편집증적이고 내향적인 외과 의사라니. 참으로 격세지감이 들었다. 나는 더 이상 이 세계에 속한 사람이 아니었다.

내가 이 글들을 언급하는 이유는 오직 하나, 그것들이 오늘날 외과계에 만연한 태도를 가늠하는 척도이기 때문이다. 수술 건수는 확연히 줄어든 반면, 수술에 대한 말들은 무성해졌다. 내 관점에서 이런 행사는 외과와 어울리지 않았다. 그저 일반의료심의회가 외과계에 요구하는 '전문성 개발' 요건을 갖추기 위한 형식적 절차에 불과했다. 그나마 위안은 이제 크랜스턴이 찾아올 시간이라는 사실이었다. 그는 내 전립샘을 두툼히 잘라 폐기물통에 던져 넣을 때의 복잡한 심정을 내게 미주알고주알 털어놓을 것이었다.

현역 시절 내 모든 신경은 병들 대로 병든 심장을 높은 위험을 무릅쓰고 회복시키는 데 집중돼 있었다. 또한 그 와중에 심장의 주인을 보며 마음이 약해지지 않도록 냉정함을 유지해야 했다. 응급실에서 사라의 모습도 나와 다르지 않았다. 우리에게 중요한 것은 환자들이지 우리 자신이 아니었다. 현대 의학계의 내향성과 성찰, 동정 피로증은 사라에게도 내게도 다른 세계의 이야기였다. 내 오랜 동료 쿨리 선생은 얼마 전 휴스턴에서 숨을 거두었다. 그리고 나는 자못 궁금해졌다. 과연 그는 이렇듯 감정 표현이 난무하는 외과계를 보며 어떤 말을 했을까? 물론, 칼날이 번뜩이는 모험의 나날이 끝났다는 사실에 흐뭇해하는 이들도 많을 것이다. 그들에게 수술은 그저 지루한 일상에 불과했을 테니까. 어쩌면 우리는 외과계의 현실을 세상에 알리려는 노력을 소홀히 해왔는지도 모른다. 하지만 심지어《브리티시 메디컬 저널》조차 무려 10년 동안 심장이식을 기다려왔다는 환자의 사연에 솔깃해하는 마당에, 대체 우리가 무엇을 할 수 있었겠는가?

그날 저녁, 내 간호사 아내 사라는 남편의 기운을 북돋우려 남아프리카산 메를로 한 병을 병실에 가져왔다. 나는 그 레드 와인을 마시며 로제와인색 소변을 배출했지만, 야밤에 네댓 번을 침대에서 뛰쳐나가 소변을 볼 걱정은 몇 년 만에 처음으로 내려놓아도 될 것이었다. 수다스러운 야간 근무 간호사가 병실로 들어왔다. 저녁 투약 시간이었다. 고로 나는 불을 끄고 잡지 대신 텔레비전을 보기로 했다. 의학 드라마 〈캐주얼티Casualty〉를 5분쯤 보고 있자니, 모르핀을 투여한 탓인지 토할 것처럼 속이 메스꺼웠다. 솔직히 통증은 조금도 느껴지지 않았다. 오히려 나는 살면서 처음으로 아편 주사를 맞게 됐다는 사실에 흥미를 느끼고 있었다. 토요일 밤의 메를로와 모르핀이라니! 그보다 멋진 조합이 또 어디 있겠는가? 이제 재미없는 현실에 안녕을 고하고 환상의 세계를 마주할 시간이었다.

하지만 결과는 내가 원했던 즐거움과는 거리가 멀었다. 사악한 편도체는 의사로서의 온갖 끔찍한 기억들을 대뇌피질에 연달아 토해냈다. 망자들의 영혼이 그들을 수술한 의사의 입원실로 찾아들었다. 내가 너무 잘 알고 나와 너무 가까워졌던 특별한 환자들이었다. 그 배터리로 움직이는 유령들은 가슴에 터빈을 달고 머리에 플러그를 꽂은 채 마치 행진하듯 천장을 두둥실 가로질렀다. 이 경이로운 현대 의술을 적용하기 전까지 그들은 모두 심부전으로 죽어가던 신세였다. 체액이 쌓여 몸은 부어올랐고, 조금만 힘을 써도 숨이 가빴다. 반듯이 누울 수 없었고, 집 밖으로 나갈 수도 없었다. 그들은 나와 함께 새로운 삶의 기회를 부여잡았다. 그들은 맥박이 없는 사람들이었다.

하지만 결과가 좋은 사람이 있으면, 나쁜 사람도 있게 마련이었다. 내 병상의 이전 점유자는 눈빛에 원망이 서려 있었다. 그녀는 코와 귀에서 피를 내뿜으며 입원실을 쏜살같이 가로질렀고, 입으로는 수술 동의를 후회한다며 냅다 비명을 내질렀다. 창문을 통해 날아든 유쾌한 사내는 덩치에 비해 유난히 얇은 두개골 깊숙이 드릴 비트가 파고들어간 환자였다. 그의 뇌를 압박하던 혈병은 뇌외과 의사들이 제거했지만, 심부전으로 이미 쇠약해진 그는 끝내 회복하지 못했다. 사망의 궁극적 원인은 폐렴이었다. 하지만 이날 밤 그는 우리의 노고에 고마움을 표했다. 그런가 하면 유령 집배원도 있었다. 그는 집에서 건강을 회복해 가던 와중에 부엌에서 발이 걸려 넘어지며 머리를 세게 부딪혔다. 구급대원들이 발견했을 때 그는 바닥에 쓰러진 채 반응이 없었고, 몸은 차가웠으며, 맥박도 잡히지 않았다. 대원들은 그를 영안실로 데려갔다. 하지만 때는 겨울이었고 연속류형 인공심장을 이식한 환자들은 맥박이 없는 것이 당연했으므로, 그 일을 떠올리면 나는 늘 마음이 편치 않았다. 하지만 그의 영혼은 나를 반기며 내게 상자 하나를 내밀었다. 안에서는 그의 갸륵한 심장이 갓 잡은 물고기마냥 펄떡이고 있었다.

다음은 2인조였다. 좋은 친구였던 두 사람은 닫힌 문을 스르르 통과해 함께 병실에 들어왔다. 스코틀랜드 남자 짐은 백파이프를 가져와 애가를 연주하고 있었다. 그의 수술 장면은 BBC 다큐멘터리 〈생명의 주관자들Your Life in Their Hands〉을 통해 전 세계에 방영되었다. 그로부터 2년 뒤 크리스마스에 그는 여분의 배터리를 깜빡한 채 집을 나섰고, 인공심장의 저전력 경보음이 울렸을 때는 이미 너무 멀리 떠나온 상황이었다. 그러니까 20분 안에 집으로 돌아가 전원을 공급하기에는 말이다. 결국 그는 살아남지 못했다.

맥박이 없는 피터는 독실한 남자였다. 그는 수술을 앞둔 이들에게 배터리에 의존하는 삶에 관하여 선배로서 조언을 건네고는 했다. 그는 선구자였다. 영구형 터빈 펌프를 심장에 이식하고 섬뜩한 전기 플러그를 두개골에 장착한 세계 최초의 환자였다. 우리는 자연스레 가까워졌고, 그는 자신과 같은 처지에 놓인 다른 환자들을 위해 인공심장 구입 기금을 모금했다. 그는 "배터리에 의존하는 삶이 평범한 삶은 아니지만, 선택 가능한 범위 내에서는 가장 나은 삶"이라 말했고, 행운아 짐이 그 말의 산증인이 되리라 믿었다. 당시에 두 사람은 아직 예순도 되기 전이었지만, 심장이식이 좌절되면서 크게 낙심한 상태였다.

이 특별한 밤, 피터의 영혼은 언제나처럼 명랑했다. 그럴 수밖에 없었다. 마음이 맞는 사람들과 함께하는 시간을 그는 사랑했으니까. 그는 자신을 흔쾌히 '프랑켄슈타인의 괴물'이라 칭했고, 나를 은밀히 '살인 기계'라고 불렀다. 언제나 그는 나를 괴롭히러 돌아오겠노라고 장담했었다. 그리고 나는 그에게 가장 필요한 순간에 영국을 떠나 있었다는 사실을 못내 애석해했다. 인공심장에 의지해 8년 가까이 '여분의 삶'을 살아낸 뒤, 피터는 종류를 막론하고 인공심장을 이식한 사람 가운데 단연코 최장 기간 생존자가 되었다. 그의 죽음은 허망하고 애처로웠다. 그는 코피를 많이 흘렸고, 부실하게 기능하던 한쪽 신장은 작동을 멈춰버렸다. 하지만 지역 병원은 혈액투석을 거절했고, 나는 일본에 있어 연락이 닿지 않았다. 결국 그는 짐을 따라 황천길에 올랐다. 나는 피터와 그의 인공심장이 적어도 10년은 버텨내리라 확신했었다. 그 무모해 보이던 기대는, 이후에 내가 타국에서 수술한 환자 두 명 덕분에 이윽고 현실이 되었다.

메를로와 모르핀은 이렇듯 비극적 사건들을 다시금 상기시켰다. 환각은 차츰 걷혀갔지만, 나는 다리에 혈전 예방용 간헐적 공기 압박기를 거추장스레 두르고, 음경에는 관류 장치를 깊숙이 밀어 넣고, 또 혈관에는 목줄 맨 개처럼 수액줄을 매단 상태로, 옴짝달싹 못 한 채 천장을 바라보며 언제나처럼 길고 쉼 없는 밤을 견뎌야 했다. 야간 근무 간호사가 주기적으로 들어와 혈압을 쟀고, 한동안 나는 그녀가 플래시백이 불러낸 환영이라고 생각했다. 아침에 그녀는 나를 골똘히 쳐다보았는데, 모르긴 해도 간밤에 내가 이상한 소리를 지껄인 모양이었다. 그날 밤 출몰한 이들 가운데 두개골에 전선을 달지 않은 사람은 그녀가 유일했다.

일요일 아침에는 방광의 배출액이 거의 투명해졌고, 전날 금식한 탓에 배고픔은 극에 달했다. 이제 이성을 되찾고 보니, 간밤에 환각을 증폭시킨 주범은 둘이 아니라 셋인 듯했다. 메를로와 모르핀에 저혈당이 합세했다고 할까. 문득 궁금해졌다. 그 환각은 재현될 수 있을까? 나는 다시 그 모두를 또 다른 상상 속 외래 진료실로 불러들일 수 있을까? 착란이란 황홀한 경험이었다. 마약을 상습적으로 투여하는 이들을 이해할 수도 있을 정도로.

나는 민간 병원에서 내놓은 영국식 아침 식사를 모조리 먹어치운 뒤, 훈제 청어와 토스트를 조금 더 달라고 수줍게 요청했다. 이어 그날 오전의 담당 수간호사가 근무를 시작하러 병실에 들어섰다. 짐작건대 내 섬망 또는 환락 증세에 대해 귀띔을 받은 듯했다. 나는 그녀에게 음경에 끼워둔 딱딱한 도뇨관을 되도록 빨리 제거해 달라고 말했고, 압박의 차원에서 내 정맥에 꽂힌 도관을 직접 뽑아 그녀에게 건넸다. 그녀는 크랜스턴 교수에게 알리기 위해 병실을 떠났다. 아침 햇살이 커튼 사이로 쏟아졌다. 그리고 나는 더 이상 환자 노릇을 견딜 수 없었다. 나는 돌아가는 사정을 알고 있었다. 출혈이 멈췄으니, 도뇨관을 제거하고 오줌이 잘 나오는지 확인한 다음, 집에 있는 개인 간호사에게 나를 보내주면 될 일이었다. 이 귀신 들린 방에서 사흘치 입원비를 더 지불해 가며 말썽꾼 취급을 받고 싶지는 않았다.

수간호사가 돌아왔을 즈음 나는 방광의 도뇨관을 없앨 묘안을 궁리 중이었다.

"크랜스턴 교수님은 배출액이 깨끗하면 저더러 제거하라고 하시네요." 그녀가 말했다.

"잘됐네. 얼른 해치웁시다." 사실 서두르지 않을 이유가 없었다. 수술이 제대로 됐다면, 24시간이 지난 그 시점까지 출혈이 있을 리 만무했으니까.

"하지만 이대로 집에 가는 건 꿈도 꾸지 마세요. 아직은 너무 이르니까." 그녀는 이렇게 말했다.

이런 식의 말썽쟁이 취급은 오히려 내 반항심을 부추겼다. 내일이면 이 병원은 한때 내 동료였던 이들로 가득할 터였고, 나는 온 옥스퍼드가 내 은밀한 부위에 주목하는 그림을 결코 바라지 않았다.

수간호사가 손을 소독하고 고무장갑을 꼈다. 그녀의 단호한 손

놀림은 무척 불길하면서도 도발적이었다. 그녀는 내 방광에 든 도뇨관 풍선에서 물을 빼낸 다음, 도뇨관을 몸 밖으로 끌어당겼다. 장난스럽게, 어디 뺏을 테면 뺏어보라는 듯이. 자줏빛 해초를 닮은 혈병과 수상한 전립샘 조각이 풍선에 슬쩍 묻어나오는가 싶더니, 뒤이어 선혈이 뚝뚝 떨어졌다. 그러자 궁금해졌다. 만약 지금 내가 요정체를 일으킨다면? 채 아물지 않은 자리에 도뇨관을 다시 끼우기가 상당히 어렵지는 않을까? 나는 배관을 갓 수리한 요로로 첫 배뇨를 시도하기에 앞서 뇨압을 높여둘 요량으로 병실의 액체란 액체는 모조리 마셔두었다. 그러고는 새 실내용 가운과 슬리퍼 차림으로 복도를 거닐며 요의가 찾아오길 기다렸다.

그때 마취과의사 올리버 다이어가 수술 경과 확인차 나를 찾아왔다. 그는 정중하고도 살갑게 내 주의를 너덜너덜한 요도에서 분산시켰다. 무엇보다 그는 내가 퇴원하려 한다는 얘기에 당혹감을 감추지 못했고, 몇 분 뒤 크랜스턴은 이런 문자를 받았다. "맙소사, 퇴원한다는데요?"

마침내 요의가 찾아왔을 때, 나는 평소답지 않게 두려움을 느끼며 내 사적인 공간으로 돌아갔다. 솔직히, 처음에 나는 극심한 통증을 예상했다. 그리고 실제로 많이 아팠다. 하지만 이 불편감은 시원하게 오줌을 쏟아내는 희열을 능가하지 못했다. 워낙 세차게 쏟아져 주변을 닦아야 할 정도였다. 크랜스턴 교수는 정오에 도착했다. 그 무렵 나는 짐을 챙겨 떠날 준비를 마친 상태였다. 모르긴 해도 전립샘절제술을 받고 나보다 빨리 퇴원한 사람은 아무도 없을 듯했다. 하지만 이 병원에서 또다시, 그것도 상당한 비용을 지불해가며 불면의 밤을 보낼 생각은 추호도 없었다.

크랜스턴은 느긋했다. 은퇴를 앞둔 교수답게 거의 매사에 여유가 묻어났다. 우리는 서로 지근거리에 살고 있었다. 그러니 혹시라도 내게 문제가 생기면, 언제든 그가 달려올 수 있을 터였다. 나는 이틀 더 혈액과 혈병을 배출했지만, 폐색을 극적으로 해소하고 신장을 지켜냈다는 점에서, 그 정도는 걱정거리도 아니었다. 외려 몇 년 더 일찍 수술을 받지 않은 것이 못내 아쉬울 따름이었다.

여느 사람처럼 외과의사도 병을 무서워한다. 아니 오히려 더할 수도 있다. 그러니까 아는 게 병인 셈이다. 눈에 띄는 신문 기사를 일부 인용하자면, 'NHS의 유일한 오점은 환자들의 형편없는 생존율이다.' 문제의 핵심은, NHS가 국영 기관으로 출범할 당시 공평한 접근성을 추구하면서도 효율성의 극대화는 고려하지 않았다는 점이다. 나와 내 가족이 다른 업계의 관행과 달리 치료의 혜택을 우선적으로 받지 못했다는 사실은 아무래도 상관없다. 하지만 우리가 치료 자체를 받지 못했다는 사실은 도저히 묵과할 수 없다. 이제 70돌을 맞은 NHS가 처한 이 딱한 현실은 그간의 무신경한 정치적 기만에 제동을 걸었다. '우리의 시스템은 전 세계적 부러움의 대상입니다.' 아니, 천만의 말씀이다.

우리는 다른 보건의료 시스템에 비해, 경제적 인색함을 제외하고 모든 면에서 뒤처져 있다. 무엇보다 유아 사망률이 상대적으로 높을뿐더러, 암과 심장마비에 관련된 결과도 그리 좋지 않다. 여태까지의 암 환자 생존율에 대한 가장 종합적인 보고서는 2018년 의학 잡지 《랜싯The Lancet》을 통해 발표됐는데, 이에 따르면 NHS의 순위는 췌장암 생존율을 놓고 볼 때 56개 국가 중 47번째였고,

위암의 경우 46번째, 자궁암의 경우 45번째였으며, 이는 라트비아나 루마니아, 터키, 아르헨티나보다 뒤떨어진 결과였다. 이 말인즉, NHS가 역량을 평균 수준까지만 끌어올려도 암 환자 1만 명의 죽음을 막을 수 있다는 얘기였다.

이 모든 결과는 영국의 외과의를 비롯한 의사나 간호사의 역량이 부족해서가 아니었다. 오히려 정반대였다. 일반적으로 그들은 유능하고 근면하며 환자를 진심으로 아낀다. 관료주의와 허튼 규제를 도려내면, 충분히 더 나은 역량을 발휘할 만한 사람들이다. 보건의료 시스템이 더 원활히 기능하려면, 의사가 훨씬 더 많아야 하고, 환자 대비 간호사의 비율은 훨씬 더 높아야 하며, 진단과 치료에 걸리는 시간은 훨씬 더 짧아야 한다. 스캐너는 더 많아야 하고, 구명 약품과 장비는 비용에 관계없이 시의적절하게 도입돼야 한다. 무엇보다, 제대로 된 보건의료 시스템은 정치적 핑퐁 게임의 대상일 수 없다.

나는 이 모든 것을 유럽과 미국 곳곳의 여러 병원에서 몸소 경험했다. 내 의사 조카들이 호주에서 행복하게 일하는 동안, 우리는 호주 의사들을 영국으로 불러들이려 고액의 퇴직금을 제안한다. 하지만 그들은 오지 않는다. NHS에서 일하고 싶어 하는 의사들은 죄다 가난한 나라 출신이다. 이는 절대 과장이 아니다. 우리는 아시아와 아프리카에서 의사와 간호사를 끌어오려고 분주히 노력한다. 하지만 그들은 자신들의 나라에 꼭 필요한 인력이다. 고로 이에 대한 근본적 재고가 절실한 시점이다.

우리보다 나은 보건의료 시스템을 운영하는 국가는, 더 많은 환자와 수술과 장비를 부담으로 여기지 않는다. 그런 나라들은 비용 절감이 아닌 환자 치료에 집중한다. 의료과실 배상금 명목으로 매년 50억 파운드라는 거액을 지불하지도, 치명적 질환이 아니라는 이유로 골관절염이나 탈장, 정맥류에 대한 치료를 제한하지도 않는다. 더 나은 보건의료 시스템 안에서는, 마치 겨울이 예기치 못한 사건인 것처럼 이른바 계절적 압박을 이유로 한 달 동안 모든 수술 일정을 중단할 필요가 없다. 소속 의사로서 수십 년을 눈코 뜰 새 없이 일해 온 나에게 NHS가 제공한 것은 고작, 수술을 받기 위한 1년의 기다림이었다. 그것도 도뇨관과 소변 주머니를 장착한 상태로 말이다. 이러니 영국이, 피할 수 있는 죽음을 막지 못하기로는 서구 18개국 가운데 3위라는 쓴소리가 나오는 것이다.

하지만 누구도 선뜻 이 훼손된 보물을 해체하거나 개혁하겠다고 나서지 않는다. 자칫 정치적 생명이 끝날 수 있다는 두려움 때문이다. 상식적으로 매일없이, 심지어 영국 최고의 병원에서도 잇달아 터져 나오는 끔찍한 이야기와 스캔들은 현장에 경각심을 불어넣었어야 마땅하다. 하지만 실상은 늘 제자리걸음이다. 노동당은 보수당이 유럽이나 호주의 재정 지원 모델을 제안하기를 은근히 기대한다. 그러면 민영화로 방향을 틀었다는 명분하에 보수당을 공격할 수 있기 때문이다. 같은 이유로 보수당은 조금이라도 유의미한 개혁은 죽어라 피하고 똑같은 레퍼토리를 질리도록 반복한다. 우리는 NHS를 변화시킨다는 명목으로 10억 파운드를 쏟아붓고 있지만, 정작 그 돈의 행방과 쓰임에 대해서는 아무도 주목하지 않는다. 그러므로 우리처럼 그 시스템에 속한 노동자들은 여전히 환멸을 느낀다. 내가 수술을 집도하는 동안 산고를 치르는 사라를 대신 살펴주었고 이제 어느덧 심장외과 명의의 반열에 오른 닐 모트는 로열브롬프턴 병원을 조기 퇴직하고 캘리포니아 소재 대형 제약 회사의 의학부 총괄 부서장이 되었다. 어느 날 카페에서 우연히 마주친 나에게 그는 이렇게 말했다. "그냥 NHS에서는 더 이상 못 버티겠더라고요."

　슬픈 사실은, 우리처럼 가장 힘들고 위험한 위치에 있는 사람들은 NHS가 최고가 되기를 바란다는 것이다. 나는 이 분야에 몸담은 이래로 개원에 일절 관심을 두지 않았다. 나는 독창적 연구에 매진했고, 의학 논문을 저술했으며, 유수의 교과서를 집필했다. 그리고 이 모든 일은 지구라는 무대에서 NHS의 깃발을 펄럭이기 위해서였다. 외과의들은 옥스퍼드로 모여들었다. 이유는 단순했다. 그들은 한정된 자원을 효율적으로 활용하는 비법을 배우고 싶어 했다. 하지만 시스템은 기대에 화답하지 않았다. 예순여덟이란 나이에 나는 '면허 갱신'을 위한 자기계발 계획이 미흡하다는 이유로 의료부장에게 '퇴출' 경고를 받았다. 일반의료심의회에게 묻고 싶다. 대체 그런 조치의 어떤 부분이, 왕립외과대학이 강조해 마지않는 의료인의 '정서적 건강'을 돌보는 데 도움이 된다는 것인지 말이다.

　짧게나마 민간 병원에 입원했던 경험은 보건의료 시스템의 가장 중요한 가치에 관한 고민으로 나를 이끌었다. 내 첫 번째 관심사는 당연히 치료에 대한 보편적 접근성이었다. NHS의 이용료는 얼핏 무료 같지만, 기억할 것은 영국에 거주하는 거의 모든 사람이 그 비용을 세금의 형태로 지불하고 있다는 사실이다. 영국에서는 아픈 사람에게 네 가지 선택지가 주어진다. 첫 번째 선택지는 평균 2주의 기다림을 감수하고 일반의 진료를 예약하는 것이다. 두 번째는 111에 전화를 걸어, 이를테면 '4시간 만에 도착하거나 영원히 오지 않을지도 모르는 구급차가 당장 필요하십니까?'로 요약되는 당혹스러운 질문과 씨름하는 것이다. 세 번째는 약국을 찾아가 아픈 아기에 대한 전문적 조언을 구하는 것이고, 마지막 네 번째는 응급실로 찾아가, 보행 가능한 부상자들의 긴 대열에 합류했다가, 공연히 시간이나 뺏는 사람 취급을 당하고는, 권고에 따라 다시 일반의 대기자 명단에 이름을 올리는 것이다. 나는 우리 가족을 통해 네 가지 상황을 모두 경험했다. 이리저리 내몰리는 와중에 그나마 유용했던 방법은 무턱대고 병원으로 찾아가 줄을 서는 것뿐이었다. 일차 의료시스템은 더 이상 시간 외 진료를 책임지지 않는다. 또한 종합병원의 응급의료 시스템은 대중이 요구하는 그날그날의 서비스를 도저히 감당할 수 없다. 왜 아니겠는가!

내 경우 이 모든 과정을 의연히 겪어낼 자신이 없었으므로, 동료에게 전화를 걸었다. 하지만 대부분의 영국인은 그런 호사를 누릴 수 없다. 암 진단을 받으면, 그들은 제정법에 따라 어마어마한 대기 시간을 감수해야 한다. 더구나 관련 법률의 결정권자는 의사가 아니라 정치인들이다. 미국에서의 수련 경험을 돌이키자면, 심장 수술이나 암 수술을 요하는 사람은, 보험 가입자에 한해 누구나 그 주 안에 수술을 받을 수 있었다. 하지만 막상 옥스퍼드 대학병원에 와보니, 1년 넘게 수술을 기다리는 가엾은 영혼이 넘쳐나는 데다, 일부는 기다리다 숨을 거두는 지경이었다. 우리는 이를 '비용 절감'이라 일컬었다.

자연스레 고민의 다음 주제는 '시의적절한 개입'이 되었다. 검사를 통해 필요한 처치를 파악하고 적정한 치료를 받기가 영국에서는 하늘의 별 따기였다. 가령 협심증으로 인한 가슴통증이 있고 운동 부하 검사에서도 양성이 나와 의뢰된 환자가 있다고 하자. 누가 봐도 그 사람은 관상동맥질환 환자다. 하지만 그는 우선 수개월을 기다려

심장내과 전문의에게 외래진료를 받은 다음, 또 한참을 기다려 관상동맥조영술을 통해 적절한 치료법을 찾아내고, 거기서 또 한참을 기다려 심장외과 전문의와 상담을 한 뒤에는, 수술을 위해 다시 기나긴 세월을 기다려야 한다. 그사이 증상은 지속되고, 불안은 끊이지 않으며, 때 이른 죽음의 가능성은 높아진다. 이런 상황을 영국 국민더러 참으라고? 이런 게 의료과실이 아니면 무엇이란 말인가?

내가 외과의사로 지낸 마지막 몇 년을 돌이켜보면, 수많은 환자들이 대개는 병상 부족을 이유로 입원 전은 물론이고 수술 당일에도 몇 번이고 취소되는 일정 때문에 고통을 받아야 했다. 그런가 하면, 수술한 환자들은 입원실 병상이 부족해 집중치료실을 벗어날 수 없었다. 잘못된 운영의 폐해가 다람쥐 쳇바퀴 돌듯 반복되고 있었던 셈이다. 환자 중에는 심지어 집중치료실에서 곧장 퇴원해버리는 이도 꽤 있었다. 노인이나 중증 환자의 대부분은 집에 돌봐줄 사람이 없어 퇴원이 불가능했다. 독일은 재활 전문병원이 1,500곳인데다, 일부는 수백 개의 병상을 갖추고 있어, 그 같은 문제가 절대 발생할 수 없다. 반면 NHS 산하에는 재활 전문병원이 전무하다. 영국의 환자들은 필요한 수술이나 처치가 끝난 뒤에도 응급 환자용 병상을 떠나지 못한 채 심각한 부작용에 시달린다. 수술 환자들이며 뇌졸중이나 머리 외상, 심장마비에서 회복 중인 환자들은 10일간 활동을 멈추면 다리 근육량의 10퍼센트가 손실된다. 이는 10년의 노화로 인한 근육 손실량과 맞먹는 수준이다. 이런 이유로 나는 현재, 응급 환자용 병상을 최대한 목적에 맞게 활용하기 위해 옥스퍼드에 '최첨단' 재활 병원을 설립하는 일에 힘쓰고 있다.

환자로서 우리는 우리를 치료하는 이들이나 기관을 신뢰할 수 있어야 한다. 하지만 정부와 미디어의 주도 아래 병원을 둘러싼 스캔들이 반복적으로 쏟아져 나오는 현실은 그런 신뢰를 다지기 어렵게 한다. 이를테면 브리스톨 병원과 스탠퍼드 병원, 고스포트 Gosport 병원에 관한 스캔들을 떠올려보라. 문제의 책임은 일선의 의료진이 아니라 관료들에게 있지만, 사람들이 기억하는 것은 병원의 이름이다. 이 같은 스캔들의 근본적 원인은 개인이 아니라 잘못된 시스템에 있다. 수술을 집도할 때면 나는 능력과 경험, 정직성을 갖춘 의사들이 나를 살펴주기를 바랐다. 여기에 뜻밖의 상황을 요리조리 피해가는 운까지 갖춘 외과의라면 금상첨화였다. 나는 사생활과 비밀보장을 중요시하지만, 까다로운 수술을 집도하는 동안만큼은 결코 사람들의 시선을 벗어나 홀로 애쓰고 싶지 않았다. 하다못해 지속적인 원격 모니터링을 통해서라도 지켜봐줄 누군가가 필요하다. 하지만 그마저도 대개는 불가능하다. 간호사들은 앉아서 모니터 화면을 지켜볼 만큼 한가하지 않다. 다른 직원이나 환자라도 보이면 그나마 마음이 놓인다.

그런데 하물며 공감과 동정이 끼어들 자리가 어디 있겠는가? 나에게 그런 감정은 전혀 중요치 않다. 나에게 필요한 것은 안전감이다. 다들 잘 알다시피, 현실적으로 NHS의 일선 의료진은 감정이 난무하는 행사 따위에 허비할 시간이 없다. 현재 전립샘암 수술 중 일부는 로봇으로 실시한다. 그리고 로봇은, 유감스럽게도 동정이나 연민을 드러내지 않는다. 물론 프로그램화할 수는 있다. 가령 환부를 도려내는 와중에 "아프시죠?"라는 질문을 끝없이 반복하도록 말이다.

그럼에도 친절이 빛을 발하는 시간과 상황은 종종 존재한다. 다시 《브리티시 메디컬 저널》로 돌아가자. 최근 그 학술지에는 '동정적 치료가 만드는 차이'라는 제목의 논문이 실렸다. 다음은 유전질환으로 아기를 잃은 어느 덴마크 출신 여교수의 단상이다. 그녀는 이렇게 적었다.

공감적 치료는 설명되지 않는 무엇을 이해하고 극복하려 애쓰는 환자와 가족에게 힘을 줄 수 있다. 그것이 자녀의 죽음이든, 질병의 진단이든, 우리를 보건의료 시스템과 접촉케 하는 그 밖의 여러 경험 중 하나이든 간에.

그 글에 따르면 그녀가 만난 의사들은 '놀랍도록 세심한' 동시에 '분주하고 어수선해서 환자와 가족, 그러니까 필자의 아들과 필자를 살피는 일이 사실상 불가능해 보일 정도'였다.

감히 주장하건대, 그런 식의 구별은 잘못되었다. 모르긴 해도 그녀가 만난 의사들은 전부 세심한 이들이었지만, 당시의 업무량에 따라 각기 다른 인상을 남겼을 공산이 크다. NHS에 소속된 일반의는 8분 안에 환자를 맞이하고 진단하여 치료한 다음, 진료에 대한 기록까지 끝마쳐야 한다. 정신 건강에 문제가 있는 환자를 보기에는 턱없이 부족한 시간이다. 그들은 하루에 환자 50명을 진료한다. 이렇듯 힘든 여건 속에서 그들의 주의력은 실수를 범하지 않는 데 집중될 수밖에 없다. 병동이나 응급실, 수술실에서도 마찬가지다. 관리직을 제외한 모든 부서가 극심한 압박과 인력난에 시달린다. 어쩌면 NHS는 '동정과 공감' 관리자를 따로 임명해야 할는지도 모른다. 의료진은 시간에 쫓기느라 냉담한 태도를 유지할 수밖에 없다. 그 옛날 호시절처럼 환자들의 바람이나 두려움에 천착하기가 아무래도 힘에 부치기 때문이다.

NHS의 경제적 편의주의와 관련하여 가장 유감스러운 부분은, 임상적 효율과 생산성이 의사와 환자의 관계를 해친다는 점이다. 그리고 이는 가벼이 여길 사안이 아니다. 매일없이 죽음의 망령을 상대하는 일은 특별한 마음가짐을 요구한다. 유수의 심리학 연구에서 외과나 소아암, 정신과 전문의에게서 사이코패스적 성향이 매우 높게 나타나는 이유가 바로 여기에 있다. 비록 드문 일이었지만 내가 수술한 아이가 죽으면, 나로서는 금세 털고 일어나야 했다. 나는 부모의 입장에 머물러 있을 수 없었다. 그랬다가는 다음 날 출근 자체가 불가능했을 테니 말이다. 번아웃이라는 것이 본래 그러했다. 인공심폐기를 발명한 존 기번과 그 무시무시한 기기를 실용화한 존 커클린의 차이가 바로 거기에 있었다. 수술한 아이들을 연달아 잃었을 때 기번은 포기해버렸다. 하지만 커클린은 포기하지 않았다. 브룩 경도 마찬가지였다. 운 좋게 나는 그들의 선구적 발자취를 따라가는 특권을 누렸다. 안타깝지만 이제는 누구에게도 그 같은 자유가 허락되지 않는다.

그러므로, 괜찮다면 이쯤에서, 조지 오웰의 문장으로 책을 끝맺으려 한다.

자서전이 미더울 때는 부끄러운 진실을 드러낼 때뿐이다. 자신에 대해 아름답게 이야기하는 사람은 거짓말하고 있을 공산이 크다. 그 어떤 삶도 내부에서 바라보면 그야말로 패배의 연속이기 때문이다.

그의 말뜻을 나는 오롯이 이해한다.

심장 수술의 영역에서 뜻깊은 변화를 이루려는 꾸준한 노력에 나는 매료되었고, 이는 내가 그 주제에 관한 종합적 교과서 『심장외과계의 획기적 사건들Landmarks in Cardiac Surgery』(1997)을 집필하는 계기가 되었다. 용감무쌍한 개척자들을 조사하는 과정에서 나는 그들 다수와 인연을 맺게 되었다. 인생 황혼기에 접어든 그들은 자신의 기억을 기록으로 남기는 데 열정적이었다. 이들은 영국과 미국이 낳은 위대한 인물이었다. 그들은 위험을 감수했고, 한창때는 거의 하루에 한 번꼴로 수술 환자의 죽음을 경험했다. 그들을 만나면 만날수록 한 사람 한 사람이 내게 얼마나 큰 영감을 주었는지를 깨달아갔다. 그들은 조언했다. 언제나 더 나은 방법을 찾아보라고. 우리의 전공 분야는 여전히 갈 길이 멀다고.

내 경력은 로열브롬프턴 병원과 케임브리지 애던브룩스 병원, 해머스미스 병원, 왕립 의과 대학원, 그레이트 오먼드 스트리트 어린이 병원을 비롯한 영국 최고 수준의 기관에서 시작되었다. 영국과 미국에서 수련을 마친 뒤에는 내내 옥스퍼드 대학의 그림 같은 첨탑에 둘러싸인 채로 지냈다. 책에 표현된 번민과 한탄과 좌절에 관계없이, 나는 옥스퍼드 대학병원과 그곳의 헌신적인 의료진이 유럽 최고의 수준이라고 자부한다. 병원의 얼굴은 건물이나 정치인, NHS가 아니라, '일선에서 애쓰는' 이들이다. 고로 나는, 연구실에서든 병동에서든 수술실에서든 집중치료실에서든, 좋을 때든 나쁠 때든, 기쁠 때든 슬플 때든, 내 환자들과 나를 위해 힘써준 모든 동료에게 한없는 고마움을 전하고 싶다. 우리는 함께 세계 최초의 업적들을 이뤄냈다. 수많은 목숨을 구해냈고, 심장 수술을 시행하는 방식에 있어 세계적으로 눈에 띄는 변화를 만들어냈다. 혁신의 근원은 절박함, 더 솔직하게는 재정 부족이었다. 물론 NHS는 우리의 다양한 성취를 짐짓 모른 체했다. 하지만 미국과 러시아, 일본은 그 가치를 높이 평가했고, 기대를 뛰어넘는 보상 덕분에 우리는 앞으로 나아갈 수 있었다. 자랑은 너그러이 봐주시길. 또한 책에 나오는 몇몇 거친 표현도 용서하시길. 강조를 위해 쓰인 그 표현들은 사실 다 문제의 머리 부상 탓이니까! 적어도 일할 때만큼은 거친 표현을 자제하는 편이니까.

심장외과는 잘 짜인 팀워크와 24시간의 돌봄을 필요로 한다. 이는 옥스퍼드에서 나와 같이 수련을 받고 각자의 고국으로 돌아가 걸출한 외과의로 살고 있는 다양한 국적의 훌륭한 동료들이 없었더라면 하나같이 불가능했을 일들이다. 수련은 우리가 해야 하는 일이지, 자칭 세계 일류의 보건의료 시스템에서 발생한 결원을 보충하기 위해 해외의 인력을 빼오는 일이 아니다. 우리 임상가들은 좀처럼 인정하지 않지만, 사실 나는 병원 관리자들의 헌신적 노고에도 고마움을 느낀다. 그들은 우리를 가로막기보다는 돕기 위해 성심껏 애써주었다. 요컨대 이 훌륭한 병원과 동료들이 있었기에 나는 내 경력을, 이른바 '현대화'로 인해 더 이상은 반복될 수 없는 방식으로 쌓아나갈 수 있었다. 해묵은 표현을 빌리자면, '다시없을 좋은 시절'이었다.

1948년 NHS보다 불과 몇 주 늦게 태어난 나는 그곳을 지탱하는 일에 내 직업적 삶의 전부를 바쳤다. 하지만 NHS가 다시금 최고의 치료 기관으로 거듭나기 위해서는 관료나 위원회에 투자해 비용 절감 따위를 홍보할 것이 아니라, 인력과 장비에 더 많은 투자를 감행해야 한다. 현대의 치료 및 수술 비용은 지나치게 높다. 심장이식을 대체할 '기성품'으로, 내가 최초로 사용한 바 있는 이식형 회전식 심장 펌프는 페라리보다도 비싸다. 하지만 유럽의 다른 나라들은 그런 장치를 사용한다. 그러므로 영국은 지금 당장, 너무 늦기 전에, 더 성공적인 보건의료 시스템을 보고 배워야 한다.

또한 나는 자신들의 이야기를 책에 담도록 기꺼이, 심지어 열광적으로 허락해 준 의사들과 거명된 환자 및 가족들에게 고마움을 표하고 싶다. 다른 이들, 그러니까 젊은 시절의 나와 인연을 맺은 사람들은 아쉽게도 우리 곁을 떠났고, 그간 그들의 상황은 몰라보게 달라졌다.

마지막으로, 내 인생에서 가장 소중한 것은 우리 가족의 한결같은 사랑과 지지다. 그도 그럴 것이 나는 절대, 결단코 함께 살기에 편한 사람이 아니었다. 동 트기 전에 집을 나섰고, 늦게까지 일했으며, 여행이 잦은 데다, 집에 돌아오면 나가떨어지기 일쑤였다. 하루 종일 상체를 숙인 자세로 수술을 하다 들어와, 아내에게 이렇게 말하곤 했다. "미안해, 너무 피곤하네. 몸이 앞뒤로 아주 뻐근해." 하지만 한 사람이라도 더 살리려는 내 노력을 가족들은 인정해주었다. 덕분에 나는 『연약한 생명들』과 『칼끝의 심장』을 집필할 수 있었고, 마침내 그들은 내가 어떤 사람이고 그 세월 동안 무엇을 성취하려 애써왔는지를 이해하게 되었다. 특별한 사람들, 그들은 내 가족이다.

관상동맥질환coronary artery disease 죽종으로 인해 관상동맥이 점점 좁아지는 현상. 이 지질과 콜레스테롤 기반의 플라크는 돌연 혈관을 막으면서 스스로 파열되고 응괴를 형성하여 관상동맥혈전증을 유발할 수 있다.

급성 심부전acute heart failure 좌심실의 기능이 급속도로 떨어져 몸으로 충분한 혈류를 내보낼 수 없고, 폐에는 체액이 고인다. 흔히 심근경색이나 바이러스성 심근염으로 인해 유발되며 사망률이 높다. 쇼크 관련 해설 참고.

기관내관endotracheal tube 환자의 환기를 위해 기관(숨통)에 삽입하는 관.

대동맥aorta 크고 혈관벽이 두꺼운 동맥으로, 좌심실에서 출발한 뒤 온몸에 가지를 내어 혈액을 공급한다. 처음 내는 가지는 관상동맥이라는 가느다란 혈관으로, 이를 통해 심장 자체에 혈액을 공급한다.

대동맥판막협착증aortic stenosis 좌심실의 배출구에서 대동맥판막이 좁아져, 몸속을 순환하는 혈류가 제한된다. 선천성 기형이나 노년 퇴화로 인해 유발될 수 있다.

대사 교란metabolic derangement 조직의 혈류가 불량할 때 나타나는 결과로, 근육으로 가는 동맥이 차단되고 조직은 젖산을 비롯한 독성 대사물질을 생산한다.

대정맥vena cava 우심방으로 들어가는 굵은 정맥. 상대정맥은 몸의 상부에서, 하대정맥은 몸의 하부에서 혈액을 받아들인다.

데이크론Dacron 혈관 이식재와 심장 패치의 재료로 쓰이는 직물.

동맥arteries 몸의 각종 기관과 근육으로 혈액을 실어 나르는 혈관.

동종이식편 조직 은행homograft bank 환자에게 사용할 목적으로 인간의 시신에서 심장판막과 혈관을 채취하여 가공하고 보관하는 부서.

레지던트resident 미국의 외과 전공의를 일컫는 용어로, 병원에 상주한다는 의미가 담겨 있다.

류머티즘성 열rheumatic fever 연쇄상구균 감염에 의해 촉발되는 자가면역질환으로, 심장판막과 관절에 손상을 일으킨다. 항생제가 없던 시절 류머티즘성 판막질환의 매우 흔한 원인.

방실관atrioventricular canal 혈액을 받아들이는 심방과 내보내는 심실 사이의 구멍이 폐쇄되지 않고 존속하며, 승모판막과 삼첨판막이 제대로 형성되지 않는 선천성 심장병.

산소화된 혈액oxygenated blood 산소가 충만한 선홍빛 혈액으로, 좌심실을 통해 배출되어 몸속을 순환한다. 탈산소화된 혈액 관련 해설도 참고할 것.

삼첨판막tricuspid valve 우심방과 우심실 사이에 존재하는 판막.

삽관intubation 환자의 환기를 위해 기관내관을 삽입하는 과정.

선천성 심장병congenital heart disease 환자가 지니고 태어나는 심장기형으로, 심방중격결손이나 심실중격결손, 우심증 등이 대표적이다.

소생 팀 호출crash call 의사와 간호사로 구성된 심폐소생 팀을 호출하는 것.

손상성폐기물통sharps bin 혈액에 닿은 바늘이나 메스를 버리기 위해 담아두는 통.

쇼크shock 심장이 조직으로 충분한 혈액과 산소를 계속 공급할 수 없는 상태. 심인성쇼크란 심장마비 이후에 발생하는 쇼크를 일컫는다. 출혈성쇼크의 경우 2리터 이상의 과도한 출혈이 수반된다.

승모판막mitral valve 좌심방과 좌심실 사이에 존재하는 판막으로, 주교관mitre에서 이름이 유래되었다.

승모판막협착증mitral stenosis 좌심방과 좌심실 사이의 승모판막이 좁아지는 현상으로, 류머티즘성 열에 의해 유발된다. 승모판막을 통과하는 혈류가 제한되어, 숨 가쁨과 만성피로가 발생한다.

실혈exsanguination 사망을 야기할 정도로 심각한 출혈.

심낭pericardium 심장을 둘러싸는 섬유성 주머니. 심장 패치의 재료로 사용될 수 있다. 소의 심낭은 생체 인공판막을 제작하는 데 사용된다.

심내막염endocarditis 심장판막을 파괴할 수 있는 세균 감염.

심장눌림증cardiac tamponade 심낭 안에 혈액이나 체액이 축적되어 심장을 압박하고, 이로 인해 심장이 혈액을 충분히 받아들이지 못하는 상태.

심장이식heart transplant 환자의 병들고 고장난 심장을 제거한 다음, 그 자리에 뇌사 기증자의 심장을 옮겨 붙이는 것.

심장이식을 위한 가교 치료bridge to transplant 공여 심장이 확보될 때까지 심실 보조장치를 사용하여 심부전으로 인한 사망을 방지하는 요법. 혈액 펌프와 병든 심장은 심장이식을 시행할 때 모두 제거된다.

심장초음파echocardiogram 심장의 각 방에 대한 비침습적 초음파검사.

심장판막 치환술heart valve replacement 병든 심장판막을 제거한 다음, 그 자리에 인공판막을 옮겨 붙이는 것. 인공판막의 종류로는 (가령 돼지 판막과 같은) 생체 판막과 (가령 열분해 탄소 경사형 판막과 같은) 기계 판막이 있다.

심정지 용액cardioplegia 인공심폐기를 사용하여 심장을 수술하는 과정에서 심장을 이완된 상태로 정지하고 보호하기 위해 관상동맥에 주입하는 섭씨 4도의 차갑고 맑은 용액 또는 혈액 기반 용액. 흔히 고농도의 칼륨을 포함한다. 수술 말미에는 관상동맥의 정상적 혈류를 회복하여 심장의 박동을 재개한다.

심폐바이패스cardiopulmonary bypass(CPB) 환자를 수술하는 동안 혈액이 심장과 폐를 우회하게 하는 요법. 환자의 혈액이 인공심폐기를 통과하며 합성 물질로 구성된 표면과 접촉하는 과정에서, 염증성 반응이 유발된다. 따라서 안전한 수술을 위해서는 심폐바이패스 시간을 제한하여 혈액과 이질적 표면 간 상호작용을 최소화해야 한다. 수술이 길어질수록, 전신적 염증반응으로 인한 손상은 더욱 심각해진다.

우심방right atrium 몸속을 순환한 뒤 정맥을 거쳐 심장으로 돌아오는 혈액을 받아들이는 방. 모인 혈액은 삼첨판막을 거쳐 우심실로 이동한다. 좌심방 관련 해설도 참고할 것.

우심실right ventricle 펌프 역할을 수행하는 초승달 모양의 방으로, 폐동맥판막을 통해 혈액을 폐로 내보낸다. 좌심실 관련 해설도 참고할 것.

원위부 문합distal anastomosis 관상동맥 우회로 이식술 과정에서 이식편과 관상동맥을 연결하는 것.

이완기diastole 심실이 늘어지고 혈액으로 가득한 상태.

인공심폐기heart-lung machine 수술을 위해 심장을 정지한 상태에서도 환자의 생명을 유지할 목적으로 사용되는 체외순환용 회로. 기계적 혈액 펌프와 산화기(인공폐)라는 이름의 단기적이고(지속시간이 짧고) 복잡한 가스 교환장치 등으로 구성된다. 그 밖의 펌프들은 혈액을 빨아들여 저혈조로 옮기거나, 심장박동을 멈추기 위해 심정지 용액을 투여하는 용도로 사용된다.

장골와iliac fossa 배꼽 아래쪽 복벽의 하부.

재관류reperfusion 수술 중에 심장눌림증 및 심정지 환자의 혈액이 관상동맥 및 심장근육에 다시 공급되도록 해주는 과정. 이를 통해 심장은 생기를 되찾고 다시 박동하기 시작한다.

전기소작기electrocautery 조직을 자르는 동시에 혈관을 굳혀 출혈을 멈추기 위해 사용하는 전기 기기.

전산화단층촬영CT scan 방사선촬영의 한 기법으로, 흉부와 심장에 대한 삼차원적 영상을 획득할 수 있다. 조영제를 주입할 경우 관상동맥의 세세한 관찰이 가능하다.

정맥veins 심장으로 돌아가는 혈액을 실어 나르는, 벽이 얇은 혈관.

제세동defibrillate 심실세동으로 심장의 리듬이 흐트러진 환자에게 10줄에서 20줄가량의 전기충격을 가하여 정상적 심장 리듬을 회복시키는 과정.

좌심방left atrium 폐에서 심장으로 돌아오는 혈액을 받아들이는 방. 이후에 혈액은 승모판막을 거쳐 좌심실로 흘러든다. 우심방 관련 해설도 참고할 것.

좌심실left ventricle 강력하고 혈관벽이 두꺼운 원추형 방으로, 대동맥판막을 거쳐 전신으로 혈액을 내보낸다. 좌심실 관련 해설도 참고할 것.

좌심실 보조장치left ventricular assist device(LVAD) 심각한 심부전 환자의 혈액순환을 유지하고 심실을 쉬게 할 목적으로 사용되는 기계식 혈액 펌프. 심장의 각 방에 캐뉼러가 삽입된다. (가령 센트리맥CentriMag이나 베를린하트사의 제품처럼) 급성 심부전 환자의 목숨을 몇 주간 유지하기에 적합한, 비교적 저렴한 가격의 임시형 체외순환 장치들이 있는가 하면, (자빅Jarvik 2000처럼) 작고 이식이 가능하며 만성심부전 환자에게 최장 10년까지 사용할 수 있지만 가격이 매우 비싼 고속 회전식 혈액 펌프도 있다. 이 같은 장기적 좌심실 보조장치들은 기성품으로서 심장이식의 대안으로 사용될 수 있다.

직시direct vision 수술적 치료를 위해 심장 내부를 눈으로 보는 것.

체외순환사perfusionist 인공심폐기와 심실 보조장치를 다루는 의료기사.

캐뉼러cannula 심장이나 혈관에 삽입되어 혈액이나 액체를 실어 나르는 플라스틱 도관.

탈산소화된 혈액deoxygenated blood 몸속을 순환한 뒤 우심방으로 돌아가는 푸르스름한 혈액으로, 산소 농도가 낮으며 이산화탄소를 실어 날라 폐에서 배출되게 한다. 산소화된 혈액 관련 해설도 참고할 것.

판막절개술valvotomy 대동맥판막이나 승모판막의 좁아진 구멍을 넓히는 수술.

폐동맥pulmonary artery 우심실에서 폐로 혈액을 실어 나르는, 크고 벽이 얇은 혈관.

하대정맥inferior vena cava 대정맥 관련 해설 참고.

하트메이트 좌심실 보조장치 HeartMate left ventricular assist device 쓸데없이 큰 박동형의 이식형 혈액 펌프로, 1990년대에 심장이식을 위한 가교 치료 목적으로 널리 사용되었다. 관련 장치 가운데 최초로 영구적 이식을 표방했으며, 이후에는 소라텍Thratec사가 영구적 사용 목적의 회전식 혈액펌프를 생산하는 데 성공하였다.

혈관조영술angiogram 심장내과의 검사법 중 하나로, 기다란 카테터를 혈관으로 밀어 넣어 심장에 접근한다. 각 심방과 심실의 혈압을 측정하고, 조영제를 주입하여 관상동맥이나 대동맥을 관찰할 수 있다.

혈압blood pressure 굵은 동맥 내 압력. 보통은 압박대와 청진기를 사용하거나 동맥에 캐뉼러를 삽입하여 측정한다. 정상 혈압은 120/80수은주밀리미터 정도다. 높은 숫자는 좌심실이 수축했을 때의 혈압이고, 낮은 숫자는 이완했을 때의 혈압이다.

협심증angina 가슴과 목, 왼팔에 급작스럽게 쥐어짜는 듯한 통증이 발생한다. 관상동맥에서 심장근육으로 공급되는 혈류의 제한이 원인이다. 대개는 운동 중에 발생한다. 휴식 중에 발생할 경우 심장마비의 전조일 수 있다.

회복을 위한 가교 치료bridge to recovery 심실 보조장치를 사용하여 혈액순환을 유지하는 요법으로, 가역적 급성 심부전에 걸린 심장을 쉬게 하여 회복을 도모한다. 심장이 회복되지 않을 경우, 사용기한이 제한된 혈액 펌프를 장기간 사용이 가능한 이식형 장치로 교체할 수 있다.

칼끝의 심장

현대 심장 수술의 개척자가 돌아본 위태롭고 매혹적인 모든 순간들

초판 1쇄 발행 2022년 12월 20일

지은이 스티븐 웨스터비
옮긴이 서정아

편집 강소영
디자인 이수정
제작 공간

펴낸이 이진숙
펴낸곳 지식서가
출판등록 2020년 11월 18일 제2020-000158호
주소 서울시 영등포구 경인로 775 에이스하이테크시티 2동 1201-106호
전화 0502-413-0345
팩스 02-6305-0345
이메일 ideashelf@naver.com
블로그 blog.naver.com/ideashelf
인스타그램 instagram.com/ideashelf_publisher

ISBN 979-11-975483-4-5 03840